DÉSIRS & DÉSASTRES

Du même auteur aux

Éditions Addictives

Le Bébé, mon milliardaire et moi

ROSE M. BECKER

DÉSIRS & DÉSASTRES

Éditions A Addictives

À Virginie et Viking, mon duo préféré.

« La lune est le rêve du soleil. »
Paul Klee

TABLE

I

DÉCHARGE ÉLECTRIQUE

1
LA GALERIE *PASQUALINA*

Je me faufile avec la souplesse d'un chat au milieu de la foule des passants qui encombre les trottoirs new-yorkais. Heureusement, je n'ai pas mis de chaussures à talons. Je ne maîtrise pas l'art des échasses comme ma meilleure amie, mais je peux slalomer entre toutes les *working girls* qui foncent vers la bouche de métro la plus proche, armées d'un gobelet Starbucks ou d'une serviette en cuir. Un peu essoufflée, je m'agrippe à mon grand carton à dessins, un format raisin bien encombrant, comme à une bouée de sauvetage. Je me sens un peu perdue dans cette jungle urbaine qui pulse à cent à l'heure.

Un livreur en uniforme kaki me bouscule, un énorme paquet dans les bras.

– Faites un peu attention !

– Oups, pardon...

Aussi aimable qu'une porte de prison, celui-là.

Je tente un sourire mais il me dévisage comme si je

débarquais d'une autre planète. C'est vrai que je suis souvent dans la lune. Bon d'accord, je viens carrément de Mars… mais quand même ! Pour la peine, je lui décoche mon plus beau sourire et file la tête haute. Je refuse de me laisser contaminer par toute cette grisaille, ces visages moroses et ces têtes lugubres. Et au moment où je m'arrête à un feu rouge, j'entends une petite sonnerie.

Je ne réagis pas tout de suite. Je suis trop occupée à répéter le petit laïus que j'ai prévu de débiter dans quelques minutes. Je dois être parfaite, ce qui, pour moi, relève de l'exploit. Je suis si brouillonne ! J'espère que je ne vais pas partir dans tous les sens et m'emmêler les pinceaux. Un comble pour une artiste, non ?

Mais… d'où vient cette petite sonnerie ? C'est très agaçant à la fin…

Jetant un regard à la ronde, je cherche le coupable parmi les autres piétons qui attendent sagement de traverser. Au passage, je surprends leurs œillades insistantes… en direction de mon sac à main.

Oups. C'est moi qui sonne ? Ce ne serait pas mon nouveau téléphone ?

Un peu embarrassée, je plonge la main au fond de ma besace militaire décorée d'une foule de badges et de petits dessins griffonnés pendant mes cours théoriques à l'Académie des arts. Je dois bien m'occuper pendant les leçons soporifiques du professeur Griffin ! C'est ça ou mourir d'ennui. Et cette fichue sonnerie qui n'en finit pas de résonner. Avec un sourire gêné, je farfouille sans succès dans mon barda et finis par m'accroupir sur le trottoir. Le feu, lui, ne m'attend pas et passe au vert. Tant pis. Où est passé mon téléphone ? Non, ça, c'est mon porte-clés en forme de trèfle à quatre feuilles. Et ça… je ne sais pas. Qu'est-ce que ça peut bien être ?

Incapable de résoudre le mystère, je repère mon téléphone sous un tube de gélules homéopathiques contre le stress… en admirant la détermination de mon correspondant. Lui, au moins, n'abandonne pas facilement.

Hourra ! J'ai réussi. J'ai bien envie de me lancer dans une danse de squaws.

– Allô ?

À la place, je me relève et traverse la rue avant que le feu ne redevienne rouge. Une voix moqueuse me répond au bout du fil.

– Une minute cinquante. Bravo, tu t'améliores !

J'éclate de rire, mon portable coincé entre mon épaule et ma joue, mon grand carton à dessins serré contre moi. Je ressemble à un crabe en train de marcher sur une plage.

– Si tu me voyais, tu aurais pitié de moi, Alice. Je suis chargée comme un baudet.

– Qu'est-ce que tu portes ?

Je devine tout de suite la petite pointe – non, la grosse, l'énorme pointe – d'anxiété dans la voix de ma meilleure amie. On dirait qu'elle me demande le code de l'arme atomique pour arrêter une bombe. Je réprime un sourire.

– Au fait, bonjour aussi.

– Ce n'est pas le moment de faire des mondanités, Elena ! Dis-moi tout de suite ce que tu portes.

Mmm… ça ressemble à une séance de téléphone rose, non ?

– *Numéro 5* de Chanel.

– Et… ?

– Et rien. J'ai pensé que je retiendrai tout de suite l'attention du directeur dans cette tenue. Qu'est-ce que tu en penses ?

– Ah, ah, très drôle ! Je suis sérieuse : la présentation est hyper importante dans ce genre de milieu. On te juge au premier coup d'œil, avant même que tu n'ouvres la bouche. Crois-moi sur parole.

Effectivement, je peux faire confiance à Alice, spécialiste ès mondanités de renommée internationale. Depuis qu'elle a intégré la prestigieuse agence événementielle Birmighton & Co, implantée au cœur de Tribeca, le monde du luxe n'a plus aucun secret pour elle.

– Je t'en supplie, dis-moi que tu as mis la veste que je t'ai prêtée...

– Oui, ne t'en fais pas.

J'ai l'impression d'être invitée à une garden-party à la cour d'Angleterre dans ce blazer griffé. Ne manque que le chapeau en forme de théière. Je me sens déguisée, trop éloignée de ma garde-robe simple et pratique. Et que dire de ce pantalon de tailleur noir qui me fait penser à un agent du FBI en mission ?

– Tu as mis le sautoir en perles ?

– Check !

– Tu as relevé tes cheveux en chignon ?

– Check !

– Tu ne l'as pas attaché avec un de tes pinceaux au moins ?

– J'ai utilisé des épingles, comme une grande fille.

– Super. Tu portes ton chemisier blanc ?

– Check !

– Et mes escarpins à talons noirs ?

Euh... pas check du tout.

Petit blanc au bout de la ligne. Avec son flair de limier, j'imagine Alice en train de se figer, les sens en alerte.

– Ne me dis pas que tu as gardé tes baskets !

En fait, si. Un peu honteuse, je jette un coup d'œil à mes pieds en continuant d'avancer. J'ai gardé mes jolies Converse roses pour mon rendez-vous, les seules chaussures dans lesquelles je me sente à l'aise. Alice pousse un long soupir tandis que je rentre la tête dans les épaules, prête à essuyer le savon du siècle. Mais curieusement, rien ne vient.

– Je suppose que c'est déjà pas mal.

– Quoi ? Tu ne m'enguirlandes pas ?

– Non, pas cette fois. Tu devais bien trouver un moyen de rester toi-même. Et puis, si Kristen Stewart porte des baskets sur le tapis rouge, pourquoi pas toi ?

– Christine qui ?

Je pourrais presque jurer qu'Alice lève les yeux au ciel.

– Ça t'arrive d'ouvrir un magazine people, Elena ?

– Euh…

– Tu es irrécupérable !

Malgré sa nervosité palpable, ma meilleure amie éclate de rire en même temps que moi. Quand j'aperçois au bout de la rue les grandes vitrines de la galerie d'art où je m'apprête à pénétrer, je presse le pas en écoutant Alice multiplier les recommandations de dernière minute. Serrer la main. Dire bonjour. Donner ma carte de visite. Quand même, je suis civilisée, je n'ai pas grandi avec des loups !

– Je ne suis pas Mowgli, Alice !

– Je sais, je sais.

– Ma parole, tu es encore plus stressée que moi, dis-je, amusée.

– Je suis morte de trac.

– Tout va bien se passer.

C'est un peu le monde à l'envers. Je suis obligée de rassurer mon amie alors que je vais présenter mon travail de plasticienne à la plus célèbre des galeries d'art new-yorkaises.

– Je n'arrive pas à y croire…, souffle Alice. Dans quelques heures, ma meilleure amie exposera chez *Pasqualina* !

Surexcitée, elle lâche un petit couinement de souris tandis que je fixe ladite galerie depuis le trottoir d'en face. Jamais encore je n'ai osé franchir le seuil de ce temple de l'art contemporain. De nombreux peintres et plasticiens, dont certains occupent aujourd'hui le devant de la scène, ont commencé leur carrière entre ces murs. Sans les encouragements d'Alice, je n'aurais pas osé viser si haut. Elle croit en moi et en mon travail, et me réconforte dans les moments de doute.

– Merci, Alice, dis-je avec douceur.

– De rien, ma belle. Montre-leur de quoi tu es capable.

– On se retrouve au Central Coffee dans une heure ?

– Absolument. Et je te préviens, je veux tous les détails !

Je raccroche et fixe la porte en verre.

À nous deux, les experts !

***

Un silence ouaté règne dans la vénérable galerie, passage obligé pour tous les jeunes artistes. Tout le monde connaît ce sanctuaire de l'art contemporain dont la presse spécialisée chante les louanges. Un peu intimidée, je pénètre dans le saint des saints avec mon carton à dessins sous le bras. Mes tennis s'enfoncent dans une épaisse moquette prune qui tranche avec la blancheur immaculée des murs.

Deux gigantesques tableaux se font face sur les parois, leurs couleurs violentes subtilement mises en valeur par de délicats éclairages. Plus loin, une sculpture en verre mi-humaine mi-animale déploie ses ailes vers le ciel. Et du fond de la salle, me parvient le bruit d'un projecteur – sans doute le film d'un happening diffusé directement sur une cloison.

Ça y est. J'y suis.

À l'autre bout de la galerie, construite tout en longueur pour immerger progressivement les visiteurs dans cet autre monde, je repère une superbe blonde en tailleur installée derrière un pupitre en bois. Mon cœur s'emballe.

Respire. Respire. Ce n'est pas le moment de tomber dans les pommes.

Armée de mon courage, je parcours les trois salles en enfilade pour rejoindre la galeriste. Elle ne ressemble pas à un dragon. Au contraire, elle pose sur moi un regard bienveillant, assorti d'un sourire aimable. Bon. C'est un début. Fidèle aux enseignements d'Alice, je lui serre la main, aussi professionnelle que possible. Puis je pose devant elle mon matériel taille XXL.

– Bonjour, je m'appelle Elena Lavigne.

– Que puis-je pour vous, mademoiselle ?

Elle a une voix bien timbrée.

– J'aimerais… En fait, je…

Voilà que je bégaye. Pire, je postillonne. Tous aux abris !

– Je suis étudiante en arts et je… je…

Si ça continue, elle va me croire atteinte du syndrome de La Tourette.

Je tente de me calmer, de reprendre le contrôle. D'autant que la blonde aux faux airs de Grace Kelly me regarde d'un air soucieux. Elle semble contrariée. Les sourcils froncés, elle m'observe avec gêne. Que me vaut ce revirement ? De temps à autre, elle jette des coups d'œil appuyés en direction d'une porte entrouverte, à côté de la réserve.

– J'aimerais vous présenter mon book. Je suis étudiante à la New York Academy of Art depuis trois ans. Je suis plasticienne et…

– Je comprends, mais…

– Voilà les photos ! dis-je, exaltée.

Sortant de ma besace un album, je lui tends mon précieux book. À l'intérieur, j'ai rangé tous les clichés de mes œuvres les plus récentes – quelques peintures, mais surtout mes fameuses Secret Box, ces boîtes closes que je fabrique moi-même et qui nécessitent la participation du spectateur pour accéder à leur contenu. Emportée par ma fougue, j'ouvre mon grand carton à dessins afin de lui présenter mes croquis. Quand je parle d'art, plus rien ne peut m'arrêter ! Mais au moment où je tente d'expliquer mon œuvre, un homme surgi d'un bureau – la fameuse porte entrouverte.

– Je vous ai déjà répété cent fois de ne pas répondre à ces demandes, Sandra !

L'homme ne crie pas, mais sa voix dure et sèche suffit à me donner des frissons. C'est pire qu'une explosion de colère. Figée, je le regarde fondre sur nous avec la vélocité d'un rapace. À l'aube de la soixantaine, l'inconnu dissimule un ventre légèrement proéminent sous une chemise blanche et une impeccable veste taupe. Si Alice était là, sans doute me glisserait-elle le nom du couturier.

– Bonjour, monsieur…

Ce doit être Dominic Stone, le directeur de la galerie. J'ai déjà vu sa photo dans maintes revues d'art. Au lieu de me répondre, il m'impose le silence d'un geste impérieux, en homme habitué à être obéi. Et s'approchant de Sandra, il referme sèchement le book qu'elle compulsait. La couverture claque si fort que je sursaute.

– Nous n'examinons pas le travail des étudiants.

– Je ne voulais pas m'imposer. Simplement…

Simplement, il ne me laisse pas le temps d'ajouter un mot. Me foudroyant d'un regard menaçant, souligné par des sourcils broussailleux et grisonnants, il semble au comble de l'agacement. Heureusement qu'il n'est pas magicien ! Il m'aurait changée en grenouille sur-le-champ.

– Avez-vous seulement une idée du nombre de pseudo-artistes et autres aspirants-peintres qui franchissent chaque jour notre porte ?

– Je…

– Ils sont des dizaines à nous prendre en otage avec leur travail navrant.

– Je comprends, mais…

– Et comme vous, ils sont tous persuadés d'être la nouvelle Niki de Saint-Phalle ou le prochain Jeff Koons. Eux, de vulgaires étudiants, des « wannabes » artistes sans une once de talent ou d'originalité !

Mortifiée, je récupère le book qu'il me tend et ramasse mes affaires. Mais mes mains tremblent tant que mon carton m'échappe, répandant mes croquis sur la moquette. M'agenouillant en vitesse, je tente de les rassembler. Soupir excédé du galeriste. Qui vient de remarquer mes chaussures et réprime un petit rire hautain. À force de transpirer le mépris, il me fait perdre mes moyens. Heureusement, son assistante vient à mon aide. Contournant son desk, elle récupère mes dessins, les range et me rend mon matériel avec un sourire neutre. Je la remercie d'un signe de tête.

– Votre place n'est pas ici, mademoiselle, conclut le galeriste.

Choquée par son hostilité, je serre mon book contre ma poitrine. Ce qui ne m'empêche pas de soutenir son regard.

– Merci pour votre accueil, dis-je avec ironie.

Et tandis qu'il me désigne la porte du doigt, je tourne les talons sans demander mon reste. Ce n'est pas un échec… c'est un fiasco.

***

Assise dans le confortable fauteuil en velours bordeaux du Central Coffee, notre café préféré depuis mon entrée à l'Académie des arts, je sirote mon Coca Light à l'aide d'une paille colorée. Alice me regarde longuement, comme si elle me scannait aux rayons X.

Clark Kent, sors de ce corps !

– Je t'assure que je vais bien.

– Mouais.

– Je suis sincère.

Nos regards se croisent et je plonge dans les yeux noisette de ma meilleure amie, vêtue à la dernière mode d'une robe excentrique signée Jeremy Scott et de sandales en cuir à talons. Très maquillée, elle est magnifique avec ses courts cheveux noirs taillés à la garçonne. Elle a vraiment du chien.

De mon côté, je ne ressemble plus à grand-chose… Mon joli chignon s'est écroulé, libérant ma longue chevelure blonde qui flotte jusqu'à ma taille. Au moins, débarrassée du carcan de ma veste, je respire.

– Je ne comprends pas pourquoi tu as été recalée ! s'exclame mon amie, contrariée.

Je l'adore. Irremplaçable Alice. Elle semble plus blessée que moi par mon échec. Sans doute se sent-elle aussi coupable : c'est elle qui a insisté pour que je m'adresse à la plus fameuse galerie du pays. Pourtant, je ne lui en veux pas. Elle me pousse toujours dans la bonne voie. Et pour elle, autant viser la lune si l'on veut décrocher une étoile. Je lui souris. Bien sûr, je suis déçue… mais pas désespérée.

– Je n'ai pas été recalée puisqu'ils n'ont même pas examiné mon travail.

– Ils sont stupides. Ils ne savent pas ce qu'ils manquent.

– Ce n'est pas grave. Je montrerai mes projets à d'autres galeristes.

Exposer mon travail n'est pas vital pour moi… même si Alice, affamée de gloire et de paillettes depuis sa plus tendre enfance, ne me comprend pas. Je n'ai qu'un besoin : créer. Pour moi. Pour m'exprimer. Élaborer mes œuvres m'est aussi naturel, aussi vital, aussi nécessaire que respirer. Même si je rêve parfois de vendre mon travail, je suis toute prête à exercer un autre métier pour vivre. Tant qu'on ne m'empêche pas de créer, je suis heureuse.

– Et si mes œuvres n'intéressent personne, je pourrai toujours faire autre chose ! dis-je avec optimisme.

Alice s'esclaffe.

– Tu ne sais rien faire d'autre, Elena.

– Bien sûr que si. Je…

Oui, je… je quoi au juste ?

– … je sais…

– Peindre des trucs ?

– Non, je peux aussi…

– Coller des machins ?

– Et…

– Découper des bidules ?

Alice éclate de rire, amusée par ma grimace. Bon, elle n'a pas tout à fait tort. Même cuire un œuf me pose des problèmes de logistique, je suis parfaitement capable d'oublier ma poêle et de mettre le feu à mon appartement. Un professeur Tournesol en puissance. Tout en buvant son thé, Alice m'enveloppe d'un regard attendri.

– Ne te méprends pas, Elena. C'est comme ça que je t'aime : dans ton monde. Et je trouve que tu as un talent fou. D'ailleurs, qui sait si le directeur de *Pasqualina* ne reviendra pas sur sa décision… Tu lui as laissé ta carte de visite au moins ?

Je me tasse dans mon siège, perdant dix centimètres d'un coup. Je voudrais me cacher dans un trou de souris. Ou sous la table. Ou n'importe où. Alice, elle, écarquille les yeux.

– Ne me dis pas que tu as oublié !

– C'est-à-dire que…

– Nooooon !

Je suis jugée et condamnée en trois secondes.

Crime de lèse-majesté oblige.

C'est Alice qui m'a créé ces jolies cartes à distribuer à toutes mes relations. « Tu dois réseauter ! », me serine-t-elle à la moindre occasion. C'est-à-dire matin, midi et soir. Parfois aussi la nuit, quand elle me traîne à une fête. Afin de prouver ma bonne foi, j'ouvre ma besace et en sors un paquet de bristols cartonnés et encadrés d'un fin liseré d'or. Ils étaient cachés sous une petite bouteille d'huile essentielle à la lavande. Même si j'ignore ce qu'elle fiche dans mon sac.

– Regarde ! déclaré-je, triomphale. Je les ai toujours sur moi, je t'assure… mais je n'ai pas eu le temps de les donner.

Je n'ose pas lui dire que j'ai été éjectée comme une malpropre avant d'avoir dit « ouf ». Les yeux rétrécis par la suspicion, la reine Alice me jauge encore au moment où une silhouette familière s'encadre au seuil de notre QG. Profitant de la diversion, j'agite la main en direction de Jeremy. *Mon sauveur*. Nous repérant au milieu des fauteuils en velours et des tables en bois, il se dirige vers nous.

– Salut, les filles ! Désolé pour le retard…

Après nous avoir fait la bise, il s'assoit à côté de moi, me forçant à reculer ma chaise, et commande un café crème. Puis il retire son écharpe et laisse tomber son sac à dos en étendant ses longues jambes. C'est fou ce que les garçons prennent comme place ! Depuis trois ans, Jeremy suit le même cursus que moi. Nous sommes entrés la même année à la New York Academy of Art. Mais si je m'épanouis dans la création plastique, Jeremy s'adonne à la sculpture.

– Tu étais en cours ? demandé-je, intéressée.

Il secoue la tête, désinvolte. Beaucoup plus grand que moi, il ressemble à une longue tige… ce qui ne l'empêche pas de manier le marteau comme Thor. Ou presque. Il a une sacrée poigne. Passant une main dans sa tignasse châtain et mi-longue, il hausse les épaules, les yeux dans le vague.

– Je sculptais et je n'ai pas vu le temps passer. Quand je

crée, je suis dans ma bulle. Plus rien ne m'atteint.

Alice ricane dans sa barbe. Je sais qu'elle trouve parfois Jeremy un peu « poseur », mais je suis persuadée qu'il est sincère. Comme moi, il est habité par l'amour de l'art et ne vit que pour ça.

– Tu travailles toujours sur ton Minotaure ?

– Oui, il est presque terminé. Et tu ne devineras jamais la meilleure ?

Je l'interroge du regard, excitée, tandis qu'Alice croise les bras sur sa poitrine avec un zeste de méfiance. Jeremy, lui, s'amuse à faire durer le suspense.

– Je vais bientôt signer avec une galerie.

– C'est vrai ?

– Oui. Le directeur d'Harpers & Harpers est intéressé.

– Génial ! Je suis si contente pour toi…

Je dépose un baiser sur sa joue pour le féliciter. Mais pendant que je range mes cartes de visite dans mon sac, je surprends Alice en train de lui flanquer un coup de coude dans les côtes. *Vlan !* Elle pense sans doute que je ne l'ai pas vue… mais Jeremy pousse un petit cri. Furieuse, Alice le tance d'un regard noir, un index plaqué sur les lèvres. Elle ne plaisante pas. Et avec sa discrétion habituelle, elle me désigne d'un geste du menton.

J'éclate de rire.

– Je te vois, Alice !

Comprenant enfin son manège, Jeremy se frappe le front du plat de la main. Il semble avoir enfin retrouvé la mémoire.

– Ah oui, j'avais complètement oublié que tu devais passer chez *Pasqualina* aujourd'hui. Alors ? Qu'est-ce qu'ils ont dit ?

Avant que je ne réponde, Alice le pince à travers la manche de son pull, lui arrachant un nouveau geignement.

– Aïe !

– Tu n'en rates pas une, toi.

– Je… je suis désolé.

– Trop tard, monsieur Pied-dans-le-plat !

– Ça s'est si mal passé que ça ?

– Et si on changeait de sujet ? proposé-je avec un grand sourire pour détendre l'atmosphère.

Inutile de s'appesantir trois plombes sur mon échec. Et inutile de transformer notre coin du café en ring de boxe.

Mes deux amis échangent encore une œillade furibonde. Puis Alice se drape dans sa dignité de reine pendant que Jeremy masse son bras blessé. Ils se chamaillent tout le temps. D'autant que ma meilleure amie est toujours prête à prendre ma défense. Et tandis que je finis mon verre de Coca, elle claque des doigts. Ce qui signifie généralement qu'elle vient d'avoir une idée géniale. Géniale ou dangereuse. Tout dépend du point de vue.

– Je sais comment te remonter le moral, Elena !

– Je ne suis pas déprimée…

Je proteste pour la forme car je sais pertinemment qu'elle ne m'écoute pas. Quand elle est lancée, rien ne peut la stopper.

– Bien sûr que si ! m'assène-t-elle. Alors que dirais-tu de m'accompagner à une soirée ?

– Une soirée ?

– J'ai passé les deux dernières semaines à organiser un gala au Park Hyatt pour mon agence : un grand raout mondain avec la fine fleur de la finance et de la haute société new-yorkaise. Qu'est-ce que tu en dis ?

Je me trémousse, pas très à l'aise. Je n'ai jamais apprécié les fêtes en général et les culs serrés en particulier. Mais mon amie ne me laisse pas le temps d'en placer une. Ni à Jeremy, d'ailleurs. Nous sommes tous les deux emportés dans le cyclone Alice alors que les dernières ondes de tension se dissipent.

– Toi aussi, tu peux venir, monsieur Pied-dans-le-plat.

– C'est vrai ?

– Évidemment. Plus on est de fous, plus on rit. Et notre Elena a bien besoin de s'amuser un peu.

– C'est-à-dire que…

– Allez, ne joue pas les têtes de mule ! On va boire du champagne et manger du caviar à la louche. Tu sais que je suis la meilleure organisatrice d'événements de cette ville. Tu ne peux pas manquer ça !

Alice me décoche un clin d'œil et je finis par lui rendre son sourire. Pourquoi pas, après tout ? De toute manière, avec son culot magistral, elle arriverait à vendre des grains de sable à un Touareg. Ou une soirée huppée à Elena Lavigne. Va pour son grand gala. Ne reste plus qu'à me trouver une robe décente.

2
MON INCONNU

Quelques notes de piano s'envolent dans le brouhaha des conversations, au milieu des rires et des rumeurs. Sous la lueur mordorée des lustres en suspension, des serveurs circulent en chemises blanches, impeccables, presque irréels. Armés de plateaux en argent, ils offrent des coupes du meilleur champagne millésimé à tous les invités, décrivant un gracieux ballet cent fois répété. Des petits groupes se forment dans tous les coins de l'immense salle architecturée, moderne et surprenante avec ses colonnes géométriques et ses parois en trompe-l'œil, pareilles à des grillages d'or.

Je ne suis pas à ma place. Du tout, du tout. J'ai l'impression d'être un éléphant dans un magasin de porcelaine, une extraterrestre débarquée de son astronef… ou le fameux grain de sable dans les rouages parfaits d'une machine. Je n'aurais jamais dû venir. Je me sens perdue dans cette soirée huppée, où les femmes portent des robes de créateur à tomber et les hommes des costumes de croque-mort griffés.

Je me dandine en triturant ma pochette du soir en satin noir.

– Elena !

La voix d'Alice. Je n'ai jamais été aussi contente de voir quelqu'un !

J'en pleurerais de joie, tandis qu'elle fonce sur moi, divine dans un smoking blanc pour homme d'une audace folle. Avec ses courts cheveux noirs, le résultat est détonant. « Yves Saint Laurent », me glisse-t-elle à l'oreille, ravie de son petit effet. Elle est superbe et elle semble aussi à l'aise qu'un poisson dans l'eau. Il n'y a que moi qui bats des nageoires hors de l'aquarium. Même Jeremy a l'air dans son élément, occupé à discuter et à flirter à l'autre bout de la salle avec une jolie rouquine d'une vingtaine d'années.

Mon amie me claque une bise sonore.

– Je suis si contente que tu sois là. Je te cherche depuis une heure.

J'étais là depuis une heure.

Planquée derrière une sculpture en métal.

– Tu as goûté ces petits canapés ? me dit-elle en attrapant au vol les amuse-bouches qu'un serveur nous propose.

– Non, je…

Non, j'ai le ventre trop noué. Et je suis à deux doigts de manquer d'air. Au secours, de la Ventoline !

– Qu'est-ce que tous ces gens font ici ? dis-je tout bas. Je ne comprends rien à ce qu'ils racontent. J'ai l'impression d'écouter des Aztèques en train de décoder une prophétie bizarroïde.

Alice éclate de rire en avalant sa petite bouchée saumon-crème d'asperge avec gourmandise. Puis elle passe un bras autour de mes épaules.

– Il s'agit de la réunion du plus important lobby financier des États-Unis. Ils se rassemblent une fois par an à New York. Et cette année, mon agence a eu la chance d'organiser l'événement. Ma patronne est ravie.

Je hoche la tête. Au moins, cela explique pourquoi ils prononcent tous des termes barbares comme « marge d'appel » ou « stock-options ». Alice s'apprête à ajouter un mot quand un couple attire son attention. Tenant galamment sa compagne par le bras, l'homme aux cheveux blancs s'arrête sur le seuil du grand salon. Sans doute est-ce un personnage important car mon amie écarquille les yeux.

– Je dois filer.

Et elle fonce vers le sosie de Moïse en me plantant au milieu de la pièce. Contrairement à moi, elle est ici pour travailler. C'est elle qui accueille les invités et veille au parfait déroulement de la soirée – qu'elle a d'ailleurs organisée de main de maître. Alice n'a pas son pareil pour créer l'événement.

Je reste plantée comme une idiote. Les conversations bourdonnent autour de moi, mais je ne sais pas quoi faire. Je voudrais être dans mon appartement, dans ma bulle, en train de « découper des bidules » et de « coller des trucs », pour reprendre les expressions de ma meilleure amie. J'ai l'impression d'étouffer au milieu des autres femmes, ces créatures somptueuses qui m'intimident dans leurs fourreaux Chanel et leurs vestes Dior.

Oh là là, je ne suis pas sortable !

Torturant le fermoir de ma pochette, je recule dans ma longue robe de soie, retenue par deux délicates bretelles constituées de discrets brillants. Je n'ai pas beaucoup de vêtements habillés – presque aucun, en fait. J'ai dégoté cette robe au fond de mon dressing à la dernière minute. D'où vient-elle ? Mystère, mystère... Je me suis contentée de l'enfiler avant de découvrir un peu tard qu'elle était trop longue. Je courais dans les escaliers, prête à sauter dans mon taxi, quand j'ai failli me prendre les pieds dans la traîne.

À présent, l'ourlet balaie le plancher et couvre mes chaussures noires à talons, attachées par une bride à la cheville. Malheureusement, je n'ai pas pu garder mes tennis fétiches (je n'ai quand même pas osé...) et je vacille sur ces échasses de douze centimètres avec la grâce d'un canard.

Quand soudain... la catastrophe. Cent sur une échelle de un à dix.

Mon chignon méticuleusement fixé à l'aide d'épingles et d'un nuage de laque s'écroule sur mes épaules. Je sens d'abord l'échafaudage vaciller, puis ma longue chevelure blonde se répand jusqu'à mes fesses. Gloups ! Contrairement à Alice, je n'ai jamais pu me résoudre à couper une seule mèche de ma crinière – peut-être parce que ma grand-mère m'appelait toujours sa petite Boucle d'or. J'ai eu envie de rester telle qu'elle m'avait connue, telle qu'elle m'avait aimée.

Et ce n'est pas fini. Essayant de rattraper les épingles qui pleuvent autour de moi, je recule... et marche accidentellement sur ma robe. Mon talon écrase l'ourlet au moment où je me replie dans un coin tranquille.

Crac ! Qu'est-ce que... qu'est-ce que c'est ?

J'entends un long bruit sec, comme une déchirure. Puis je sens un petit courant d'air sur ma peau, un souffle léger sur ma poitrine. Ma... ma poitrine ?! Baissant la tête, je découvre le carnage. Une de mes bretelles vient de craquer, dévoilant à moitié mon soutien-gorge en dentelle noire. Je suis en lingerie au milieu d'un gala mondain. Non, c'est un rêve. Je dois dormir quelque part. Je relève les yeux, inspire un bon coup, et me force à regarder à nouveau.

Non. C'est bien ça. Je suis en lingerie au milieu d'un gala mondain !

Quand la vérité atteint mon cerveau, je reçois un électrochoc. Et je m'ébranle avant qu'un invité ne remarque l'apprentie naturiste qui se pavane dans la foule. Ramassant ma longue traîne d'une main, je pique un sprint en direction des vestiaires. Je cours comme si j'avais un réacteur dans le dos – ou une médaille d'or à gagner. En même temps, je tente de cacher ma poitrine avec mon bras. Je m'élance droit devant moi, quitte à bousculer au passage un malheureux serveur.

– Pardon ! crié-je à la cantonade.

Je ne m'arrête pas pour autant.

Je fonce et pousse la première porte qui s'offre à moi.

***

Pénétrant dans une grande salle carrelée du sol au plafond, je garde la tête baissée et ne vois pas l'obstacle qui se dresse sur ma route. Je suis perdue dans mes pensées et morte de honte. Pourvu que personne ne m'ait vue. Je n'en rate pas une… Je me mords les lèvres sans lâcher ma robe et ma pochette. Et je me jette sur les manteaux dans l'espoir de retrouver mon étole… quand je le percute de plein fouet.

Aïe !

– Mademoiselle ?

Je vois trente-six chandelles quand deux mains puissantes

surgissent de nulle part et me rattrapent avant que je ne m'étale sur les dalles. Une décharge électrique parcourt aussitôt mon corps, comme si j'avais reçu cent mille volts. C'est si intense que je relève la tête et croise le regard d'un inconnu. Un homme. Un homme beau comme je n'en ai jamais vu, beau comme ce n'est pas permis. Mon cœur s'arrête.

Il a des yeux d'un bleu très pâle, d'un bleu si pur qu'il évoque les étendues sans fin de l'Arctique. Des yeux intelligents, profonds, perspicaces. Troublants aussi. Mes lèvres s'agitent sans que je prononce un mot. Et mes bras retombent le long de mon corps. L'inconnu me tient toujours, ses doigts sur ma peau nue. Il est très grand – ma tête culmine au milieu de son torse – et élancé dans un superbe costume gris pâle. Sa veste révèle le dessin carré de ses épaules.

Secouée, je contemple cette apparition, son visage à la symétrie parfaite, soulignée par des mâchoires viriles, une bouche sensuelle, un nez fin, un front haut et des cheveux noirs, fins et soyeux, d'une couleur d'ébène qui tranche avec ses prunelles polaires.

Mon cœur s'emballe, mon pouls s'affole quand… Attendez… Un homme ?

Un homme ?!

– Vous allez bien ?

Il a une voix rauque, posée. Une voix si calme qu'elle dompte mon affolement. Jusqu'à ce que je me rappelle un petit, un léger, un minuscule détail. Je suis en soutien-gorge. Je suis à moitié nue devant mon ténébreux Apollon. Pour ne rien arranger, je me mets à bégayer :

– Qu'est-ce… qu'est-ce que vous faites là ?

– Ce serait plutôt à moi de vous poser la question.

– Je… je ne comprends pas.

Il me décoche un sourire irrésistible, un sourire à faire fondre toutes les glaces de la banquise et à accélérer le réchauffement climatique. Hou là là, Al Gore serait fou de rage ! Moi, je perds mes couleurs avant de suivre l'index qu'il pointe vers la porte.

– Vous êtes dans le vestiaire des hommes.

– Je… Quoi ?

Une petite plaque métallique lui donne raison : « Men ». Je deviens livide. Dans mon affolement, je n'ai pas songé à vérifier. Quelle idiote ! Je plaque une main sur mon soutien-gorge – un bout de mon balconnet dépasse du tissu déchiré et ma bretelle pendouille lamentablement. Ce n'est qu'à cet instant que mon inconnu baisse la tête. Jusqu'à maintenant, il soutenait seulement mon regard.

Personne ne m'a jamais regardée comme ça. Personne ne m'a jamais regardée comme lui.

Trop tard.

Il remarque mon soutien-gorge et ses yeux s'attardent sur le léger renflement de mon sein. Je ne suis plus blanche : je suis Casper le fantôme. Jusqu'à ce qu'il détourne très vite la tête, en parfait gentleman.

– Que vous est-il arrivé ? me demande-t-il avec un petit sourire amusé.

– C'est… c'est un accident. Je…

Pas le temps d'ajouter un mot… Des bruits nous parviennent du corridor qui jouxte les vestiaires. Des invités approchent, de grosses voix d'hommes en train de parler taux d'intérêt et subprimes. Je jette une œillade affolée à mon superbe brun. Je suis dépassée par les événements. À l'aide ! Je ne peux pas être vue en lingerie fine avec un inconnu dans des vestiaires pour hommes. Par dignité, déjà. Pour Alice, ensuite. Je redoute de lui faire du tort. Après tout, je suis entrée grâce à elle.

– Ne bougez pas !

– Qu'est-ce que vous faites ?

Et ces voix qui n'arrêtent pas de se rapprocher…

– Je vous donne un coup de main.

Mon mystérieux étranger saisit la petite épingle en or de sa cravate. Et avant que je ne réagisse, il s'empare de ma bretelle cassée. Son contact… m'électrise.

Je me suis transformée en paratonnerre, ou quoi ?

Nos regards se croisent. Je suis aimantée, mais de son côté, impossible de savoir ce qu'il ressent. Il se contente d'esquisser un petit sourire en coin. Il… il se moque de moi ? De notre situation bizarre ? Ou… Non, il se moque de moi ! Ah, je suis une boule de nerfs… Et de ses magnifiques yeux bleus et de sa voix suave, il me demande la permission :

– Je peux ?

Je hoche la tête. Il soulève alors le tissu déchiré d'une main habile et le coince avec son épingle. Un instant, ses doigts effleurent mon sein par mégarde et mon cœur s'emballe – j'ai peur qu'il ne s'arrête.

– Veuillez m'excuser. Je ne voulais pas…

Dans le couloir, les bruits grandissent, les pas résonnent, les hommes arrivent. Cinq ou six invités venus récupérer leur manteau et escortés par un groom. Je jette un coup d'œil anxieux vers la porte. Puis mon regard revient vers mon sauveur qui tournicote ma robe, tire l'étoffe, la coince délicatement. En moins de dix secondes, il arrive à créer un subtil drapé, couvrant mon soutien-gorge avec élégance.

– Voilà qui est mieux…

Il semble assez satisfait de son travail. Sa main ne quitte pas ma peau, peut-être parce qu'il admire son œuvre. Je le contemple, à la fois fascinée et déstabilisée par son air impénétrable.

– J'ai raté une carrière dans la couture, sourit-il, les yeux pétillants de malice.

Je sens mes jambes flageoler au moment où il retire ses doigts de mon omoplate. À nouveau, nos yeux se trouvent et j'ai l'impression qu'il se passe quelque chose – même si je ne parviens pas à lire dans son regard si clair, si pur. L'air semble se solidifier autour de nous… à moins que ce ne soit un effet de mon imagination. Je ne sais pas quoi dire ou faire. Je suis dépassée par la marée qui se lève en moi et fait trembler les barrages soigneusement érigés autour de mon cœur. Parce que je ne veux pas éprouver ça.

C'est… trop fort. Je ne veux pas. Je ne peux pas.

– Merci, murmuré-je d'une voix sans timbre.

Au moment où la porte s'ouvre, je m'enfuis. Soulevant ma traîne, je m'arrache à l'emprise magnétique de cet homme et me faufile parmi les arrivants. Je dois courir, courir vite et loin de ces yeux clairs.

***

Quand j'émerge dans la salle de réception, je suis hors d'haleine. Et sens dessus dessous. Que m'arrive-t-il ? Des sentiments houleux m'agitent, moi qui les redoute tant. J'ai peur des saccades de mon cœur, peur de cette étincelle dans ma poitrine. Que s'est-il passé ? Telle une somnambule, je traverse la pièce, me dirigeant droit sur Alice et Jeremy en train de discuter. La soirée bat son plein et mon amie peut enfin s'octroyer une pause de quelques minutes.

– Elena ! s'écrie-t-elle, ravie. On se demandait où tu étais passée.

Jeremy me salue d'un signe de tête, tout sourire après son interminable conversation avec la rousse canon. Moi, je suis livide.

– Waouh ! Je n'avais pas remarqué ta robe, tout à l'heure…

Admirative, Alice m'enveloppe d'un long regard, fascinée par le drapé sur mon épaule. Moi, je reste immobile, sous le choc.

– J'adore l'effet vestale. D'ailleurs, tu as bien fait de lâcher tes cheveux. Tu ressembles à une déesse grecque.

Elle effleure l'épingle d'or.

– C'est Marc Jacobs, non ? Il me faut la même !

Alertée par mon silence, elle remarque soudain la pâleur de mon visage et Jeremy fronce les sourcils, lui aussi inquiet. Je ne rougis jamais, même quand je suis mortifiée. À la place, je deviens pâle comme la mort. C'est un signe de nervosité chez moi. Un signe qui ne trompe pas mes deux amis.

– Tout va bien, Elena ?

– Tu fais une drôle de tête, renchérit Jeremy. Tu veux un petit remontant ?

Je fais « non » de la tête. Et les idées en vrac, je désigne le corridor qui mène aux vestiaires des hommes.

– Je…

– Tu as un problème ? s'inquiète Alice. Tu es malade ?

– Non, je…

– Tu sais bien que tu ne supportes par le champagne ! me sermonne-t-elle.

Ni aucun alcool, d'ailleurs. Je suis abonnée aux jus de tomates et autres cocktails de fruits. Sauf qu'elle n'y est pas du tout.

– C'est ma robe, elle a craqué et… ensuite, je…

Ouvrez vos parapluies, je recommence à postillonner.

– Dans les vestiaires, il y avait cet homme…

– Quelqu'un t'a touchée ? s'écrie Alice, verte.

– Non ! Il… Avec son épingle… Et moi…

Je cafouille avant de m'interrompre en poussant un cri aigu :

– Ma pochette !

Je me mets à tourner sur moi-même comme une toupie – quitte à me prendre à nouveau les pieds dans ma traîne – sous les regards incrédules de mes deux amis, complètement largués par la situation. D'autant que je les plante là en une seconde. Alice me regarde foncer vers les vestiaires et je l'entends dire à Jeremy :

– J'aurais dû l'empêcher de boire. Elle ne tient pas l'alcool.

Le cœur battant la chamade, je m'éloigne à grandes enjambées, à peine freinée par mes talons aiguilles. Où est passée ma pochette ? Elle contient tous mes papiers : ma carte d'identité, mon permis. Il y a aussi mes bonbons à la menthe favoris ! Catastrophe. Je ne peux pas vivre sans eux et ils ne sont disponibles que dans une unique épicerie à New York. Pas deux, ni trois. Une seule.

Pourquoi je pense à ça maintenant ?

Envahie par l'angoisse, je m'arrête devant la porte des vestiaires. Heureusement, personne ne monte la garde. Je me sens très nerveuse. Parce que j'ai perdu mes affaires, bien sûr… et parce que je redoute de croiser à nouveau l'homme qui m'a aidée. J'effleure son épingle en or, songeant à ses yeux trop bleus, trop profonds… et empreints d'une gravité surprenante. Je repense à sa main sur ma peau, chaude et rassurante. Tout me revient avec une acuité troublante.

Stop. Ça ressemble au début d'un rêve érotique.

– Je vais entrer…

Je m'annonce en toquant, mais pas de réponse. Poussant la porte, je découvre la salle déserte et repère les rangées de manteaux en cachemire ou les luxueux imperméables. Avant d'être surprise par un vigile, je me faufile à l'intérieur et fouille les lieux, à la recherche de ma pochette. Je soulève une écharpe tombée par terre, je pousse un attaché-case. Je ne voudrais pas qu'on m'accuse de vol.

Il ne manquerait plus que ça. Une arrestation.

Après avoir passé les lieux au peigne fin, je ressors bredouille. Où ai-je oublié cette fichue pochette ? J'essaie de refaire le chemin à l'envers, en suivant mes propres traces. Quand je l'aperçois.

Lui.

Mon inconnu.

Mon bel inconnu.

Il parle avec une collègue d'Alice, une femme d'une trentaine d'années en tailleur bleu marine et petits talons bobines. Je reconnais son blazer gris perle, sa carrure athlétique et sa haute taille.

– Je cherche Elena Lavigne.

Il tient à la main un petit bristol à fin liseré doré et le montre à son interlocutrice, qui fronce les sourcils. Attentive et souriante, elle est là pour exaucer les moindres désirs des invités et semble contrariée par cette requête.

– Je ne crois pas avoir vu son nom sur la liste des invités, monsieur Garibaldi.

– C'est fâcheux. Elle a oublié sa pochette dans les vestiaires et…

Il tient dans sa grande main mon sac qui semble tout petit. Mon cœur se lance dans une nouvelle série de loopings.

– Elena Lavigne ? répète l'organisatrice en plissant les yeux avant de compulser son écran tactile.

C'est alors que je les interromps.

– Excusez-moi…

Je ne reconnais pas ma voix, presque inaudible. Tous deux relèvent la tête mais je n'ai d'yeux que pour mon sauveur et son regard arctique. À nouveau, le même trouble. Enfin… de mon côté. Lui me contemple surtout avec surprise et s'attarde sur ma longue crinière blonde, sur ma peau trop pâle et mes lèvres roses. Pourquoi ai-je soudain l'impression d'être vivante ? Comme si tout le monde, tous les êtres étaient en noir et blanc autour de nous… à l'exception de lui et moi.

Sans attendre, je saisis ma pochette.

Nos doigts se touchent.

Grave, grave erreur.

Une décharge électrique me parcourt.

– Merci d'avoir retrouvé ma pochette, balbutié-je.

Et je m'enfuis. Carrément.

Jetant un dernier coup d'œil par-dessus mon épaule, je vois le bel inconnu me suivre des yeux, ma carte de visite à la main. Il n'a pas le temps de répliquer – pas plus que la collègue d'Alice, heureuse que le problème se résolve si vite. Je traverse la salle en trombe. J'ai besoin de sortir, de prendre l'air. Je ne désire qu'une chose : rentrer chez moi et me cacher sous ma couette, parmi mes objets bizarres, mes collections saugrenues et mes œuvres adorées. Je veux dormir, tout oublier.

Surtout lui.

Un groom me salue avec politesse au moment où je sors, à la recherche d'un peu d'oxygène. Alice et Jeremy ne me tiendront pas rigueur de ce départ précipité, tous deux sont bien trop occupés à se mêler aux invités et à enrichir leur carnet d'adresses.

Oui, je veux l'oublier.

Lui et ses yeux clairs.

Alors pourquoi ai-je l'impression que c'est impossible ?

3
L'ATTACHE

Assise dans mon confortable canapé en velours, Alice babille depuis cinq bonnes minutes sans s'arrêter. Elle se tient sur mon sofa comme une reine sur un trône, même si l'imposant meuble qui occupe un quart de la pièce vient en réalité d'une brocante, à l'instar de la profusion de coussins à franges qui le décorent. Pendant ce temps, je cherche mon carnet de croquis. Où est-il passé, celui-là ? Je soulève les vieux ouvrages empilés par terre, à côté de la table basse en bois brut. Puis je pousse la théière avec un bec en forme de trompe d'éléphant, comme si mes dessins se cachaient en dessous. On a le droit de rêver !

Alice pouffe de rire en me suivant des yeux tandis que je m'active dans mon joyeux bazar.

– Tu as besoin d'un GPS ? ironise-t-elle.

Je lui tire la langue, mes longs cheveux blonds rassemblés en une grosse natte. En réponse, elle me sourit en sirotant sa tasse de café. Depuis son arrivée, elle me parle avec entrain et une pointe de fierté de la soirée organisée au Park Hyatt. Une vraie réussite pour son agence ! Elle joue en même temps avec mon étole noire, qu'elle m'a rapportée ce matin. Je l'avais oubliée dans les vestiaires, ce qui lui a offert un excellent prétexte pour s'inviter au petit-déjeuner et profiter de mes toasts brûlés et de mes œufs brouillés (à la base, une omelette…).

– Tu ne l'as pas reconnu ? insiste-t-elle en reprenant le fil de notre conversation.

– Le vieux monsieur élégant que j'ai vu entrer ? dis-je en essayant de suivre. Celui qui tenait tout le temps sa femme par le bras ?

L'œil noisette d'Alice pétille. Moi, je change de place une lampe Art déco, constituée d'un entrelacs de métal et de délicates arabesques évoquant une tige de fleur. Les poings sur les hanches, je tente de repérer ce fichu carnet. Sûrement perdu dans le triangle des Bermudes de mon salon. Il n'est pas rare que des objets disparaissent à jamais dans cette pièce. Le FBI est sur l'affaire. Et à mon avis, les extraterrestres sont dans le coup.

– C'était John Higgins, le sénateur.

– Un homme politique ? Je croyais que tous les invités travaillaient dans le monde de la finance.

Stupéfaite par ma naïveté, Alice éclate de rire.

– Tu viens de quelle planète, Elena ? Les hommes les plus puissants au monde font partie de ce lobby.

– Oh…

– Même Hilary Clinton a fait le déplacement. Dommage que tu sois partie avant de lui serrer la main.

Bref silence.

Puis je pousse un cri de triomphe, faisant sursauter ma meilleure amie qui manque de renverser sa tasse sur mon parquet ciré.

– Ça y est, je sais !

Pas besoin d'envoyer l'agent Mulder finalement !

Joyeuse, je me précipite vers le grand casier situé au fond de la pièce. Il s'agit d'un meuble d'apothicaire constitué d'une multitude de rangements où les pharmaciens d'antan ordonnaient leurs tisanes, onguents et autres potions. Aujourd'hui, de vieilles photos s'y étalent dans des cadres que je chine et rafistole tous les week-ends. Plongeant ma main dans l'une des cases, j'en extirpe mon précieux carnet.

– Sauvée !

– Je ne sais pas comment tu arrives à retrouver tes affaires dans ce bazar.

– Ce n'est pas un bazar. C'est juste… organisé à ma manière.

Et fourrant mes croquis dans ma besace couverte de badges et de graffitis à l'encre turquoise, je retourne auprès de mon amie.

– Assieds-toi deux minutes, tu me donnes le tournis.

– Qu'est-ce que tu disais à propos de la soirée ? demandé-je en me laissant tomber sur le gros pouf framboise à côté du sofa.

J'essaie de ne pas trop songer à cette fête. Parce que cela impliquerait de penser à… lui. Cet homme brun aux yeux clairs qui a hanté tous mes rêves de la nuit. Comme s'il m'avait suivie jusqu'à mon appartement, comme s'il ne quittait plus ma tête. Saisissant ma tasse, je bois une petite gorgée de ma tisane énergisante à base de dictame blanc. Bizarrement, quand je lui en ai proposé, Alice s'est ruée sur ma cafetière en baragouinant. Enfin, j'ai quand même surpris quelques mots au vol : « ruminant » et « manger de l'herbe », par exemple.

Que dois-je en déduire ?

– Je te parlais des invités, me répond mon amie en me regardant comme si j'étais un cas désespéré. Dommage qu'on n'ait pas croisé un ou deux acteurs connus.

– Tu ne peux pas tomber sur Ryan Gosling à chaque fois.

– Hélas ! rit-elle. Au fait, tu ne m'as toujours pas dit pourquoi tu étais partie sans nous attendre, Jeremy et moi.

Je prends un air détaché, même si je ne suis pas une excellente comédienne, loin de là. L'oscar, ce n'est pas pour demain.

– J'étais fatiguée… et je ne me sens jamais très à l'aise dans ce genre de soirée. Je ne trouve rien à dire et j'ai l'impression qu'un projecteur est en permanence braqué sur moi alors que le mot « bizarre » est tatoué sur mon front.

– N'importe quoi. Tu étais superbe, hier. Tous les hommes te dévoraient des yeux dans ta robe.

Ma robe. L'épingle en or. Mon inconnu.

Pourquoi tout me ramène à lui ?

– J'ai préféré rentrer, conclus-je simplement.

– Elena ou la vie sauvage, se moque Alice avec une tendresse évidente.

Puis, embrassant mon vaste salon d'un regard, elle pousse un soupir, comme si les bras lui en tombaient. Comme chaque jour, elle est habillée à la dernière mode avec sa veste Balmain blanche et sa robe fluide en crêpe noire signée Chanel. Une bonne partie de son salaire s'évapore dans les boutiques de créateur. Mais n'est-il pas impératif qu'elle soit toujours au top dans son métier ? Je ne peux m'empêcher de l'admirer, vêtue de mon éternel jean et d'une chemise d'homme blanche dont j'ai roulotté les manches. Sans oublier mes tennis fétiches.

– Tu avais cet escabeau la semaine dernière ?

Je lui adresse un sourire radieux, heureuse de l'attention qu'elle porte à ma déco. J'ai installé une profusion de plantes sur chaque marche, donnant un petit air de jungle à ma pièce préférée.

– Laisse-moi deviner, ajoute Alice, malicieuse. Tu l'as trouvé dans un vide-grenier.

– Exact.

– Je me demande comment tu arrives à vivre dans ce bric-à-brac.

Tous mes meubles proviennent des brocantes et marchés que j'arpente inlassablement. Sans parler des bibelots que je récupère directement dans la rue. C'est fou ce que les gens jettent. J'ai déjà trouvé des merveilles que je nettoie et restaure ensuite avec soin, donnant une seconde vie à chaque objet. Le regard d'Alice s'attarde sur une pendule kitsch à l'effigie de Mickey. Sauf que je ne lui laisse pas le temps d'ouvrir la bouche.

– Je te rappelle que tu as un magnifique appartement à deux étages au-dessus du mien. Alors si tu préfères retourner y boire ton café…

Elle se met à rire de bon cœur. Nous habitons le même immeuble depuis mon entrée à l'Académie des arts, trois ans plus tôt. Nous nous sommes rencontrées le jour de mon emménagement et passons tout notre temps fourrées l'une chez l'autre. Elle sait combien j'aime ma caverne d'Ali Baba. Conciliante, elle se tourne vers ma collection de photographies.

– Il est nouveau lui, non ? me dit-elle en désignant une vieille image un peu écornée, installée dans un cadre de bois.

Je voue un véritable culte aux photographies de la fin du XIXe siècle. Uniquement des portraits. Dès que j'en trouve une, je l'achète. Quittant mon siège, je vais chercher ma dernière trouvaille et m'installe près d'Alice pour faire les présentations. J'adore inventer des vies à ces visages inconnus. J'imagine leur passé, leurs rêves, leurs déceptions. Mon appartement est maintenant rempli de clichés d'ancêtres qui ne sont pas les miens. Il faut dire que ma propre famille ne prend pas beaucoup de place…

– C'est Bartolomeo, je l'ai trouvé à Brooklyn la semaine dernière. Il faut que je passe un coup de verni sur son cadre.

– Il est marié ?

– Non, au grand désespoir de sa mère. Il a l'âge de reprendre la quincaillerie familiale, mais il est toujours célibataire.

– Cela lui pèse ?

– Il aime la solitude… mais il est agacé par les réflexions de ses parents. D'ailleurs, sa mère compte faire appel à une marieuse.

Alice éclate de rire. Et se prenant au jeu, elle désigne une autre photographie, rapportée au printemps.

– Et si tu lui présentais Lady Violet ?

– Tu n'y penses pas ! Ses parents ne le permettraient jamais…

– Tu m'as pourtant dit qu'elle avait le goût de l'aventure.

– Attends… Il n'est pas exclu qu'ils s'enfuient ensemble.

Alice s'apprête à répliquer quand un coup de sonnette retentit. Je n'ai pas le temps de réagir, elle quitte déjà le canapé et fonce vers la porte d'entrée. J'en profite pour observer la photo de mon vieux garçon préféré. Comme tous les autres, il me tient compagnie. Une minute plus tard, mon amie revient avec un petit paquet dans les mains.

– Un livreur a déposé ça pour toi.

Je n'attends rien. Dévorée par la curiosité, Alice me presse de l'ouvrir d'un coup de coude.

– Qu'est-ce que c'est ? demande-t-elle, surexcitée, tandis que je déplie le papier de soie avec soin.

Un écrin. Et à l'intérieur…

Mon cœur s'arrête de battre.

Jamais je n'ai vu un objet aussi… aussi beau.

– Une fibule, dis-je tout bas.

Ça ne peut être que lui. Ça ne peut venir que de lui. Mon bel inconnu aux yeux polaires. Abasourdie, je caresse la somptueuse épingle à nourrice en or pur, décorée d'inscriptions anciennes.

– Je répète : qu'est-ce que c'est ? s'amuse Alice, les sourcils en accent circonflexe.

Je tourne l'objet dans tous les sens, admirant la finesse de l'attache. De toute évidence, il s'agit d'un objet très ancien, soigneusement restauré par un joaillier de grand talent. J'en ai le souffle coupé.

– Une fibule est une sorte de grande épingle qui permettait d'attacher les vêtements, comme les toges romaines ou les robes drapées des Étrusques. On en trouve dès l'âge de bronze. Certaines fibules sont si précieuses qu'elles sont exposées dans les musées, notamment au Louvre.

– C'est magnifique, en tous les cas. Qui t'a envoyé cette merveille ?

Lui.

Comment a-t-il obtenu mon adresse, par contre ? Dans un flash, je le revois avec ma carte de visite à la main, en train d'interroger la collègue d'Alice. J'esquisse un sourire. Je n'ai jamais été aussi contente qu'Alice ait imprimé pour moi ces fameuses cartes. Éblouie par mon cadeau, j'en effleure les contours délicats. Personne ne m'a jamais offert un objet aussi incroyable et… *approprié*. Je l'admire rêveusement, la tête dans les nuages.

– Quand tu auras fini de contempler ton bidule, il faudra que tu ailles en cours.

– Pas bidule, fibule.

– N'empêche, tu vas être en retard.

Je jette un coup d'œil à la pendulette Mickey et…

– Meeeeeeeeeerde !

Je récupère mon sac et ma veste à toute allure, poursuivie par la voix d'Alice jusque dans le couloir.

– Ne pense pas t'en tirer à si bon compte. J'attends des explications au sujet du mystérieux fibidule !

***

D'un coup de ciseaux habile, je découpe la dernière image de ma mosaïque. Tous les élèves travaillent en silence. À 21 ans, je m'apprête à terminer mon cycle à la New York Academy of Art. Dans moins de huit semaines, je serai diplômée de cette prestigieuse école où j'ai enfin trouvé ma place. Ici, je peux laisser libre cours à mon imagination ; je ne suis plus regardée comme une martienne – comme je l'étais dans mon lycée où l'affreux monsieur Hopkins, mon prof de maths, me collait sans cesse des retenues pour cause de gribouillages intempestifs dans la marge de mes cahiers. Un clone du professeur Rogue, celui-là.

À l'aide d'une brosse, je colle délicatement un œil de fauve au centre de mon tableau, constitué d'un empilement d'images glanées dans les magazines et d'aplats de peintures. L'ensemble forme des couches successives et hétéroclites.

– Comment l'avez-vous appelé ?

Madame Johnson s'arrête derrière moi en posant une main douce sur mon épaule. Elle ne semble pas avoir remarqué mon état. J'ai pourtant barbouillé de bas en haut ma blouse blanche. On dirait qu'un pot de peinture m'a explosé en pleine figure. En cours, j'ai toujours l'air de réchapper d'un attentat perpétré par Picasso.

– *Strates*, je réponds, pensive.

D'abord, mon enseignante ne dit rien, ses yeux sombres fixés sur ma toile dont il ne reste plus la moindre surface disponible. Je suis une spécialiste de l'empilement – un peu comme dans mon salon. La vieille dame aux cheveux blancs hoche la tête. Et un sourire appréciateur – celui que ses élèves guettent avec espoir – étire ses lèvres. Nous savons tous combien cette artiste de renommée internationale se montre avare de compliments. Ce qui leur donne d'autant plus de valeur. Mon cœur s'emballe tandis que Jeremy coule un regard intéressé dans ma direction.

Suivant le même cours d'arts appliqués, mon ami a installé son chevalet près du mien. Ses cheveux mi-longs retenus par un élastique, il s'arrête de peindre pendant que je dévisage madame Johnson de mes grands yeux verts. Ils me mangent le visage tant je suis nerveuse.

– C'est surprenant, comme toujours. Vous avez beaucoup de talent, mademoiselle Lavigne. Vous suivez votre propre chemin, hors des sentiers battus.

Ses doigts noueux pressent mon épaule et je reste pétrifiée alors qu'elle reprend sa marche, continuant à circuler entre les élèves. À côté de moi, Jeremy pousse un grognement. Dès le début de notre cursus, il a instauré une compétition amicale entre nous, même si je ne me sens pas en rivalité avec lui. Je déteste les concours, la concurrence. N'avons-nous pas chacun notre domaine de prédilection ? À lui la sculpture, à moi les arts plastiques.

– Johnson t'a à la bonne.

– Elle aime bien mon travail.

– C'est parce que tu es une fille. Tout le monde sait qu'elle encourage les étudiantes parce qu'elle juge le monde de l'art macho.

Certes, la grande Eliane Johnson est connue pour ses prises de position politiques et ses œuvres enflammées dédiées à la condition des femmes. Mais la remarque de mon ami me peine. Gardant le silence, je continue à peindre. Pourquoi n'arrive-t-il pas à croire que notre professeur apprécie tout bêtement mon tableau ? Je soupire en donnant un coup de pinceau maladroit, qui décolle les bords de mon image. Voilà que je fais n'importe quoi.

– L'exposition des jeunes talents approche à grands pas. Vous aurez enfin l'occasion de montrer de quoi vous êtes capables. Alors ne relâchez pas vos efforts parce que le soleil brille et que vous mourez d'envie de bronzer sur les pelouses de Central Park.

Le professeur coule un regard en direction de Jeremy, qui

n'a pas encore terminé sa toile et garde quelques brins d'herbe dans ses cheveux, souvenir de sa longue pause déjeuner au parc. Il rougit, démasqué. N'est-il pas arrivé en retard au début du cours ? Et quand madame Johnson se détourne, il se penche vers moi :

– Quand je te dis qu'elle préfère les filles…

***

Si j'adore les arts appliqués, je meurs d'ennui durant les cours théoriques. Et le professeur Griffin est le plus puissant des soporifiques. En cas d'insomnie, je pense toujours à ses cours ; j'en ouvre un, et paf ! je m'endors. Avec un énième soupir, je griffonne un visage dans un coin de mon classeur pendant qu'Anna Griffin arpente son estrade de long en large en nous assommant de noms et de dates à retenir. Sa voix sèche claque comme un fouet dans le silence. On pourrait entendre une mouche voler. Jeremy, lui, prend fébrilement des notes au premier rang, peut-être pour se rattraper, suite aux remontrances d'Eliane Johnson. Pour ma part, j'ai trouvé refuge au fond de l'amphithéâtre.

– La nature n'est pas seulement représentée dans le mouvement du land art : il s'agit d'un moteur et d'un acteur de la création in situ.

J'étouffe un bâillement en continuant de dessiner. Lorsque je reconnais la figure qui apparaît sur mon papier. Un homme aux yeux bleus et graves, aux fins cheveux d'ébène, au sourire irrésistible… Mon cœur manque un battement et je claque mon classeur. Ce n'est pas le moment de penser à lui, ni à la magnifique fibule que j'ai épinglée à ma robe de soirée.

Désormais, la déchirure est invisible.

Quand mon téléphone se met à vibrer.

Oups. J'ai oublié de l'éteindre. J'ai la tête comme une passoire…

Fouillant ma poche remplie de papiers de bonbons, j'en sors mon portable et jette un coup d'œil à la salle. Personne ne me regarde. Sur mon écran, un numéro inconnu s'affiche.

[Votre robe est réparée ?]

Mon cœur cesse de battre et je manque de faire tomber par terre mon smartphone. Je n'entends plus rien. Même la voix de la prof s'éloigne, étouffée derrière des vitres invisibles.

C'est lui. Ou alors non. Ce serait une erreur ? Une erreur ET une coïncidence ?

Non, c'est lui. C'est forcément lui.

J'essaie de respirer calmement, par la bouche. Waouh ! On dirait que je participe à un cours d'accouchement sans douleur. Que suis-je censée faire ? Mes mains moites glissent sur mon téléphone tandis que je fixe intensément le plafond comme si j'allais y puiser une soudaine inspiration.

Respirer. Voilà. Et le remercier.

[Oui, merci infiniment. Vous n'auriez pas dû.]

J'attends quelques secondes, pétrifiée d'angoisse. Et s'il ne répondait pas ? Et s'il n'avait pas mon message ? Et si ce n'était pas lui ? Et si… et si… ? À nouveau, mon appareil frémit.

[Si. D'autant que je tiens à récupérer mon épingle à cravate.]

C'est de moi que sort ce gloussement ? Qu'est-ce qu'il

m'arrive ?

Me ressaisir. Vite.

[Bien sûr. Donnez-moi votre adresse. Je vais vous l'envoyer.]

Je ne patiente pas longtemps. Ses coordonnées apparaissent sur mon écran. Il s'appelle Elio Garibaldi. Charmée, je murmure son nom à consonance italienne, qui roule comme une caresse sur ma langue. Il habite dans la plus grande avenue de l'Upper East Side, le quartier le plus chic de la ville. Pourtant, je ne peux m'empêcher de ressentir une pointe de déception. Qu'espérais-je au juste ? Le revoir ? La lui remettre en main propre ? Consciente de mon ridicule, je redescends brutalement sur terre. Je ne connais pas cet homme. Je ne l'ai croisé qu'une fois, à peine cinq minutes.

Atterris, ma vieille.

En plus, ça ne me ressemble pas. Je ne suis pas du genre à flirter par SMS avec un parfait inconnu. Ma vie sentimentale ressemble au désert de Gobi et je ne compte qu'un seul petit ami à mon actif. Et encore ! Evan tenait davantage du bon copain que de l'amoureux transi. Après six mois de relation, nous nous sommes quittés sans heurts ni fracas, d'un commun accord.

Très bien. Je vais expédier son épingle à cet Elio Garibaldi et il sortira définitivement de ma vie. Affaire classée.

J'essaie à nouveau de me concentrer sur le cours, même si j'ai l'impression qu'on m'injecte un somnifère par intraveineuse. Oh là là, pourvu que je ne bâille pas encore ! Pendant vingt minutes, la prof décrypte l'œuvre de Dennis Oppenheim. Je prends mollement des notes. Au premier rang, Jeremy noircit des kilomètres de papier, en jetant des regards enamourés à la blonde et svelte Anna Griffin. Tout s'explique. Je souris, amusée... quand ma poche se met à trembler. Mon téléphone ? Encore ? Fébrile, je consulte l'appareil.

[Je tiens beaucoup trop à cette épingle pour la laisser manipuler par les services postaux. Que diriez-vous de me la rendre autour d'un dîner ?]

Nouveau gloussement idiot.

– Mademoiselle Lavigne, pourriez-vous faire partager à la classe ce qui vous amuse tant ?

Je relève la tête et perds instantanément toutes mes couleurs. Prise la main dans le sac. Et tandis que le professeur Griffin s'approche de moi, j'ai tout juste le temps de planquer mon téléphone dans ma trousse. Elle se plante devant mon bureau, les poings sur les hanches, et me foudroie pardessus ses fines lunettes rectangulaires.

– J'attends...

– Je suis désolée. Je...

Jeremy m'adresse un sourire ironique, pas très solidaire. Des dizaines d'yeux sont braqués sur moi. Embarrassée, je commence à bafouiller... jusqu'à ce que madame Griffin mette fin à mon calvaire.

– Puisque mademoiselle Lavigne daigne à nouveau nous accorder son attention, reprenons.

Me tournant le dos, elle descend les marches du petit amphithéâtre où elle donne sa grand-messe quotidienne. Attendant qu'elle s'éloigne, je récupère en vitesse mon portable. Tant pis pour le land art. J'ai rendez-vous avec Elio Garibaldi !

[Avec plaisir. Où dois-je vous retrouver ?]

M'envoyant un dernier message, il m'invite dans l'un des plus beaux restaurants de la ville, en promettant de m'envoyer sa voiture avec chauffeur. Je flotte sur un petit nuage. À quoi bon redescendre sur terre quand on peut tutoyer la lune ?

4
LUI ET MOI

Dès la première sonnerie, je bondis sur mon téléphone posé sur la table basse. Cela fait une heure que j'attends ce coup de fil – en fait, je ne l'espérais plus. J'ai bien cru qu'il m'avait oubliée…

– Elena ?

– Bonjour, papa.

– Bonsoir, plutôt. Il est minuit à Dubaï.

Je jette un coup d'œil à ma pendulette kitsch : Mickey indique 16 heures de ses mains gantées. Mon cœur se serre alors que j'imagine mon père à l'autre bout du monde, au sommet d'une tour de verre dans les Émirats arabes. Les mots me font défaut. J'aimerais lui dire combien il me manque, lui raconter mille choses, lui parler de ma vie… mais rien ne vient. Ma bouche reste désespérément sèche, mon pouls s'affole. Je suis aussi nerveuse qu'à la veille d'un examen.

– Tu vas bien ? demande mon père.

Son timbre est neutre, même s'il essaie d'être gentil.

Je me force à sourire, à jouer le jeu – malheureusement, nous n'avons jamais réussi à être proches. Peut-être parce que le fantôme de maman flotte entre nous ? Morte en couches, ma mère a rendu son dernier soupir quelques minutes après ma naissance. Complications respiratoires, d'après les médecins. Depuis ce jour, je porte le poids de sa disparition sur mes épaules. Parce qu'elle a donné sa vie pour moi. Parce que je me sens coupable.

– Oui, ça va. Et toi ?

– Le chantier a pris du retard. Un ouvrier s'est blessé sur un échafaudage.

– Oh mon Dieu ! Ce n'est pas trop grave ? Il va bien ?

Percevant mon affolement, je devine que mon père sourit pour la première fois depuis le début de notre conversation. Je l'imagine en bras de chemise, en train de passer une main dans son épaisse chevelure poivre et sel, la peau hâlée par le soleil du désert. J'ai toujours été fière de lui, fière de sa carrière de promoteur immobilier et des complexes de luxe qu'il construit à travers le monde.

– Toujours à t'inquiéter pour les autres, fifille. Tu n'as pas changé. C'est fou ce que tu ressembles à...

Il s'interrompt, conscient de son erreur. Nous savons tous les deux ce qu'il allait dire : « C'est fou ce que tu ressembles à ta mère. » Il a raison : je suis son portrait craché avec ma peau diaphane, ma petite taille, mes yeux verts et ma chevelure blonde digne de la princesse Raiponce. Un grand blanc s'installe.

– Le vitrier va bien, ne t'en fais pas, conclut finalement mon père d'une voix tendue. Il s'est cassé la jambe. Un vrai coup de chance en tombant de cette hauteur.

– Tant mieux.

Mon père s'éclaircit la gorge, comme s'il ne savait pas quoi dire. Pourquoi toutes nos discussions sont-elles si saccadées ? J'ai parfois l'impression de m'adresser à un étranger – un étranger que j'aime profondément.

– Je suis très occupé, Elena. Je vais devoir...

– Non, attends !

Vite, un prétexte. N'importe quoi pour qu'il ne raccroche pas.

– Tu viendras à l'expo, papa ?

– Quelle expo ?

Mon cœur tombe comme une pierre au fond de ma poitrine. Il ne peut pas avoir oublié cet événement capital pour moi ! Je ris nerveusement, en replaçant dix fois une mèche de cheveux derrière mon oreille.

– L'expo « Jeunes Talents » organisée par mon école. Je t'en ai parlé plusieurs fois, elle se déroule dans une semaine. Il faut absolument que tu sois là : toutes les familles sont invitées. Je vais exposer mes premiers travaux.

– Ah oui, ça me revient.

Silence.

– Je me débrouillerai pour être là, ne t'en fais pas.

– Promis ?

– Promis.

***

Une heure plus tard, je me sens heureuse et... nerveuse. Heureuse parce que mon père va quitter son chantier pour me soutenir. C'est inespéré après six mois de séparation. Six mois, trois semaines et deux jours pour être précise. Et nerveuse parce que je m'apprête à dîner avec Elio Garibaldi, mon mystérieux inconnu. Je suis en train de me transformer en pile électrique. Ou en centrale nucléaire.

– Arrête de bouger ou je n'y arriverai jamais.

Plantée devant la coiffeuse en pin blanc de ma chambre, je m'en suis remise aux doigts experts d'Alice. Manipulant éponges et pinceaux – tous ces outils que je croyais réservés aux toiles et à la peinture –, elle s'agite autour de moi avec frénésie.

– Tu t'en sors ?

– Je vais finir par me vexer. Je suis la championne du *smoky eye*, la reine du teint de rose, l'impératrice du décolleté lumineux, la déesse de…

– Ça va, ça va, je m'incline.

Nos rires résonnent à l'unisson. Je ne sous-estime pas les talents d'Alice. Elle est capable de rivaliser avec une maquilleuse professionnelle. Mais nous n'avons pas les mêmes goûts. Alors que je me contente tous les matins d'un nuage de poudre (ou mieux : de rien du tout), elle n'hésite pas à arpenter les trottoirs de New York comme si elle se rendait au gala du Metropolitan Museum. Je suis discrète, elle est extravertie. Je reste dans ma bulle, elle pourrait faire la conversation à un lampadaire. Et c'est pour toutes ces raisons que je l'aime tant.

– Tu vas être magnifique.

Je lui jette une œillade incrédule par miroir interposé tandis qu'elle lève les yeux au ciel, exaspérée.

– Je t'en prie, Elena : ne me fais pas le coup de la fille canon qui s'ignore.

– Ce n'est pas ça…

Je pâlis en dépit du discret fond de teint qu'elle vient d'étaler sur ma figure.

– C'est que… je… je n'ai jamais séduit personne. Alors un homme de la trempe d'Elio Garibaldi…

– Ah… Elio Garibaldi…

Alice pousse un soupir éloquent, telle une groupie devant le poster de sa rock star favorite. Je pouffe de rire mais ne récolte qu'un regard courroucé. À force de gigoter, je suis en train de lui faire rater le trait de khôl dont elle pare mes yeux.

– Reste tranquille et je t'apprendrai tout ce que tu dois savoir sur le célibataire le plus convoité de New York.

Pour le coup, je suis sage comme une image.

– Il a 28 ans et il est déjà milliardaire, me déclare Alice en dégainant la houppette plus vite que son ombre. Attention, ce n'est pas un héritier qui s'est tourné les pouces en attendant de récolter la fortune de papa !

Bien entendu, j'éternue pile au moment où elle étale du blush sur mes pommettes, lui arrachant un nouveau soupir fataliste. Ce qui ne l'empêche pas de poursuivre sur sa lancée, les yeux brillants de convoitise.

– Après des études brillantissimes dans la finance, il est devenu trader et il a remporté le pactole.

– Comment tu sais tout ça ?

– Wikipédia, tu connais ?

Oups ! Pas une seule seconde je n'ai songé à taper le nom d'Elio dans un moteur de recherche. Cela dit, je ne suis pas très copine avec les nouvelles technologies. Déjà que ma cafetière à capsules me semble le comble du high-tech. Sans parler des moqueries de Jeremy qui me chambre à cause de mon portable. Il prétend que l'appareil date de l'âge de pierre. Mais je n'y peux rien : je n'aime pas tous ces machins qui me donnent l'impression d'être dans *Star Trek*.

– Et j'ai un scoop pour toi, ajoute Alice. Il est canon.

J'éclate de rire.

– J'avais remarqué.

– Il a aussi l'air très attentionné… T'envoyer un fibidule, c'était classe.

Je ne cherche même pas à la corriger. Brièvement, je revois mon superbe inconnu, ses yeux bleu glacier, ses lèvres parfaitement dessinées, fines et sensuelles, et ses longues mains de pianiste. Je me mords les lèvres à la seconde précise où Alice tente d'étaler un peu de rouge.

– Elena ! Tu le fais exprès, ou quoi ?

– Je suis désolée. Simplement, cette histoire me tracasse. Un homme comme lui doit avoir toutes les filles du monde à ses pieds.

– Affirmatif.

– Alors pourquoi a-t-il invité une petite étudiante en art ?

– Parce que tu es géniale, belle, drôle, unique… Stop ou encore ?

– Oh… bah, encore.

À son tour de rire avant de s'écarter pour me laisser admirer son travail. J'étouffe un hoquet de surprise en découvrant la jeune inconnue dans la glace. Mes yeux verts sont soulignés de noir, mon visage est rehaussé d'une délicate poudre irisée et ma bouche brille d'un éclat de pêche mûre. C'est magnifique. Dire que je sais à peine me poudrer le nez. Je pose sur Alice un regard émerveillé.

– Merci.

– En échange, tu as intérêt à prendre Elio Garibaldi dans tes filets.

– Je vais simplement lui rendre son épingle à cravate.

– Autour d'un dîner romantique ? À d'autres !

Puis, rêveuse :

– J'ai toujours rêvé d'épouser un milliardaire…

– Alice !

– Quoi ? Si je n'ai plus le droit de vivre par procuration… D'ailleurs, je veux tous les détails de ta soirée, surtout les plus croustillants, les plus chauds, les plus torrides, les plus…

– Alice !

***

Elio Garibaldi se tient à l'autre bout du restaurant, à l'entrée d'une petite salle privatisée au dernier étage d'un immeuble de luxe. Mon cœur bat la chamade tandis que je le détaille des pieds à la tête, hypnotisée. Il n'est pas attirant… il est plus que ça ! Cent fois mieux que dans mon souvenir. Grand, racé et follement élégant dans son costume noir à la veste cintrée, complété par une cravate sombre à fin liseré d'argent. Je m'attarde sur ses yeux translucides, ses traits fins et ses cheveux noirs dont quelques mèches éparses retombent sur son front.

Ne pas le dévorer des yeux. Avoir l'air normal. Avoir l'air d'une habitante de la planète Terre. Et respirer, respirer,

respirer.

Dans le sillage du maître d'hôtel, je le rejoins en serrant son épingle à cravate dans ma paume. Alice m'a prêté un magnifique fourreau rouge signé Valentino – j'ignore qui est cet homme mais il coud très bien. Constituée de délicats volants, la robe en soie dévoile mes genoux et une rose en satin décore mon décolleté. Pour une fois, j'ai relevé mes longs cheveux en un gros chignon flou, seulement retenu par quelques épingles et… ma fibule. Elio sourit en découvrant ma coiffure.

– Vous êtes superbe.

Tendant la main, il effleure l'épingle d'or qui retient mes cheveux.

– Et vous portez ce bijou comme personne.

Sa voix posée me tire un long frisson et je baisse les yeux, déstabilisée par son impeccable baisemain. D'un regard, j'ai l'impression qu'il peut me percer jusqu'à l'âme et lire tous mes secrets, toutes mes peurs, tous mes espoirs. Quand, à nouveau, son sourire en coin refait son apparition… Argh ! cet homme va me rendre folle. Est-il troublé, lui aussi ? M'apprécie-t-il ou est-il aussi galant avec toutes les femmes ? Mon cœur cogne si fort que je redoute qu'il ne l'entende. Par chance, il se contente de sourire en m'offrant son bras.

– Puis-je vous conduire, Elena ? demande-t-il avant d'ajouter, en parfait gentleman : Je peux vous appeler Elena ?

– Oh… oui, bien sûr.

En fait, il peut m'appeler comme il veut : par téléphone, satellite, planche oui-ja, boule de cristal…

– Très bien. Et je vous en prie, appelez-moi Elio.

Au lieu de prendre son bras, je dépose son épingle en or

au creux de sa main. Nerveuse, je frôle par mégarde ses doigts et un courant électrique me traverse de part en part – comme dans les vestiaires. C'est une onde fulgurante, brûlante. Elio se contente de me regarder, indéchiffrable. J'aimerais tellement savoir s'il ressent la même chose que moi au moindre contact.

– Merci, Elena. Cette épingle a une grande valeur sentimentale.

Ses yeux clairs plongent dans les miens, me vrillant l'estomac tandis que j'ébauche un pâle sourire.

Qu'est-ce que cet homme m'a fait ? Il m'a jeté un sort ? Il m'a maraboutée ?

– Et si nous passions à table ?

J'irai où il voudra. J'irai où il ira.

Un quart d'heure plus tard, mon rire résonne dans notre alcôve, à l'écart du restaurant perché au sommet d'une tour de verre au cœur de Manhattan. Installée devant une immense baie vitrée, notre table domine la ville et son ballet de voitures, de lumières… À cette hauteur vertigineuse, le brouhaha de la « Cité qui ne dort jamais » ne nous atteint plus. Il n'y a que nous sur le toit du monde, tutoyant les nuages effilochés et le croissant de lune.

– *Le Loup de Wall Street* a fait beaucoup de mal aux traders, conclut Elio avec humour, en évoquant le film de Scorsese.

– La crise aussi, j'imagine…

– N'en parlons pas ! Nous avons une image catastrophique. Heureusement, je peux toujours me présenter comme le patron d'une holding financière, ajoute-t-il avec un clin d'œil.

Je lui souris, incroyablement à l'aise. Moi qui suis plutôt

sauvage, je parle avec une facilité déconcertante. La voix d'Elio me berce tandis qu'il évoque la création de son entreprise cinq ans plus tôt. Surdoué des finances, il est à la tête d'une gigantesque holding qui gère une multitude de sociétés, de portefeuilles d'actions, de brevets scientifiques et autres placements. Il jongle chaque jour avec des millions de dollars. Une autre raison d'avoir le vertige.

En plus de sa voix chaude, enveloppante, magique.

En plus de lui.

– Vos parents doivent être fiers de vous, dis-je naturellement.

Il ne répond rien mais je note la légère tension dans sa mâchoire. Et sans se départir de son sourire, il enchaîne :

– Assez parlé de moi. Je veux tout savoir à votre sujet, Elena.

– Oh ! il n'y a pas grand-chose à dire.

Ai-je commis une maladresse ? La famille est-elle un sujet sensible pour lui ? Un voile obscurcit maintenant son regard. Un peu gênée, je préfère répondre à ses questions et évoquer ma passion viscérale pour l'art. Mes réponses pleines de feu lui tirent un sourire.

– Vous semblez vous illuminer de l'intérieur quand vous décrivez vos œuvres.

– Oh… n'hésitez pas à m'arrêter, surtout. Je peux devenir assommante dès qu'il s'agit de création.

– Au contraire. Je pourrais vous écouter toute la nuit.

J'évite son regard si profond… peut-être par peur de m'y perdre. Mon trouble s'accroît au fil des secondes, sans que je puisse dire si Elio le partage. Il est difficile à cerner, presque insaisissable. Autant il se dérobe dès que nous abordons un sujet trop intime, autant il se montre charmant, brillant, intelligent et d'une culture sans limites dans mon domaine de prédilection : l'art. Au fil de la conversation, il m'impressionne par ses connaissances au sujet d'artistes que le grand public connaît souvent mal – Arnulf Rainer, Georg Baselitz... Je suis charmée par ses analyses d'une finesse sidérante. À l'évidence, il aime l'art.

– Vous êtes connaisseur ! dis-je, admirative.

– Je m'y suis intéressé, sans plus.

– Avec toutes ces connaissances, vous pourriez être un spécialiste.

Je fronce les sourcils. À part un expert, personne ne possède un tel savoir ! Comme s'il devinait mes pensées, Elio me décoche son sourire en coin. Est-ce une parade chez lui ? Un élégant moyen de défense pour claquer la porte au nez des curieux ?

– C'est une carrière de couturier que j'ai manqué ! Rappelez-vous...

Comme je ris, il me répond d'un clin d'œil amusé. Jolie pirouette. Parce que j'ai la sensation qu'il ne veut pas s'éterniser sur la question. Un léger silence s'étire entre nous. Nos mains sont toutes proches sur la table, mais Elio ne bouge pas. Ce qui me contrarie un peu. S'il était attiré par moi, n'essaierait-il pas d'effleurer mes doigts, de me toucher ? Or, rien. Rien que son regard pénétrant posé sur moi.

Il va me rendre chèvre !

– Je... je vais bientôt exposer, dis-je soudain.

– Où cela ?

S'il s'ouvre peu, il semble sincèrement intéressé par mes réponses. Personne ne m'a jamais écoutée comme lui.

– L'Académie des arts de New York organise chaque année une expo dédiée à ses « jeunes talents ». Elle se déroule vendredi prochain dans nos locaux. Ce sera enfin l'occasion pour moi de dévoiler mes Secret Box.

– De quoi s'agit-il ?

Fascinée, je m'attarde sur sa bouche au moment où il absorbe une gorgée de muscadet. La façon dont ses doigts enveloppent le verre, ses lèvres humides, la pointe de sa langue qui rattrape une goutte de vin… c'est si sensuel. Je me sens toute chose. Aux prises avec un désir brut. Comme s'il devinait mes pensées, il soutient mon regard, me forçant à détourner les yeux la première. Lui, visiblement, n'a aucun mal à lire en moi !

– C'est… euh… un projet qui me tient à cœur, dis-je, secouée.

Reprenant mes esprits, je lui explique le principe de mon installation : des boîtes construites par mes soins dans divers matériaux – bois, carton, métal, chute de tissu… – dans lesquelles le spectateur peut jeter un coup d'œil via une serrure, un trou ou une ouverture.

– Par contre, je ne peux pas vous révéler ce qu'elles renferment. C'est un secret.

– Vous êtes une jeune femme pleine de surprises.

– Pas toujours bonnes, je le crains, dis-je dans un grand rire. Mais je suis heureuse de parler à quelqu'un qui connaît si bien l'art.

– C'est beaucoup dire. Cet univers est assez éloigné de mes préoccupations.

À nouveau, cette réticence étrange. Il se raidit, comme s'il se cabrait devant un obstacle.

– Quel est votre peintre favori ?

– Léonard de Vinci, comme tout le monde.

Il a répondu très vite – trop vite. Je suis un peu surprise par son choix mais je ne réponds pas. Ai-je dit une bêtise ? Rapidement, il change de sujet et me parle de tout et de rien pendant le reste du repas – le cinéma de Scorsese, les livres de Tennessee Williams… –, mais je me montre de plus en plus distraite.

Comment pourrais-je me concentrer face à Elio Garibaldi ?

Je reviens sans cesse à sa bouche, à ses mains, incapable de savourer les mets fins apportés par le serveur. Une pavlova succède à un risotto aux truffes blanches. À la fin du dîner, je suis dans tous mes états. Et pendant qu'Elio règle discrètement l'addition, je l'attends près de l'ascenseur en m'éventant avec ma pochette.

Je vais tomber dans les pommes. Cet homme est tellement… tellement… TOUT.

Dès qu'il réapparaît, je sens à nouveau ce trouble. Nous montons tous les deux dans la cabine, silencieux. Nos corps sont côte à côte, mais nous n'esquissons pas un geste au gré des étages qui défilent. Je l'attire ? Ou je ne l'attire pas ? Si ça continue, je vais tirer à pile ou face… À moins que ce ne soit un effet de mon imagination, la chaleur devient presque suffocante entre les parois lambrissées.

De l'air. Vite !

L'ascenseur s'arrête au rez-de-chaussée, dans le vaste hall dallé de marbre. S'effaçant devant moi, Elio me laisse sortir la première. Il a des manières d'un autre temps, d'une galanterie parfaite. Quand soudain… ses doigts se referment autour de mon poignet. Je me retourne. Et nos regards se croisent, s'accrochent, se gardent.

– Elena...

Mon nom comme une caresse.

Mon nom comme une formule magique.

À cet instant, je m'abandonne aux mains de cet homme que je connais à peine. Devinant ma reddition, une lueur brûlante passe dans ses yeux. L'eau arctique se transforme en torrent bouillonnant. Et j'entrevois toute la passion, toute la violence qu'il cache sous son apparence policée.

Non... je n'ai pas rêvé... Il se passe bien quelque chose.

Nos corps s'enlacent. En une seconde, je me retrouve plaquée contre son torse. Je sens ses muscles durs rouler sous sa chemise blanche. Ses bras se referment sur moi et mon cœur cogne entre nous, si fort qu'il le sent à son tour. Penchant la tête vers moi, il prend mes lèvres. Le temps s'arrête. Sa bouche se pose sur la mienne, douce et impérieuse. Moi, je plaque mes mains sur son torse, pressée sur sa poitrine. Et bientôt, sa langue s'insinue en moi, caressant la mienne, mêlant nos souffles.

Devant l'ascenseur, nous ne formons plus qu'une unique silhouette alors qu'il m'embrasse avec intensité, comme si nos vies en dépendaient. Enveloppée dans son parfum, je me laisse aller, emportée par son étreinte. Je fonds comme de la cire chaude entre ses doigts, bouleversée par ses lèvres de velours, sa salive au goût d'alcool. Au creux de moi, la flamme du désir s'allume, m'embrasant tout entière.

Et je prends peur.

C'est si... énorme !

Reculant brutalement, je m'arrache à ses bras.

Tout va trop vite. Je… je ne contrôle plus rien.

– Je ferais mieux de rentrer…

***

Assise à l'arrière de la somptueuse berline, je suis encore bouleversée par notre baiser. Je redoutais que ma dérobade ne le froisse… mais Elio ne semble pas m'en tenir rancune, respectant ma décision. Au contraire, il a tenu à me raccompagner, se glissant à mes côtés sur la banquette en cuir noir de sa BMW. Mais la tension reste palpable, saturant l'air de crépitements. Pourtant, nous ne nous touchons pas.

Enfin, un peu quand même.

Nos bras se frôlent, en un étonnant jeu du chat et de la souris… du moins jusqu'à ce qu'Elio attrape ma main et soude nos paumes. Je le regarde, un peu intimidée. Ses pupilles brillent dans la semi-pénombre. Il me sourit, entremêlant nos doigts. À l'avant, je devine la silhouette massive du chauffeur, séparé de nous par une vitre opaque. Même s'il ne peut pas nous voir, je ne me sens pas très à l'aise. Je n'ai pas l'habitude de tout ce luxe, même si j'ai toujours mené une vie très confortable grâce à mon père. Avec Elio, c'est autre chose, un autre monde…

Elio.

Son charme, son charisme.

En sa présence, je me dévoile trop, beaucoup trop. Avec lui, les mots viennent naturellement. Ne lui ai-je pas parlé de mes Secret Box que je cache jalousement depuis des semaines ? Je redoute de m'ouvrir. Si je m'abandonne, je ne pourrai pas empêcher certains souvenirs de remonter à la surface – tout ce passé enfermé et cadenassé au fond de mon esprit. Mais j'ai envie de lui parler… c'est si bon. Pour tout le monde, je suis différente, bizarre. Avec lui, je me sens… comprise.

Une petite sonnerie s'élève dans ma pochette. Avec un sourire d'excuse, je récupère mon portable. À ma grande surprise, je découvre un SMS de mon père.

[Trop de retard sur le chantier. Je suis coincé à Dubaï, fifille. Impossible de venir à ton expo la semaine prochaine. Je t'appelle bientôt.]

Oh ! je vois.

Mon visage se décompose.

– Une mauvaise nouvelle ? s'inquiète Elio, les sourcils froncés.

Je secoue la tête.

– Non, rien de grave.

Ou rien qui ne me soit pas déjà arrivé mille fois. C'est un peu la spécialité de papa : décommander nos rendez-vous au dernier moment. Je n'ai jamais connu ma mère, ma grand-mère est morte quand j'avais 5 ans et mon père n'a pas réussi à jouer son rôle auprès de moi. Mais a-t-il seulement essayé ? Je ravale mes larmes en regardant les rues défiler derrière les vitres, rythmées par la lueur orangée des lampadaires. Et quand la voiture d'Elio s'arrête au pied de mon immeuble, je lui souris faiblement. Lui me dévisage, cherche à me retenir par la main… en vain.

– Je vous remercie pour cette merveille soirée.

– Elena…

– Bonne nuit, Elio.

Déjà, je me glisse hors de sa berline, m'engouffrant dans les ombres de la nuit, le cœur blessé.

***

J'erre dans mon grand appartement – un cadeau de mon père pour faire passer la pilule amère de ses absences. Je n'ai pas allumé les lumières en dehors d'une petite lampe sur ma table basse. À quoi bon ? Pour constater ma solitude ? Pour admirer toutes les pièces vides ? Attrapant le plaid abandonné sur le canapé, je m'y enveloppe.

C'est mon moment d'auto-apitoiement : sortez les mouchoirs.

Mon sourire finit en grimace tandis que je passe en revue ma collection de photos : tous ces ancêtres qui ne sont pas les miens, tous ces inconnus qui me tiennent compagnie depuis des années. Je m'empare du cadre de Bartolomeo, mon vieux garçon, et le place près de Lady Violet. Alice avait raison : ils vont vivre une belle et grande histoire d'amour.

Quand soudain, j'entends la sonnette. Qui peut venir à cette heure ? Et si Alice avait un problème ? Traversant le couloir, j'ouvre la porte à la volée et me retrouve nez à nez avec…

– Elio ?

Il se tient sur mon paillasson, l'air grave et inquiet. Je suis si étonnée que je ne trouve rien à dire.

– Qu'est-ce…

– Je m'apprêtais à rentrer quand j'ai brusquement fait demi-tour. J'ai eu l'impression que vous n'alliez pas bien. C'est à cause de ce SMS, n'est-ce pas ?

Nos regards se croisent.

– Je ne pouvais pas vous laisser seule.

Mon cœur cesse de battre. Littéralement.

Personne n'a jamais fait une chose aussi gentille pour moi. Il est revenu sur ses pas parce que je semblais malheureuse. Sa délicatesse me bouleverse, comme son sourire un peu gêné.

– Puis-je entrer ?

J'hésite une seconde. Je n'ai pas l'habitude d'inviter un homme chez moi, surtout à une heure si tardive. Sauf que ce n'est pas n'importe quel homme. C'est lui, c'est Elio. Je lui adresse un sourire d'excuse. Avec lui, j'oublie tout, même les bonnes manières. C'est presque un miracle si je me rappelle mon nom !

– Ne faites pas attention au bazar.

Je lui indique la direction du salon, mais il se fige sur le seuil, visiblement… surpris. Et déconcerté.

– Je sais, ça fait ça à tout le monde.

J'ignore si c'est sa présence ou la tête qu'il fait, mais je me sens soudain amusée, détendue. Lui qui maîtrise si bien ses émotions et ne laisse rien filtrer semble complètement déstabilisé par mon bric-à-brac. Je m'attends à entendre une moquerie, une critique. Pas du tout. Il se contente d'observer, fasciné. À pas prudents, comme s'il redoutait de casser un objet, il explore mon décor baroque avec une curiosité croissante. Je l'observe, debout près du canapé, secouée de le voir dans mon monde. Elio Garibaldi. Chez moi. À minuit. Son charisme éclabousse les murs, remplissant tout l'espace comme s'il se l'appropriait.

– C'est… surprenant, dit-il en effleurant une bonbonnière en cristal. Comme vous, Elena. Comme tout ce que vous faites.

Il se tourne vers moi, ajoutant à voix plus basse :

– Comme tout ce que vous êtes.

Je pâlis, troublée par son regard. Puis il reprend son

inspection, attiré par ma collection de portraits du XIXe siècle. Il ne me juge pas. Il ne me trouve pas étrange. Il examine mon bric-à-brac insolite avec une bienveillance qui me touche.

– Je me doutais que vous aviez une imagination très riche, Elena. J'ai tout de suite senti que vous êtes une jeune femme spéciale, bouillonnante d'idées.

Il se tient au milieu de la pièce et me tend la main. Spontanément, je vais vers lui sans réfléchir, comme si j'attendais ce signal. Et je saisis sa paume offerte tandis que son sourire s'affirme dans la pénombre de mon salon.

– Vous ne ressemblez à personne.

Je soutiens son regard, même s'il m'intimide. Sa beauté, son aura me font me sentir toute petite. Surtout, je suis déstabilisée par les ondes qui émanent de lui et les papillons qui s'envolent au creux de mon ventre. Je marche en territoire inconnu. Je ne reconnais aucune sensation. Nos doigts restent liés tandis que je me tiens debout devant lui. Doucement, il lève sa main libre et effleure ma fibule. Puis il la détache, laissant mes cheveux tomber en cascade jusqu'à mes reins. À ce spectacle, ses pupilles se dilatent et il saisit l'une des mèches d'or de ma crinière, la faisant glisser entre ses doigts.

– Si vous préférez rester seule…

– Non…

C'est la voix d'une étrangère. Est-elle vraiment sortie de mon corps ?

– Non, je veux que vous restiez.

Nous savons tous les deux ce que ces mots impliquent. Et sans me quitter du regard, Elio se penche vers moi en me laissant le temps de réagir. Mais c'est lui que je veux. Ses bras autour de moi, sa bouche sur la mienne, sa force pour me consoler, me porter. Alors je m'abandonne à son baiser. Les paupières closes, je viens à sa rencontre et nos bouches se retrouvent en une explosion de sensations. Au premier contact, c'est la même décharge qu'aux vestiaires, au restaurant. Comme si j'entrais dans son champ de gravitation.

Nos lèvres se caressent, s'effleurent. Elio pose ses grandes mains sur mes épaules, repoussant mon plaid bariolé qui tombe par terre, telle une flaque de couleurs à mes pieds. Je ne bouge pas. Je reste les yeux fermés, à l'écoute de la moindre sensation. Son baiser se fait plus profond. Avec une infinie lenteur, sa langue franchit le barrage de mes dents et je savoure sa caresse veloutée. Nos langues se joignent en un ballet savant, son souffle frais chatouille ma joue. Et à mon tour, je lève les mains et crochète mes doigts au revers de sa veste noire.

Tout est si simple, si facile.

Et si intense.

Comme une chorégraphie apprise depuis la nuit des temps – celle du désir, de la passion et de la nuit.

Au fil des secondes, la bouche d'Elio se fait plus impérieuse, plus exigeante. Peu à peu, il prend possession de moi et glisse une main sous ma nuque, avant de perdre ses doigts dans ma longue chevelure. Cette pression me donne des ailes. Soudain, je lui rends son baiser brûlant, mordillant sa lèvre inférieure, si sensuelle, si attirante. J'en rêve depuis le début de notre dîner.

S'écartant à peine, il se détache de moi et m'arrache un soupir de frustration. Le moindre centimètre entre nous ressemble à un océan. Je continue à me cramponner à sa veste. Sans que je m'en rende compte, mes jointures blanchissent.

Parce que je ne veux pas le laisser filer. Pas ce soir. J'ai besoin de lui. J'ai besoin de sa présence même si je le connais à peine, même si je ne sais rien de lui. Bouleversée par sa sollicitude, je cesse de réfléchir : je m'en remets à lui.

Prenant mon visage en coupe entre ses mains, Elio me contemple intensément. Il a toujours cet air grave, ce voile de sérieux. Mais je vois autre chose dans ses yeux : la flamme du désir. Ce feu qui me ravage, qui me pousse dans ses bras. Jamais je n'ai connu ça, au point que je ne sais pas quoi faire de cet incendie qui me ronge.

J'ai envie de lui, tellement…

– Elena…

– Oui.

– Je peux… ?

– Oui.

Pas besoin de mots, de phrases. Juste nos murmures qui disent tout, nos soupirs qui se mêlent. Perdu dans mon regard vert lagon, Elio se courbe pour passer un bras derrière mes genoux… et me soulever de terre. Je pousse un petit cri, lui tirant un sourire. Et tandis qu'il m'emporte vers ma chambre, accolée au salon, j'essaie de respirer calmement. Avec mon nez par exemple. Comme je le fais depuis ma naissance ! Sauf qu'Elio me met dans des états impossibles. Il va m'aimer… Et mon cœur s'emballe au moment où il franchit le seuil et me dépose sur mon lit avec précaution.

Pourquoi je n'ai pas retiré le couvre-pieds rose ? On dirait la chambre d'une ado de 14 ans ! Ah oui, je n'imaginais pas faire l'amour avec Elio Garibaldi ce soir – ni jamais, d'ailleurs. Parce que… je fais l'amour avec lui ! Là, tout de suite, maintenant.

Se débarrassant de sa veste, il la dépose sur une chaise derrière lui. Puis debout devant moi, il se penche et reprend ma bouche, brouillant tous mes repères. Impossible de penser quand il m'embrasse. Un long frisson me parcourt au gré de ses doigts qui redessinent la ligne de mon cou, les contours de mes épaules. J'en ai la chair de poule. Lui n'interrompt pas notre baiser. Lentement, il fait glisser le zip de ma robe au bas de mon dos. Dans un froissement, le tissu tombe comme une corolle sur mes hanches.

Je me retrouve en soutien-gorge devant Elio… et je pâlis. Comme toujours en cas de gêne. Mais ses yeux… ses yeux ne m'effraient pas. Ils me mettent en confiance alors qu'il me dévore du regard.

– Tu es tellement belle, Elena.

Il… il vient de me tutoyer ?

– Tu en as conscience ?

Je bredouille et les papillons s'envolent au creux de mon ventre. Une à une, les barrières tombent entre nous. Notre intimité grandit, comme notre désir. Mais quand j'avance une main timide vers sa chemise pour en ôter le premier bouton, Elio m'arrête et s'en charge lui-même. Il s'en débarrasse comme d'une corvée, la rejetant sur la chaise pour se consacrer… à moi. J'en profite néanmoins pour l'admirer. Je n'ai jamais vu un corps d'homme pareil. Il est superbe. À couper le souffle. Je le détaille, hypnotisée par son torse aux muscles secs et nerveux. Il garde pourtant quelque chose de racé, quelque chose qui impose le respect, même à demi-nu.

Pas le temps de tergiverser. Ses paumes tièdes reviennent sur moi afin d'explorer ma silhouette. Ses mains glissent sur mes hanches fines, ma taille et s'arrêtent sur mes seins, recouverts par la dentelle noire. Je tremble légèrement. Je n'aime pas ma poitrine.

Enfin si on peut appeler ça une poitrine. Je pourrais porter des brassières taille fillette.

– Fais-moi confiance.

J'acquiesce, intimidée. Sans me quitter des yeux, il dégrafe mon soutien-gorge, qui rejoint la robe.

– Tu es superbe, murmure-t-il en effleurant mes seins.

L'espace d'un instant, je me vois avec ses yeux… et je suis belle. Parce qu'il me voit belle. Et je reste assise sur lit, au milieu des vêtements qu'Elio m'a aidée à retirer. Puis il pose un genou sur le matelas et me rejoint. Spontanément, j'ouvre les bras pour l'accueillir et nos corps s'emmêlent pour la première fois.

Peau contre peau. Lui contre moi.

C'est l'embrasement. L'explosion.

Je sens son cœur battre follement dans sa poitrine, à l'unisson du mien.

La pointe de mes seins frotte ses pectoraux tandis qu'il me regarde, l'air émerveillé. Moi, je tremble entre ses bras. Je n'ai pas beaucoup d'expérience… et son regard s'attendrit, comme s'il devinait tout. Ses lèvres se posent sur ma bouche, le coin de mes lèvres, mon cou… traçant un sillon de baisers qui descend de plus en plus bas. Je me laisse aller, enveloppée par son odeur virile. Sa peau dégage un subtil parfum de luxe – *La Nuit de l'Homme* d'Yves Saint Laurent – et d'alcool.

Addictif et enivrant.

– Laisse-toi aller, Elena…

Mon corps s'amollit, mes muscles se détendent. Lui continue à tracer un chemin de feu sur mon corps, ses lèvres laissant des marques humides sur ma cage thoracique. Et lorsque sa bouche trouve l'un de mes tétons, je me tends comme un arc. C'est irrésistible. Il m'attrape aussitôt par les hanches, m'empêchant de bouger, trop occupé à picorer la pointe rosée. Sa langue redessine mon aréole avant d'en agacer le bout.

– Abandonne-toi…

Je ne lutte plus, je ne me débats pas. D'une main, il titille mon autre sein et je devine une bosse dure dans son pantalon, contre ma cuisse. Il me désire… moi ! J'arrive à faire naître du désir chez cet homme. Enfiévrée, je secoue la tête sur l'oreiller, de gauche à droite. Je perds les pédales et mes seins se gonflent, durcissant sous sa langue et ses doigts experts. Une première onde de plaisir monte au creux de mes reins, intense. Et il lui suffit alors de souffler doucement sur mes tétons dressés pour m'arracher un gémissement.

C'est si bon.

Elio sourit.

Puis il reprend sa descente inexorable. Sa respiration saccadée balaie mon ventre tandis que je le suis des yeux, surexcitée. Son menton frotte mon abdomen, ses yeux me fixent. J'ai l'impression qu'un fauve me regarde. Puis il s'arrête au niveau de ma culotte, glissant deux doigts sous l'élastique pour la retirer avec délicatesse. Le bout de tissu glisse de mes cuisses à mes chevilles.

Je suis nue devant lui.

Nue et offerte.

Je devrais pâlir… mais non. Personne ne m'a jamais regardée comme lui. Comme un trésor. Presque comme une œuvre d'art.

– Elena, Elena…

Au son de sa voix, je devine qu'il perd aussi la tête. Soudain, il enfouit son visage entre mes cuisses, remontant vers mon sexe. Et quand ses lèvres s'arrêtent sur mon intimité, je suis électrisée. Les yeux fermés, j'enfouis mes deux mains dans ses cheveux sombres et fins dont les pointes chatouillent ma peau. Lui dépose un baiser fiévreux au creux de moi tandis que mon bas-ventre se tend, que mon sexe palpite.

Je le veux. Je le veux plus que tout.

– Elio…

Ma voix cassée, suppliante, me fait presque peur. Je suis transfigurée alors qu'il enfonce ses doigts en moi. Relevant la tête, il glisse son index et son majeur entre mes replis secrets, déjà humides d'envie. Dessinant les bords soyeux, il se perd dans ma moiteur jusqu'à débusquer le fragile petit bouton de chair qui contrôle mon plaisir. Le pinçant doucement, il m'arrache un geignement. Et il me fixe dans les yeux, sans fausse pudeur, tandis qu'il joue avec mon clitoris. Je serre les cuisses, je me mords les lèvres. Le désir monte, monte, monte… comme un tsunami.

Je ferme les paupières quand…

– Non, regarde-moi !

J'obéis à son ordre. Et c'est les yeux dans les yeux que je cède à la vague monstrueuse qu'il a levée en moi. Du bout des doigts, accélérant et ralentissant le rythme, revenant et partant, il m'arrache un cri de plaisir inouï. Mon ventre se resserre, ravagé par des spasmes d'une puissance surprenante. Je me noie dans ses prunelles arctiques, tendue comme la corde d'un arc, des orteils à la pointe des cheveux. Je ne contrôle plus rien.

C'est donc ça le plaisir…

Quand mon corps s'apaise enfin, je mesure le silence de la pièce, seulement troublé par nos respirations saccadées. Je suis à bout de souffle, et lui aussi. Comme s'il m'avait menée à l'extase à bout de bras. Éperdue, je tends les mains vers lui et il remonte aussitôt vers moi, coulant avec la souplesse d'un guépard sur mon corps nu.

C'est donc ça faire l'amour…

Je pose mes doigts sur sa peau blanche. Il ressemble à une statue antique avec ses traits parfaits, ses muscles durs. À mon tour d'explorer son corps pendant qu'il baise mes lèvres, le bout de mon nez, mon front. Je sens le raclement de ses dents dans mon cou, en une morsure fauve qui me tire un nouveau gémissement. Moi, je parcours de l'index ses pectoraux, découvrant le grain soyeux de sa peau. Il est magnifique, irréel. Et je n'ai qu'une envie : le sentir en moi. Le feu me ravage toujours, à peine apaisé. C'est comme s'il avait déchaîné des forces inconnues.

Mes mains débouclent sa ceinture, tire le long fil de cuir pour le jeter au loin. Elio me sourit, amusé. Il lit dans mes pensées – à moins que nous ne soyons en symbiose ? Au-dessus de moi, son corps palpite, brûlant, fiévreux. Il retire son pantalon seul, pour gagner du temps, et j'aperçois l'impressionnante bosse sous le tissu. Pressé par le désir, il se déleste de son boxer noir et moulant… Je me mords les lèvres, intimidée. Une seconde plus tard, je vois apparaître son sexe érigé, dressé vers moi par l'appel de ma peau, de nos deux corps.

Je me tortille sous lui, un peu déstabilisée. Sauf qu'il pose les mains sur mes épaules, trouvant encore une fois le bon geste. Nous sommes en communion parfaite, comme synchronisés. Il parle et je suis l'écho. Je jouis et il s'embrase. En une ronde infinie.

– Toi aussi, tu es très beau, dis-je, subjuguée.

Son rire mâle me donne des frissons tandis qu'il s'amuse de ma remarque naïve. Allongée sur le long drap soyeux de ma chevelure, j'effleure son sexe chaud, palpitant, imposant. Je le serre dans ma paume tandis qu'il râle. Nos jambes entremêlées, il est à moitié couché sur moi, sur un flanc. Je sens son cœur pulser dans la veine discrète de sa virilité. Et je fais coulisser ma main de haut en bas, de bas en haut… Sa peau ressemble à du velours et, à nouveau, son parfum me monte aux narines par bouffées, suave, entêtant, masculin. Elio se penche à mon oreille pour en mordiller le lobe, murmurer mon prénom.

Je suis dans une bulle. Sa voix, son parfum, sa peau, son corps contre le mien… C'est notre monde. Jamais je n'aurais imaginé une telle osmose entre deux êtres. Une seconde plus tard, Elio saisit délicatement mon poignet pour arrêter mes caresses.

– Attends… je ne tiendrai pas longtemps à ce rythme.

Je lui rends son sourire avant qu'il ne tende un bras vers la chaise, plongeant une main dans la poche de sa veste pour en sortir un étui argenté. Déchirant l'emballage d'un coup de dent, il se gaine d'un préservatif avant de se placer au-dessus de moi, en prenant toutes les précautions pour ne pas m'écraser. Mais j'aime son poids d'homme sur moi. J'aime sa chaleur qui m'entoure. Si bien que j'écarte les cuisses et lui ouvre mes bras, m'arrimant à lui de toutes mes forces. Le désir brûle mon ventre, me remonte par bouffées dans la gorge. J'en tremble.

Elio et moi.

Moi et Elio.

Deux âmes, un corps.

D'une main, il repousse les mèches folles qui barrent ma figure pour mieux me voir. Et quand il entre en moi, ses yeux plongent dans les miens. Je me mords les lèvres, le laissant avancer dans ma chair, au creux de mon corps. Je le sens coulisser entre mes cuisses, rentrer jusqu'à la garde. C'est là que je perds pied. Complètement. Absolument. Lui entame des va-et-vient. Il bouge en moi et j'ondule à son rythme, venant à sa rencontre. Il me remplit entièrement… comme s'il me complétait.

Ce plaisir… ce plaisir sans bornes…

À nouveau, la jouissance gronde, renaissant de ses cendres tel un phénix alors que je me cramponne à ses larges épaules, imprimant mes doigts dans sa chair. Je croise mes chevilles dans son dos. Je veux me fondre, me dissoudre en lui. Je ne veux plus exister. Lui s'enfonce en moi de plus en plus vite, de plus en plus fort, avec une frénésie qui nous conduit au paradis. Nos peaux moites glissent l'une sur l'autre, nos doigts s'entremêlent, nos yeux se cherchent.

Et soudain, nos cris explosent – d'abord moi, puis lui – et déchirent le silence. Embrasée, je me tords sous lui au moment où il enfouit son nez dans mon cou, cédant à son tour à l'orgasme. C'est violent, c'est inouï. Je vois mille étoiles. Et quand la tempête s'apaise après un temps infini, quand il retombe sur moi, vidé de ses forces, je pousse un soupir comblé. Je suis dans ses bras. La nuit nous appartient.

5
SECRET BOX

Elio se lève d'un bond, quittant la chaleur du lit pour traverser la chambre en trombe. Les yeux encore collés de sommeil, je tente d'émerger. Je ne dois pas avoir l'air très fraîche. Et je n'ai qu'une envie : enfouir mon visage dans l'oreiller pour cacher ma tête fripée. Je dois ressembler à une momie. Je garde aussi la bouche fermée, priant pour ne pas avoir l'haleine d'un fennec. Parce que je suis sûre qu'Elio embaume la menthe dès son réveil. Il n'est pas humain, cet homme. D'ailleurs, il saute déjà dans son pantalon dont il boucle en vitesse la ceinture.

– Pardonne-moi de t'avoir réveillée, je ne voulais pas faire de bruit.

– Ce n'est rien.

– Je suis en retard.

Quelle heure est-il, d'abord ? Remontant le drap sous mon menton, je cache ma nudité en jetant un coup d'œil à mon réveil rococo : 5 h 30. Seulement ? Je lui jette une œillade hagarde, lui tirant un sourire. Je retrouve son expression indéchiffrable de la veille, pendant notre dîner. Impossible de deviner ce qu'il ressent ou pense.

– Très en retard, me précise-t-il.

À cette heure, je dors normalement à poings fermés. Et je le regarde s'agiter dans la pièce sans rien dire, un peu mal à l'aise. J'ignore comment me comporter après notre nuit d'amour, même si je note qu'on se tutoie toujours, comme si une barrière avait été définitivement abolie, franchie. Je ne suis pas familière des lendemains de soirée agitée. À nouveau, je serre les couvertures autour de moi, m'enroulant comme un cannelloni. Très glamour. J'espère qu'il ne va pas s'enfuir en courant.

– Je n'avais pas prévu de passer la nuit là, me précise-t-il en refermant les boutons de sa chemise.

Je n'avais pas non plus imaginé qu'il dormirait avec moi après une étreinte torride. Nous sommes quittes. Alors pourquoi ai-je le cœur qui se serre tandis qu'il enroule sa cravate autour de sa main sans l'enfiler ? Il se contente de la ranger dans la poche de sa veste, dont il passe les manches. Il s'est habillé en moins de trente secondes, plus vite que Superman ne change de costume. Il n'est ni froid, ni hostile, juste… distant.

– Je dois prendre un avion dans une heure.

– Tu peux te doucher ici, si tu veux.

Il me sourit gentiment mais j'ai l'impression qu'il est lointain, inaccessible. Mon cœur s'arrête de battre pendant qu'il cherche ses chaussures noires. Elles sont dispersées dans la pièce et je lui désigne la première, en partie dissimulée sous les rideaux blancs. L'autre est portée disparue.

– Merci pour ton offre, Elena, mais je me rafraîchirai dans l'avion.

– Dans l'avion ? je répète, surprise.

– Oui, il y a une salle de bains dans mon jet privé. C'est plus pratique.

Un jet privé, évidemment… Où avais-je la tête ?

J'écarquille les yeux, ce qui ne me donne pas l'air malin. Elio sourit à nouveau, une brève embellie, sincère et lumineuse, d'autant plus belle qu'elle est rare. Car ses sourires sont précieux. Je m'aperçois surtout que je ne sais rien de cet homme. A-t-il une grande famille ? Est-il né à New York ? Quels sont ses rêves, ses ambitions ? M'asseyant sur le lit, je rabats mes jambes contre ma poitrine et les serre entre mes bras. Elio a finalement retrouvé sa seconde chaussure, planquée sous mon ours en peluche géant, gagné à une fête foraine.

Mon Dieu ! il a vu Gros Gus. Je voudrais mourir. Tout de suite. Quelqu'un, s'il vous plaît !

Heureusement, il est si pressé qu'il n'y prête pas attention, s'asseyant sur le rebord d'une chaise pour nouer ses lacets.

– Je dois quitter New York en jet privé dans moins d'une heure.

– Tu ne seras pas en ville cette semaine ?

– Je rentrerai dans quelques jours, une semaine au plus. Mes affaires m'appellent à Washington.

Il n'ajoute rien et, à nouveau, j'éprouve cette petite douleur aiguë dans la cage thoracique, comme si un fossé invisible se creusait entre nous. Ridicule. Nous ne nous sommes rien promis – et surtout pas de nous revoir. S'il m'a invitée, n'était-ce pas pour récupérer son épingle à cravate… même si la soirée a « légèrement » dérapé ? Comme Elio quitte la chambre en coup de vent, je me lève à mon tour. Emportant les draps avec moi, je sautille dans le couloir sur ses traces, toujours roulottée comme un nem.

– Je sais ce que tu caches en dessous, s'amuse Elio avec malice.

Il fait chaud tout à coup, ou c'est moi ?

– Et il n'y a vraiment rien qui mérite d'être dissimulé, ajoute-t-il avec un clin d'œil.

Je n'ai pas le temps de répliquer qu'il gagne l'entrée. N'empêche, je ne lâche pas mon drap tandis qu'il jette un coup d'œil à sa montre – un cadran en or aussi discret qu'élégant, sans bracelet en métal clinquant. Je me tortille, gênée. Que suis-je censée dire ou faire ? Jamais je ne me suis retrouvée dans cette position. Devant la porte, Elio coince une mèche blonde derrière mon oreille et me sourit avant de déposer un baiser fugace sur ma joue, à la commissure de mes lèvres. Amical ? Ambigu ? Tendre ?

– À bientôt, Elena.

– Fais un bon voyage.

– Merci. Et prends soin de toi.

Ça y est. Il est parti.

***

À l'aide de mon fer à souder, je parviens à coller les parois de ma dernière boîte dans une gerbe d'étincelles. Ma haute queue-de-cheval danse dans mon dos tandis que mon visage disparaît derrière un masque digne de Jason, le tueur fou de

Vendredi 13. Heureusement, je suis seule dans le vaste atelier mis à la disposition des élèves par l'Académie des arts. Depuis plusieurs heures, je travaille d'arrache-pied à mon projet pour l'exposition « Jeunes Talents » ; s'il le faut, je resterai jusqu'au milieu de la nuit.

Quand je crée, je ne pense à rien. En tous les cas, je ne songe plus à mon père qui ne viendra pas… ni à Elio. Je soupire en arrêtant ma soudure. Elio n'a pas donné signe de vie depuis notre fameuse nuit. M'a-t-il oubliée à peine la porte de mon appartement franchie ? N'étais-je pour lui qu'un « coup d'un soir » pour reprendre cette affreuse expression à la mode ? Ou ai-je un peu compté ? Je refuse de m'interroger pendant des heures. Et je refuse de m'apitoyer sur mon sort.

Après son départ, je me suis douchée et habillée avant de foncer à l'atelier. Et depuis trois jours, j'y vis presque en vase clos. J'y passe tout mon temps libre avec l'accord de madame Johnson. Mes Secret Box sont presque terminées, prêtes à affronter le grand public. Relevant mon casque de serial killer, j'essuie mon front moite d'un revers du bras. Puis je frotte mes mains sur mon tablier.

– Ça prend forme.

Ma voix résonne entre les murs en béton nu. Trois grandes fenêtres trouent la salle, laissant entrer la lumière, alors qu'une profusion de trésors s'entasse dans tous les recoins. Tous les élèves entreposent leurs créations ici. Au fond de la pièce, je reconnais l'une des sculptures de Jeremy, cachée sous un drap. Lui aussi est venu travailler, même s'il vient moins souvent que moi. Sans doute parce qu'il a une vie de famille, des parents qui l'attendent.

Stop ! Ce n'est pas le moment de verser dans le mélo.

Me saisissant d'une pince, je m'assure que la serrure est bien fixée à ma boîte. Pour une fois, je suis satisfaite de mon travail. Quand je déprime, je me réfugie toujours dans l'art ; c'est ma soupape de sécurité, ma bulle d'oxygène. Créer s'apparente pour moi à un réflexe de survie : j'ai l'impression de donner un grand coup de pied au fond de la piscine pour remonter à la surface. Par chance, je suis très créative depuis toujours. Ce qui m'a évité une ou deux noyades.

Je hausse les épaules, désabusée. À l'évidence, je n'étais pour Elio qu'une aventure sans lendemain. Il n'a pas rappelé, pas donné signe de vie. Peut-être suis-je trop « coincée » ou « vieux jeu », mais je ne suis pas habituée à ces étreintes fugaces et sans suite. Une chose est sûre : il a tiré un trait sur moi. Et je ne compte pas me morfondre dans mon coin. Autant que je l'oublie aussi.

L'oublier ? Facile à dire. Je ne pense qu'à lui depuis dix minutes.

Si seulement j'avais un mode d'emploi.

***

Une semaine plus tard, une petite foule afflue dans le vaste hall où exposent les élèves de troisième année. L'exposition « Jeunes Talents » bat son plein au cœur d'une enfilade de salles lumineuses. Malgré leur disparité, tous les projets ont été mis en valeur grâce à l'aide des galeristes associés à notre académie. Et tandis que les visiteurs admirent nos projets, je me tiens comme un piquet au bout de la dernière pièce. Je suis raide comme un soldat de Buckingham Palace. Ne manque que la toque en poils noirs !

Tous les profils de visiteurs sont présents : simples curieux ou amateurs éclairés, directeurs de galerie ou proches parents des exposants… Une faune bigarrée se croise dans les allées carrelées de dalles blanches. Nos professeurs circulent aussi entre nos installations. Tout à l'heure, madame Johnson est venue me féliciter, admirant longuement mes Secret Box. Ses compliments m'ont donné du courage pour affronter ma solitude. Car c'est le calme plat depuis sa visite.

Je m'ennuie un peu, beaucoup, passionnément, à la folie… à la déprime !

Attrapant une coupe de champagne, je la vide d'un trait et la repose n'importe où. À l'autre bout de la salle, Jeremy m'adresse un petit signe. Entouré de sa famille, il passe un bras autour des épaules de sa petite sœur. Puis il m'adresse un sourire d'impuissance avant d'articuler silencieusement : « Je ne peux les laisser. »

Je hoche la tête, compréhensive. Tous ses proches ont fait le déplacement : ses parents, son grand frère, ses deux petites sœurs et sa marraine admirent ses sculptures mythologiques en métal. Conscient de mon regard envieux, mon ami pavoise devant sa famille.

– Je peux zyeuter ?

Je sursaute.

Un homme de haute taille se tient devant moi, un sourire flottant sur ses lèvres fines. Il doit avoir une trentaine d'années tout au plus. Bizarrement, j'ai l'impression de l'avoir déjà vu quelque part… Mais où ? Sa dégaine me surprend un peu. S'il porte un blazer bleu marine et une chemise blanche immaculée, son pantalon ressemble à un modèle des années 1970.

Un jean pattes d'eph', quoi. Comme John Travolta dans La Fièvre du samedi soir.

Un peu déconcertée, je m'attarde sur ses boots en daim clair. L'homme hausse les sourcils, l'œil narquois, comme s'il me mettait au défi d'oser dire quoi que ce soit. J'ai beaucoup de mal à ne pas rire. C'est pourtant un homme très séduisant avec ses courts cheveux blonds et ses yeux dorés.

– Je serais vous, je ne dégainerais pas la première, ironise-t-il.

– Pourquoi ?

– Quand on vient à sa propre expo en jean et Converse, on n'a pas le droit de juger son prochain.

Il marque un petit temps d'arrêt, la voix rieuse.

– C'est écrit dans la Bible.

Cette fois, j'éclate de rire pour de bon.

– Je peux quand même vous poser une question ?

– Essayez toujours.

– Vous êtes un membre des Bee Gees ?

À son tour d'éclater de rire. L'inconnu ne se vexe pas du tout. Au contraire, il est hilare. Et s'essuyant le coin des yeux, il me tend la main avec bonne humeur.

– Je sens qu'on va bien s'amuser…

– Elena. Elena Lavigne.

– Enchanté de vous rencontrer. Je m'appelle Cole McShawn.

Je me fige. Foudroyée sur place.

Cole… Cole McShawn ? Le parrain de notre exposition ? Le milliardaire le plus excentrique de la planète ? Des dizaines d'informations glanées dans des magazines d'art et les brochures de l'école me reviennent en mémoire. Rentier de naissance et grand collectionneur, monsieur McShawn consacre toute sa fortune à ses œuvres philanthropiques. Il a notamment créé une bourse destinée à aider les jeunes artistes new-yorkais et finance une multitude de programmes culturels internationaux. Collaborant avec les plus grands musées, il est aussi le meilleur expert, celui qu'on appelle en dernier recours pour authentifier un objet.

– Oui, je fais souvent cet effet aux belles femmes, ajoute-t-il avec un clin d'œil. Que voulez-vous, je suis irrésistible !

Je reprends vie alors qu'il circule entre mes boîtes. Empilées en une savante pyramide, mes Secret Box mobilisent toute son attention. Mon cœur cogne à grands coups dans ma poitrine. Cole McShawn est en train d'évaluer mon travail. Je rêve. Je rêve forcément.

– Voyons voir ce que nous avons là…

Il s'approche de la plus grosse boîte, conçue en métal – celle qui m'a donné le plus de fil à retordre avec ses dimensions. Se penchant, il colle son œil à la serrure.

– J'ai l'impression d'être un pervers.

J'ouvre la bouche pour intervenir, un peu sciée, quand il ajoute de sa voix traînante, à l'accent aristocratique :

– Et j'adore ça !

Puis il s'immerge dans mon univers, me laissant complètement stupéfaite. Quel numéro ! L'œil collé à la boîte, il découvre le décor créé à l'intérieur. Il s'agit d'un montage photo représentant une immense table de repas – une sorte de scène familiale avec les reliefs d'un banquet. Personne n'est là… ou presque. Intrigué, le philanthrope finit par repérer l'unique présence. Les yeux cachés dans un coin, qui contemplent l'observateur.

Sans un mot, il examine la boîte suivante. Cette fois, pas

de serrure pour espionner. Il doit percer le secret de la boîte en poussant ses parois comme on résout un casse-tête pour accéder à son contenu. À nouveau, un décor miniature. Pas de photo mais des meubles de poupée du XIXe siècle. Monsieur McShawn observe cette chambre étrange, à la fois familière et fantomatique, avant de remarquer les yeux en verre collés dans un coin.

– Vous placez vos spectateurs dans la position inconfortable et très excitante du voyeur, mademoiselle Lavigne. Tout le monde adore regarder par les trous de serrure, c'est bien connu.

Je souris. C'est un peu le principe de mon travail.

– Il se dégage une vraie puissance de vos œuvres, une solitude inouïe dans des décors familiers ou quotidiens. Et ce regard qui fixe ces reliefs d'existence en même temps que le spectateur, comme s'il le prenait à témoin… c'est très culpabilisant.

Il se tourne vers moi.

– Vous avez un talent fou et une maturité étonnante pour votre âge.

Je reste bouche bée. Cole McShawn aime mon travail et me complimente ? Confirmation : je dois être en train de rêver.

– Et je ne dis pas seulement ça parce que j'adore vos chaussures ! ajoute-t-il, goguenard.

***

Après quelques minutes d'une discussion animée, le philanthrope repart. Je suis sous le choc et la scène n'a pas échappé au regard aigu de Jeremy. Mon ami me dévisage, à l'instar d'un certain nombre d'étudiants. Attirer l'attention de monsieur McShawn ne passe pas inaperçu.

– Fais attention, murmure Jeremy en s'arrêtant une seconde à ma hauteur. Il paraît qu'il adore les jolies filles.

Puis il rejoint sa famille, parlant et riant très fort. Affichant son bonheur sous mon nez, il me blesse sans s'en rendre compte. Mais pourquoi Jeremy n'arrive-t-il pas à croire que les gens s'intéressent à mon œuvre ? D'abord, madame Johnson et sa solidarité féminine. Ensuite Cole McShawn et son goût pour les jupons. Je ravale mon chagrin et pars me balader parmi les autres œuvres, admirant une peinture de taille pharaonique ou un étrange robot en clous et vis.

Quand j'aperçois une silhouette à l'entrée du hall. Mon cœur stoppe sa course et je bats des cils, certaine d'avoir la berlue. Mais non, c'est bien lui qui s'avance parmi les étudiants. Dominant les visiteurs d'une tête, il attire les regards de toutes les filles avec ses yeux bleu glacier, son air grave et son élégance naturelle.

Elio.

Que fait-il ici ? Et comment suis-je supposée réagir après tous ces jours de silence ? Des images de notre nuit me submergent, brûlantes, indécentes… Je ne sais plus où me mettre. À nouveau, je sens le goût de sa peau, le parfum dans son cou, la chaleur de son corps au creux de mon ventre. Je me mords les lèvres. Lui tique en m'apercevant, agitant la main dans ma direction. Se pourrait-il qu'il soit venu pour moi ? Qu'il ait fait ce déplacement pour admirer mes œuvres ?

– Elena !

Sa voix posée me donne des frissons tandis qu'il fend la foule pour me rejoindre. Troublée, je risque un sourire. Il aurait dû me prévenir de sa visite, me téléphoner... J'aurais eu le temps d'apprivoiser l'idée.

Oui, j'aurais eu bien besoin d'une préparation mentale. Comme un cosmonaute de la NASA avant le décollage.

Elio s'arrête devant moi. Va-t-il m'embrasser ou me serrer la main ? Ni l'un ni l'autre. Esquissant un sourire tendre, il presse mon épaule. Son contact m'électrise, même si j'essaie de ne pas le montrer. Rien ne transparaît entre nous : nul ne pourrait deviner que nous avons passé la nuit ensemble... ni le nier.

Argh... je vais devenir chèvre !

Elio s'apprête à ajouter un mot quand la voix de Cole retentit dans mon dos :

– Hé, mon vieux ! Ce n'est pas possible... ton avion s'est écrasé à proximité ? Tu as été parachuté au-dessus de l'expo ?

Attendez... Ils se connaissent ?

Elio éclate de rire et serre la main du célèbre philanthrope avant de lui donner une brève accolade.

– Ne te moque pas de moi.

– Attends, je t'invite depuis des années à cette expo et c'est la première fois que tu viens ! On va arroser ça au champagne.

Ils échangent quelques plaisanteries et mon malaise s'accroît. En fin de compte, Elio n'est peut-être pas venu pour moi. Peut-être s'est-il déplacé à la demande de son ami. Perdue, je leur emboîte discrètement le pas pendant que monsieur McShawn vante mes mérites :

– Ce sont les seules œuvres intéressantes de l'expo, tu verras.

Elio me jette un coup d'œil oblique et avise mes fameuses

Secret Box. Une petite foule rôde maintenant autour de mon installation tandis qu'Elio se prête au jeu de la découverte. Je ne bouge plus, attendant son jugement avec angoisse. Et me rendre compte à quel point son avis compte me donne le vertige. Pourquoi est-ce si important ? Elio relève la tête et pose un regard admiratif sur moi.

– C'est... fascinant.

– Cette solitude mise en boîte et exposée : on dirait une prise d'otage consentante ! s'enflamme Cole. Et ces yeux qui nous culpabilisent, comme Caïn dans la tombe...

Ni Elio ni moi n'écoutons la suite. Subjugué, mon amant d'un soir me contemple avec intensité, comme s'il avait parfaitement compris ce que recelaient ces boîtes, la part de moi, de mon passé, enfermée à l'intérieur. Mon malaise monte d'un cran. J'ai toujours eu si peur d'être percée à jour... au point de me cacher derrière des boîtes fermées à clé depuis des années.

Par chance, un visiteur nous interrompt :

– Cole, Elio... quelle bonne surprise !

Un homme d'une soixantaine d'années aux sourcils broussailleux s'approche de notre petit groupe. Je reconnais immédiatement Dominic Stone, le propriétaire de la galerie *Pasqualina*. L'homme qui m'a jetée dehors deux semaines plus tôt. Avec familiarité, il serre la main des deux amis et presse l'épaule d'Elio... qui recule. Son geste ne m'échappe pas – pas davantage qu'à monsieur Stone. Même si celui-ci ne cesse de sourire, comme s'il n'avait rien remarqué. Sous son costume, je devine l'homme d'affaires rompu à la diplomatie.

– Je viens ici tous les ans, rappelle Cole, moqueur. Me

trouver là n'est pas vraiment la surprise du siècle…

Monsieur Stone se met à rire, d'un rire qui sonne un peu faux, tandis qu'il dévore des yeux Elio.

– Comment te portes-tu, mon garçon ?

– Et vous, Dominic, comment allez-vous ?

Malgré la froideur de la voix d'Elio, l'éminent galeriste lui répond avec enthousiasme. Il me fait songer à un bonimenteur à l'aise partout, même devant un public réticent. Et pourquoi Elio semble-t-il connaître tout le monde ici ? Après cet échange de mondanités, Dominic Stone se tourne vers moi et s'approprie ma main, la gardant entre ses paumes moites plus longtemps que nécessaire.

– Vous êtes bien l'auteur des Secret Box ?

– Je… Oui. C'est moi.

Déroutée, j'écarquille les yeux. Le galeriste me sourit, hâbleur, et englobe mon travail d'un geste du bras.

– Laissez-moi vous dire une chose : votre installation est admirable, mademoiselle. Elle m'a pris à la gorge.

Admirable ?

À l'évidence, il ne se rappelle pas notre dernière entrevue où j'étais considérée comme persona non grata. J'accepte ses compliments avec hésitation car il reste le plus éminent des galeristes. Mais entre l'arrivée d'Elio, les frasques de Cole et les félicitations de monsieur Stone, je suis perdue.

***

Quelques minutes plus tard, je quitte le bâtiment pour prendre l'air. Une migraine sourde bat à mes tempes. Sortant par l'arrière, je m'appuie à la balustrade qui ceinture l'édifice.

J'ai la tête qui tourne à cause du brouhaha des conversations. Et je n'aurais pas dû boire cette coupe de champagne en arrivant. Alice a raison : je ne tiens pas l'alcool. Les paupières closes, j'inspire l'air frais de la nuit à pleins poumons.

Quand j'entends deux voix s'élever en contrebas, au pied des escaliers menant à la cour extérieure. Je reconnais tout de suite le timbre d'Elio, calme et posé. Dois-je me montrer ? Ou au contraire reculer dans l'ombre pour ne pas déranger ? Rapidement, j'identifie l'autre voix. Elio discute avec Dominic Stone.

– Pourquoi tu ne viendrais pas à cette petite fête ?

Elio ne répond pas. En me penchant par-dessus la rampe, je peux apercevoir sa haute silhouette tournée vers l'horizon. Il n'accorde pas un regard au galeriste, les yeux perdus dans le vague. Il se tient en recul, sur ses gardes. Et lorsque Dominic lui tapote familièrement l'épaule, il semble agacé.

– Je suis très occupé.

– Elio Garibaldi, le requin de la finance, le roi de Wall Street. Ton père serait vraiment fier de toi.

Pas de réponse, seulement un silence lourd, pensant.

Refusant de les espionner, je m'apprête à tourner les talons quand Dominic ajoute, doucereux :

– Pourquoi n'emmènerais-tu pas la charmante mademoiselle Lavigne avec toi ?

– Pardon ?

– Ta petite amie peut venir à ma fête. Elle est la bienvenue.

Elio fait face au galeriste et soutient son regard, le corps tendu, les poings serrés. Et sa réponse me parvient, claire et nette :

– Elena n'est pas ma petite amie.

Oh !

C'est la douche froide – pardon, glaciale. Au moins, je suis fixée : Elio n'est pas venu à cette exposition pour moi. Et je comprends pourquoi il ne m'a pas rappelée. Je ne suis rien pour lui, sinon une passade, une fille parmi d'autres, peut-être même un numéro à son tableau de chasse. Comment ai-je pu être aussi bête ? Lassée de ma solitude, j'ai eu un instant de faiblesse, persuadée d'avoir trouvé quelqu'un – une main à tenir. Rien qu'une fois.

Je recule, me cognant par mégarde à la porte. Je n'ai qu'une envie : partir, partir très loin de lui.

Elio ne m'aime pas.

Et moi, comme une idiote, j'étais en train de tomber amoureuse.

II

L'HÉRITAGE

6
LA LIGNE BLANCHE

« Elena n'est pas ma petite amie. » Cette phrase n'arrête pas de résonner à mes oreilles, suintant comme une blessure. Je me sens tellement idiote. Sans hésiter, je dévale les escaliers en courant. Je n'ai pas le courage de retourner à l'intérieur, de traverser les trois halls d'exposition, de faire des sourires et des ronds de jambe à des inconnus. La soirée touche presque à sa fin, plus personne n'a besoin de moi. À la place, je fonce droit devant et passe près d'Elio, plongé en pleine conversation avec Dominic Stone. À mon passage, il relève la tête.

– Elena ?

Je ne m'arrête pas, je ne me retourne pas. Je continue à courir, le cœur brisé. C'est ridicule, pourtant. Je connais à peine cet homme, nous n'avons passé qu'une seule nuit ensemble sans rien nous promettre. Une unique nuit. Magique et brûlante pour moi. Ordinaire et sans valeur pour lui. À sa décharge, jamais Elio Garibaldi ne m'a fait de serments d'amour éternel ni promis une relation suivie. Alors pourquoi ai-je si mal ? Pourquoi est-ce si douloureux, là, dans ma poitrine ? Mes cheveux blonds volent derrière moi, tel un voile d'or, tandis que je fonce à travers la cour.

– Elena !

À nouveau, la voix d'Elio. Impérieuse, presque autoritaire. Inquiète, aussi.

Un comble, non ?

À toute allure, je martèle les pavés tandis que la grille en fer forgé se dresse devant moi – et avec elle, la promesse de la liberté, de rentrer chez moi et de me glisser sous ma couette, telle une bête blessée. Ce qui me déçoit le plus, dans cette histoire ? Y avoir cru, m'être bercée d'illusions toute seule, certaine d'avoir enfin trouvé quelqu'un avec qui partager ma vie, mon quotidien, mes secrets. Je dois être trop fleur bleue, trop romantique. *Ou trop bête.* Hors d'haleine, je m'apprête à atteindre le grillage. Un souffle de feu brûle ma poitrine, irradiant entre mes côtes.

Quand une main s'abat sur mon épaule et me retient. Freinée dans mon élan, je vacille et un bras me ceinture, m'empêchant de basculer en avant. Puis une haute silhouette apparaît devant moi en me barrant la route.

– Où est-ce que tu cours comme ça, Elena ?

Elio. Elio, forcément.

Lui est impeccable dans son costume noir, agrémenté d'une chemise immaculée et d'une cravate bleu azur. Pas un pli à sa chemise, pas une mèche qui dépasse ni une goutte de sueur. À croire qu'il n'a pas cavalé derrière moi ou qu'il n'est pas humain. Il se dresse sur mon chemin et des bouffées de son parfum viril et boisé me parviennent, m'enveloppant d'un nuage déjà familier. À nouveau, des images de notre nuit d'amour affluent, me prenant à la gorge. Comme si j'avais une boule d'épines dans la trachée. Et Elio me dévisage de ses superbes yeux translucides, les plus beaux yeux que j'aie jamais vus, frangés de longs cils noirs et fournis, assez inhabituels chez un homme.

– Que se passe-t-il ?

Sa voix est grave, posée, bien timbrée – une voix que l'on écouterait lire l'annuaire toute la nuit sans broncher. Je me mords les lèvres et me force à relever la tête pour affronter son regard, même si sa beauté me blesse au cœur. Ses mâchoires viriles, sa peau d'albâtre, ses traits parfaits, son front haut, sa bouche sensuelle… Pourquoi me fait-il un tel effet ? Je ne contrôle plus rien, au point de prendre peur. Je ne me reconnais pas. Tout ça ne me ressemble pas.

– Je t'ai vue passer en courant et…

– Je rentre chez moi.

– Sans attendre la fin de l'exposition ?

Je ne réponds pas, une moue butée aux lèvres. Lui lève la main pour effleurer une de mes pommettes et son contact m'électrise, comme à chaque fois.

– Quand tu es triste, tes yeux s'assombrissent. De vert d'eau, ils deviennent vert émeraude, beaucoup plus foncés. C'est étonnant.

Je recule vivement. Il n'a pas le droit de me toucher, pas le droit de me dire un truc pareil après son petit échange avec le galeriste.

– Je t'ai entendu parler avec Dominic Stone.

Il n'a pas l'air surpris. Je crois qu'il s'en doutait. Ne suis-je pas passée sous son nez à peine une seconde après son aveu? « Elena n'est pas ma petite amie. » À nouveau, ses mots s'entrechoquent dans ma tête. Je ne devrais pas me mettre dans des états pareils pour cet homme auquel je n'ai jamais été liée, sinon par une épingle de cravate prêtée dans les vestiaires d'un palace!

– J'ai entendu ce que tu lui as dit à propos de moi.

– Que tu n'étais pas ma petite amie?

Je hoche la tête et fixe le bout de mes Converse roses tandis qu'il soupire en passant une main sur son visage. Comme s'il était las. Je vois les stigmates de la fatigue sur ses traits. Depuis combien de nuits n'a-t-il pas dormi, accablé de travail et de responsabilités?

– Elena, il est hors de question que je parle de ma vie privée avec Dominic Stone.

D'accord. Et c'est une raison pour me renier, espèce de Judas?

– Cette histoire ne le concerne pas. Elle ne regarde que nous.

– Nous? dis-je, avec ironie.

Elio me regarde droit dans les yeux, sans ciller et sûr de lui. Comme quelqu'un qui n'a rien à cacher ni à se reprocher – et c'est le cas. Il a toujours été parfaitement honnête avec moi.

– Et peut-on vraiment dire que tu es ma petite amie, Elena?

Posée avec une infinie douceur, sa question me retourne l'estomac. D'autant qu'il tend la main pour s'emparer de mes doigts avec délicatesse.

– C'est un peu tôt pour l'affirmer, tu ne crois pas?

Son irrésistible sourire me fait chavirer, effaçant les traces de lassitude et les ombres qui mangeaient ses traits. Dès qu'il sourit, il s'illumine. Mon cœur bat la chamade dans ma poitrine.

– Et si nous sortions officiellement ensemble, j'en parlerais d'abord avec toi avant d'en discuter avec Stone.

Il me décoche un clin d'œil malicieux et ma main glisse dans la sienne, retrouvant sa paume tiède et rassurante. À nouveau, je sens cette étincelle, ce courant qui circule entre nos corps. C'est trop, beaucoup trop. Trop fort, trop rapide. Et aussitôt, je retire ma main comme si ses doigts me brûlaient. Mes réactions disproportionnées me font peur. Oui, je me fiche une trouille bleue. Qu'est-ce qu'il m'arrive ? Pourquoi je me mets dans un état pareil ?

– Tu ne dis rien, Elena ?

Je soutiens son regard arctique. Cela doit cesser. Tout de suite. Avant que je ne perde un peu plus le contrôle. Avant que mes sentiments naissants ne deviennent trop puissants. Parce que je suis en train de tomber amoureuse, de baisser ma garde. Parce qu'il est en train de percer ma cuirasse. Parce que je viens de franchir la ligne blanche, celle qui m'expose et me met en danger. Et je ne veux pas de ça, je ne veux pas de « nous ».

– Tu as raison, dis-je d'une voix très calme.

– À quel sujet ?

– Je ne suis pas ta petite amie et nous ne sortons pas ensemble.

Il hausse les sourcils, visiblement déstabilisé, tandis que mon visage n'affiche plus aucune expression. Je revêts cette fameuse « poker face » que j'utilise devant les autres depuis des années, afin de cacher le tumulte qui se déchaîne en moi.

– Et c'est aussi bien comme ça.

– Vraiment ? C'est ce que tu souhaites, Elena ?

Je hoche la tête, sautant sur l'occasion pour mettre un terme à cette histoire.

– Oui. Nous devrions en rester là.

– Très bien.

– J'aimerais qu'on ne se voie plus, Elio.

À son tour, il se ferme, inexpressif, détaché. Il se contente de hocher la tête alors que nos regards s'affrontent dans les ténèbres muettes, au milieu de cette cour pavée froide et déserte. Pourquoi le monde me semble-t-il soudain si hostile ? Je me suis rarement sentie aussi seule, même si je suis consciente de prendre la bonne décision.

– Plus jamais.

***

Plantée sur le paillasson d'Alice, j'hésite à sonner. Après l'exposition et ma rupture avec Elio, je suis directement rentrée à mon appartement. Enfin… peut-on parler de rupture pour une relation qui n'a jamais vraiment commencé et qui n'était pas officielle ? Je n'ai pas pensé à regarder dans *Le Guide des histoires foireuses*. Dédaignant la sonnette, je toque à la porte. Je n'ai pas réussi à fermer l'œil de la nuit, mais je n'ai pas osé déranger mon amie trop tôt, préférant attendre 7 heures du matin.

– Elena ?

Nimbée dans un long peignoir en satin rouge, Alice entrouvre sa porte. L'œil brumeux, elle me détaille des pieds à la tête comme si je débarquais d'une autre planète. Elle n'a pas l'air très fraîche et je réprime un sourire en voyant sa coupe de garçonne toute hérissée. Pire encore, une houppette bizarre orne son front. Suivant mon regard, elle s'empresse d'aplatir sa tignasse avec une grimace.

– Si tu oses la moindre remarque…, fait-elle, menaçante.

Je lève les paumes en l'air en signe de paix.

Je ne me permettrais pas. Même si Tina Turner a du souci à se faire.

– Entre…

S'effaçant devant moi, Alice me laisse entrer. Son appartement, situé au dernier étage de notre immeuble, ne ressemble guère à ma caverne d'Ali Baba. C'est même tout le contraire ! Grand et lumineux avec des murs peints en blanc, il mériterait de figurer dans un magazine de déco. Dans le vaste salon, un canapé design en cuir écru fait face à une table basse en verre, telle une bulle transparente posée sur des tapis géométriques. Deux fauteuils se partagent le reste de l'espace, ainsi que des étagères métalliques où reposent des livres d'art et des classiques. « Pour faire bien » m'avait précisé Alice lors de ma première visite. « Je n'en ai pas ouvert un seul. » Et nous avions piqué un fou rire mémorable.

Sur l'un des murs est accrochée l'une de mes toiles, exposée au centre de la pièce – ce qui me touche beaucoup. Alice croit dur comme fer en mon talent. Et elle a toujours gardé ce tableau que je lui ai offert peu après notre rencontre, une grande scène familiale à base de collage et de peinture à l'huile, un décor presque vide où se dissimule une ombre dans un recoin.

– Tu l'as toujours…, dis-je, doucement.

– Un peu que je le garde ! Je suis sûre qu'il vaudra des millions dans quelques années, me répond-elle, taquine. Je suis assise sur une mine d'or.

Tandis qu'elle disparaît un instant dans la cuisine, probablement pour allumer sa cafetière, je n'entends plus que sa voix. De mon côté, je me recroqueville sur son canapé, adoptant une position fœtale.

– Tu es super matinale !

– Excuse-moi si je t'ai réveillée. Je ne voulais pas te déranger.

– Tu sais bien que tu ne me déranges jamais. C'est juste que je suis rentrée à 5 heures du mat', me lance-t-elle en revenant au salon. D'ailleurs, tu ne devineras jamais qui j'ai croisé en boîte…

S'arrêtant sur le seuil, elle s'interrompt brusquement. Elle vient de remarquer ma mine lugubre et mes yeux humides. Les jambes repliées contre ma poitrine, j'ai posé le menton sur mes genoux. Quant à mes longs cheveux blonds, ils cachent à moitié ma figure. Alice fronce les sourcils.

– Oh là là… qu'est-ce qui ne va pas, ma puce ? me demande-t-elle en se laissant choir près de moi sur le canapé. C'est ton expo ? Tu as eu des mauvais retours ?

Je secoue la tête, émue qu'elle se rappelle si bien tous les événements qui m'importent. Obsédée par les fringues et la fête, Alice peut sembler superficielle à force de courir après l'argent et les célébrités de tous poils. Mais par-delà les apparences, c'est une amie fidèle et attentionnée. Solide, aussi. Je peux toujours compter sur elle. Et la réciproque est aussi vraie.

– Laisse-moi deviner : c'est ton beau milliardaire ténébreux.

Je hoche la tête, incapable de proférer un son. En même temps, je sens un bourdonnement au fond de ma poche, mais je ne réagis pas. C'est sûrement mon portable en mode « vibreur ». Alice me regarde gravement.

– Il t'a téléphoné ? Vous vous êtes revus ?

Je hausse les épaules, impuissante. J'ai été très secouée par les événements de la nuit. Tout est allé si vite. Nos retrouvailles, son aveu, notre rupture… Au courant de mon histoire avec Elio, ma meilleure amie m'écoute pendant que je lui raconte brièvement la soirée. Elle sait pour notre unique nuit, même si j'ai refusé de lui livrer tous les détails croustillants qu'elle réclamait avec des yeux de cocker battu. Elle sait aussi qu'il ne m'a pas recontactée au cours de la dernière semaine, me laissant dans l'incertitude.

– Et tu as choisi de rompre avec lui ? conclut-elle.

– On peut rompre quand on n'est pas avec quelqu'un ? demandé-je, faussement étonnée.

Alice acquiesce, l'air docte. N'est-elle pas la plus grande experte ès relations amoureuses ? Ses yeux noisette se posent sur moi avec malice.

– Bien sûr qu'on peut. Ça s'appelle prendre la fuite.

Euh…

Il me faut quelques secondes pour digérer sa réplique tandis qu'elle se fend d'un grand sourire. Apparemment, elle est très satisfaite de son effet. Resserrant la ceinture de son peignoir de satin, elle se rapproche de moi sur le canapé.

– Qu'est-ce que je suis supposée comprendre ?

– Je te connais, Elena. Tu es partie parce que tu as eu les jetons !

– Pas du tout.

Quand vos amis lisent en vous comme dans un livre ouvert, ça fait peur…

– Menteuse ! Tes sentiments pour Elio t'ont fichu la trouille et tu as choisi de larguer les amarres pour être tranquille.

Je me mords les lèvres, pas très contente d'être si facilement percée à jour. Et à nouveau, je sens mon téléphone vibrer au fond de la poche de mon affreux sweater à capuche. J'ai enfilé mon vêtement « doudou » dès que je suis rentrée chez moi. Cette fois, j'attrape l'appareil. Cinq appels en absence. Tous d'Elio. Mon cœur se serre et je range mon téléphone sans rien dire. Alice me regarde longuement. A-t-elle deviné ? Sans doute. Je crois qu'elle me cache un pouvoir, en fait. Elle doit être télépathe, comme Sookie dans *True Blood*. Je ne vois que ça. Elle pose finalement une main sur mon genou :

– Tu mérites d'être heureuse, Elena. Plus que n'importe qui.

– Pourquoi tu me dis ça ? demandé-je, inquiète.

On aurait mis du poil à gratter dans ma culotte que je ne me tortillerais pas davantage.

– Pour rien. Et rappelle-toi que les milliardaires sexy ne courent pas les rues.

– Je me moque qu'il soit milliardaire.

– Mais pas sexy ?

Je pâlis, comme toujours lorsque je suis gênée et Alice repart dans un grand rire qui me met du baume au cœur. Elle a toujours eu le don de me réconforter, de me remonter le moral, même quand je suis au trente-sixième dessous.

– La vie est trop injuste. Je n'en reviens pas que ce soit toi qui aies rencontré un milliardaire! s'exclame-t-elle soudain en faisant mine de m'étrangler.

Car Alice a toujours eu une unique ambition dans la vie, dont elle ne s'est jamais cachée: épouser un richissime homme d'affaires et vivre en bikini au bord d'une piscine à Beverly Hills. Tout un programme.

– Et non seulement tu en trouves un, mais en plus, tu le plaques! Je ne sais même pas pourquoi on est encore copines!

***

Arrivée en avance à la New York Academy of Art, j'entre dans la salle de cours déserte. J'ai éteint mon portable, refusant d'écouter les messages d'Elio. Même si j'ai envie de décrocher, je m'en tiens à ma décision. Je ne dois pas flancher. Pour ma sécurité. Pour éviter de m'enflammer, de perdre le contrôle. Circulant entre les chevalets, je pose ma besace par terre, m'installe à ma place et enfile ma blouse blanche. Enfin, anciennement blanche. Car malgré les lessives, elle ressemble à un arc-en-ciel.

Les autres élèves devraient arriver d'ici une demi-heure, ce qui me laisse du temps pour peaufiner une ébauche. Sortant une grande feuille Canson de mon carton, je la coince sur mon chevalet à l'aide de pinces. Puis j'étale mon matériel devant moi: crayons, brosses, pinceaux, pastels... il ne manque rien. Je vais pouvoir m'évader quelques minutes, tout oublier grâce à ma création.

– Vous n'êtes pas en retard, mademoiselle Lavigne.

Surprise, je relève la tête et aperçois madame Johnson sur le pas de la porte. La vieille dame me sourit, ses cheveux blancs rassemblés en un éternel chignon sur la nuque. Je bondis de mon haut tabouret pour la saluer. J'ai toujours eu un immense respect pour ma prof d'arts appliqués.

– Bonjour, madame.

– Je suis heureuse de vous trouver. J'ai justement à vous parler.

Je deviens livide. La dernière fois qu'un enseignant m'a dit ça, j'ai écopé d'un avertissement, assorti d'un mois entier de colle, pour avoir dessiné une petite frise de rien du tout sur le mur des toilettes pour filles de mon lycée. En plus, tout le monde l'adorait, cette frise. Amusée par ma réaction, Eliane Johnson s'approche de moi. Elle porte une cotte en jean et un tee-shirt à l'effigie de Che Guevara assez improbable pour ses 67 ans. C'est pour ça que je l'adore ! Elle est elle-même. Artiste. Unique. Géniale.

– L'exposition « Jeunes Talents » a été un véritable succès hier. Nous avons eu un nombre de visiteurs bien supérieur à l'année dernière.

– C'est une bonne nouvelle.

– Excellente, même.

Me faisant signe de me rasseoir sur mon siège, elle s'appuie sur l'une des tables à dessin au pupitre incliné. Elle me regarde avec attention, un petit sourire en coin. Ses yeux pétillent de malice derrière ses lunettes.

– Vos Secret Box ont fait forte impression. Votre installation a remporté tous les suffrages parmi les professionnels.

– Oh, je…

Je recommence à bégayer en postillonnant. Tous aux abris.

Ma prof s'amuse, ravie de ma maladresse, tandis que je conclus :

– C'est super.

Waouh ! Difficile de trouver plus profond.

– Vous savez, Elena, c'est un moment dont vous vous rappellerez toute votre vie. J'avais exactement votre âge, 21 ans, quand cela m'est arrivé. Je m'en souviens comme si c'était hier. J'étais dans la cuisine de mon minuscule studio en train de casser des œufs pour une omelette quand mon téléphone a sonné.

J'ouvre des yeux ronds tandis qu'elle secoue la tête, émue par ce souvenir. Puis, revenant à moi, elle pose une main tachetée par l'âge sur mon bras.

– Aujourd'hui, je me réjouis de jouer le rôle de la messagère pour vous.

– Comment ça ?

– Vous avez vendu votre première œuvre.

Oh. Oh. My. God.

Mon cœur ne bat même plus. Pour quoi faire, hein ? C'est comme respirer, ça ne sert strictement à rien. En apnée, les yeux écarquillés, je ne bouge plus d'un millimètre. Et madame Johnson me sourit, pas étonnée outre mesure par ma réaction.

– À la fin de l'exposition, un acquéreur s'est présenté. Il tient absolument à exposer vos fameuses boîtes dans sa galerie et souhaite vous lancer et vous représenter dans votre carrière.

Une carrière ? Moi ?

– Qu'en dites-vous ?

– Je… je suis morte, c'est ça ? Je vais voir la lumière au bout du tunnel ?

Ma prof éclate de rire.

– Non, c'est bien réel. Et vous pouvez être fière de vous. C'est extrêmement rare, surtout à votre âge. Vendre une œuvre à la suite de l'exposition « Jeunes Talents » n'est arrivé que deux fois par le passé, et plus depuis des années !

Woooooooooooow !

– Je n'en reviens pas.

– Et vous n'êtes pas au bout de vos surprises. Car c'est l'une des plus prestigieuses galeries new-yorkaises qui s'est portée acquéreur.

Elle marque un petit temps d'arrêt.

– Il s'agit de la galerie *Pasqualina*. Dominic Stone en personne a acheté votre œuvre.

7
LE FILS PRODIGUE

Après plusieurs heures passées devant mes toiles, je quitte enfin l'école. Arrivée la première, partie la dernière. J'ai laissé mon carton à dessins dans l'atelier, n'emportant que ma besace décorée de badges et autres graffitis. Je n'arrive pas à croire que Dominic Stone a acheté mes Secret Box ! Lui qui n'avait pas hésité à me jeter hors de sa galerie lors de ma visite… Bien sûr, je suis ravie d'entrer dans la cour des grands. Mais cet homme me déstabilise.

Au-dehors, la nuit est déjà tombée sur New York la scintillante : les fenêtres, les néons, les enseignes lumineuses, les lampadaires étincellent dans les ténèbres. Je franchis la porte de l'académie, prête à m'engouffrer dans la bouche de métro la plus proche.

Je suis restée longtemps devant mes esquisses à exorciser mes émotions. Je ne m'exprime qu'avec mes pinceaux. Je ne sais pas faire autrement. À la fin des cours, je me suis enfermée dans l'atelier de l'école pour évacuer mon dépit.

Ma rupture avec Elio, mes sentiments ambivalents à l'égard de Dominic Stone et de son achat. Peu à peu, ma frustration s'est diluée dans les couleurs.

Me faufilant parmi les passants, je tourne dans une rue latérale, moins fréquentée. Personne ne m'attend à la maison, à l'exception de Matthew McConaughey.

Quoi ? J'ai oublié de préciser qu'il s'agissait d'un DVD ?

Soudain, une voiture noire s'engage dans la venelle – un somptueux véhicule métallisé aux vitres teintées. Son moteur ronronne tandis qu'elle roule au pas. En fait, j'ai l'impression que la berline ralentit à mon niveau… Prise de sueurs froides, j'accélère le pas en repensant à tous les épisodes de *New York, Unité Spéciale* que je n'aurais pas dû regarder si tard le soir. Dans mon dos, la voiture longe le trottoir. Et si c'était un serial killer ? Ou un évadé de prison ?

– Elena !

Dexter connaît mon nom ?

Sans me retourner, je fonce tandis que la voiture me suit et s'arrête près de moi. Elle roule maintenant en parallèle tandis que je me cramponne à la bandoulière de mon sac. Jusqu'à ce que la voix m'appelle à nouveau, belle, posée et… familière.

– Elena, je ne voulais pas te faire peur. Je suis désolé.

Elio ?

Sous l'effet de la surprise, je me retourne et découvre mon ténébreux milliardaire assis sur la banquette en cuir et accoudé à la vitre baissée. Ses cheveux noirs et brillants retombent en mèches fines sur son front et il me fixe de son regard perçant. Je remarque aussi qu'il porte une veste bleu marine un peu chiffonnée et qu'une ombre de barbe brunit légèrement ses joues. Comme s'il n'avait pas dormi depuis un moment. Il est absolument… craquant.

Argh… je suis faible…

Ce qui ne m'empêche pas de presser le pas au souvenir de notre rupture. Dans la voiture, Elio toque contre la vitre qui le sépare de son chauffeur, sans doute pour lui demander d'épouser mon rythme. Si bien que sa magnifique BMW reste à mon niveau. Et je ne risque pas de battre les chevaux enfermés sous le capot, même si je m'élance en courant.

– Monte une minute, Elena. J'aimerais te parler.

Son timbre calme m'enveloppe, apaisant, mais je secoue la tête sans un mot. N'ai-je pas dit que je ne voulais plus le revoir ? Même si tout mon corps crie le contraire, même si je frissonne dès qu'il pose les yeux sur moi. Les lèvres pincées, je regarde au loin, évitant de m'attarder sur ses pupilles arctiques et sa bouche sensuelle, longue, bien dessinée… Stop ! Je sais qu'il me met en danger. Ce que j'éprouve pour lui est trop grand, trop énorme, trop disproportionné. Et trop soudain. Je ne suis pas habituée à gérer ces émotions en rafales.

– Je t'en prie, monte en voiture. J'aimerais juste te raccompagner chez toi.

Il ne m'ordonne rien. Au contraire, je devine la prière dans sa voix. Nous devons offrir un drôle de spectacle : moi en train de foncer sur le trottoir et lui qui me tend la main, assis dans sa berline qui roule au pas.

– Non, Elio.

– Tu me remarques enfin ? sourit-il. C'est bon signe.

Je ne peux m'empêcher de sourire.

– Je suis venu te kidnapper, ajoute-t-il avec un irrésistible sourire de gamin qui tranche avec son sérieux habituel.

– Me… ?

Comme la voiture freine, il ouvre la portière et sort pour me prendre doucement par le coude. Son contact me bouleverse, tout comme la lueur de supplique dans son regard. Comment lui résister ?

– Je dois absolument te parler.

– Il n'y a rien à ajouter. Nous nous sommes tout dit à l'exposition, tu ne crois pas ?

– S'il te plaît, Elena. Rien qu'une minute. Je ne te demande pas plus.

Sans m'en rendre compte, je hoche la tête. Quelqu'un a-t-il déjà réussi à refuser quoi que ce soit à Elio Garibaldi ? Une minute plus tard, je suis installée sur la banquette en cuir noir, près de lui. Nos genoux se frôlent dans l'habitacle et je jette des coups d'œil anxieux en direction du chauffeur.

– Il ne peut pas nous entendre.

Elio a suivi mon regard et me sourit. Puis il replace avec délicatesse une mèche de mes cheveux blonds derrière mon oreille, en un geste qui nous est désormais familier. Ou presque. À nouveau, mon cœur a des ratés. L'attirance est magnétique entre nous, comme si nous ne pouvions nous empêcher de nous toucher. Sans cesse, nos deux corps se cherchent, s'approchent, se repoussent tels des aimants.

– J'ai essayé de t'appeler…, commence-t-il.

Je pâlis au lieu de rougir. Ma grande spécialité, ma petite bizarrerie personnelle – entre autres.

– Je suis désolée, j'étais… euh… très occupée.

– Je ne voulais pas te blesser, hier soir. Je n'avais réellement pas envie de parler de mes sentiments et de toi avec Dominic Stone.

Je m'apprête à répliquer quand ses mots sonnent étrangement à mes oreilles. *Ses sentiments ? Quels sentiments ?* Elio s'empare de ma main, entremêlant nos doigts. Sa peau douce provoque un autre frisson et je me mords les lèvres, consciente que la situation m'échappe. Lui soutient mon regard vert et, très vite, je ne peux plus me soustraire à son emprise.

– Pardonne-moi si je t'ai blessée.

– Non, tu avais raison. Je ne suis pas ta petite amie.

– Pas encore, rectifie-t-il.

Ses yeux me brûlent comme s'ils me marquaient au fer rouge. Ils me contemplent comme s'ils voyaient mon âme. Le souffle coupé, je me tais alors qu'il enchaîne très vite :

– Je suis effrayé par les sentiments que j'éprouve pour toi, Elena. Je t'ai rencontrée il y a seulement quelques jours, et pourtant, je ne cesse de penser à toi. C'est si récent et si… intense.

Je ne dis rien, bouleversée par son aveu. Ces mots trouvent un écho en moi.

– Et notre nuit n'a rien arrangé, ajoute-t-il avec un petit sourire.

Je suis blanche comme un linge.

– C'était…

– Inoubliable, conclut-il à ma place.

Exactement. Et magique. Et poignant. Et délicieux. Elio porte doucement ma main à sa bouche, ployant la nuque en signe de respect. Ses lèvres effleurent ma peau. Son baiser est léger, fugace… mais j'en ai la chair de poule, remuée jusqu'à l'âme. Puis il se redresse et frappe à la vitre du chauffeur. Comme s'il s'agissait d'un signal, celui-ci freine et se gare sur le bas-côté. Je ne comprends pas. Elio, lui, descend avec un sourire.

– Je vais maintenant te laisser tranquille. Don va te reconduire à ton immeuble.

– Et toi ?

– Je vais rentrer à pied. Je ne veux pas t'importuner davantage et, de toute manière, j'ai besoin de me dégourdir les jambes.

***

Elio est parti, s'effaçant avec galanterie. Au milieu de la longue banquette en cuir, je me sens toute petite et très seule pendant que la voiture roule vers mon domicile. Son aveu résonne dans ma tête, encore et encore. Lui aussi éprouve quelque chose pour moi. Mon cœur se gonfle. Ai-je enfin une chance, une toute petite chance, de sortir de ma solitude ? Même si je dois prendre des risques et baisser les armes, cela n'en vaut-il pas la peine ? Tout devient clair…

Prenant mon courage à deux mains, je frappe à mon tour à la vitre du chauffeur. La paroi s'abaisse légèrement, de sorte que j'aperçois les yeux noirs du conducteur.

– Monsieur Don ?

– Don tout court, sourit-il.

– Bonsoir. Excusez-moi mais… pourriez-vous me conduire à l'appartement de monsieur Garibaldi ?

Nos regards se croisent dans la semi-pénombre au moment où il freine à un feu rouge. Sans doute a-t-il reçu des ordres précis de son employeur. Me déposer chez moi saine et sauve. Je le fixe, suppliante. Mes yeux ressemblent à deux flaques d'eau alors que j'entrelace mes doigts en une prière muette.

Visiblement ému, il secoue la tête et finit par lâcher un gros soupir. Les yeux du Chat potté, ça marche toujours.

– D'accord.

– Oh, merci, monsieur Don ! Merci mille fois !

Durant tout le reste du trajet, j'échafaude de beaux discours. Je dois voir Elio. Tout de suite. Je dois lui parler. Au final, nous éprouvons exactement la même chose, une attirance irrépressible mâtinée de peur. Quand la voiture s'arrête devant une gigantesque tour de verre dont les derniers étages semblent crever le ciel, je bondis sur le trottoir. Je suis remontée comme une horloge suisse.

– Par ici, mademoiselle. Je vous accompagne.

Escortée par Don, je rejoins l'immense hall de verre. C'est étrange, les lieux ressemblent au siège d'une grande entreprise. Et en m'engageant dans le tourniquet en verre, je remarque sur le fronton de grosses lettres argentées. GARIBALDI GROUP. Je fronce les sourcils. Peut-être me suis-je mal fait comprendre ? J'espérais me rendre à l'appartement d'Elio, pas à son travail. Mais déjà, Don parlemente avec un homme assis derrière un guichet, devant une multitude d'écrans de sécurité. Je remarque au passage les nombreuses caméras qui surveillent l'endroit.

– C'est bon, mademoiselle. Vous pouvez prendre l'ascenseur, me déclare Don en revenant vers moi. Montez au trentième étage.

Il me sourit.

– Le concierge va prévenir monsieur Garibaldi.

Déstabilisée, je le remercie et m'engouffre dans la cabine aux portes métalliques. À mesure que les étages défilent, je sens la nervosité me gagner. Je devrais suivre des cours de yoga. Et quand le vantail s'ouvre, je me retrouve sur un grand palier à l'épaisse moquette blanche et aux murs tendus de soie crème. Sur une console, un bouquet de pois de senteur s'épanouit. Il n'y a pas de fenêtre, seulement des appliques murales qui répandent une lumière douce. Mon cœur bat la chamade.

Quand il apparaît par une porte latérale.

Elio, Elio, Elio.

Il ne dit pas un mot – ni moi. Mais ma présence ne veut-elle pas tout dire ? De sa démarche souple et féline, il s'approche de moi. Je ne bouge pas, statufiée, même si à l'intérieur, c'est le déferlement. S'arrêtant à quelques centimètres, Elio m'ouvre les bras et me prend contre lui. Je ne résiste pas, j'en suis incapable. Je lève seulement la tête vers lui et me dresse sur la pointe des pieds pour venir à la rencontre de son mètre quatre-vingt-dix. Sa bouche m'effleure, me caresse, avant que sa langue ne s'insinue en moi. Notre baiser ressemble à un soupir. Et Elio m'enlace tendrement.

– Tu es revenue…

Sur ma décision. Sur mes pas.

Je m'apprête à répliquer quand il pose un index sur mes lèvres, encore humides de son baiser, de son goût.

– Je suis désolée. J'ai eu peur, moi aussi, et…

– Ne dis rien et suis-moi.

Me prenant la main, il m'ouvre enfin la double porte en bois qui mène chez lui.

***

Elio Garibaldi habite au sommet de la tour qui abrite les

locaux de son entreprise, comme s'il ne quittait jamais son travail. Son appartement occupe les trois derniers étages du building. À croire qu'il veille en permanence sur sa société, tel un aigle dans son nid. Le matin, il n'a qu'à s'engouffrer dans un ascenseur pour rejoindre une salle de réunion ou son bureau. C'est… étonnant. Un peu inquiétant, aussi. Quand s'arrête-t-il de bosser?

Intimidée, j'avance dans son sillage. Il franchit le seuil en me tenant la main et m'entraîne le long d'un corridor qui dessert plusieurs pièces. À droite, je discerne une grande cuisine américaine aux meubles en inox et au plan de travail rutilant – comme si personne ne l'avait jamais utilisé. Plus loin, j'aperçois une bibliothèque et d'innombrables reliures en cuir qui montent jusqu'au plafond. Et nous émergeons finalement dans un vaste salon aux meubles noirs, froids, design.

C'est vraiment l'appartement d'Elio?

Certes, les proportions de ce triplex sont pharaoniques et les murs découpés de grandes baies vitrées offrent une vue imprenable sur New York by night. Sauf que cela ressemble à un décor. Ce canapé six places en cuir noir, terminé par une chauffeuse. Ce lampadaire qui rappelle un projecteur de cinéma. Cette fine table en métal où s'entassent des revues financières. Tout respire l'œuvre d'un décorateur professionnel, sans la moindre faute de goût… et sans la moindre vie. C'est froid. C'est vide.

Le cœur serré, je me tourne vers Elio, occupé à poser sa veste sur un fauteuil club. Sous le tissu blanc de sa chemise, je devine ses muscles durs tandis qu'il remonte ses manches et dénoue sa cravate. Il est beau… mais pas seulement. Il me touche. Profondément. Que fait-il dans un endroit aussi glacial, qui lui ressemble si peu ? Car l'homme qui m'a aimée durant une nuit est passionné, brûlant, intense.

– Mets-toi à l'aise, me propose-t-il gentiment.

Je cache mes mains dans les manches trop longues de mon sweater. Lui me sourit.

– Je peux t'offrir quelque chose ? demande-t-il en s'approchant du minibar dressé dans un coin.

Il a déjà la main posée sur une carafe en cristal qui contient un liquide ambré, sans doute du whisky très âgé.

– Du Coca Light ? murmuré-je, timide.

Son sourire s'agrandit.

Le choc des cultures, sans doute.

– Je dois avoir une canette au frigo.

Pendant qu'il s'éloigne vers son immense cuisine – où je suis presque certaine qu'il ne mange jamais –, je fais le tour de la pièce, impressionnée. Quand j'aperçois une porte entrebâillée au bout de la salle. Je m'approche, intriguée. Je viens de remarquer le tableau qui orne le mur, au-dessus d'une table de travail parfaitement ordonnée. Poussant le battant du bout du pied, je découvre une toile abstraite dans un cadre de bois usé qui mériterait une bonne restauration. Par contre, la peinture à l'huile est bien conservée. Et je suis subjuguée par l'explosion des couleurs, morcelées en une multitude de fragments géométriques… qui forment un corps nu de femme. Troublant. Influencée par le cubisme, la peinture recèle une puissance minutieuse qui m'évoque Georges Braque.

– Il s'agit d'une œuvre de mon grand-père.

Je sursaute en entendant la voix d'Elio derrière moi. Les yeux rivés à la toile, il me tend un verre de soda que je pose sur un guéridon. Je n'ai pas très soif. Elio, lui, ne lâche pas des yeux le tableau.

– C'était un artiste, dis-je, impressionnée par le coup de pinceau.

Il hoche la tête, indéchiffrable. En tous les cas, cette peinture tranche avec le reste de l'appartement, comme un éclat de vie dans le décor. Ou une touche personnelle dans ce no man's land.

– Il avait du talent, dis-je doucement. Cela se voit au premier coup d'œil. Tu tiens beaucoup à cette toile, n'est-ce pas ?

– Je la regarde tous les soirs quand je travaille dans mon bureau. C'est une sorte de pense-bête, elle me rappelle d'où je viens.

Il s'apprête à ajouter quelque chose mais se tait. Jamais encore il ne s'était confié à moi auparavant, du moins à ce sujet. J'en suis profondément touchée, heureuse de sa confiance. Mais je suis aussi étonnée par ses révélations : Elio avait un grand-père artiste, talentueux, exposé ? Et pourquoi éprouve-t-il le besoin de se remémorer chaque jour ses origines ? Le mystère s'épaissit sans que j'ose l'interroger, devinant sa réticence. Dès que l'on aborde un sujet trop personnel, Elio se referme – un peu comme moi, d'ailleurs. Mais je comprends maintenant d'où lui viennent cette sensibilité artistique, cette culture qu'il m'a laissé entrevoir dès notre premier rendez-vous.

S'arrachant à sa contemplation, il recule finalement, son verre de whisky à la main. Il en boit une gorgée avant de se planter devant la baie vitrée qui domine les rues de l'Upper East Side. Attirée comme un satellite dans son champ de gravitation, je le rejoins pendant qu'il pose son verre. Ses traits parfaits éclairés par les lueurs de la ville, il dégage un charme mystérieux.

– Je suis désolé pour ce qui s'est passé entre nous ces deux derniers jours.

– C'était aussi ma faute, dis-je tout bas.

– Je n'ai pas l'habitude de m'attacher aux gens. À personne, en fait.

L'aveu lui semble difficile. Il n'a sans doute pas l'habitude de se confier et je devine l'effort auquel il consent. Debout à ses côtés, j'admire la ville dont les pulsations nous parviennent. Tout vibre en bas. Et tout est si calme, si silencieux en haut. Elio pose une main sur mon épaule.

– Je ne suis pas non plus un expert en matière de sentiments.

– Moi non plus, Elio. Je n'y connais rien. J'ai l'impression de lire un mode d'emploi en chinois.

– Je parle chinois, me répond-il le plus sérieusement du monde.

Je me retiens de rire.

– Tu as compris ce que je voulais dire. Ce qui m'arrive… enfin ce qui nous arrive me dépasse.

Cette fois, il acquiesce.

– Nous nous ressemblons, Elena.

Nos regards se croisent et il plonge une main dans la poche de son pantalon pour en sortir une petite boîte en velours noir qui ressemble furieusement à un écrin. Je n'ose plus bouger. À peine respirer.

– J'ai pensé à toi durant mon voyage à Washington.

– Elio…

J'ai la gorge nouée tandis qu'il pose la boîte au creux de ma paume. Ce n'est pas tant ce cadeau inattendu qui me bouleverse… que son aveu. Il a pensé à moi durant notre séparation. Je n'étais donc pas la seule à ressasser notre nuit, enfermée dans mon atelier. Dans mes petits souliers, j'ouvre la boîte et découvre un bijou somptueux. Un papillon en diamants roses. Délicat, fragile, l'éphémère semble prêt à s'envoler au moindre geste brusque.

– J'ai tout de suite pensé à toi en le voyant.

Je remarque la longue épingle sous le papillon, qui permet de l'attacher sur une épaule. Et je relève la tête, les yeux humides.

– Je ne sais pas quoi dire. C'est trop, beaucoup trop…

– Moi, je trouve cela insuffisant.

Il franchit le dernier mètre qui nous sépare et me prend dans ses bras. Une seconde plus tard, je me serre contre lui, mon papillon dans la main. Et Elio m'embrasse passionnément, furieusement. Pressée contre son torse, je lui rends son baiser avec fièvre. Nous ne formons plus qu'un, perchés au-dessus de la ville, alors que ses lèvres douces, chaudes, au délicieux parfum d'alcool, s'approprient ma bouche. Je suis prise au piège de sa chaleur, de son parfum. J'ai l'impression qu'il infuse dans ma peau.

Jamais je n'ai rien ressenti d'aussi fort.

D'aussi fou.

***

Quand une porte claque violemment au bout de l'appartement, nous interrompant. Valdinguant contre le mur, elle fait trembler les affiches publicitaires encadrées en guise de décoration. Elio me libère. Les sourcils froncés, il est sur ses gardes. Moi, je tourne la tête et découvre une haute silhouette dans l'entrée, chargée de valises. C'est un grand jeune homme brun qui empile des bagages Vuitton sans ménagement, comme on entasse des sacs de pommes de terre.

– Salut ! lance-t-il à la cantonade.

Sans s'adresser à personne en particulier, il retire sa veste en cuir et la balance sur la patère. Il semble très à l'aise. Je me tourne vers Elio, étonnée. Qui est-ce ? Que se passe-t-il ? Poursuivant son arrivée tonitruante, le jeune inconnu passe une main dans ses cheveux noirs, enjambe sa muraille de valises, et se dirige vers nous sans qu'Elio le quitte des yeux, visiblement mécontent.

Il y a de l'électricité dans l'air.

– Je dérange ? demande le jeune homme.

Indifférent à la réponse, il attrape mon verre de Coca Light, oublié sur une console, et le vide à grosses goulées.

– Aaah ! fait-il, désaltéré, en s'essuyant sur sa manche. Ça fait du bien. J'ai traversé tout le hall avec mes valises. Ça pèse une tonne, ces machins-là. Et je ne te raconte même pas pour sortir de l'ascenseur !

– Pourquoi tu n'as pas attendu le concierge ?

Je sursaute, surprise par la voix froide d'Elio. Dans mon dos, il semble tendu, les mâchoires contractées. Je sens à nouveau une étrange vibration, comme si un orage se préparait entre ces murs.

– T'es fou ? réplique le garçon. Y a des trucs perso dans mes valises. Je préfère encore m'en occuper seul.

Puis comme il s'approche enfin, Elio le serre brièvement dans ses bras. L'accolade ne dure qu'une seconde car très vite, le mystérieux homme s'écarte et les yeux d'Elio, un peu plus tendres, reprennent leur éclat métallique. Comme s'il était à la fois content et contrarié par cette arrivée inopinée. Moi, je reste dans mon coin.

Traduction ? Je fais tapisserie...

Elio pose une main possessive, presque protectrice, sur mon épaule.

– Elena, je te présente mon petit frère, Luca.

Son frère ? Si je m'attendais...

Je tends la main à Luca, qui m'accorde enfin son attention. Et je ne semble pas lui déplaire au vu du long regard appréciateur dont il me gratifie. Je ne sais plus où me mettre. D'autant qu'il me décoche un clin d'œil amusé.

– Ravi de faire ta connaissance, miss. Si Elio m'avait dit qu'une fille canon comme toi traînait dans les parages, je serais rentré plus tôt !

– Luca..., gronde Elio.

Son frère lui adresse un sourire en coin. Moi, je suis toute pâle, émotion oblige. Heureusement, les deux mâles Garibaldi m'oublient aussitôt, préférant se regarder en chiens de faïence. J'ai beau les observer, je ne note pas une ressemblance évidente. S'ils partagent les mêmes cheveux noirs, Elio est beaucoup plus athlétique, avec des traits plus fins et des yeux d'un bleu redoutable. Luca, lui, semble moins fin, moins racé... même s'il a un beau regard très noir. Il est plutôt mignon malgré sa mise négligée.

– Quoi ? Qu'est-ce que j'ai encore dit ?

– Qu'est-ce que tu as fait, plutôt ? riposte Elio. Ton collège m'a appelé, Luc. Je suis au courant de ta petite fugue.

Pas gêné pour un sou, le jeune homme éclate de rire et se

laisse tomber sur le canapé où il étend ses jambes sans aucun égard pour le luxueux cuir. Avachi dans les coussins, il contemple son frère avec une lueur de défi.

– Je vais avoir 18 ans demain, Elio. Tu ne croyais quand même pas que j'allais continuer à moisir dans cette école privée pour le restant de mes jours ? Demain, je toucherai enfin ma part d'héritage et à moi la belle vie !

Elio s'apprête à répliquer quand je me racle discrètement la gorge. Je me sens de trop. Et se rappelant ma présence, il hoche la tête, sans doute pour faire comprendre à Luca que la discussion n'est pas finie. Celui-ci lève les yeux au ciel, irrévérencieux. De mon côté, je me fais aussi petite qu'une souris pendant qu'Elio me raccompagne à la porte, une main posée au creux de mes reins. Mon cœur palpite lorsqu'il m'embrasse au coin des lèvres.

– Je t'appelle. Je vais demander à Don de te raccompagner, attends-le dans le hall.

Dans l'ascenseur, je respire mieux loin de cette ambiance tendue, même si une foule de questions m'assaillent. D'où sort le frère d'Elio ? De quel héritage Luca parlait-il ? Leurs parents sont-ils morts récemment ? Au moment où la cabine s'ouvre, je suis perdue dans mes pensées. Et en dépit de notre alchimie, je réalise soudain combien je connais mal cet homme.

8
LA PLANÈTE ELENA

Un beau soleil brille au-dessus de la ville et inonde les rues de Brooklyn. Le printemps touche à sa fin avec ses arbres couverts de grappes de fleurs et les New-Yorkais, après un hiver polaire et des neiges presque éternelles, sortent enfin les shorts et les jupes courtes. Dans ma poitrine, mon cœur est prêt à exploser. Elio m'a rappelée dès le lendemain de notre réconciliation pour me proposer un rendez-vous samedi. Pas de grand restaurant cette fois. C'est moi qui ai choisi le lieu de notre rencontre. Et je suis bien décidée à lui montrer un peu mon monde !

Dans un éclat de rire, j'attrape son bras tandis qu'il me suit, l'air détendu. C'est la première fois que je le vois sans costume. Enfin, je ne veux pas dire tout nu. Il ne se promène pas en tenue d'Adam dans le quartier. Quoique… je ne suis pas certaine que les femmes s'en plaindraient ! Non, aujourd'hui, il a remisé ses luxueux vêtements d'homme d'affaires et opté pour un simple jean, un polo noir, des mocassins en cuir sombre et une paire de lunettes Ray-Ban qui lui donne des airs de pilote de ligne.

Il est sexy. Sexy, sexy, sexy.

Et il est très à l'aise au cœur de Brooklyn. Bien qu'il brasse des millions de dollars – pour ne pas dire des milliards – au quotidien, il se fond sans peine dans n'importe quel milieu. Il me fait penser à un caméléon, capable de s'adapter à toutes les situations sans rien perdre de son charme ou de son charisme. Il ne détonne pas dans cet ancien quartier pauvre dont la réfection a été récemment entreprise. Désormais, toute une faune d'artistes et de bourgeois bohèmes occupe les lofts désaffectés et les vieux immeubles en briques rouges.

– J'ai tellement hâte ! m'écrié-je, surexcitée.

Elio me sourit et pose une main sur ma nuque, couverte par ma longue chevelure blonde. Pour une fois, ou pour lui, j'ai mis une jupe, un petit bout de chiffon en jean qui dénude mes jambes, même si j'ai ajouté une paire de collants à rayures roses et noires du meilleur effet avec mes Converse. J'ai aussi épinglé mon somptueux papillon en diamants à mon débardeur. C'est fou, ce n'est pas approprié… mais je tenais à l'étrenner.

De toute manière, je le porte même sur mon peignoir quand je suis chez moi. Mais chuuut…

– Je vais te présenter à Dany et Johanne. Ils vont t'adorer.

– Tu les connais depuis longtemps ?

– La semaine dernière ! dis-je dans un éclat de rire.

Elio fronce les sourcils tandis que j'essaie de le tirer par le bras pour aller plus vite. Je marche devant, le tractant dans mon sillage sans qu'il presse le pas. Malgré mon impatience, il admire les vitrines des petits magasins qui bordent la rue

– artisans, pâtissier oriental, antiquaires, atelier de tatouages se côtoient en harmonie. Une multitude de vies différentes s'entrelacent, créant une atmosphère particulière, simple, joyeuse. J'adore Brooklyn. Et Elio y semble comme un poisson dans l'eau. Mais y a-t-il un endroit au monde où il ne serait pas à sa place ? Je l'imagine très bien en train de gravir l'Himalaya, de nager au milieu des requins australiens, puis de donner une conférence rasoir à Tokyo et de vendre des actions par milliers à Wall Street.

– Tadam ! m'écrié-je soudain.

Je m'arrête à l'entrée de l'immense vide-greniers que je fréquente assidûment tous les week-ends en quête d'inspiration et de nouveaux matériaux pour mes œuvres. Elio s'immobilise derrière moi et embrasse d'un regard les étals qui se succèdent. Les stands s'étirent des deux côtés du trottoir, surveillés par les marchands depuis leur transat ou leur chaise pliante de camping. Une foule d'objets hétéroclites s'offre aux promeneurs qui circulent entre les rangées de tables. Famille avec poussette, vieux garçon solitaire ou enseignante à la retraite se croisent dans ce joyeux bric-à-brac.

Bienvenue dans mon royaume !

– Tu t'attendais à ça ?

Il hausse les épaules, magnanime.

– Oh, non… je m'attendais à pire.

– Quoi ?

Devant ma mine mi-déconfite mi-furibonde, il éclate de rire et m'entraîne à son tour au milieu de la brocante. Il se fiche de moi, en plus ! Ce qui ne m'empêche pas de le prendre par le bras pour l'emmener dans mon coin favori, celui des antiquités et autres vieilleries. Elio cherche des gens du regard. À mon tour de rire dans la barbe.

– Où sont tes amis ?

– Dany et Johanne ? Sous ton nez !

– Pardon, mais…

À travers les verres fumés de ses lunettes, Elio coule un regard au vendeur ventripotent qui lit un magazine sur la pêche, assis sur une glacière remplie de bières fraîches. Je ris de plus belle. Puis je m'empare d'un double cadre métallique où les photos en noir et blanc d'un homme et d'une femme se font face. Jaunis par le temps, leurs visages gardent un charme suranné avec leurs coiffures désuètes et leurs costumes bon marché.

– Daniel et Johanne Wilson. C'est un couple d'origine irlandaise. Ils se sont enfuis très jeunes à Gretna Green pour se marier sans l'accord de leurs parents. Puis ils sont entrés au service d'une riche famille londonienne. Lui s'occupait du jardin, elle de la cuisine. Dans quelques jours, ils s'apprêtent à voguer vers les États-Unis aux côtés de leurs patrons.

Je glisse à Elio un regard de connivence avant de conclure avec une petite pointe de désespoir et un chagrin sincère :

– Malheureusement, leur bateau s'appelle le Titanic. Ils ont pris ces photos deux jours avant d'embarquer.

Elio me considère longuement. Puis un sourire se dessine sur ses lèvres. Il semble étonné, déstabilisé et… sous le charme. Il me considère avec une attention soutenue comme s'il me voyait pour la première fois.

– Tu es unique, Elena.

– J'espère bien !

Je lui rends son sourire en ajoutant :

– Le monde ne survivrait pas à deux exemplaires !

Joignant son rire au mien, il m'accompagne en direction des épais classeurs rouges que je compulse fébrilement. Une multitude de vieilles photos s'y cachent, rangées dans n'importe quel ordre. Certaines sont tellement abîmées qu'on n'y distingue plus les visages. D'autres, au contraire, sont trop récentes et ne m'intéressent pas. Et puis, il y a ces moments magiques, envoûtants, où une figure inconnue entre dans mon univers. Comme si je devinais sa vie, son passé. Pour moi, c'est le début du processus créatif, la base de mon travail.

– Et lui ? me demande Elio en pointant du doigt un homme.

Il est grand et chauve avec une abondante barbe rousse. Taillé comme un ogre, il ressemble à un forçat échappé d'une geôle même si je remarque une certaine tendresse dans son regard. Ce n'est pas un méchant.

– Mister Eric.

– Mister Eric ? Il n'a pas de nom de famille ?

– Si, évidemment ! Mais il préfère qu'on emploie son nom de scène. Mister Eric travaille dans un cirque itinérant depuis son plus jeune âge. Il est présenté comme l'homme le plus fort du monde et les spectateurs n'arrivent jamais à le battre au lancer de marteau. Mais regarde ses yeux…

Elio se penche et nos épaules se frôlent. Aussitôt, son parfum m'environne, chatouillant mes narines. *La Nuit de l'Homme* et ses notes boisées, viriles, mêlées à la fragrance si particulière de sa peau. À nouveau, il m'enveloppe et me possède entièrement l'espace d'une seconde. Si bien que je perds le fil de mon discours.

– Je ne vois rien…

M'éclaircissant la gorge, je me reprends :

– C'est parce que tu ne regardes pas. Il a des yeux doux comme ceux d'un agneau. Il donnerait sa vie pour sa femme et sa petite-fille, Claire. Elles vivent avec lui dans sa caravane. Son épouse Tania est trapéziste.

Elio hésite une seconde et tend brusquement la main vers un cliché en assez bon état malgré les angles cornés et le léger voile de poussière qui salit le papier.

– Tu penses qu'il peut s'agir de Tania ? me propose-t-il, plein d'espoir.

Je ne peux m'empêcher de sourire face au grand Elio Garibaldi, ce requin de la finance, ce roi de Wall Street, qui attend ma réponse avec une anxiété touchante.

– Absolument. Admire ses bras, menus mais forts. De vrais bras de trapéziste.

Nous éclatons de rire et je tends quelques dollars au vendeur qui ne nous gratifie même pas d'un coup d'œil, toujours collé à son magazine sur les truites et les saumons. Durant une heure, je promène Elio de stand en stand. Je m'intéresse maintenant aux vieux objets dont plus personne ne veut. Entre mes mains, une vieille paire de ciseaux en métal se transforme en monture de lunettes disco et des mouchoirs brodés deviennent du tissu pour parachutes miniatures. Plus les minutes passent, plus Elio se prête au jeu.

– Tu n'as pas besoin de timbres ? me demande-t-il devant une vieille collection de philatéliste sans grande valeur. Ils sont anciens. Ils pourraient servir à envoyer des lettres qui remontent le temps.

– Oh ! dis-je, impressionnée. Excellente idée.

Nouvelle acquisition fantaisiste, un brin loufoque. L'après-midi passe comme un rêve, rythmé par notre complicité, notre intimité croissante. Je ne me suis jamais sentie aussi bien avec quelqu'un. Lui me comprend, même si je suis différente. Lui ne me juge pas et m'accompagne dans mon monde, s'immergeant avec moi. Il est le premier homme à poser le pied sur la planète Elena.

Quand je disais qu'il pouvait aller partout…

***

La bandoulière de mon sac sur l'épaule, Elio porte ma besace à ma place – et il n'a même pas honte du badge clignotant Pac-Man. Ma gibecière est pleine à craquer. J'ai acheté une multitude de petits objets et de portraits qui n'attendent que d'être transformés. Une foule de créations me trottent dans la tête. J'imagine une nouvelle installation, peut-être une sorte de mobile à accrocher au plafond. Elio respecte mon silence en marchant près de moi. Nos corps se frôlent, nos mains s'effleurent. Nous ne pouvons pas cesser de nous toucher.

Sa présence.

Sa présence qui fait battre mon cœur.

L'air crépite entre nous, chargé d'une tension magnétique, presque sexuelle. Notre désir semble à fleur de peau, n'attendant qu'un signe, un sourire, une caresse pour remonter à la surface et tout emporter. J'en ai des papillons dans le ventre. Quand soudain, j'aperçois un marchand de glaces. J'en profite pour désamorcer la bombe. Parce que j'ai encore du mal à gérer ces émotions. Parce qu'il me reste cette peur latente de baisser les armes après toutes ces années de solitude – sans amour mais sans risque.

– Des glaces ! m'écrié-je, enthousiaste.

Sans attendre, je me précipite vers le vendeur ambulant. Elio me suit, amusé par ma nouvelle lubie.

– Qu'est-ce que tu aimes ?

– Il y a une éternité que je n'en ai pas mangé, répond-il, dubitatif.

– Abricot ? Chocolat ?

– Café.

Je fais la grimace. Ce n'est pas très fantaisiste, tout ça. Mais je commande pour lui un cornet à deux boules tandis que j'opte pour des parfums plus exotiques – noix de coco et cassis. Et au moment où Elio fait mine de sortir son portefeuille de la poche arrière de son jean, je l'arrête.

– C'est moi qui t'invite ! dis-je, ravie.

– Elena, je…

– J'insiste.

Il m'a offert les plus beaux bijoux depuis notre rencontre – une inoubliable fibule, un papillon en diamants –, sans parler de ce dîner dans l'un des restaurants les plus chics de la ville. Certes, je n'ai pas ses moyens mais j'ai envie de lui faire des cadeaux, aussi modestes soient-ils. Elio finit par hocher la tête, comprenant l'importance du geste pour moi. Je crois qu'il est touché. Depuis combien de temps personne ne l'a invité, trouvant normal qu'un homme aussi riche s'acquitte de toutes les factures, toutes les additions ?

Eh bien moi, je dis stop !

Elio s'empare de sa glace avec une réelle émotion pour si peu de chose. Mon cœur se serre. À l'évidence, il n'a pas l'habitude qu'on s'occupe de lui. Et nous reprenons notre marche dans les rues ensoleillées de Brooklyn. Pas de malaise entre nous. Juste un silence paisible, simple, complice.

– Mon frère s'est installé chez moi pour quelques jours.

Je ne réponds pas. En fait, je suis sur mes gardes. Il est si rare qu'Elio consente à une confidence que je redoute de l'effrayer à la moindre syllabe.

– Notre père est mort quand il était très jeune, il y a déjà dix ans.

– Je suis désolée.

Il garde les yeux dans le vague, lointain. Comme s'il racontait les événements avec détachement pour mieux s'en affranchir. Moi, je l'écoute avec attention, cessant de lécher ma glace. Je recueille chaque bribe, j'enregistre chaque détail, désireuse de mieux le connaître. Elio est un homme si renfermé, si complexe, si taiseux. Pas du genre à se plaindre ou à se morfondre sur son sort, même si je devine les cicatrices derrière ses longs silences.

– Luca n'était qu'un gamin et, à l'époque, il n'a pas tout compris. Notre père nous a tous laissés dans une situation difficile.

Il s'interrompt et secoue la tête sans développer.

– Et notre mère est morte voici six mois.

– Elio…

Ma voix douce lui tire un sourire tandis qu'il secoue la tête, pensif.

– Luca vient de fêter ses 18 ans et nous avons tous les deux touché notre héritage. Nous devions attendre sa majorité avant d'entrer en sa possession.

– Je comprends.

– Je suis inquiet pour lui.

Ça, j'avais remarqué.

Il suffit de voir la crispation de ses mâchoires ou ses doigts serrés autour de son cornet.

– Je l'ai inscrit dans un collège privé dans le Maine, un excellent établissement avec des professeurs hautement qualifiés, mais il déteste l'internat et les règles strictes de la vie en communauté.

– C'est un garçon indépendant ?

– Une tête brûlée, oui ! Doublé d'un fêtard invétéré. Je ne compte plus les appels de son proviseur pour m'alerter de ses disparitions. Il a manqué des dizaines d'heures de cours, il a même fugué plusieurs fois pour s'amuser avec ses copains.

– Vous avez essayé d'aborder le problème ensemble ?

Elio émet un petit rire sans joie.

– Des dizaines de fois ! Malheureusement, la discussion dégénère toujours et je passe pour un vieux con qui ne sait pas s'amuser.

– Tu n'as que 28 ans.

– Et lui dix-huit ! me répond-il, désabusé.

Je presse doucement son coude alors qu'il enveloppe mes épaules d'un bras protecteur.

– Cela dit, je ne perds pas espoir de lui faire entendre raison. C'est un garçon intelligent. Je suis certain qu'il fera les bons choix à l'avenir.

Nous finissons le reste du trajet en silence, liés par ses confidences inattendues. Je suis flattée qu'Elio ait entrouvert pour moi la porte de sa vie. Et quand il me dépose en taxi au pied de mon immeuble, je lui propose spontanément de monter. Il me suit dans l'ascenseur. Au moment de quitter la cabine, j'ai le cœur qui bat plus vite. Mes mains tremblent et Elio ouvre à ma place, me prenant les clés des mains avant de m'embrasser. Puis nous entrons. Et la porte se referme sur nous, tout doucement.

9

À BORD DU *MISSISSIPPI EXPRESS*

– Waouh !

C'est tout ce que peut dire Alice en arrivant dans le port de New York. Moi-même, je ne suis pas loin d'avoir la mâchoire qui se décroche. Wow ! Nous restons toutes les deux immobiles, environnées par une nuit fraîche et douce. Une semaine s'est écoulée depuis mon rendez-vous avec Elio. Et un incroyable spectacle se déroule devant nous tandis que je tiens à la main mon carton d'invitation. C'est grandiose. À couper le souffle. Complètement inattendu. En trois mots : totalement Cole McShawn !

– Wa-ouh ! répète Alice en détachant chaque syllabe.

– Tu penses retrouver l'usage de la parole une fois à bord ?

– Pas que l'usage de la parole, me répond-elle en remuant du popotin. L'usage de mon corps de rêve aussi !

J'éclate de rire et mon amie me tire par le bras. Ensemble, nous foulons le long tapis rouge déroulé sur les pavés du port. Exceptionnellement, j'ai opté pour de simples ballerines en cuir sombre, agrémentées d'une courte robe noire, rehaussée de manches en dentelle qui courent comme une seconde peau le long de mes bras. Ma tenue a même reçu l'approbation d'Alice qui m'a prêté un grand châle en cachemire pour m'envelopper.

Je suis presque sortable, d'après elle. Presque!

De son côté, Alice est spectaculaire dans une robe ultra-moulante Hervé Léger qui semble littéralement cousue sur sa peau. Sa couleur rouge écarlate fait ressortir ses courts cheveux noirs et son rouge à lèvres sanguin. Impossible de la rater. Avec un petit frisson, je me cramponne à elle tandis que nous avançons vers la foule des badauds agglutinés autour de notre immense bateau. Des curieux se sont amassés pour voir l'arrivée des invités de l'excentrique philanthrope. Certains ont même sorti leur téléphone portable pour filmer.

Cole McShawn ne peut rien faire comme les autres. Au lieu de louer un yacht à l'instar de toutes les célébrités, il a opté pour un gigantesque bateau à roues du Mississippi! L'engin à vapeur se dresse fièrement parmi les autres navires, attirant tous les regards, alimentant toutes les conversations. Je le dévore des yeux, fascinée par sa beauté d'un autre temps. Il semble échappé du siècle des crinolines et de l'époque de Tom Sawyer. Alice a raison: c'est « waouh ». Il n'y a pas d'autre mot.

Ce n'est pas Elio qui m'a invitée à cette soirée, même s'il m'a téléphoné pour s'assurer de ma venue. Mon carton a été envoyé par Dominic Stone en personne. Il a organisé cette immense soirée pour annoncer une grande nouvelle, rassemblant tous les artistes qui exposent dans sa galerie – dont moi. Mais il a délégué l'orchestration à Cole, maître du décorum qu'il connaît visiblement bien. Le monde de l'art est petit. Quant à Elio, il est sans doute venu à l'instigation de Cole. Le philanthrope fait le lien entre tout le monde. Le talent de mondain ne s'invente pas ! Ni le carnet d'adresses, d'ailleurs... Et Alice est en extase, excitée comme une puce.

– Je suis trop contente ! s'écrie-t-elle au moment où je tends mon invitation aux videurs chargés de filtrer les entrées.

Dans un élan, elle s'accroche à mon cou et pose une bise sur ma joue avant de monter sur le long ponton de bois qui enjambe l'eau.

– Merci, merci, merci !

– Ce n'est pas comme si tu m'avais harcelée pour venir.

– Je ne t'ai pas harcelée. J'ai poliment demandé à t'accompagner cent ou deux cents fois. Ce n'est pas la même chose.

– Tu m'as suppliée, quoi !

– Voilà, exactement...

Nous éclatons de rire en posant pied sur le sublime bâtiment. L'atmosphère à bord est magique. Des femmes aux robes haute couture, les épaules chargées de zibeline ou d'étole soyeuse, discutent avec des hommes en costumes griffés. Entre eux circulent des serveurs habillés à la mode du XIXe siècle qui proposent des coupes de Cristal Roederer.

– Vous me décevez ! persifle une voix derrière moi.

Je pivote aussitôt et croise le regard doré de Cole McShawn. Vêtu d'un improbable costume trois-pièces, il me décoche un clin d'œil moqueur. Grand et mince, ses cheveux blonds brillant comme une auréole d'or autour de son visage ovale, il semble échapper d'un roman de Margaret Mitchell.

– Vous n'avez pas mis vos fameuses tennis roses ?

– Non, je n'ai pas osé ! répliqué-je dans un éclat de rire.

– Femme de peu de foi ! Il faut toujours rester fidèle à ses principes.

– Vous, par contre, vous vous fondez dans le décor…

– Un vrai caméléon. Personne ne me remarque jamais.

Ravi par l'énormité de sa déclaration, il rit de plus belle avant de saluer Alice, enchanté par cette rencontre. Le philanthrope ne renâcle jamais à croiser la route d'une ravissante jeune femme. Et avec un ultime clin d'œil, il disparaît ensuite dans la foule pour papillonner d'un groupe à l'autre. Quel phénomène ! Alice reste quelques secondes frappée de stupeur et je la devine conquise. Il faut bien un moment pour se remettre de la tornade McShawn.

– Je t'en prie, dis-moi qu'il est libre !

– Aucune idée, dis-je, hilare.

– Il est sacrément… wow !

– C'est aussi le mot que j'aurais choisi.

Puis, reprenant ses esprits, elle lève les bras en l'air :

– Et maintenant, que la fiesta commence !

– Vous m'ôtez les mots de la bouche !

Qui a parlé ? Me retournant vivement, je me retrouve nez à nez avec Luca. Accoté au bastingage, le petit frère d'Elio sirote une mystérieuse boisson translucide en déshabillant ma meilleure amie du regard. Ce qui n'a pas l'air de lui déplaire. Elle lui décoche un sourire complice et l'atmosphère devient aussitôt électrique. Entre ces deux grands fêtards, la rencontre promet d'être explosive. Et j'y assiste, mi-fascinée, mi-impuissante, alors qu'ils semblent tous les deux oublier ma présence.

– Luca Garibaldi.

– Comme…

– Elio ? fait le jeune homme, blasé. C'est mon frère.

Je m'éclaircis la gorge pour intervenir :

– Luca, je te présente mon amie Alice Jones. Elle m'accompagne.

Que se passe-t-il quand on gratte une allumette au-dessus d'un bidon d'essence ? Parce que j'ai l'impression que nous allons obtenir le même résultat avec Alice et Luca. Mon amie serre la main du jeune homme… qui en profite pour tirer son poignet et l'attirer à lui afin de l'embrasser sur la joue. Je ne sais plus où me mettre. Ils se connaissent à peine, non ? Mais au lieu de reculer, Alice émet un petit gloussement.

Quoi ? Pas de gifle ? Pas de cris ? À sa place, je l'aurais passé par-dessus bord.

Je me mords les lèvres, abasourdie. Quand je sens une présence familière dans mon dos. Et je n'ai même pas besoin de me retourner pour savoir qui vient.

– Luca, je t'ai cherché partout et…

La voix grave et posée s'éteint. Et deux mains douces enveloppent mes épaules à travers le tissu de mon châle.

– Elena… j'ignorais que tu étais déjà là.

Je pivote légèrement et rencontre ses yeux bleu glacier, ses yeux qui me font fondre. Au lieu de m'embrasser en public, Elio effleure ma pommette de son index, avec une classe folle. Je pâlis, forcément. Et même s'il se contente de caresser ma joue du bout des doigts, son geste est d'une sensualité insoutenable, bien plus troublant que n'importe quel baiser.

Qu'est-ce que je suis censée faire ? Ah oui, respirer…

Puis Elio pose son regard sur son frère, qui tient désormais

Alice par la taille avec une familiarité surprenante. Et non sans insolence, le jeune homme lève son verre en direction d'Elio. Malgré son âge, je devine qu'il boit sans doute de l'alcool. Avec son aplomb, il est parfaitement capable de tromper le barman...

– À la tienne !

Il le vide d'un trait, jusqu'à la dernière goutte, en une évidente provocation. Sans s'en rendre compte, Elio presse plus fort mes épaules alors que Luca lui darde un sourire sardonique avant de claquer des doigts pour héler un serveur.

– La même chose !

Elio bouillonne dans mon dos, même s'il se retient d'exploser en public par égard pour moi, pour son frère – et par habitude de museler ses sentiments. Il n'est pas le genre d'homme à perdre son calme en public et Luca semble en jouer et en abuser. Pas besoin d'être grand clerc pour deviner qu'ils se sont disputés avant la fête. La tension entre eux est perceptible. Alice elle-même les observe tour à tour, les joues rouges.

– Tu devrais faire attention, Luc. C'est de la vodka ?

Suis-je la seule à percevoir la note d'inquiétude dans la voix d'Elio ? Apparemment. Car son petit frère hausse les épaules, dédaigneux.

– Pitié, tu ne vas pas commencer à jouer les rabat-joie ! C'est une soirée privée et le barman est cool pour une fois.

– Combien de verres d'alcool as-tu bu ?

– Quelle importance ?

– Tu as 18 ans, bon sang !

Ils s'affrontent du regard pendant que j'avale péniblement ma salive. Alice aussi semble mal à l'aise. J'aurais aimé la présenter à Elio, mais le moment semble très mal choisi. Et parce qu'il note mon trouble, celui-ci se contente de hocher la tête pour remettre cette discussion à plus tard. Sauf que Luca poursuit sur sa lancée, les nerfs à vif. Je le soupçonne d'être déjà bien éméché à en croire la ligne rose qui barre son nez et ses pommettes.

– Pourquoi tu ne peux jamais me laisser m'éclater ? C'est la fête, ce soir ! J'ai 18 ans, je suis majeur et je n'ai pas fait vœu d'entrer dans les ordres !

Elio s'apprête à répliquer quand une voix mielleuse s'élève près de nous.

– Il a raison, Elio. C'est de son âge !

Et Dominic Stone s'insinue dans notre petit groupe avec la souplesse d'une anguille malgré son ventre légèrement proéminent et le poids des ans. Profitant de cette aide inespérée, Luca adresse à son frère un regard de triomphe. Elio, lui, serre les lèvres et encaisse en silence. Mais quand Dominic veut lui asséner une tape familière sur l'épaule, il l'évite sans peine.

– Jeunesse doit se passer ! conclut le galeriste, guère désarçonné.

Quelques minutes plus tard, Alice et Luca ont disparu dans la foule. Le *Mississippi Express* vogue maintenant sur les flots new-yorkais. La croisière sur l'Hudson dure jusqu'à demain matin : nous serons de retour sur la terre ferme après le brunch, vers 13 heures. Je n'ai d'ailleurs pas encore eu le temps d'aller jeter un coup d'œil à ma cabine, même si je m'attends à un décor spectaculaire. Avec Cole McShawn comme hôte, il ne peut en être autrement.

Quand un petit bruit s'élève. Comme tout le monde, je tourne la tête vers l'arrière du navire. Toujours près de moi,

Elio me tient délicatement par le coude. Et j'aperçois Dominic Stone en train de tapoter le bord d'une coupe avec sa lourde chevalière pour attirer l'attention des convives. Un silence respectueux s'abat sur le pont, à l'exception d'un rire aigu que j'identifie comme celui d'Alice, toujours fourrée avec Luca.

– Bonsoir à toutes et à tous et merci d'avoir répondu à mon invitation.

Je n'aime pas sa voix. Je n'aime pas cet homme. Pas seulement à cause de la manière dont il m'a jetée sans ménagement hors de sa galerie lors de notre première rencontre. Bon, d'accord, ça joue un peu aussi… Mais il y a autre chose. C'est épidermique entre nous. Sa voix de miel me hérisse, comme ses manières onctueuses. Sans parler du fait qu'Elio n'a pas l'air de le porter dans son cœur, lui non plus. Si bien que j'écoute son baratin d'une oreille distraite jusqu'à ce qu'un nom retienne mon attention.

– Elio, si tu veux bien approcher…

À côté de moi, l'intéressé fait « non » de la tête, sans sourire, malgré les regards braqués sur lui.

– Allons, Elio, un petit effort ! Et Luca, approche aussi !

Le petit frère d'Elio, lui, ne se fait pas prier, adressant un signe de la main amusé à tous les convives qui le détaillent avec intérêt ou curiosité. Dominic, lui, poursuit son discours avec un sourire de chat gourmand.

– J'aimerais porter un toast à Elio et Luca Garibaldi. En tant que fils du fondateur de la galerie *Pasqualina*, tous deux sont entrés cette semaine dans le capital de l'entreprise. J'aimerais donc que vous applaudissiez mes nouveaux actionnaires.

Euh… j'ai manqué un volume de la série ?

Autour de nous, la foule frappe poliment dans ses mains tandis que des commentaires enthousiastes et des félicitations fusent. Plusieurs personnes viennent serrer la main d'Elio qui me lance une œillade désemparée. Moi, je suis pétrifiée. Elio ? Actionnaire de la galerie *Pasqualina* ?

– J'aimerais aussi profiter de cette fête donnée en leur honneur pour vous annoncer une autre nouvelle : la galerie va organiser une grande exposition en collaboration avec le MoMA cet été. Nos plus grands artistes comme nos plus jeunes recrues participeront à cet événement qui risque de marquer durablement les esprits et…

Je n'écoute plus. Trop de questions se bousculent dans ma tête.

Et parce que j'ai l'impression d'étouffer, je tourne les talons et disparais en ignorant la voix d'Elio qui m'appelle.

***

Je ne comprends rien à cette histoire. Elio serait le copropriétaire de la galerie qui a acheté mes Secret Box ? A-t-il expressément demandé à Dominic Stone d'acquérir mon œuvre ? Mon cœur se serre dans ma poitrine. Peut-être n'ai-je pas été choisie pour la qualité de mes créations mais par piston… Tout ce que je déteste ! Je me mets à faire les cent pas sur le pont inférieur du bateau qui glisse sur les eaux paisibles du fleuve.

Je suis le dindon de la farce.

– Elena…

La haute silhouette d'Elio se découpe au bout de la travée. Il est superbe dans son smoking noir qui souligne sa carrure athlétique et ses larges épaules. S'approchant de moi à pas prudents, il pose une main sur la barrière de sécurité en bois blanc. Au loin résonne le bruit des roues à aubes en train de tourner. Blessée, je refuse de le regarder. Je me contente de fixer obstinément les grands rubans d'écume laissés dans le sillage de notre navire. Au-dessus de nous, les bruits de la fête nous parviennent. L'orchestre joue depuis un moment, les gens s'amusent, les rires éclatent, arrosés de champagne.

– Je peux tout t'expliquer.

Ce que je peux détester les discussions qui commencent comme ça.

– Pourquoi tu ne m'as rien dit ? dis-je d'une voix blanche. Pourquoi tu ne m'as pas précisé durant ces deux dernières semaines que tu possédais la galerie *Pasqualina* ? Tu en as eu au moins cent fois l'occasion…

Elio s'arrête à mes côtés et je me sens perdue. Parce qu'il y a son odeur virile, boisée. Parce qu'il y a sa chaleur, sa présence énorme, son charisme qui dévore l'espace. Je respire mal quand il est près de moi, et je ne pense plus, la gorge nouée, l'estomac retourné. J'ai peur de ce que je vais apprendre, peur d'une énième déception. N'est-ce pas pour cette raison que je me cache depuis une heure dans ce coin du navire ?

– Je n'ai rien dit parce que cela ne me semblait pas important.

– La galerie qui vient d'acheter ma première œuvre t'appartient, Elio. Et tu n'as pas jugé bon de m'informer ?

– Ce n'est pas parce que je détiens des parts dans cette

galerie qu'elle m'intéresse. C'est une histoire compliquée.

Il pousse un profond soupir. À présent, nous gardons tous deux les yeux rivés sur le fleuve qui défile devant nous. Depuis les rives, les passants contemplent le surprenant bâtiment en le montrant parfois du doigt comme une curiosité.

– Très compliquée, conclut-il dans un souffle.

– Essaie au moins de m'expliquer.

Parce qu'il devine mon inquiétude, il inspire un grand coup avant de se lancer :

– Je suis le fils aîné d'Ottavio Garibaldi, le fondateur de la galerie *Pasqualina*. Mon père lui a d'ailleurs donné ce nom en hommage à ma mère. À la mort de mon père, il y a une dizaine d'années, c'est elle qui a hérité de la galerie. Celle-ci se trouvait alors dans une situation financière désastreuse et ma mère a été obligée de vendre une partie des parts à Dominic Stone, un bon ami de la famille. À l'époque, je ne pouvais pas l'aider : j'étais encore étudiant, je n'avais pas fait fortune.

Soudain, je comprends mieux la familiarité de monsieur Stone avec Elio. Je ne l'interromps pourtant pas, consciente de la fragilité de l'instant.

– Notre mère a tenu à conserver 51 % des parts de la galerie pour ses deux fils. Elle souhaitait que nous restions actionnaires majoritaires, que l'affaire reste dans la famille. Elle s'est éteinte voici six mois, d'une crise cardiaque. Mais nous ne sommes entrés en possession de notre héritage que la semaine dernière, à la majorité de mon frère.

Elio soupire comme s'il portait le poids du monde sur ses épaules. Je devine combien cet aveu lui coûte. Ses magnifiques yeux clairs flirtent maintenant avec le vide.

– Je ne me suis jamais intéressé à cette galerie. Le monde de l'art ne m'attire pas et c'est Dominic qui gère la galerie depuis des années. Il m'a proposé de racheter mes parts et sa demande me semble légitime. Il est le véritable propriétaire depuis longtemps. Je lui vendrai mes actions dès que possible.

Ça sonne faux. Je le sens au plus profond de moi. Peut-être à cause des sentiments que j'éprouve pour Elio. J'ai l'impression étrange qu'il ne me dit pas toute la vérité.

– C'est ton héritage, Elio ! C'est la galerie créée par ton père. Tu ne peux pas la rejeter comme ça.

– C'est compliqué, répète-t-il, à cran.

– Tu vas te débarrasser de ton héritage ? Il ne signifie rien pour toi ?

Poussé dans ses retranchements, Elio ferme les yeux, mâchoires serrées, jointures blanchies sur la barrière à laquelle il s'agrippe. Des ondes de colère froide émanent de lui, même s'il s'empêche d'exploser. Il ravale sa colère, il retient ses émotions à l'intérieur. Et quand il se tourne vers moi, je devine la douleur enfermée en lui depuis des années. Mon cœur se fend.

– Bien sûr que cela signifie quelque chose pour moi. Cette galerie, c'est le déshonneur de la famille, c'est la honte des Garibaldi !

– Elio…

– Mon père s'est suicidé, Elena. Il a mis fin à ses jours après avoir mis en vente un tableau réalisé par un faussaire dans le seul but de renflouer les caisses de sa galerie. Tu te rends compte ? Il a commandé une contrefaçon et, pris de remords, il a tout avoué à Dominic avant de sauter par la fenêtre.

J'en reste sans voix.

Au-dessus de nos têtes, une série d'explosions retentissent, suivies par des crépitements. Des étincelles de toutes les couleurs embrasent le ciel. Cole McShawn est en train de tirer un gigantesque feu d'artifice. Rouge, bleue, jaune, verte, violette… les fusées se succèdent en une pluie d'étoiles filantes. Se tournant vers moi, Elio plonge ses yeux dans les miens, me laissant entrevoir un abîme de désespoir. Bouleversée, j'effleure sa joue d'une main timide. Il ne se dérobe pas. Au contraire, il saisit mon poignet pour le baiser avec fièvre.

Son aveu me bouleverse, comme la confiance dont il m'honore. Je comprends maintenant pourquoi il souhaite se débarrasser de cette galerie, hantée par les fantômes de son passé. Je comprends aussi son silence vis-à-vis de moi.

– Je ne veux plus entendre parler de cette galerie. Elle a détruit ma famille, Elena. Je n'ai rien à voir avec tout ça.

– Je sais, Elio. Je sais bien.

Ses lèvres laissent un sillon de feu sur ma peau, au creux de mon bras. Comme moi, Elio porte une blessure au cœur, une plaie ouverte, jamais refermée. Derrière son apparence maîtrisée, c'est un homme à vif. Sa bouche se pose à nouveau sur mon poignet, puis au creux de ma paume. Et tirant doucement mon bras, il m'attire contre lui… mais pas pour m'éteindre. À la place, il me soulève dans ses bras en me tirant un petit cri de surprise. Et il me presse contre son torse en m'emportant avec lui.

Sur le pont désert du navire, Elio m'embrasse à bouche que veux-tu. Son goût m'envahit, légèrement alcoolisé, délicieusement enivrant. Dans ma poitrine, mon cœur bat la chamade tandis qu'il remonte la longue promenade desservant toutes les cabines. Je me cramponne à lui, mes doigts froissant sa belle chemise blanche. Je m'y accroche comme à une bouée, à un radeau. Et lui me mordille la lèvre inférieure avant de la tirer délicatement entre ses dents. Exquise sensation.

Il y a quelque chose d'intense et de désespéré dans notre étreinte, marquée par les aveux d'Elio. Dans ses bras, je ne suis pas plus lourde qu'une plume. J'ai l'impression de voler, de flotter, pressée contre son torse musclé. À travers le col de sa chemise, j'aperçois sa peau pâle et imberbe et y pose les lèvres. Elio se raidit sous les assauts de ma bouche avant de se pencher pour déverrouiller sa cabine d'une seule main, sans me lâcher.

– Toi aussi, tu es acrobate. Comme la femme de Mister Eric.

– Et encore, tu n'as rien vu ! me répond-il avec un clin d'œil taquin.

Je pâlis un peu. Elio, lui, appuie son front contre le mien. Nos lèvres se frôlent. Je sens la fraîcheur de sa salive sur ma bouche et, à nouveau, sa langue s'insinue en moi tandis qu'il ouvre la porte d'un coup d'épaule, nous faisant entrer dans ses appartements. Je le tiens maintenant par la nuque, une main posée dans son cou, parmi ses fins cheveux noirs. Ils sont doux comme des fils de soie. Et je l'attire à moi, possessive, passionnée. Je lui rends son baiser au centuple. Nos bouches s'escriment, nos langues se nouent et se dénouent, nos souffles s'accélèrent.

Quand nos lèvres affamées se séparent, il se courbe un peu pour poser son front contre ma joue, en un geste d'abandon total. Il me porte toujours, me donnant la sensation de flotter. Je suis à l'abri de ses bras – à l'abri de tout.

– Avec toi, je n'ai pas peur…, dis-je tout bas.

Il relève la tête, ému par mon aveu.

– Avec toi, je me sens bien…

Un sourire se dessine sur son beau visage et il traverse la chambre pour me poser avec délicatesse sur le lit, comme on traite une poupée de porcelaine. On dirait qu'il redoute que je ne me brise et ses attentions me bouleversent. Mais je suis solide, surtout pour lui, surtout ce soir. Je sens qu'il a besoin de moi. Après ses confidences, je sais que je peux l'aider, que je peux l'aimer. Et je m'agenouille sur le matelas, dressée sur les genoux tandis qu'il reste debout devant le lit. Je viens à lui. Alors, avant qu'il ne fasse un geste, je commence à déboutonner sa chemise blanche.

À chaque bouton, un baiser.

Elio s'immobilise. Je sens tout son corps d'homme se raidir, pas seulement la bosse qui grossit peu à peu dans son pantalon, mais tous ses muscles, irrigués par le sang et la fièvre. Moi, je continue mon chemin, descendant de plus en plus bas. Je laisse des marques brûlantes sur son torse, savourant sa chair légèrement salée, d'une blancheur d'albâtre. Il est beau comme une statue. Je sors la pointe de ma langue. Humide, elle sinue entre ses pectoraux parfaitement dessinés tandis que j'écarte les pans de sa chemise. Lui pose ses mains sur ma tête, perdant ses doigts dans ma longue chevelure blonde. Et je l'entends gémir faiblement ; c'est presque un ronronnement de fauve.

Ma langue s'enfonce dans son nombril avant de continuer son chemin. Puis j'atteins sa ceinture. Là, je me redresse une seconde, le temps de retirer sa chemise en même temps que sa veste de smoking. Ses vêtements tombent à terre dans un bruit mat. Je reçois une flèche en plein cœur. Parce qu'il est torse nu devant moi, les lignes de son corps parfaitement dessinées. Ses biceps gonflés, ses larges épaules, son torse taillé à la serpe, ses hanches étroites.

Même le plus grand des artistes ne pourrait refléter sa beauté.

Il est… parfait.

Et puissant, racé, élégant.

– Viens par là…, me dit-il.

Elio tend les bras vers moi pour m'attraper, m'étreindre contre lui, mais je recule légèrement. Cette nuit, c'est moi qui mène la danse. Au-dehors, les fusées du feu d'artifice explosent à un rythme soutenu, déversant des myriades d'étincelles sur le fleuve. Et toutes les couleurs entrent dans notre chambre par deux grands hublots. Pas besoin d'allumer la lumière. Nous restons dans la pénombre, trouée par ces kyrielles d'étoiles. Et le torse d'Elio s'embrase de rouge, de bleu, de vert tandis que je dénoue lentement sa ceinture.

– Non, toi, laisse-moi faire.

– Je ne sais pas si je saurai, sourit-il.

Il a l'habitude de tout contrôler, de tout maîtriser dans sa vie. Mais notre désir, si énorme, si puissant qu'il remplit toute la chambre, ne peut pas se dompter.

Et tel un long ruban de cuir, sa ceinture se déroule entre mes mains, avant de rejoindre le reste de ses vêtements.

– Tu vas devoir apprendre.

En prononçant ces mots, je le fixe droit dans les yeux, sans hésiter. Je ne sais pas d'où me vient cette audace, mais cette nuit je me sens pousser des ailes. Pour lui. Pour être avec lui. Et sans cesser de soutenir son regard translucide, je défais sa braguette et fais tomber son pantalon à ses pieds. À présent, Elio se tient en boxer noir devant moi et le tissu moulant ne laisse rien ignorer de son avantageuse anatomie. Je rougirais si je n'étais pas toute pâle.

Waouh ! je lui fais de l'effet.

Enhardie, je pose la main sur son sexe dur, tendu à travers l'étoffe. Je le moule au creux de ma paume, lui tirant un nouveau geignement de fauve. Lui pose les deux mains sur mes épaules, des paumes brûlantes. Je le caresse à travers son boxer, devinant déjà l'ampleur de son érection. Bien qu'un peu intimidée, je finis par passer deux doigts sous l'élastique et lui retire son dernier vêtement. Mon pouls s'accélère tandis que je libère sa virilité dressée.

Est-ce que je vais savoir m'y prendre ?

La question me traverse une seconde tandis que je me penche vers lui, vers son sexe. Elio ne me quitte pas des yeux, posant une de ses mains dans mes cheveux, jouant avec l'or blond de mes longues mèches. D'une main, je le saisis et le fais coulisser au creux de ma paume, lui tirant un premier râle. Je l'enserre. Son cœur pulse dans la veine légèrement bleutée qui court le long de sa virilité. Sa peau est chaude, étrangement douce. J'ai tellement envie de lui. J'ai tellement envie de faire ça.

Je me penche. Et je le glisse entre mes lèvres.

Lui est toujours devant le lit tandis que je me suis assise sur mes talons. Comme ma crinière tombe en rideau et cache mon visage, Elio s'en empare pour la repousser. Il veut me voir. Il veut me voir pendant que je le prends dans la chaleur de ma bouche. Levant seulement les yeux, je le contemple tandis que je le fais coulisser plus profondément. Lui gémit. De plus en plus fort au fil des secondes. La glace de ses yeux a fondu, se transformant en un océan tumultueux. Et ma langue le caresse, l'entoure. Je découvre son goût subtil, incroyablement doux.

– Elena, Elena…

Je l'enveloppe entièrement tandis que je pose mon autre main sur le haut de ses cuisses, remontant doucement vers son intimité. Nouveau râle. Elio flanche alors que son sexe durcit, grossit de plus en plus. Il est en train de perdre la tête.

– S'il te plaît…

Sa main se crispe sur ma tête, en une supplique muette.

– Je ne tiendrai plus longtemps.

Il se retire de ma bouche de lui-même avant le moment fatidique, avant d'exploser. Et avec la détente d'un tigre, il saute sur le lit près de moi. Je n'ai pas le temps de réagir. Déjà, il se colle à moi et nos bouches se retrouvent, enflammées, affamées. Il me dévore littéralement tandis que je me cramponne à lui, plantant mes ongles dans la chair de ses épaules. Son corps nu se presse contre la dentelle de ma robe… qui ne fait pas long feu. D'un geste habile, il dénoue la fermeture et la fait glisser le long de mes hanches, avant de l'envoyer promener à l'autre bout de la pièce.

En lingerie fine, je me plaque contre ses muscles. Sa peau chaude réveille des sensations vertigineuses en moi. Je m'enivre aussi de son parfum, de sa langue. Et son sexe dressé frotte contre ma cuisse, comme un rappel impérieux de son désir. Je veux cet homme. Je le veux viscéralement, sauvagement, comme je n'ai jamais voulu personne avant. Caressant ma poitrine, il dégrafe mon soutien-gorge, libérant mes seins durcis par l'excitation. Aussitôt, il prend mes deux globes de nacre au creux de ses paumes, m'arrachant un long frisson.

Que c'est bon !

Il s'y attarde longuement, jouant avec les aréoles, les pointes… Puis il descend, ses doigts redessinant la courbe de mes hanches, allant et venant le long de mes côtes avant de revenir à mes tétons dressés. Ce jeu va finir par me rendre folle… Lestement, il m'ôte ma culotte en soie blanche, libérant mon intimité palpitante, humide. Il y plonge un instant le bout des doigts, jouant avec mes lèvres, les écartant pour me titiller.

C'est à moi de tout lui donner cette nuit. Et je n'en ai pas encore fini avec lui. Scellant nos mains, mêlant nos doigts, je le pousse en arrière, le forçant à s'allonger sur le matelas.

– Tu ne me feras donc grâce de rien ?

Je souris, pour la première fois sûre de moi face à un homme – parce que je suis sûre de lui, parce qu'il me met en confiance comme personne. À ses côtés, je n'ai plus peur de rien, je n'ai plus besoin de limites, de barrières. Il ne peut rien m'arriver… ou seulement du plaisir. Et je me penche vers le chevet qu'il m'indique d'un geste du menton. J'y trouve l'étui d'un préservatif que je déchire, un brin maladroite. J'ai les mains qui tremblent un peu, si bien qu'il vole à mon secours.

– Je vais t'aider…

– Non, affirmé-je, très décidée.

Et je récupère le préservatif, le déroulant moi-même le long de son sexe. J'en profite pour le caresser, l'enserrer dans un anneau étroit formé par mon pouce et mon index. Elio secoue la tête, redressé sur ses coudes. Il n'y tient plus. Brusquement, ses deux grandes mains s'abattent sur mes hanches et me soulèvent. À cet instant, les fusées crépitent, rythmant notre étreinte, notre folie amoureuse. Mon désir est à son paroxysme, je gémis tandis qu'il m'assoit sur lui, sur ses cuisses musclées.

Son sexe frotte contre le mien, érigé à l'entrée de mes lèvres moites. Et les doigts d'Elio courent sur mon corps. Quand soudain, je me lève sur mes genoux et m'empale sur lui. Lentement, très lentement. Je laisse son sexe entrer en moi centimètre après centimètre. Il est si gros, si dur qu'il tire ma peau, prenant toute la place, me remplissant entièrement. La sensation délicieuse, primitive, m'arrache un gémissement. Et je ne peux plus me retenir. Je suis comme possédée.

Je relève mon bassin, m'aidant de mes genoux. Elio me tient toujours par les hanches et ses paumes tièdes enserrent ma taille. Il n'a pas besoin de m'imprimer son mouvement. Je vais de plus en plus vite, de plus en plus fort. Je le chevauche avec fièvre, comme ivre. Ivre de lui, ivre de nous.

Il me remplit, il me possède. Et j'ondule au-dessus de lui, mon ombre se découpant contre le mur au gré des lueurs du feu d'artifice. Alors, il explose en moi. Alors, tout bascule. Mon ventre se tord, mes cuisses se raidissent tandis qu'une vague de plaisir déferle sur moi, m'engloutissant tout entière. Je m'arc-boute et lui aussi succombe, fauché au sommet. Ses ongles se crispent dans ma chair alors qu'il gémit, touchant du doigt le paradis.

Je ne vois plus que le ciel enflammé par les feux rouges et or. En moi, en nous, c'est la tempête. Et je crie son nom. Je crie son nom comme une délivrance.

Elio, Elio…

10
À CENT À L'HEURE

Assise devant ma table à dessin, je rassemble mon matériel avant de partir. Même deux jours après la fête à bord du bateau à vapeur, j'ai encore Elio plein la tête, et le cœur, et la peau… Nous nous sommes rapprochés lors de cette nuit extraordinaire, et pas seulement physiquement. J'ai eu l'impression de toucher du doigt le véritable Elio Garibaldi, par-delà le masque froid et policé qu'il arbore en permanence. Avec moi, il est différent. Et avec lui, je suis différente.

Mise à nu.

Moi-même.

C'est peut-être pour cette raison que je crée avec une telle aisance depuis quelques jours. Mon inspiration ne tarit pas, courant dans mes veines comme un sang neuf. Avec un sourire, je rassemble mes pinceaux humides, rincés dans le petit lavabo au fond de la pièce. Tous les élèves ont quitté la salle de classe à la fin des cours, un quart d'heure plus tôt. Ne reste que Jeremy, occupé à ranger sa sculpture en glaise au fond de la salle, au sommet d'une étagère, et moi.

– On rentre ensemble ? lui dis-je.

Il ne se retourne pas, continuant à installer son œuvre sur l'étagère. Un centimètre à gauche. Un centimètre à droite. Si ça continue, il va sortir une règle pour mesurer. Les sourcils froncés, je fais la moue. Je sens de l'électricité dans l'air, prémices de l'orage. Mon ami ne m'a pas adressé la parole de la journée et j'ai l'impression qu'il m'évite. Arrivé en retard ce matin, il s'est volatilisé à la pause déjeuner avant de choisir une place à l'autre bout de la salle de classe lors des travaux pratiques de l'après-midi.

On a un problème, Houston ?

Je toussote, un peu mal à l'aise. Toujours aucune réaction. Soit il est devenu sourd-muet pendant la nuit, soit il me fait la tête. Zippant ma trousse, je me mords les lèvres sans quitter mon tabouret et décide de me jeter à l'eau. Autant crever l'abcès tout de suite, même si j'ignore pourquoi il boude.

– Quelque chose ne va pas ?

Cette fois, Jeremy se retourne comme s'il saisissait la balle au bond. Mon cœur manque un battement face à son visage hostile, fermé. On dirait qu'il a avalé un manche à balai. Et qu'il est resté coincé. Surtout, son regard marron lance des éclairs alors qu'il croise les bras sur sa poitrine.

– Pas pour toi, en tout cas.

– Je ne comprends pas.

– C'est ça, joue les innocentes !

Je hausse les sourcils, déboussolée. J'ai l'impression qu'il me manque une information capitale. Jeremy en profite pour regagner sa table et regrouper ses affaires en vitesse sans daigner m'accorder un autre regard. C'est comme si j'étais devenue transparente. Pire, je sens qu'il est fâché contre moi. Je me tortille sur mon tabouret, embarrassée. J'ai toujours détesté les disputes, les cris, et je les évite autant que possible.

– J'ai fait un truc qui ne va pas ? Je t'ai blessé ?

Jeremy lève les yeux au ciel, agacé. Il semble plus élancé et fluet que jamais dans son tee-shirt XXL à l'effigie de Nirvana et son baggy qui glisse sur ses hanches dévoile une partie de son caleçon.

– Non, rien. Strictement rien.

Puis, sans transition :

– Au fait, félicitations pour ton entrée à la galerie *Pasqualina*. Tu dois être ravie.

– Oh, je…

– Il paraît qu'Elio Garibaldi et son frangin viennent de récupérer la moitié des parts. Toute la presse spécialisée ne parle que de ça.

Je ne vois pas le rapport. Même si le nom d'Elio fait bondir mon cœur dans ma poitrine.

– Ça doit aider d'être la petite copine d'un Garibaldi pour vendre des œuvres à Dominic Stone… je me trompe ?

Touchée.

J'en reste sans voix, blessée au point de ne pas réagir tandis que les derniers mots de Jeremy, crachés avec mépris, flottent entre nous. C'est ce qu'il pense ? C'est ce qu'il pense de moi ? Je croyais pourtant que nous étions proches – et depuis longtemps ! Or, il me voit comme une intrigante, une espèce de Mata Hari qui joue de ses relations pour vendre son travail. Je me lève sans un mot et ramasse mon sac, passant la bandoulière par-dessus mon épaule. Je porte toujours ma blouse cracra mais je m'en moque. Même si j'ai l'air d'avoir assassiné Bozo avec toutes ces taches de couleur.

– Je ne connaissais pas le lien entre Elio et la galerie *Pasqualina*.

Jeremy ricane.

Ma relation avec Elio n'est un mystère pour personne. Nous ne nous sommes pas cachés et, lors de la soirée à bord du *Mississippi Express*, plusieurs photographes nous ont immortalisés ensemble. Sans parler d'Alice la pipelette, qui adore raconter les derniers potins à tout le monde. C'est sans doute par elle que Jeremy a découvert notre liaison. Tant mieux, ce n'est pas un secret. Mais ce n'est pas non plus un tremplin pour moi. En fait, cette idée m'écœure totalement.

– Tu me penses vraiment capable d'un truc pareil ? Sortir avec un homme pour vendre mes œuvres ? Profiter de mes relations pour réussir ?

Questions directes, simples, précises. Jeremy hausse les épaules, un peu moins acerbe et assuré. Il n'ose quand même pas s'engager aussi loin. Je ne le reconnais pas dans ce jeune homme rongé par la jalousie, qui parle uniquement sous l'emprise du dépit.

Qui êtes-vous et qu'avez-vous fait de mon ami ?

– Tu as tellement de chance…, souffle-t-il, amer.

– Je suis contente d'exposer, bien sûr… mais ce n'est pas le plus important.

– Tu parles ! C'est facile à dire une fois qu'on a intégré d'un claquement de doigts la meilleure galerie de New York.

Je choisis de ne pas relever, mettant ses propos sur le compte de la colère. Il devrait pourtant savoir que je n'ai jamais attaché une importance vitale à la vente de mon travail, que je n'existe que pour créer, même si c'est dans mon coin, même si c'est pour moi seule. Me connaît-il aussi mal ? M'approchant de lui, je pose une main douce sur son épaule pour le réconforter. Dans le fond, j'ai de la peine pour lui. Je le sens profondément blessé et je n'aime pas le voir comme ça.

– Tu as un talent fou, Jeremy.

– Et toi, tu as de la chance.

J'encaisse la nouvelle estocade. Ne trouve-t-il pas la moindre once d'intérêt à mes projets, à mes installations ? Mon cœur se serre. Ce n'est pas la première fois qu'il me donne cette impression. D'autant qu'il a soulevé une question importante, qui me taraude depuis la fameuse soirée sur le navire. Elio a-t-il incité Dominic Stone à acheter mes Secret Box ? Prise dans le tourbillon du désir, je n'ai pas songé à l'interroger au terme de notre nuit d'amour. Et durant notre conversation sur le pont inférieur, comment aurais-je pu l'interrompre alors qu'il se confiait au sujet de sa famille pour la première fois ?

Ai-je été pistonnée… ou choisie pour mon talent ?

– Tes sculptures seront découvertes, Jeremy. Je trouve ton travail extraordinaire et je suis certaine qu'une galerie finira par te repérer.

– Quand ?

– Avant tes 90 ans et que tes dents ne tombent, j'en suis sûre.

Il esquisse son premier vrai sourire.

– Tu ne m'avais pas dit que le directeur d'Harpers & Harpers s'intéressait à ton travail ? ajouté-je, enthousiaste.

– Ça n'a rien donné.

– Ça viendra.

Et tandis que je m'apprête à quitter les lieux, animée par une foule de sentiments contradictoires, Jeremy me retient au seuil de la classe.

– Elena !

Je me retourne, presque craintive.

Qu'est-ce qu'il me réserve cette fois ? Une grenade ? Une flèche empoisonnée ? La bombe atomique ?

– Merci. Merci et… excuse-moi.

***

Se prendre le chou avec un ami : c'est fait.

Douter de moi : c'est fait aussi.

« Psychoter » pendant des heures : c'est en cours.

Poser THE question qui tue à Elio : à faire.

– Elena ? Elena, tu es avec moi ?

Les doigts d'Alice claquent sous mon nez. Confortablement installée dans le canapé en cuir écru de son salon, je relève la tête. Ma meilleure amie est penchée au-dessus de moi, visiblement inquiète.

– Tu étais passée où ?

Dans une galaxie lointaine, très lointaine…

– Pas bien loin. Qu'est-ce que tu disais ?

– Je te demandais ce que tu voulais voir ce soir. Tu préfères *Il était temps* avec Rachel McAdams ou *Je te promets* avec Rachel McAdams ?

Dois-je préciser que Rachel McAdams est l'actrice préférée d'Alice ?

Je fais mine de réfléchir.

– Je crois que je vais prendre le film avec cette actrice, tu sais… Rachel quelque chose.

Alice éclate de rire en posant les DVD sur son lecteur.

– On va regarder les deux, conclut-elle. On a le temps, il n'est que 20 heures.

– Tu crois que les pizzas arrivent bientôt ? lui demandé-je, les yeux remplis d'espoir.

– T'inquiète. Le livreur ne devrait plus tarder et on pourra engloutir nos dix mille calories d'huile et de bonheur en toute tranquillité.

J'adore les soirées avec ma meilleure amie. Tous les mois, nous organisons une nocturne DVD-junk food à base de comédies romantiques (ou de films fantastiques, si je choisis le programme) et de nourriture régressive garantie 100 % bonne pour le moral. Et mauvaise pour les fesses – mais ce n'est qu'un détail. Lovée sur le sofa, je bois une gorgée de ma canette de Coca Light tandis qu'Alice dépose un grand saladier de chips et un sachet de Skittles sur la table basse.

Équilibré, on a dit.

Quand la sonnette retentit au bout du couloir. Alice se précipite dans l'entrée, son portefeuille à la main tandis que j'avale un premier bonbon. Aux côtés de ma meilleure amie, je ne songe plus à ma friction avec Jeremy, même si elle m'a laissé un goût amer. Heureusement que le sucre guérit tout. M'appuyant sur les accoudoirs, je me tords le cou et guette l'arrivée de notre dîner. Sauf que ce n'est pas le livreur de pizza.

C'est… Luca.

Sa voix résonne sur le palier et Alice se fend d'un rire de gorge. Elle lui touche sans arrêt le bras tandis qu'il passe une main nerveuse dans ses cheveux noirs. Une vraie parade nuptiale. Je me lève pour les rejoindre, intriguée. Le petit frère d'Elio m'accueille d'un sourire tandis qu'Alice se trémousse, un peu gênée. C'est bien la première fois que je la vois embarrassée. Ne manquerait plus qu'elle rougisse.

– T'es là, Elena ? s'étonne Luca. Je ne savais pas…

Ma meilleure amie ne me laisse pas le temps d'ouvrir la bouche, répondant à ma place :

– On se faisait une soirée DVD.

– Eh bien, vous allez changer vos plans, les filles ! Parce que je vous invite à une super fête, toutes les deux.

Alice pousse un petit cri suraigu, un long « iiiiiiii » qui me perfore les tympans. Moi, je ne sais que penser de cette visite. Qu'est-ce que Luca fabrique chez elle ? Je ne les savais pas si proches, tous les deux. Après tout, ils se sont seulement croisés une fois durant la fête à bord du navire. Je les regarde tour à tour, étonnée.

– Un bon copain organise une soirée VIP chez lui. On va s'éclater.

– Tu entends ça, Elena ? trépigne Alice en tapant dans ses mains. Une soirée VIP ! Tout ce que j'aime !

Luca lui décoche un clin d'œil auquel elle répond par un demi-sourire plein de promesses.

Euh… j'ai encore raté quelque chose, non ? Elena Lavigne, toujours en retard de trois trains.

Que s'est-il passé entre eux ? Ils ont des gestes, des regards, des silences qui ne trompent pas. Alice me tire par le bras pour me faire réagir. Je ne dois pas avoir l'air très intelligent avec mes yeux ronds de mérou.

– Une fête ? dis-je faiblement.

J'aime bien m'amuser, mais je déteste les soirées, les galas et tout ce qui implique de l'alcool, du bruit et une piste de danse. Je me mords les lèvres, refusant de doucher le bel enthousiasme de mon amie. D'autant que Lucas ne semble pas envisager une seconde que nous puissions refuser de le suivre. D'ailleurs, Alice décroche déjà nos deux vestes de son portemanteau.

– On te suit ! lance-t-elle.

– Et les pizzas ? demandé-je avec une note de regret.

– Je vais laisser vingt dollars au gardien. Il les réceptionnera pour nous. Ce ne sont pas deux malheureuses « quatre-fromages » qui m'empêcheront de m'éclater.

– Bien dit ! rigole Luca en faisant tourner les clés de sa voiture au bout de son index.

Moi, j'hésite, tiraillée entre mon envie de rester devant un bon DVD et une crainte diffuse, inexplicable. J'ai peur pour Alice, peur de la laisser seule. Je me mets à tripoter le bracelet en toc que je porte au poignet. J'imagine sans peine l'ambiance des fêtes et les habitudes de la jeunesse dorée que Luca fréquente. Et je prends mon blouson en jean pendant qu'Alice examine la jolie robe blanche qu'elle porte. Doit-elle se changer ? Luca met fin à son dilemme, peut-être pour éviter qu'elle passe trois heures dans son dressing.

– T'es canon comme ça ! C'est un truc informel, tu sais. Juste pour se marrer.

Je dois la suivre. Je dois veiller sur elle et m'assurer qu'il ne lui arrive rien. Au fond de moi, je ne fais pas confiance à Luca. Certes, c'est le petit frère d'Elio, mais les confidences de mon amant me trottent dans la tête. Luca, son amour des fêtes bien arrosées, sa réputation de noceur… Je prends Alice par le bras au moment où nous nous dirigeons vers l'ascenseur. Luca nous ouvre la voie, marchant devant nous. Ce qui me permet de lui glisser à l'oreille :

– Tu le connais bien ?

– Oui, un peu.

– Assez pour qu'il passe chez toi t'inviter à une fête ?

Alice hausse les épaules en prenant soin d'éviter mon regard. Et elle répond d'un ton badin, dégagé :

– Il s'est passé un truc très fort entre nous sur le bateau. On s'entend super bien et on a beaucoup discuté tous les deux…

Discuter ? Ah bon, c'est comme ça qu'on dit…

***

Des enceintes dissimulées dans tous les coins de l'appartement déversent une musique assourdissante. *Bam-bam-bam.* J'ai l'impression qu'un tambour se déchaîne dans ma tête. Torturée par les sonorités électro, je me masse les tempes en cherchant Alice des yeux, égarée au milieu d'une foule déchaînée. À ma gauche, des jeunes se trémoussent sur le somptueux balcon avec une vue imprenable sur la verdure de Central Park. Plus loin, une jeune fille embrasse langoureusement deux garçons différents, sans que cela gêne personne.

Je dois vraiment venir d'une autre planète.

Mal à l'aise, je traverse un long couloir et dépasse une salle de bains en marbre, équipée d'une baignoire avec des pieds de lion en or et des colonnes antiques. Assis sur le couvercle des WC, un garçon fume une cigarette brunâtre dont je ne veux pas connaître la provenance. Sans parler de l'air hagard de son comparse, agenouillé par terre et les yeux dans le vide. Et toujours cette horrible musique en fond sonore. *Bam-bam-bam.*

Pas d'une autre planète. D'une autre galaxie.

– Hé, beauté ! Tu veux faire un tour avec nous ? On se tire…

Trois types m'interpellent, tous vêtus à la dernière mode avec leur veste Hilfiger et leurs mocassins Tod's. Ils ont l'air de sortir d'un épisode de *Gossip Girl*. Je les ignore, poursuivant ma route et récoltant au passage des noms d'oiseau. Je ne relève pas, circulant entre les petits groupes à la dérive. Tous ces jeunes transpirent l'argent, l'oisiveté, le luxe, la vie facile. Je déteste cette ambiance. Et depuis un quart d'heure, je tente de retrouver ma meilleure amie, portée disparue avec Luca.

Je lance une alerte enlèvement dans deux minutes.

– Salut, chérie ! Une petite coupe ?

– Non merci, Chuck Bass.

Repoussant le type qui me tend un verre de champagne avec un sourire de prédateur, je sors sur le second balcon du vaste appartement. Après une heure et demie dans ce lieu, je m'asphyxie au milieu des nuages de nicotine et des relents d'alcool. L'air frais me fouette le visage. Ça fait du bien. Et en me penchant par-dessus la balustrade, j'aperçois la Ferrari rouge de Luca, garée au pied de l'immeuble. Au moins, il n'est pas parti. Le véhicule aux lignes tape-à-l'œil me tire une petite grimace. Luca est venu dans ce bolide pour impressionner Alice. Mission accomplie, d'ailleurs. Elle était aux anges durant tout le trajet, même si Luca grillait tous les feux rouges.

– Alice ?

De courts cheveux noirs retiennent mon attention. Et une robe blanche griffée d'où émergent deux longues jambes hâlées. C'est elle. Je me fraie un chemin sur l'immense balcon dont la superficie totale égale mon appartement.

– Je t'ai cherchée partout !

La tirant doucement par le bras, je la force à se retourner… et découvre son regard vide avec une pointe d'effroi. Oh my God ! Elle n'a pas l'air dans son état normal. Et elle rit bêtement en me voyant – probablement en double ou en triple exemplaire vu son taux d'alcoolémie avancé. Luca est là, lui aussi. Avachi sur une banquette, il a l'œil vitreux et le teint jaune.

– Qu'est-ce que vous avez pris, tous les deux ?

– Elena ? demande Alice d'une voix pâteuse.

Si elle n'est plus certaine de me reconnaître, c'est qu'il est temps de rentrer. Je ne lâche pas son bras et attrape Luca par le coude pour l'aider à se relever, ne parvenant qu'à lui tirer un rire idiot.

– Allez ! Je vous ramène, tous les deux…

– Oh, non ! On s'amuse tellement, pleurniche Alice, éméchée.

Je les tire vers la sortie sans leur demander la permission. Ils ne sont vraiment pas en état de rester.

– Toi ! fait Luca en pointant un doigt accusateur vers moi. T'es une rabat-joie ! Tu fais la paire avec Elio, tiens !

– J'espère bien, dis-je entre mes dents.

Le temps de quitter l'appartement, de monter dans l'ascenseur et d'embarquer dans la voiture, trente minutes se sont écoulées. Je suis sur les rotules. J'ai l'impression de garder une classe de maternelle déchaînée par un visionnage intensif de

Dora l'exploratrice. Sauf que je m'occupe de deux grands dadais alcoolisés. Et ils ne me rendent pas la tâche facile. À peine ai-je fourré Alice sur la banquette que Luca tente de s'échapper, prétextant avoir oublié un truc chez son ami.

– Tu devras t'en passer ! dis-je en verrouillant les portières.

Étant la seule à ne pas avoir de la vodka dans les veines, je prends les clés et expire un bon coup en glissant derrière le volant.

Moi.

Une Ferrari.

Les conducteurs new-yorkais, ça fait peur, très peur.

Au moment où je mets le contact, un lion semble rugir sous le capot. Ou plutôt, toute une ménagerie. Les paumes moites, je me cramponne au volant. C'est comme si je pilotais le Faucon Millenium. En plus dur. N'est pas Han Solo qui veut. Et tandis que je m'engage dans la rue à la vitesse de la lumière, Alice ronfle à l'arrière. Luca, plus frais ou plus entraîné, grille une cigarette.

– Je ne t'ai pas donné la permission de conduire mon bolide, ricane-t-il.

– Je te céderais volontiers la place si tu étais capable de nous ramener.

– Attention !

Affolée par son cri, j'enfonce la pédale de frein et Luca éclate de rire. Parce qu'il n'y avait rien sur la route. Rien, ni personne.

– Ah, ah ! Très drôle.

Je repars tant bien que mal et dépose Alice au pied de notre immeuble. J'aimerais la raccompagner jusqu'à sa porte, mais je redoute d'abandonner Luca. Je ne veux pas qu'il commette une bêtise, comme conduire avec deux grammes d'alcool dans le sang. Baissant la vitre, je me contente de regarder mon amie pénétrer dans le hall. Une seconde plus tard, le gardien de notre résidence sort de sa loge, alerté par le remue-ménage. Bon! elle est entre de bonnes mains. Même si elle en meurt de honte demain.

– Toi, t'es une vraie copine! me lance Luca, affalé sur son siège.

Je lui jette un bref coup d'œil en coin, trop apeurée à l'idée de quitter la route une seule seconde. Piloter une voiture de course, c'est comme dompter un pur-sang. Cela demande une attention constante et des réflexes de tueur à gages. Quant à Luca, il me lorgne, un sourire étrange aux lèvres.

– T'es une fille sur qui on peut compter. Alice ne m'a dit que du bien de toi, ce soir.

– Il ne faut jamais l'écouter quand elle a bu.

Luca éclate de rire et je m'engage sur le grand boulevard qui mène à l'immeuble d'Elio, situé dans l'Upper East Side. Car Luca loge chez son grand frère en attendant de louer son propre appartement la semaine prochaine. Elio m'en a touché deux mots après notre nuit magique sur le bateau, tourmenté par l'avenir de son cadet. J'accélère à peine mais le moteur, chatouilleux, nous fait bondir en avant.

Hou là là!

J'essaie de ralentir mais Luca ne l'entend pas de cette oreille. L'œil étincelant, il se penche soudain vers moi. Je n'ai pas le temps de réagir. Il attrape le volant à deux mains comme s'il voulait conduire à ma place.

– Luca!

Dans un grand éclat de rire, il fait mine de nous envoyer dans le décor. Je ne réfléchis pas. D'instinct, je résiste et donne un grand coup de volant dans la direction opposée.

Tout se précipite. Tout va vite, trop vite. Si vite que je n'ai pas le temps de hurler, de comprendre ou d'appeler à l'aide. Faisant une grande embardée, la voiture de sport coupe la route à tous les véhicules qui circulent en face de nous. C'est un concert de klaxons, de cris, de coups de frein. Sur l'asphalte, nos pneus dérapent dans un bruit atroce. Et lancée à pleine vitesse, la Ferrari enjambe le trottoir et percute de plein fouet un lampadaire.

Bruits de tôle froissée.

Hurlements.

Grondements fous du moteur.

J'encaisse le choc, foudroyée par la douleur. Quelque chose éclate devant moi.

Et puis… plus rien.

Seulement le noir.

Seulement le néant.

III

RESPIRER

11
LÀ POUR MOI

Une voix.

Une voix qui m'appelle.

Une voix posée, familière.

Une voix qui me ramènerait des enfers.

Il fait noir, si noir. De toutes mes forces, j'essaie d'ouvrir les yeux, mais mes paupières sont lourdes comme des volets en plomb. J'ai l'impression que mes cils sont soudés. Et toujours cette voix qui murmure au-dessus de moi. Je m'y raccroche désespérément. Je flotte à la dérive, sans conscience de mon corps. Je ne sens plus ni mes bras ni mes jambes.

Où suis-je ? Que s'est-il passé ?

– Elena…

Mon cœur manque un battement.

C'est Elio, c'est sa voix.

– Elena, s'il te plaît…

Mon pouls s'accélère.

– Reste avec moi. Je ne veux pas que tu me laisses. Tu entends ? Reste, Elena. Réveille-toi, fais-le pour moi.

Une étincelle s'allume au fond de moi, une petite flamme qui brûle dans ma poitrine. Je dois le rejoindre. À tout prix. Par n'importe quel moyen.

– Je ne pourrai pas sans toi.

Puis, encore plus bas :

– Je ne pourrai plus.

Brutalement, je donne un coup de pied au fond du puits de ténèbres où je suis prisonnière, je frappe pour remonter à la surface. Revenir au monde. Revenir à lui. Mobilisant toute mon énergie, j'ouvre les yeux. Et à travers mes longs cils collés, je discerne avec peine ce qui m'entoure. Un plafond blanc. Une odeur de médicaments et d'antiseptique. Le bruit d'une machine qui émet un bip-bip continu. Et, penchée au-dessus de moi, une haute silhouette.

C'est lui. Je sais que c'est lui.

– Elena, si tu savais comme je tiens à toi…

Jamais encore il ne m'avait parlé comme ça. Sa voix calme et posée tremble légèrement. Il tient mes mains. Très émue, je sens ses paumes tièdes, rassurantes, autour de mes doigts. J'ai la sensation qu'il me transmet son énergie. Et je gémis faiblement pour attirer son attention.

– Elena ?

Elio se fige. Les yeux braqués sur moi, il me regarde me réveiller, me débattre contre le sommeil… et la douleur qui commence à m'assaillir. Un élancement me parcourt le bras, et mon dos et ma nuque irradient. Je me cramponne à ses doigts.

– Elena !

Je devine la joie, la peur, le soulagement, la confusion

mêlés. Une seconde plus tard, j'aperçois son magnifique visage… en trois exemplaires.

Trois fois plus d'Elio ? Je ne vais pas me plaindre !

Malgré ma vue brouillée, je discerne ses yeux bleu arctique, les mèches noires de sa chevelure qui retombent sur son front, la finesse de ses traits, sa mâchoire virile et affirmée, sa peau si blanche qu'elle évoque les statues antiques. Mon cœur a des ratés, mais plus pour les mêmes raisons.

– Oh mon Dieu, merci ! Tu es réveillée, Elena… Merci, merci…

Dans un geste spontané, il baise mon front avec fièvre. Je frissonne sous la fraîcheur de ses lèvres. Lui, encadre mon visage entre ses deux mains. Son contact est si doux. Et malgré les vapes, je remarque le décor de la chambre. Du carrelage, des peintures blanches et le parfum désagréable de l'eau de Javel. Je suis dans un hôpital. Alors, tout me revient : la fête avec Alice et Luca. Moi, au volant de la Ferrari, en train de les ramener chez eux. Et l'accident. Le petit frère d'Elio, complètement ivre, qui donne un brusque coup de volant… et moi qui réagis trop brutalement et nous expédie dans le décor.

Le choc.

Le noir.

Non, non, pas ça ! Je m'agite, affolée. Je veux bouger, me relever. Je veux savoir ce que j'ai. Plongée dans un état de faiblesse généralisée, je ne parviens qu'à agiter un orteil. Elio, lui, caresse mon visage avec ses pouces. Debout près du lit, il appuie son front contre le mien, de sorte que je sens son souffle frais sur ma peau, sur ma bouche. Ma peur diminue, apaisée par sa seule présence.

– Chut, chut, Elena…

– Agé bour gour.

Euh… je parle Klingon maintenant ?

Je commande du boulgour ?

– Je suis là… Si tu savais comme j'ai eu peur !

Son masque de self-control se fissure. Il me prend délicatement dans ses bras sans plus chercher à maîtriser ses sentiments. Pas de sourire en coin, pas de pirouette. À cet instant, il serait prêt à faire n'importe quoi pour me garder, me protéger, me guérir. Ses mains sont partout. Elles caressent mon front, mes joues. Elles repoussent mes longs cheveux blonds, collés par la fièvre. Moi, je lève péniblement les bras et me cramponne à lui, l'étreignant à mon tour comme une noyée. Elio semble bouleversé.

– Je suis là, je suis là, répète-t-il.

Je ne peux plus le lâcher. Je m'accroche à lui, torturée par les souvenirs de l'accident. J'ai peur. J'ai mal. J'ai besoin de lui, tellement, tellement…

– Je t'aime, Elena.

Ce n'est qu'un murmure.

Est-ce… est-ce que j'ai bien entendu ?

– Je t'aime, je t'aime tant…

Il… il m'aime ?

– Je t'aime plus que tout…

Ces mots me transpercent comme des flèches. Non, non, je dois être en train de rêver. L'esprit au ralenti, je reste paralysée par son aveu, par la douleur, par le choc. Je flotte toujours entre deux mondes sans savoir si cette scène est réelle. Je ne sais plus rien. À part qu'il caresse mon visage, mes cheveux. À part qu'il est là pour moi, comme personne avant lui.

– Tu te rappelles cette épingle à cravate, Elena ?

Je ne réponds pas, embrouillée, fatiguée. Sans parler de la douleur qui me paralyse et des médicaments qui courent dans mes veines, m'attirant vers les rivages du sommeil. Mes paupières se ferment toutes seules, mais je me force à regarder Elio. Je veux rester avec lui, je ne veux pas me rendormir.

– Tu te rappelles le soir où tu me l'as rendue au restaurant ? Je t'ai dit qu'elle avait une valeur sentimentale…

Comment aurais-je pu l'oublier ? Le soir de notre premier baiser, de notre première nuit…

– Avant de te rencontrer, cette épingle ne signifiait rien. C'est toi qui lui as donné de la valeur, c'est toi qui as tout changé. Voilà pourquoi je tenais tant à la récupérer : elle me rappelait notre rencontre.

Oui, je dois rêver. Je suis sûrement plongée dans le coma.

Je cesse de me cramponner à ses mains alors que les forces me quittent lentement. Mais ses mots me parviennent encore, magiques, irréels.

– Cette simple petite épingle me rappelle comment ma vie a basculé le jour où je t'ai croisée dans ce vestiaire.

Il s'arrête comme s'il prenait conscience de quelque chose.

– Je ne supporterai pas de te perdre.

Ce sont les dernières paroles que j'entends. Une seconde après, je sombre dans le sommeil.

***

Quelques heures plus tard, je pose un regard incrédule sur le décor qui nous environne. Une minerve autour du cou, je suis adossée à une pile d'oreillers au fond d'un lit aussi confortable que celui d'un grand hôtel. Il est mieux que le mien ! Je devrais peut-être emménager dans cet endroit.

– C'est une clinique privée, m'explique Elio.

Il est toujours à mon chevet. Dédaignant les deux fauteuils disponibles, il s'est assis sur le bord de mon lit en prenant garde de ne pas me gêner. Il me traite comme si j'étais une poupée en porcelaine. Ce qui me remue profondément. Depuis mon réveil, il se contente de me tenir la main, pétrissant mes doigts entre les siens. Je suis si touchée… Personne n'a jamais fait attention à moi comme lui. Personne. Jamais. Même pas mon père.

Non, je ne dois pas penser à ça. Pas maintenant.

Il m'a appris que je n'avais rien de grave – du moins, rien qui ne se guérisse. Un problème aux cervicales, une foulure du poignet… et une luxation de la hanche qui me fait souffrir le martyre. J'ai l'impression d'avoir 80 ans.

– J'ai demandé ton transfert en début matinée. Je voulais que tu aies les meilleurs soins.

– L'hôpital était très bien aussi, dis-je timidement.

– Non ! tranche Elio d'une voix sans appel. Je tenais à ce que tu sois soignée ici. Les plus grands spécialistes officient dans cette clinique.

Je jette un regard à la chambre, si grande qu'elle permettrait facilement d'accueillir deux ou trois lits supplémentaires. Sauf que je suis seule à trôner dans cette pièce où s'étire une délicate fresque murale, peinte entre les luxueux meubles en noyer. Sans parler de l'éclairage modulable à distance avec une manette.

Oui, je vais vivre ici. C'est décidé.

Elio me couve du regard, protecteur, mais je ne peux pas m'empêcher de repenser à l'accident. Il m'obsède. J'entends encore le bruit de la tôle froissée quand la Ferrari s'est encastrée dans un lampadaire, sur le trottoir. J'ose à peine croiser les yeux d'Elio en posant la question qui me brûle les lèvres depuis que j'ai refait surface, quelques minutes plus tôt.

– Comment va Luca ?

Je rentre la tête dans les épaules pour encaisser le choc. Elio s'empare d'une longue mèche de ma chevelure. Je n'en mène pas large dans ce grand lit, vêtue d'une simple chemise d'hôpital bleu pâle, les yeux encore collés de sommeil et les bras couverts d'ecchymoses.

– Il se porte bien, ne t'inquiète pas.

Je n'en crois pas mes oreilles.

– Tu es sûr ?

– Il n'a rien, Elena, je te le promets. Tout juste quelques contusions et égratignures. Les médecins n'ont même pas demandé à l'hospitaliser.

– Vraiment ?

Envahie par le soulagement, j'ai l'impression qu'un poids quitte mes épaules. Saisissant ma main, Elio ploie la nuque pour baiser le creux de mon poignet avec une galanterie troublante. Son geste me remue.

– Je suis désolée, lui dis-je soudain.

– De quoi ?

Elio semble réellement surpris.

– Pour l'accident. J'aurais pu tuer ton frère et…

– Non, Elena. C'est lui qui aurait pu te tuer, me coupe-t-il. Après avoir dessaoulé, il m'a raconté ce qui s'était passé.

Une ombre passe sur son visage, altérant ses traits,

durcissant la commissure de ses lèvres sensuelles. Et ses yeux bleu polaire, presque translucides, semblent foncer, comme si une tempête faisait rage. Il est en colère, même s'il ne laisse pas éclater sa fureur devant moi. À la place, il se force à sourire pour me rassurer.

– Quand il a été capable d'aligner deux mots, il m'a avoué qu'il faisait l'imbécile, qu'il a donné un coup de volant au mauvais moment et qu'en voulant l'en empêcher, tu es partie dans le décor.

– Il n'est pas trop fâché pour sa voiture ? Elle doit être dans un sale état. Vraiment, je suis désolée, Elio.

Et je m'empresse d'ajouter, embarrassée :

– Je paierai les réparations.

Même si je dois vider mon plan d'épargne pour ça. Et travailler cent cinquante ans dans un fast-food.

Elio se raidit et se redresse de toute sa taille, comme si je venais de dire une grosse, une énorme bêtise. Il semble fâché mais les yeux qu'il pose sur moi sont d'une douceur inattendue. C'est comme une caresse sur ma peau.

– Tu n'es pas sérieuse ? Luca t'a mise en danger, tu aurais pu perdre la vie à cause de ses bêtises. Il s'occupera seul de sa maudite voiture. N'y pense plus, je t'en prie.

Et spontanément, il serre très fort ma main.

– L'important, c'est que tu sois saine et sauve, Elena. Si jamais il t'était arrivé malheur, je…

Il ne termine pas sa phrase, mais à ce moment, ses yeux me disent tout.

Et plus encore…

***

Plusieurs examens médicaux m'attendent durant l'après-midi. J'ai l'impression d'être cassée en mille morceaux. Dans le couloir, j'avance à la vitesse d'une tortue.

Je suis mûre pour la maison de retraite des Charmilles. Ne manque que le dentier et la choucroute blindée.

Elio se moque gentiment de moi pendant que je marche au ralenti, la hanche douloureuse.

– Tu crois qu'on aura atteint le bureau du professeur demain ? rit-il, l'œil pétillant.

– Ah, ah ! Très drôle…

Pas ma faute si je ressemble à un Rolling Stone en fin de carrière.

– J'ai un peu peur…, dis-je.

À ces mots, Elio redevient aussitôt sérieux. Me tenant par mon bras valide, il supporte presque entièrement mon poids tant je m'appuie sur lui. Je n'ai même pas besoin d'une béquille. D'autant que j'ai refusé le fauteuil roulant proposé par l'aide-soignante. Je ne suis pas encore impotente. Depuis mon admission, Elio ne m'a pas laissée seule un instant dans cette clinique de luxe située en plein cœur de New York. Il est resté dans ma chambre, puis il m'a accompagnée à la salle de radios et m'a attendue derrière la porte, assis sur une chaise du couloir.

– Il n'y a pas de raison, je t'assure.

Je me sens entourée, protégée. Je peux compter sur lui, à chaque seconde.

– Asseyez-vous, nous dit une infirmière. Le docteur Stevenson va vous recevoir dans une minute.

Elio m'aide à m'asseoir derrière le grand bureau encombré de papier du professeur. C'est lui qui s'occupe de mon cas et, en attendant son arrivée, je me tortille sur ma chaise comme un ver malgré la minerve autour de mon cou. Elio me regarde longuement. Et je prie pour qu'elle ne me fasse pas un double menton.

Pourquoi je pense toujours à des trucs pareils ?

– Tu crois que je vais retrouver ma dextérité ? dis-je, anxieuse.

À mon réveil, j'ai découvert mon bras droit maintenu par une attelle et j'imagine déjà le pire. Vais-je retrouver mes réflexes ? Vais-je perdre ma souplesse ? Comment manipuler un pinceau si mes doigts restent gourds et raides ? Je n'ose pas y penser tant l'art fait partie de moi, de ma vie. Rapprochant sa chaise de la mienne, Elio passe un bras autour de mes épaules.

– Tout va bien se passer, Elena. Les médecins se sont montrés très encourageants. Les examens complémentaires sont seulement destinés à te rassurer.

– Tu crois ? demandé-je, pleine d'espoir.

Le Chat potté, le retour.

– Bien sûr. Rien n'apparaissait sur les premières radios et il n'y a aucune raison pour qu'une complication survienne.

J'aimerais bien hocher la tête… si seulement ma nuque n'était pas prisonnière de cette maudite minerve. J'ai l'impression de porter une fraise autour du cou. Quand la porte s'ouvre enfin pour livrer passage à un homme de petite taille aux épais cheveux blancs. Avec ses lunettes rondes cerclées de métal, il semble terriblement sérieux. D'après Elio, c'est une sommité dans le monde scientifique, un éminent rhumatologue, spécialiste des traumatismes musculaires et sportifs. Le bras d'Elio se resserre autour de moi. Il ne me lâche pas. Jamais. Et c'est à ce moment que quelque chose cède en moi. Comme une barrière, un barrage secret.

– Vous n'avez pas à vous inquiéter, mademoiselle Lavigne, déclare John Stevenson. Nous confirmons le diagnostic de l'hôpital : vous souffrez d'un simple pincement des cervicales, d'une légère foulure du poignet et d'une luxation de la hanche. Bien sûr, l'immobilisation complète est requise quelques jours et…

Je n'écoute pas. Je n'entends plus que les battements affolés de mon cœur.

Est-ce à cause de sa main sur moi, de sa prévenance, de son regard bienveillant ? Est-ce à cause du choc de l'accident ou des mots que j'ai cru entendre durant mon sommeil ? Je mesure soudain la place qu'a pris Elio dans ma vie. Personne n'en a fait autant pour moi. Il est là, il est à mes côtés, moi qui ai été si souvent oubliée par mon père. Je ne peux pas m'empêcher de faire le rapprochement. Comme je ne peux pas m'empêcher d'avoir peur.

Nous sommes devenus si proches, si fusionnels en si peu de temps. Est-ce normal ? Surtout, n'est-ce pas dangereux ? Que se passera-t-il si notre histoire tourne court, s'il me laisse et m'abandonne comme les autres ?

Je risque tout en m'attachant à lui.

Je risque de souffrir atrocement.

Mais je ne peux pas m'en empêcher.

12
L'HEURE DES VISITES

Je reste allongée les yeux grands ouverts, comme si toutes les réponses existentielles étaient collées au plafond. Je suis condamnée à l'immobilité pendant une semaine. Maudit pincement des cervicales et fichue douleur à la hanche qui m'oblige à rester couchée sur le flanc gauche. Très pratique. J'ai l'impression d'être un gisant en pierre dans une église. Heureusement, il me reste encore un bras pour attraper mon verre d'eau.

Je pousse un soupir, animée par une irrépressible envie de rentrer chez moi, de retrouver mes photos, mes collections, mes œuvres, mon canapé… ma vie, quoi ! Ici, je me sens prisonnière, seule avec mes pensées qui tournent en boucle. Je n'arrête pas de songer à mon père, à mon travail, à Elio. Surtout à Elio.

Bon, d'accord, exclusivement à Elio.

Ai-je rêvé sa déclaration d'amour alors que j'étais plongée dans les vapes après mon accident ? Je ne suis plus certaine d'avoir vécu ce moment. D'autant qu'Elio n'a plus dit un mot à ce sujet. Malheureusement, il a dû reprendre son travail mais il passe tout son temps libre à mon chevet. Et comme les infirmières sont secrètement (ou pas du tout secrètement) amoureuses de lui, elles l'autorisent à rester après l'heure des visites. Heureusement ! Car il s'absente toute la journée pour cause d'obligations professionnelles. Il ne peut pas délaisser sa holding financière, même s'il délègue un maximum de tâches. Pour moi. Pour être avec moi.

Il m'a dit « je t'aime » ou il ne m'a pas dit « je t'aime » ? Si seulement je ne m'étais pas endormie pile à ce moment !

De ma main valide, je triture une mèche de mes longs cheveux répandus dans mon dos comme une étole d'or pâle. Quand j'entends des bruits dans le couloir. J'aimerais tourner la tête, mais je suis bloquée par cette fichue minerve.

Je ressemble à Marie Stuart et sa fraise.

Tendant l'oreille, je perçois plusieurs voix – dont une voix familière, calme. La plus belle voix du monde, si posée et sexy. Les infirmières de service qui se mettent à glousser bêtement. Ah, les traîtresses ! Je suis sûre qu'elles vont empoisonner mon plateau-repas pour se débarrasser de moi.

Des pas. Il approche.

La porte s'ouvre sur Elio, si grand qu'il dépasse toujours d'une tête tous les hommes. Je le dévore des yeux, le souffle coupé. Il porte un costume bleu foncé – sa couleur favorite – et une cravate assortie sur une chemise d'un blanc impeccable. Il reste à me fixer tandis que je lui souris, la main tendue vers lui. Il est à peine 7 heures du matin, les visites ne sont pas autorisées si tôt. Mais son charme ravageur a fait des miracles…

– Tu as eu le temps de venir ? dis-je d'une petite voix.

Il entre enfin, un petit paquet à la main, et pose un baiser sur mes lèvres. Son contact m'électrise. Elio m'adresse un sourire tendre, visiblement ému. Il ne supporte pas de me voir clouée à un lit d'hôpital. Même si ce n'est pas grave, même si ce n'est rien. Du bout des doigts, il repousse une mèche collée à ma tempe. Toujours cette tension… Qu'est-ce que je ne donnerais pas pour quitter cette clinique et me retrouver seule avec lui ?

Si possible dans une chambre.

Et nue.

– J'ai toujours le temps pour toi.

Faute de rougir, je blêmis. Sans cela, je ressemblerais à une écrevisse. Elio se met à rire en s'asseyant sur le bord de mon lit. Il ignore volontairement le fauteuil pour rester près de moi. Et il caresse ma joue, redessinant ma pommette et la fine ligne de ma mâchoire. Je ne me sens pas à mon avantage dans cette chemise de nuit et cet état. Ce qui n'empêche pas ses yeux de briller.

– Je voudrais te ramener avec moi, Elena.

J'en frissonne. Je le suivrais au bout du monde. Il presse alors ma main et pose un baiser au creux de ma paume. Puis il me tend la petite boîte qu'il gardait avec lui.

– C'est pour moi ?

– Je ne vois personne d'autre dans la pièce, s'amuse-t-il.

– C'est un cadeau ?

Quand on dit que l'amour rend idiot.

– Ouvre et tu verras…

Soutenant son regard bleu arctique, je dénoue le ruban d'organza rouge qui entoure le paquet et découvre un écrin tout en longueur. Je pose sur Elio un regard inquiet. Quelle folie a-t-il encore faite ? Je n'ose même pas ouvrir la boîte en velours. Si bien qu'il se penche vers moi et défait lui-même le fermoir. Mon cœur s'arrête de battre. Parce que ce n'est pas un simple bijou. C'est tellement plus…

– Elio…

Un bracelet.

– Je pensais que tu serais contente de le retrouver.

Le bracelet que je portais le jour de l'accident et qui s'est brisé sous l'impact. Sauf qu'il s'agissait d'un simple petit bijou fantaisie acheté vingt dollars dans une boutique de prêt-à-porter. Certainement pas cette merveille reproduite par un joaillier et alternant perles blanches, perles noires et perles en or fin. J'admire le travail de l'artisan, la précision du geste, la pureté des perles, le métal élégamment ciselé. C'est une œuvre d'art.

– Le garagiste a retrouvé les perles brisées sous le siège du conducteur. J'ai pensé que ça te ferait plaisir.

– Elles étaient en toc…

– Elles ont subi un petit relooking.

– Tu n'aurais pas dû, murmuré-je d'une voix étranglée. C'est… c'est…

C'est tellement lui !

Et sans réfléchir, je me jette dans ses bras… quand mes cervicales se rappellent à moi. Je grimace affreusement, figée en l'air, les bras écartés. Fauchée en plein vol.

Pour le romantisme, on repassera…

– Attends, ne bouge pas.

Pressant doucement mes épaules, il m'aide à me recoucher avec une sollicitude bouleversante. Puis, s'emparant de mon bracelet, il le passe à mon poignet et me caresse le bras du bout des doigts. Cet homme m'émeut et ses attentions me bouleversent.

– Il te va merveilleusement bien.

– Merci, Elio. Je ne sais pas quoi dire.

– Alors ne dis rien.

Et se penchant vers moi, il me fait taire d'un baiser.

***

Une heure s'écoule après le départ d'Elio. À nouveau, j'ai un nœud à l'estomac et un début de migraine. Je n'arrête pas de tripoter les perles en pensant à cet homme merveilleux que je ne connaissais pas il y a un mois. En moins de quatre semaines, il a pris une telle place dans ma vie… j'en ai le vertige. Et si tout s'arrêtait ? Et si le rêve prenait fin ? Je redoute tant de m'engager, de miser et de tout perdre. Je secoue la tête, pensive, au moment où quelqu'un toque à ma porte.

– Je peux entrer ?

Alice pointe le bout de son nez, ses courts cheveux noirs artistement ébouriffés. Aussitôt, un immense sourire éclaire mon visage. Je lui fais signe d'approcher, ravie. Ma meilleure amie est un véritable rayon de soleil. Elle redonnerait le moral à un dépressif prêt à sauter d'un pont. Sauf qu'aujourd'hui, elle n'affiche pas sa mine radieuse des bons jours. Elle s'arrête au pied de mon lit, impressionnée par l'attirail qui m'environne. L'attelle à mon bras, la minerve, les pansements…

– Tu ne t'es pas encore habituée à me voir dans cet état ? dis-je, amusée.

– Non, ce n'est pas ça.

Alice secoue la tête, toute pâle.

– C'est cette chemise de nuit. Je n'ai jamais rien vu de plus moche. Et dire que c'est *moi* qui ai mis cette horreur dans ta valise !

– N'importe quoi.

– Et pourtant, j'ai pris le plus « normal » dans ton armoire en faisant ta valise hier ! Tu as la collection la plus hallucinante de la côte Est !

J'éclate de rire avec elle, quitte à réveiller la douleur dans mon cou. Je porte un grand tee-shirt rouge à l'effigie de Salvador Dali. Je l'adore. Je l'ai trouvé aux puces de Brooklyn. D'ailleurs, c'est Alice qui l'a fourré dans le petit sac rempli d'effets personnels qu'elle a déposé pour moi à l'accueil dès mon admission.

– Elio t'a vue avec ? s'enquit-elle.

– Oui.

– Et il ne s'est pas enfui en courant ?

En réponse, je brandis mon poing valide. Alice n'en a pas fini de rire, ni de me mettre en boîte.

– Non. Figure-toi qu'il ne l'a même pas remarqué.

– Alors épouse-le !

Je ris encore malgré mes cervicales en compote. Alice tire une chaise et s'assied près de moi. Elle est toujours aussi ravissante dans son jean moulant et sa tunique en soie de marque – même si je suis incapable d'identifier le couturier. Avec un coup d'œil vers la porte pour s'assurer qu'on ne nous surveille pas, mon amie plonge la main dans son sac… et en sort une canette de Coca Light.

– Tiens, ton carburant !

Éperdue de gratitude, je remercie mon *dealer* et décapsule ma boisson aussi discrètement que possible. Dans cette clinique de luxe, le régime alimentaire est très strict. J'absorbe une première gorgée avec délice... mais manque de m'étouffer à cause du cri aigu d'Alice.

– Oh my God ! crie-t-elle en bondissant sur ses pieds. Ton bracelet est subliiime ! C'est un cadeau d'Elio ?

– Oui.

Elle tripote les perles, l'air extatique. Puis, plantant ses yeux dans les miens :

– Je répète : épouse-le !

Elle reprend sa place pendant que je vide à moitié ma canette, savourant le pétillement des bulles. Sans soda, je ne suis bonne à rien. Et au moment où je repose ma boisson, Alice sort une carte postale dont elle triture les bords avec embarras, comme si elle hésitait à me la donner.

– Tu as reçu ça, ce matin.

Alice a un double de toutes mes clés, celles de mon appartement comme de ma boîte à lettres. Presque à regret, elle me tend mon courrier. D'abord, je ne comprends pas. Puis je remarque la photo : les fameuses Palm Islands situées à Dubaï, cet archipel artificiel qui reproduit la forme d'un palmier sur le front de mer. Mon cœur se serre.

Dites-moi que ce n'est pas vrai.

Je retourne la carte, la gorge nouée. Elle a été écrite par mon père, deux lignes griffonnées à la va-vite, et postée des Émirats arabes où il travaille sur un nouveau chantier. Cela fait six mois qu'il y bâtit un palace avec ses ouvriers. Je secoue la tête. D'une plume laconique, il me souhaite un prompt rétablissement et signe. Pas de bisous, pas de questions, pas d'inquiétude. Je serre les dents, déçue. Je n'ai même pas envie de pleurer, j'ai versé assez de larmes durant mon enfance. Et puis, j'ai trop l'habitude.

Quelle idiote !

Un instant, j'ai cru qu'il viendrait. J'ai cru qu'il se précipiterait à mon chevet en apprenant mon accident. Je soupire. Quand retiendrai-je la leçon ? Quand cesserai-je d'espérer ? Sur sa chaise, Alice semble mal à l'aise et pose une main réconfortante sur la mienne.

– Je suis déçue, dis-je simplement. Et le coup de la carte postale, il ne me l'avait jamais fait.

– Et encore, imagine s'il savait se servir d'un ordinateur ! Il t'aurait probablement envoyé un tweet…

Nous nous regardons. Et nous éclatons de rire au même moment.

Après le départ d'Alice, la journée passe au ralenti, s'étirant désespérément au fil des heures. Je n'allume pas la télévision, les programmes de l'après-midi sont trop déprimants, et je ne supporterais pas une énième rediffusion de *Madame est servie*. L'endurance humaine a ses limites. Je préfère lire le dernier Stephen King et dormir, à demi assommée par les antidouleurs. Si bien que je n'entends pas le grincement de la porte. Mais dans mon sommeil, je perçois une présence… plutôt rassurante, bienveillante, rien d'inquiétant.

Waouh ! Soit je suis encore en train de faire ce rêve torride, soit…

– Elena…

Une main douce se pose sur mon épaule pour me tirer du sommeil. J'ouvre les paupières, incertaine. Elio se tient devant moi, renversant dans son costume bleu marine. Sa cravate a disparu et les deux premiers boutons de sa chemise sont ouverts, laissant entrevoir sa peau blanche.

Oui, je dois faire un rêve interdit aux moins de 18 ans.

Sauf que ce sont bien ses mains qui me touchent, qui caressent mes épaules, mon visage. Et ces sensations-là ne sont pas imaginaires. Brûlantes, les lèvres d'Elio s'abattent sur les miennes, me donnant un baiser intense, passionné. Je gémis de plaisir alors qu'une vague de désir se lève en moi. J'enroule mon bras valide autour de son cou, laissant Elio s'approprier mes lèvres en une étreinte fiévreuse.

– J'ai pensé à toi toute la journée…

Ses mains s'immiscent sous mon tee-shirt kitsch tandis qu'il dépose une pluie de baisers sur mes lèvres, mes pommettes, mes paupières, mes joues, mon cou… C'est si bon…

– Elio, nous sommes dans une clinique…

– Et ?

– Et n'importe qui peut entrer.

– J'ai fermé la porte à clé.

– Et je ne peux pas bouger.

Ma voix s'éteint au moment où ses paumes tièdes trouvent ma poitrine sous l'étoffe rouge. Nos regards s'accrochent.

– Et alors ? Nous allons faire preuve d'imagination…

***

Le lendemain, une autre journée s'écoule, semblable aux autres. Je récupère de mon intermède magique avec Elio. Et à cause de ma douleur aux cervicales, je passe mon temps à dormir. Pire qu'une marmotte. Si bien que je profite à peine des visites d'Alice et d'Elio. Les calmants m'assomment un peu, même si on m'en donne avec parcimonie. À regret, je comate au fond de mon lit, reprenant des forces pour ma future sortie. Car ma délivrance approche à grands pas : trois jours et je respirerai à nouveau l'air frais.

Libérééééée, délivrééééé.

Quand soudain, des éclats de voix me tirent du sommeil. Encore endormie, je jette un coup d'œil las à ma pendulette qui affiche 18 heures. Les visites sont presque terminées. Je me redresse sur un coude, troublée par les éclats de voix en provenance du couloir. Mon estomac se tord. L'atmosphère est devenue électrique. Je reconnais la voix d'Elio. Lui ne hausse pas le ton, il est juste glacial. Au contraire de son interlocuteur, qui semble furieux et donne de la voix.

– Je t'ai déjà dit que j'étais désolé !

– Ce n'est pas à moi que tu dois présenter des excuses. C'est à Elena.

– Et tu crois que je suis là pourquoi, merde ?

– Ça fait une semaine qu'elle est ici. Une semaine ! Où étais-tu pendant tout ce temps ? Pourquoi n'es-tu pas tout de suite venu à son chevet ?

– Pfff… Laisse tomber.

C'est Luca. Je reconnais son timbre paresseux. Je ne peux pas voir les deux frères, mais je les imagine sans peine dressés l'un en face de l'autre au bout du long couloir carrelé. Mon cœur manque un battement. Ils se disputent. Pourvu que ce ne soit pas à cause de moi !

– Ce n'était qu'un accident.

Dans le mille.

– Un accident ? Non, Luc. Un accident arrive par hasard,

sans qu'on s'y attende. Donner un coup de volant quand on est ivre alors qu'une jeune fille conduit pour la première fois une Ferrari en pleine nuit, ce n'est pas un accident.

– Tu crois que je l'ai fait exprès ?

– Elle aurait pu mourir. Est-ce que tu réalises ? Si elle avait conduit un peu plus vite, si elle n'avait pas freiné aussi fort… Elena y aurait laissé la vie.

– JE-SUIS-DÉSOLÉ !

Le rugissement de Lucas me fait sursauter. Et je remonte machinalement les couvertures sous mon menton pour me protéger.

– Combien de fois faudra-t-il que je te le répète ?

– Tu ne comprends donc pas, Luca ? Cette fois, ça ne suffira pas. Tu ne t'en tireras pas avec des excuses minables et une pirouette.

Je voudrais me cacher dans un trou de souris. J'entends tout à travers la porte entrebâillée – Elio et Luca se trouvent juste devant ma chambre, dans le couloir. Mais je ne veux pas interrompre l'explication entre les deux frères, qui semble importante.

– Les choses doivent changer, Lucas. Et tu dois changer, toi.

Grand silence avant qu'Elio ne reprenne froidement :

– Il est temps que tu deviennes un homme et que tu assumes tes responsabilités. Tu me rappelles sans cesse que tu as 18 ans : c'est vrai. Tu es maintenant assez grand pour prendre ta vie en main. Je veux que tu quittes mon appartement.

– Quoi ?

Je devine que Luca accuse le coup avant de se reprendre, furieux.

– Si tu crois que je comptais rester sous ton toit de toute manière !

Des bruits de pas.

Sans doute Lucas s'éloigne-t-il dans le couloir jusqu'à ce que la voix calme et bien timbrée d'Elio le retienne. Je ne perçois plus la moindre once de rage. La colère a fait place chez lui à une détermination implacable.

– Ne me demande plus rien.

– T'inquiète ! Ça ne risque plus d'arriver.

– Je parle aussi d'argent, Luca. Je ne t'entretiendrai plus.

Nouveau blanc.

Je me mords les lèvres, aux aguets. Est-ce fini ? Je n'ai qu'une envie : enfouir ma tête sous l'oreiller. Je ne supporte pas les disputes, surtout les clashs aussi violents. D'autant que je m'en sens responsable.

– Tu… tu rigoles ?

Luca semble nettement moins assuré.

– Au contraire, je suis très sérieux. Je ne te donnerai plus le moindre dollar. Si tu es assez grand pour risquer la vie d'une jeune fille et abandonner tes études, tu l'es également pour te débrouiller seul.

– Mais notre héritage ne me permet pas de vivre ! Ce ne sont que des parts dans une galerie d'art. Tu le sais aussi bien que moi.

– Alors trouve-toi un travail.

13
À L'AIR LIBRE

Les yeux bandés par une délicate étoffe blanche, j'avance à pas prudents. Pas besoin de tendre les bras devant moi, Elio me guide, ses grandes mains posées sur mes épaules – un contact magique, protecteur. Il me parle en même temps au creux de l'oreille pour me rassurer. Son souffle frais balaie mon cou enfin à nu et son parfum m'enveloppe d'un nuage viril, discret et intense.

Wow ! Ça pourrait très vite devenir érotique ce petit jeu.

– On y est presque.

Ses doigts glissent le long de mon bras pour me prendre la main. Je le sens qui passe près de moi pour marcher à mes côtés.

– Attention !

Comme dans les cartoons, je pile net, mains ouvertes devant moi à la recherche d'un mur invisible. Parce qu'Elio se met à rire, je lui fais une affreuse grimace. J'aimerais bien l'y voir, lui qui adore tant contrôler sa vie et son environnement ! Pressant ma main, Elio redevient sérieux. Décidément, il n'y a qu'à lui que je fais autant confiance. Je ne suivrais personne d'autre dans un lieu inconnu, privée d'un de mes sens.

– Monte doucement, me dit-il de sa belle voix qui me donne des frissons. Il y a trois marches devant toi.

– J'espère que cinquante personnes ne vont pas hurler « surprise ! » quand tu vas retirer le bandeau.

C'est la crise cardiaque assurée.

– Non, ce n'est pas mon genre.

Parce qu'il se moque de moi, je tente de lui donner une petite tape à l'aveugle. Bien sûr, je tombe à côté alors qu'il s'esquive trop vite. Une chose est certaine, je suis enchantée d'avoir enfin quitté la clinique. Lors de ma dernière visite de contrôle, les médecins m'ont assuré que je ne garderai aucune séquelle de l'accident. Après deux semaines, j'ai presque retrouvé l'usage de mon poignet et mes cervicales ont cessé leur tango infernal, collées les unes aux autres. Je peux marcher, je peux courir, je peux danser.

Non, danser, non. On va s'abstenir. Question de sécurité nationale.

– Ne bouge plus.

– Oh.

– Qu'est-ce qu'il y a ?

– Rien. J'adore quand tu me dis ça avec ta voix sexy.

Elio rit à nouveau, de ce beau rire grave et bas qui n'appartient qu'à lui. Et quand il se glisse derrière moi, je suis prise de vapeurs.

Ça devient de plus en plus chaud, ce truc.

Je sens son torse dans mon dos, ses muscles durs. J'ai très, très chaud. Je m'évente avec une main et, du bout des doigts, il effleure mes tempes et me tire un long frisson. Au moindre frôlement renaît l'étincelle – ou l'incendie – du désir.

– Tu es prête ?

Je hoche la tête tandis qu'il retire mon bandeau. Aussitôt, une lumière crue m'agresse et je détourne la tête en battant des paupières. Après un bref temps d'adaptation, je parviens à jeter un premier regard autour de moi. Et j'en reste sans voix. En fait, je ne suis pas sûre de comprendre.

– Où sommes-nous ?

Elio ne dit rien, se contentant de m'observer pendant que je fais quelques pas dans l'immense salle. Tout en longueur, la pièce est trouée de cinq grandes fenêtres qui laissent entrer à flots le soleil. Le parquet craque sous mes Converse alors que les murs, moitié en briques, moitié blanchis à la chaux, rappellent l'atmosphère des lofts new-yorkais. Sauf que nous ne sommes pas dans un appartement. C'est un atelier. Un atelier de peintre avec des chevalets, une grande table à dessin inclinée, des dizaines de crayons et pinceaux en tous genres et une rangée de lavabos étincelants.

Elio… qu'est-ce que tu as fait ?

– Je…

Il n'intervient pas, respectant mon silence. Vêtu d'un jean, d'une simple chemise blanche et d'une veste noire, il reste sur le côté, les mains croisées dans le dos. Je me tourne vers lui, cherchant son regard alors qu'il me sourit comme un gosse, dépourvu de sa gravité habituelle.

– Où sommes-nous ?

– Chez toi, Elena.

– Je ne comprends pas.

Ou je ne veux pas comprendre.

– Tu es dans ton nouvel atelier.

Je plaque mes mains sur ma bouche pour retenir un cri.

Oh mon Dieu ! Il n'a pas fait ça ?

Et pourtant… Tournant sur moi-même, j'admire les dimensions de la salle, si vaste qu'elle représente deux ou trois fois la surface de l'atelier mis à notre disposition par l'académie. Puis j'examine les multiples toiles vierges, les rouleaux de papier, les pinceaux en poils de soie, les boîtes de pastels… tout ce matériel qui vaut une petite fortune et que je m'achète avec parcimonie.

– Elio, c'est…

Il guette ma réaction comme un gamin ses cadeaux de Noël. Je me mords les lèvres, embarrassée.

– C'est trop. Beaucoup trop.

Son sourire s'efface, remplacé par l'inquiétude dans ses pupilles aigue-marine. Moi, je m'approche d'une fenêtre et découvre une rue étrangement familière. Tout à l'heure, j'ai effectué tout le trajet en voiture les yeux bandés, assise sur la banquette près d'Elio. Et je découvre la façade de la galerie *Pasqualina* en face de l'atelier. Ce n'est pas possible ! Elio a dû dépenser des millions de dollars pour acquérir une telle surface près de la Cinquième Avenue. J'en ai le vertige.

– Elena…

– Je ne peux pas accepter.

Même si c'est magnifique. Même si son attention me bouleverse. Jamais je n'aurais imaginé qu'on me proposerait un jour de travailler dans un endroit pareil – le rêve de n'importe quel peintre. Je secoue la tête, campant sur mes positions.

– C'est trop énorme.

– Elena, je t'en prie. Je veux te faire ce cadeau.

Traversant la salle, il me rejoint et s'empare de mes mains avec ferveur. Il les presse en plongeant dans mes yeux avec cette détermination de fer qui a fait son succès. Je sens combien il peut être persuasif : personne n'a jamais gagné un bras de fer contre Elio Garibaldi. Quand il veut quelque chose, il finit toujours par l'obtenir. Et envoûtée par son regard arctique, je me sens toute chose.

Non !

Je dois résister.

Je dois résister.

Je dois… quoi, déjà ?

– Écoute-moi, ma chérie.

« Ma… chérie. » C'est la première fois qu'il m'appelle ainsi. Mon cœur fait des bonds dans ma poitrine.

Après ça, comment voulez-vous que je ne craque pas ?

– J'ai vu ton installation lors de l'exposition « Jeunes Talents » et je t'ai observée pendant que tu chinais à Brooklyn : tu vas devenir une grande artiste. En fait, je pense que tu es déjà une plasticienne d'exception et que ton explosion sur la scène artistique n'est qu'une question de temps.

Je deviens blanche, blanche, blanche comme un cachet d'aspirine – ma façon à moi d'être très gênée. Elio poursuit sur sa lancée, m'enveloppant de sa voix chaude, m'envoûtant de son regard polaire, m'enivrant de sa chaleur. Je ne peux plus me soustraire à son regard. Je me sens comme une souris face à un chat, hypnotisée, sans défense. Sauf que rien ne peut m'arriver avec lui – hormis le meilleur.

– Je veux t'aider dans ta carrière.

– Elio, tu as dû dépenser une fortune.

– Si cela te rassure, considère ce cadeau comme un investissement. J'aide une jeune artiste à commencer sa carrière.

– Je croyais que le monde de l'art ne t'intéressait pas.

– Toi, tu m'intéresses. Je veux te faire ce cadeau, Elena. Je le veux vraiment.

Je me tais. Et bien sûr, je flanche. Je flanche face à ses yeux trop bleus, à sa voix trop persuasive. Mon cœur éclate dans ma poitrine au moment où je balaie à nouveau l'atelier d'un regard admiratif.

– Je… je ne sais pas quoi dire.

Mais je sais quoi faire.

Spontanément, je me jette au cou d'Elio et me dresse sur la pointe des pieds. Un peu déstabilisé par mon naturel, Elio finit par m'enlacer par la taille.

– Je suis sûr que tu vas réussir, Elena, me souffle-t-il à l'oreille. Une grande carrière t'attend.

Ces mots me rappellent quelque chose. Dominic Stone. Mes Secret Box. Les insinuations de Jeremy. Me détachant d'Elio, je le scrute avec attention et lui pose enfin la question qui me hante depuis quelque temps :

– As-tu quelque chose à voir avec l'achat des Secret Box, Elio ? Est-ce toi qui as demandé à monsieur Stone d'acquérir mon installation à l'expo « Jeunes Talents » ?

Elio me regarde comme s'il tombait des nues.

– Quoi ? Jamais de la vie !

Il secoue la tête.

– Je te l'ai déjà dit, Elena. Je suis peut-être devenu

actionnaire de la galerie grâce à mon héritage, mais je n'interviens pas dans sa gestion. Et très franchement, je doute que Dominic apprécie que je lui dicte ses choix.

Il est sincère. C'est évident.

Je sens un énorme poids quitter mes épaules, tel un manteau de plomb. Je respire mieux.

– Je regrette d'ailleurs de ne pas avoir acheté une de tes boîtes. J'aimerais vraiment en acquérir une.

– C'est vrai ?

Je suis très touchée. Elio n'est pas un homme qui ment ou qui triche. Surtout avec moi. Et j'ai l'impression qu'il s'intéresse à nouveau un peu à l'art grâce à mon travail. Et si je concevais une boîte rien que pour lui ? Quand il s'empare de mes mains, je les lui abandonne. Nous sommes si proches que nos souffles se mêlent. Il suffirait que je relève la tête, qu'il se penche pour que…

– Je ne sais pas comment te remercier, Elio.

– Je ne veux pas que tu me remercies. Je veux que tu crées, je veux que tu sois heureuse.

Mon cœur s'arrête de battre. Vraiment.

Elio Garibaldi, pire qu'un infarctus.

– Je t'aime, Elena.

Oh.

Oooooh.

Oooooooooooh.

Je reste bêtement pétrifiée alors qu'il appuie son front contre le mien.

– Je t'aime, répète-t-il plus bas.

Je n'avais donc pas rêvé dans cette chambre d'hôpital. Ce n'était pas un effet de la fièvre ou des médicaments. *Il m'aime. Elio m'aime.* Sauf que je demeure muette, incapable de prononcer les mots fatidiques : « Moi aussi. » Bâillonnée par mes vieilles peurs, je reste bouche close tandis qu'Elio me sourit. D'une main, il enveloppe ma nuque et effleure mes lèvres. Et je comprends qu'il n'attend aucune réponse de ma part. Il respecte mon silence, il n'exige rien.

Nos bouches se trouvent, s'apprivoisent, se possèdent.

Et au milieu de l'atelier, il m'embrasse avec passion comme s'il scellait son aveu.

***

– Surprise !

Finalement, je n'y ai pas coupé. Au seuil du salon d'Alice, je regarde une dizaine d'amis surgir devant moi. Embusqués derrière le canapé, les fauteuils ou les étagères garnies de livres, ils crient dans un bel ensemble au moment où les lumières s'allument. Je pose une main sur ma poitrine.

– Vous voulez me tuer ?

Dans les rires, mes copines de l'Académie des arts s'approchent de moi pour m'embrasser. Mary, Ann, Madison… toutes sont venues pour célébrer ma sortie de clinique sur une invitation d'Alice. Je me tourne vers ma meilleure amie avec reconnaissance. Superficielle, elle ? Moins que les gens ne le croient ! Elle est toujours si attentionnée, si prévenante. Et elle a même réussi à faire venir Jeremy. Il se tenait pourtant à distance depuis qu'il m'avait accusée d'être pistonnée à la galerie *Pasqualina*.

– Je suis content que tu t'en sois tirée, me dit-il.

Il me claque une bise maladroite sur la joue. Sa présence

me touche, d'autant que je ne m'y attendais guère. Je nous pensais toujours en froid malgré notre petite explication en salle de cours. Même s'il se gardait de me lancer des piques, ne continuait-il pas à m'éviter soigneusement ?

– Et moi que tu sois là !

– Je t'ai apporté ça.

Il me tend un petit bouquet de fleurs et, à mon tour, je l'embrasse sur la joue avec bonne humeur. Je déteste les bouderies et les disputes. Je ne supporte pas d'être fâchée avec mes proches. Et après un après-midi de rêve passé aux côtés d'Elio dans mon atelier, cette soirée met un point final idéal à mon premier jour de liberté.

– Je suis désolé pour l'autre jour, ajoute-t-il, embarrassé. J'y ai été un peu fort.

– Oh, ça ! dis-je avec un petit geste désinvolte. C'est oublié !

En une heure, la fête bat son plein alors que Jeremy s'improvise DJ avec l'effarante collection de CD d'Alice. Il choisit la musique pendant que mes copines se trémoussent ou trinquent. Il y a même une boisson à base de Coca Light et sans alcool. Je me demande bien pour qui ! Et pendant que je discute avec Madison de notre examen de fin d'année, un coup de sonnette retentit. Je lance un regard étonné à Alice, qui disparaît dans le couloir. On attend encore quelqu'un ?

– Salut, les enfants !

Luca ?

Le petit frère d'Elio entre dans le salon avec un magnum de champagne. Il le brandit en l'air, arrachant un cri d'enthousiasme à mes copines. Elles ne le connaissent pas, mais Luca a un don certain pour attirer l'attention et mettre de l'ambiance. Un peu trop, même. Sa bouteille de Veuve Clicquot à la main, il s'approche de moi. Alice ne le lâche pas d'une semelle, les joues rosies par l'émotion.

Bon. J'ai encore loupé dix épisodes pendant mon séjour à la clinique.

– Hey, Elena ! Ça roule ?

Il me prend par la main et me fait tourner sur moi-même avant que je n'aie le temps de réagir.

– Eh bien… t'es comme neuve, dis-moi.

– Oui, les médecins ont remonté le kit.

– Je suis désolé pour cet accident. Je suis venu te le dire à l'hôpital mais… j'ai eu un contretemps.

Je hoche la tête, mal à l'aise. Les éclats de sa dispute avec Elio résonnent encore dans ma tête au moment où il tend son magnum hors de prix à Alice pour qu'elle l'ouvre en cuisine. On sent qu'il a l'habitude d'être servi… Et le pire ? Mon amie s'éclipse sans un mot.

On se croirait dans un épisode de Mad Men.

Luca passe un bras familier autour de mes épaules. Et au passage, il fait tomber son portefeuille.

– Oups…

Au moment où il se penche, j'entrevois la grosse liasse de billets qui en dépasse. Au moins cinq mille dollars en liquide. C'est énorme. A-t-il trouvé un travail et suivi les conseils d'Elio ? Je n'ai pas le temps de lui poser la question qu'il propose déjà une tournée générale. J'ai bien peur que ma petite fête ne dégénère. Et je rejoins Alice en cuisine, occupée à fouiller les placards. Le magnum ouvert repose sur son comptoir en zinc, une petite fumée blanche s'échappant du bec.

– Je ne savais pas que Luca allait venir, dis-je d'une voix douce.

En fait, je ne savais même pas qu'il faisait partie de mes amis…

– Moi non plus, me répond-elle sans se retourner. Il est venu à la dernière minute. C'est une bonne surprise, non ?

Refusant de me faire face, elle continue à s'activer et à brasser de l'air. Don Quichotte en talons Jimmy Choo. Elle s'agite tant et si bien qu'elle finit par me donner le tournis. Je vais ressortir ma minerve si elle continue.

– Tu te rappelles où j'ai rangé les coupes en cristal ?

Elle ouvre les portes de son petit buffet, les nerfs en pelote. Jusqu'à ce que je m'approche d'elle et pose une main sur son épaule.

– C'est Luca qui te met dans un état pareil ?

Elle… elle rougit ? Voir Alice rougir, c'est aussi rare qu'apercevoir la comète de Halley !

Ma mâchoire manque de se décrocher et son visage vire au rouge ketchup tandis qu'elle se tord les mains, oubliant un instant ses fameux verres.

– Non… je… il me plaît beaucoup.

– Beaucoup, beaucoup ?

– Beaucoup, énormément.

J'en tombe assise sur l'un des hauts tabourets de la cuisine. Du salon s'échappent des éclats de voix, la musique au maximum. À mon avis, les voisins ne vont plus tarder à sonner. Je contemple Alice avec attention. À l'évidence, elle en pince sérieusement pour Luca. Il ne s'agit pas d'une simple amourette pour cette séductrice chevronnée, habituée à enchaîner les histoires et à papillonner de beaux gosses friqués en bad boys tatoués.

– On se ressemble, tu sais. On adore faire la fête, on aime

s'éclater et vivre à fond. Mais… il y a autre chose. Quelque chose que je ne peux pas t'expliquer.

– Une alchimie ?

– Exactement.

– Son âge ne te dérange pas ? Il a seulement 18 ans et…

– … et moi 25, termine-t-elle. Je sais, je sais. C'est un truc qui m'aurait gênée avant.

D'ordinaire si soucieuse des apparences, elle hausse les épaules. Je n'ajoute pas un mot, trop étonnée par ses confidences.

– Avec lui, ça ne me dérange pas. Je me sens juste… bien.

Prenant sa main, je la serre très fort. Son cœur d'artichaut est-il en train de battre pour la première fois ? Je la regarde avec une sourde inquiétude.

– C'est merveilleux, Alice. Mais je t'en prie, fais attention à toi.

***

Le lendemain matin, je reprends les cours à la New York Academy of Art. Malheureusement, la journée ne se passe pas comme prévu. Non seulement mes doigts gardent une certaine raideur, mais je m'attire les foudres d'Eliane Johnson, ma prof préférée. Je sais qu'elle m'aime bien… mais qui aime bien châtie bien. Et la plasticienne n'hésite jamais à dire ce qu'elle pense haut et fort.

Très fort.

Comme si elle avait un mégaphone.

– Vous ne faites aucun effort, Elena !

J'arrête de peindre la toile que je barbouille sans grande conviction depuis cinq minutes. Plusieurs têtes se tournent vers nous, attirées par les grondements de l'artiste. Assis à côté de moi, Jeremy contemple la scène avec une attention soutenue. Il en oublie même son travail.

– J'ai un peu de mal avec ma main, lui dis-je en priant pour que cette excuse lui suffise.

– Votre blessure est une chose, Elena. Votre manque d'implication en est une autre. Je vous ai rarement vue aussi peu investie dans un projet.

Je deviens toute blanche.

– Quand je vois ce que vous pouvez faire d'ordinaire, ce gribouillis est un scandale !

Blanche comme Michael Jackson.

– Je vous rappelle que vous jouez votre examen de fin d'année. Dans deux semaines, vous passerez devant les examinateurs !

Et elle tourne les talons pour s'abattre sur sa prochaine proie – la pauvre Mary qui a eu le malheur d'oublier ses crayons à papier. Il règne une ambiance électrique dans la classe à l'approche de l'examen qui sanctionnera notre cycle d'études. Tous les élèves ne parlent que de ça. Et je ne peux pas donner tort à madame Johnson. Simplement, le thème imposé me déstabilise. L'érotisme. C'est si intime, si personnel. Non que je manque d'inspiration – ce serait plutôt le contraire… à cause d'Elio. Simplement, j'ignore comment me dévoiler.

À la fin des cours, je pousse un soupir de soulagement et quitte l'académie au pas de course. Je me fraie un chemin au milieu de la foule des passants, mon énorme carton à dessins coincé sous le bras et mon sac en bandoulière.

– Pardon, pardon ! dis-je, en souriant.

Les gens s'écartent comme si je transportais une arme bactériologique et me regardent avec désapprobation.

Oh là, là ! pourvu que je n'assomme personne.

Me déplaçant en crabe à cause de mon volumineux matériel, je gagne la bouche de métro la plus proche aux côtés de Jeremy. Apprenant que j'avais rendez-vous à la galerie *Pasqualina* pour présenter de nouvelles œuvres, il a tenu à m'accompagner. Et il a tant insisté que j'ai fini par céder.

– J'avais oublié combien c'est superbe ! s'exclame-t-il en arrivant devant les grandes vitrines de la vénérable institution.

Les bras occupés par mon carton, je pousse la porte en verre avec mes fesses. La grande classe. Heureusement qu'Elio n'est pas là ! Puis je pénètre dans ce sanctuaire de l'art contemporain où règne un silence ouaté, seulement troublé par des voix familières. Un peu étonnée, je m'approche du comptoir d'accueil où m'attend Sandra, la belle blonde aux airs de Grace Kelly.

– Monsieur Stone va vous recevoir dans une minute, me dit-elle avec un sourire XXL réservé aux artistes maison.

Au même moment, le galeriste sort de son bureau, un bras autour des épaules de Luca. Que fait-il ici ? Luca s'intéresse-t-il à l'art depuis qu'il a touché son héritage ? Tous deux viennent vers nous sans remarquer notre présence, leurs pas étouffés par l'épaisse moquette prune. Luca semble tout sourire.

– Vous êtes sûr que ça ne vous gêne pas, Dominic ?

– Attends, mon garçon ! Depuis combien de temps suis-je un ami de ta famille ?

Luca émet un petit rire alors que les doigts du galeriste enserrent fermement son épaule. Monsieur Stone semble si paternaliste et protecteur avec lui. Sa voix est différente, plus onctueuse, plus douce. Comme s'il s'adressait à un gamin.

– Tu sais bien que tu peux toujours compter sur moi.

– Oui, oui, je sais. On ne s'en serait pas sortis sans vous à la mort de papa.

Pourquoi ai-je la curieuse impression que Luca récite un texte ? En tous les cas, le sourire du galeriste s'épanouit.

– J'aimais beaucoup ton père, tu sais. Il a peut-être fait des erreurs mais nous avons passé de bons moments. Et j'ai promis à ta mère d'être toujours là pour ses fils.

– Et si je ne peux pas vous rembourser dans l'immédiat ?

– Pas de problème, Luca. On s'arrangera le moment venu.

– C'est une grosse somme…

– Pff… pas de ça entre nous ! Je te dépanne, voilà tout. Et maintenant, file. Amuse-toi au lieu de parler à un vieux bonhomme obsédé par des tableaux !

Comme le comptoir est un peu à l'écart, Luca sort de la galerie sans me voir. Que s'est-il passé ? Est-il venu emprunter de l'argent à Dominic Stone ? Cela expliquerait son portefeuille bien garni hier soir… Mais cela veut-il dire qu'il a tout dépensé en une soirée ? Et qu'il vient réclamer tous les jours de grosses sommes ? Je me demande comment réagir. Dois-je en toucher deux mots à Elio ? Cela dit, monsieur Stone est un vieil ami de la famille – même s'il me hérisse le poil. Agitant la main à la porte, Dominic pivote ensuite à cent quatre-vingts degrés vers moi.

– À nous deux, mademoiselle Lavigne !

Lui avait parfaitement détecté ma présence.

Il a des yeux dans le dos. Ou c'est un robot.

– Qu'est-ce que vous m'avez apporté ?

S'effaçant devant moi, le galeriste me désigne d'une main son bureau situé au bout de l'enfilade des salles. Jeremy me suit en silence. Au seuil de la porte, il tente de saluer monsieur Stone, mais ce dernier ne lui prête aucune attention. Il ne remarque même pas la main qu'il lui tend, trop occupé à chausser ses lunettes pendant que j'ouvre mon sac.

– Ce sont d'autres boîtes ? me demande-t-il en se frottant les mains.

– Oui. Il s'agit d'une série de petite taille. Elles sont toutes munies d'une serrure et s'ouvrent avec un code qu'on peut trouver en regardant à l'intérieur, au milieu du décor.

– Fascinant.

J'aligne mes Secret Box – la série Little – et m'écarte pour qu'il en examine le contenu. Mais au lieu de se pencher sur mon travail, il fait signe à son assistante.

– Sandra, venez par ici !

Grace Kelly se précipite vers nous, juchée sur ses petits talons bobines. Moi, je ne dis rien. Jeremy, lui, garde les bras croisés sur sa poitrine pour observer la scène. Et c'est la jeune femme qui examine mon travail.

– Comment avez-vous verrouillé vos boîtes ?

– J'ai acheté dix vanity-cases et j'ai démonté leur système à code.

– Très ingénieux.

L'assistante semble conquise par mon esprit d'entreprise. Je suis la reine du système D. Mais son patron l'interrompt sèchement :

– Combien ?

Je ne comprends pas la question. Au contraire de la jeune femme qui hoche la tête.

– Deux mille dollars pour la plus petite boîte.

– Contre cinq mille dollars pour les plus grandes ?

– Oui, mademoiselle Lavigne est une jeune artiste, son nom est totalement inconnu, mais son travail attire spontanément le public. Il est ludique et très fédérateur malgré son message assez sombre.

– Deux mille… répète pensivement monsieur Stone.

Décontenancée, je n'écoute qu'à moitié la fin de la conversation avec l'étrange impression qu'il s'intéresse davantage à l'argent que je peux rapporter qu'à mon travail lui-même. Apprécie-t-il seulement les Box ou a-t-il envie de créer un coup marketing autour d'une jeune inconnue ?

– Monsieur Stone…

La voix de Jeremy interrompt mes réflexions. Et le galeriste se retourne, surpris. Il avait complètement oublié la présence de mon ami sur lequel il pose un œil dédaigneux.

– Vous êtes… ?

– Jeremy Walker. Comme Elena, je suis élève à l'Académie des arts et nous nous sommes croisés à l'expo. J'ai amené mon book au cas où vous auriez le temps d'y jeter un coup d'œil. Je…

Le galeriste fait claquer sa langue, agacé.

– Ce n'est pas le moment, mon garçon.

– Je…

– N'insistez pas. Si je ne me suis pas manifesté au terme de l'exposition, c'est que vous ne m'avez pas convaincu.

Et durant le reste de l'entretien, il snobe royalement Jeremy, blême de colère. Moi, je ne sais plus où me mettre au moment de partir. Dominic Stone me serre la main avec plaisir, visiblement très satisfait de lui et de moi. En sortant de son bureau, je pose une main hésitante sur l'épaule de mon ami.

– Ne t'en fais pas trop. Il est comme ça avec tout le monde. Moi aussi, il m'avait mise à la porte lors de notre première entrevue.

Jeremy hausse les épaules sans me répondre, trop occupé à regarder des employés en train de réceptionner une superbe statuette en métal. Une œuvre incroyable. On dirait une silhouette qui émerge d'un bain d'or en fusion, à la fois inachevée et splendide. J'en reste pantoise.

– Quelle splendeur !

Nous restons un instant à admirer l'équipe de la galerie en train d'emballer soigneusement la pièce dans des tissus portant l'emblème de la galerie *Pasqualina*. Sans doute doivent-ils la préparer avant son exposition ? Tout le monde s'active dans la réserve. Et je finis par tirer Jeremy par le bras.

– Tu viens ?

À nouveau, il me répond d'une moue dédaigneuse avant de rejoindre la rue. Et il me plante sur le trottoir après un vague salut. Je reste seule devant les vitrines où seront exposées mes Secret Box dans quelques jours. Avec un goût amer dans la bouche.

14
LA BOÎTE NOIRE

Mon pinceau glisse sur la toile, étalant sa noirceur. Je n'entends plus rien. Je suis dans mon monde, dans ma bulle. Debout devant mon chevalet, je crée avec fièvre depuis une heure – peut-être plus. Je n'ai plus aucune notion du temps quand je travaille. Il n'y a plus que la toile et moi, ces pensées et moi, ces souvenirs, ces émotions qui ne demandent qu'à jaillir. Oppressée par un étau invisible, je transmets toute ma rage et ma douleur à ma peinture.

C'est comme un exorcisme.

Les sourcils froncés, je recule d'un pas pour admirer ma création. Les traits ne sont pas droits mais flous, instables, comme un mirage. Comme si le spectateur contemplait un reflet à la surface de l'eau. Aucun personnage, nulle part. Seulement un paysage de campagne sans signe d'une présence… ou presque. Car partout, j'ai semé des traces de mort. Presque à mon insu. C'est une ombre dans un coin. C'est une coquille tombée d'un nid. C'est un pique-nique abandonné. C'est une trace de pied.

Je reprends ma peinture. J'enfermerai ensuite cette petite toile au fond d'une boîte. Elle fera partie de cette collection secrète que je ne montre à personne – les Black Box. Des boîtes noires, exactement comme dans les avions. Elles enregistrent mes pires souvenirs ou l'état de mon cœur, telle une radiographie de mon âme. Et au contraire des Secret Box, il n'existe aucun moyen de regarder à l'intérieur. Je n'ai pas installé de serrures, de trous ou de codes pour les ouvrir. Si on veut accéder au contenu… il faut tout simplement les détruire.

Je ne les montrerai jamais.

À personne.

Je m'empare d'un couteau pour racler un amas de peinture et désengorger le ruisseau dessiné en amont. Ce n'est qu'un petit filet, à peine visible. Très concentrée, je me penche au-dessus du trait. Je ferais sans doute mieux de travailler mon projet de fin d'année… mais quand je crée une nouvelle boîte noire, rien ne peut m'arrêter. Je n'ai pas le choix. Je suis comme possédée.

Bon, demain j'appelle le Vatican.

Sur le côté, les rayons du soleil filtrent à travers les grandes vitres de mon atelier. Le crépuscule embrase le ciel, nimbant les gratte-ciel de lueurs fauves. On dirait que New York prend feu. Ici, la luminosité est exceptionnelle. J'en profite tous les soirs à la sortie des cours, m'attardant parfois jusqu'au milieu de la nuit. Je songe même à installer un lit de camp. Et si j'ajoute un frigidaire et un micro-ondes, je ne sors plus.

Elena, 21 ans, asociale.

Totalement absorbée par mon œuvre, je plonge mon

pinceau dans la peinture grise. J'aimerais terminer le ciel chargé de pluie, prêt à éclater au-dessus de mon pique-nique. Je me mords les lèvres tandis que ma main glisse, habile. Comme promis par les médecins, j'ai retrouvé ma dextérité.

– Elena !

Je sursaute si violemment que je manque de renverser la petite table où repose mon matériel.

– C'est…

Je me retourne à la vitesse du son et me retrouve nez à nez avec Elio. Il se tient derrière moi, les yeux rivés à mon œuvre. Et je ne sais plus où donner de la tête. Mon cerveau enregistre toutes les informations en une fraction de seconde : la porte ouverte, ses yeux emplis d'admiration et de crainte, mon tableau exposé à sa vue.

Le cacher. Vite.

Instinctivement, j'écarte les bras en croix et me place devant la toile. Je ne pense même pas à le saluer, à lui sauter au cou comme je le fais d'ordinaire. Je ne songe qu'à dissimuler ma composition. Personne n'a jamais posé les yeux sur ces images intimes, personnelles, secrètes. Ces photos de moi, de mon âme. Sauf qu'Elio ne semble pas l'entendre de cette oreille. Il fait un pas sur le côté – moi aussi. Puis de l'autre côté – tout comme moi.

On dirait un cha-cha-cha.

– Elio ?

Trouver quelque chose. Gagner du temps.

– Qu'est-ce que tu fais ici ?

– Elena, pousse-toi.

– Je ne t'attendais pas.

– Je veux voir le tableau que tu caches derrière toi.

Il semble si sérieux, si tendu. Nous dansons encore l'un face à l'autre, de gauche à droite, de droite à gauche, pendant une bonne minute. Jusqu'à ce qu'Elio pose une main sur mon épaule et me pousse doucement. Non ! Sans réfléchir, je me retourne et prends mon tableau dans mes bras. Tant pis pour la peinture fraîche. Elio fronce les sourcils, de plus en plus alarmé.

– À quoi tu joues, Elena ?

– Je... C'est personnel.

– Je l'ai vu en entrant, ma chérie. C'est trop tard.

« Ma chérie. » Ces deux petits mots me font fondre au même titre que son regard polaire braqué sur moi. À nouveau, j'ai l'impression qu'il me scanne avec son super rayon X.

Pourquoi a-t-il fallu que je sorte avec un X-Men ?

Affolée, je recule et me cogne au chevalet. Je voudrais poser cette fichue toile quelque part, à l'abri. Pourquoi ne l'ai-je pas entendu quand il est entré ? J'aurais eu le temps de la planquer.

J'ai l'impression d'être un dealer pendant une descente des stups.

– Elena, arrête.

– Arrête quoi ?

– De faire ça. De te cacher. De te refermer comme une huître.

J'en reste coite. Elio, lui, s'approche. Sa voix est très douce, très calme quand il s'adresse à moi. Il me parle comme un dompteur essaie d'apprivoiser sa créature. Que suis-je censée comprendre ? Que veut-il dire ? Ses yeux clairs me détaillent des pieds à la tête – mes Converse roses, mon jean aux genoux élimés, ma chemise à carreaux ouverte sur un débardeur noir, mes longs cheveux blonds retenus en un chignon bringuebalant.

– Parle-moi, Elena.

– Il n'y a rien à dire. J'étais en train de travailler et tu m'as surprise. Voilà toute l'histoire, lui dis-je, au comble de la mauvaise foi.

– Pas de ça avec moi. Je te connais.

Il marque un bref arrêt.

– Ou j'aimerais te connaître. Parce que tu ne me laisses pas vraiment t'approcher.

– Tu trouves ? Il me semblait que nous étions très proches cette nuit…

– Tu sais très bien de quoi je parle. Je sens que tu caches quelque chose en toi, une blessure, une cicatrice. Je t'aime assez pour le deviner sans que tu aies besoin d'ouvrir la bouche.

– Je…

– Laisse-moi finir, ma chérie. Je ne suis pas là pour violer ton intimité, pour te juger ou te faire du mal. Je suis l'homme qui t'aime, Elena.

Mon cœur ne bat plus.

Elio, lui, pose une main douce sur ma joue, l'enveloppant entièrement. Sa chaleur infuse à travers ma peau. Nos corps semblent en parfaite harmonie. Mais je reste les doigts crispés sur mon tableau.

– J'ai vu ton travail quand je suis entré. J'ai été… bouleversé.

Il ne ment pas. Une ombre assombrit ses traits parfaits alors qu'il me fixe avec inquiétude. Il semble ébranlé. Et remué, inquiet. J'aimerais lui sourire, mais je parviens seulement à grimacer, les yeux humides. Il est en train de forcer mes défenses, il est en train de faire tomber le barrage si soigneusement érigé au fond de ma mémoire. Avec ses mains trop douces, ses yeux trop tendres, sa voix trop persuasive, il entre dans mon territoire.

– Laisse-moi le voir encore une fois.

Du bout des doigts, il redessine les contours de mon visage, ma pommette, mon menton. Puis sa main se pose sur le châssis de bois de ma toile. Lui ne peut pas voir l'image, tournée vers moi. Et il plonge dans mes yeux.

– Laisse-moi te voir, toi.

Je ne résiste pas quand il s'empare du tableau. Je n'esquisse pas un geste même si mon cœur bat assez fort pour remonter dans ma gorge. Immobile, je laisse Elio reposer mon œuvre sur son chevalet, à sa vraie place.

– Elena, c'est…

Sa voix flanche et je ferme les yeux, incapable d'assister à ce spectacle alors qu'un grondement sourd s'élève en moi – c'est la muraille qui cède, c'est le passé qui monte, tel un raz-de-marée. Elio recule pour examiner la peinture dans ses moindres détails. Quand je rouvre les paupières, il se tourne vers moi et je suis frappée par l'expression de son visage. Il semble sous le choc.

– C'est extraordinaire et terrible.

Je ne parle pas. Je n'ai plus de voix, seulement des yeux remplis de larmes. L'émotion monte en grosses bouffées, irrépressible.

– Que s'est-il passé dans ta vie, Elena ? Quelqu'un t'a fait du mal ? Montre-moi ta blessure, ma chérie. Montre-la-moi ou je ne pourrai jamais la guérir.

Oh, Elio… pourquoi, pourquoi as-tu trouvé les mots ?

– Ça remonte à très longtemps.

Je ne reconnais pas ma voix, blanche et désincarnée. Maintenant, je ne peux plus reculer. Il faut que j'avance, que j'abatte mon masque. Rien qu'une fois, pour lui.

– Ma mère est morte à ma naissance. Elle avait 40 ans, il y a eu des complications. Elle a donné sa vie pour moi, pour me mettre au monde. Et mon père n'a jamais pu l'accepter. Même s'il m'aime, même si je suis sa fille, je reste celle qui a pris la vie de son épouse.

Elio ne m'interrompt pas. Il redoute de m'effaroucher d'un geste, d'une parole maladroite. Il se contente de me fixer intensément alors que je lui montre le trou béant, noir, fiché dans ma poitrine. Mon histoire. Mon passé.

– Mon père m'a tout de suite laissée à la garde de ma grand-mère et j'ai passé les cinq premières années de ma vie à ses côtés. Elle m'a aimée comme personne ne m'a aimée… jusqu'à toi.

J'inspire un bon coup.

– Mais c'était aussi une vieille dame. Elle est morte peu après mon cinquième anniversaire. Elle s'est éteinte dans son sommeil, sans souffrir. J'étais seule avec elle, dans sa petite maison de campagne à la frontière du Connecticut. Nous n'avions pas de voisins proches, personne. J'avais 5 ans, Elio, 5 ans !

Les larmes coulent toutes seules, zébrant mes joues de longs sillons salés.

– Je suis restée enfermée trois jours avec son corps. J'ai essayé de téléphoner à mon père mais il ne répondait pas.

Ensuite, je n'ai pas su quoi faire, j'étais trop petite. Alors je me suis roulée en boule dans un coin et j'ai attendu. J'ai attendu pendant des heures avec elle, avec le silence, avec l'odeur…

– Elena, non !

– Des amis de ma grand-mère ont fini par s'inquiéter. Ils sont entrés, ils nous ont trouvées. Mais je n'ai jamais oublié. Jamais.

Les bras d'Elio m'enveloppent comme deux ailes. Et je m'abats sur sa poitrine, en larmes. Ses mains sont partout. Dans mes cheveux, dans mon dos, autour de ma taille. Il m'étreint comme s'il voulait me sauver, me maintenir la tête hors de l'eau. Je me raccroche à lui, désespérément. Les doigts crispés sur sa chemise blanche, j'enfouis ma tête dans son cou. J'inspire son parfum masculin, familier. Lui me berce doucement. Je sens qu'il serait prêt à n'importe quoi, même une folie, pour me guérir et panser mes plaies.

– Je suis là, Elena. Je suis là maintenant.

Il pose ses lèvres dans mes cheveux.

– Tu ne seras plus jamais seule.

Je te crois.

Nous restons enlacés de longues minutes au milieu de mon atelier. De sa voix chaude, il me murmure des mots connus de nous seuls, des mots qui apaisent mes larmes et étanchent mon chagrin. Je finis même par relever la tête avec un pauvre sourire. Je dois être toute rouge et bouffie comme un ballon à l'hélium. Elio encadre mon visage entre ses mains avant de baiser mon front, mes paupières closes, le bout de mon nez. Il descend lentement jusqu'au coin de mes lèvres. Je me sens mieux.

– Je suis affreuse.

– Non, tu es superbe.

C'est beau la mauvaise foi d'un homme amoureux.

– Tu te sens mieux ?

– Oui, je crois.

Vidée de mes larmes, je me sens apaisée. Et nos bouches se joignent, d'abord furtivement. Puis nos goûts se mêlent, nos langues s'apprivoisent. Collée à lui, je sens ses muscles durcir sous sa chemise tandis qu'une onde familière me traverse. Le désir. Le désir d'être à lui. Le désir de lui appartenir. Le désir de me sentir bien vivante. Je me presse contre sa poitrine, nos bassins s'accolent. Et Elio pose ses lèvres sur les traces de mes larmes pour les effacer.

Il fait plus chaud, tout à coup.

Je ne peux m'empêcher de sourire alors que le désir parcourt mes veines comme une eau-de-vie. Alors que je secoue la tête, Elio s'écarte légèrement.

– Quoi ? sourit-il. Qu'y a-t-il ?

– Oh, rien… Je pensais à ma prof d'arts plastiques.

– Maintenant ? Je dois me vexer ou… ?

J'éclate de rire alors que mon chagrin reflue peu à peu.

– Non, ce n'est pas ce que tu crois. Je réfléchissais à mon examen de fin d'année sur le thème de l'érotisme.

– Mmm… plutôt inspirant.

– Un peu trop, même.

Je deviens toute pâle.

– Je suis au point mort. Je me vois mal présenter à mes profs un tableau de toi et moi en train de faire l'amour.

Elio me sourit.

– Ce n'est pas la seule façon d'exprimer l'érotisme, Elena.

Il y en a mille différentes.

Il me regarde dans les yeux, me clouant sur place.

– Tu veux que je te montre ? Tu veux que je t'emmène ?

Avant que je n'aie le temps de répliquer, Elio mordille déjà le lobe de mon oreille. Tirant doucement la chair entre ses dents, il m'arrache un long frisson. Je suis balayée des pieds à la tête tandis qu'une étrange chaleur s'éveille au creux de mes reins. Tout en titillant mon oreille, il pose ses mains sur mes épaules et fait glisser ma chemise à carreaux rouges le long de mes bras. Je me laisse faire, toute chose. Sa façon de tirailler mon lobe me rend bizarre. Molle, lascive, indolente. Jamais je n'aurais imaginé cette partie de mon corps si réceptive…

– C'est ça aussi, le désir…

Son murmure me chatouille, déposé au creux de mon tympan dans un souffle rauque. À nouveau, un frisson. Ses doigts remontent de mes poignets au creux de mes coudes, en s'attardant sur la peau tendre à l'intérieur de mes bras. Je tremble quand la bouche d'Elio délaisse mon oreille. À la place, il redessine la longue ligne de mon cou à la pointe de sa langue, laissant sur ma chair un sillon de feu. C'est si sexy… si excitant… Je déglutis avec peine, envoûtée.

– Tout ton corps est fait pour le plaisir, Elena…

Je tente de me racler la gorge. Je ne suis plus que sensations, ressenti. Elio s'amuse à souffler dans mon cou, m'arrachant un petit cri de surprise. Toute ma peau réagit, comme si mon corps entrait en résonance. Et ses grandes mains chaudes irradient sur mes épaules nues au moment où il s'amuse à faire tomber les bretelles de mon top. Il souffle sur moi, de mon oreille à mes omoplates… mais au lieu de me refroidir, il fait grimper la température.

De cent degrés.

Du bout des doigts, il me frôle sous le menton : une sensation inconnue s'éveille en moi. Ça me chatouille, mon corps et mon cœur se dilatent, s'ouvrant peu à peu – pour lui, dans l'attente de son corps. Je n'ai jamais rien éprouvé de semblable. Mais je n'ai jamais été dans les bras d'un homme aussi expérimenté qu'Elio. Et je m'apprête à recevoir la leçon du maître. Je le devine confusément.

– Ton corps est un territoire, une carte à explorer.

Elio se penche au-dessus de moi, interrompant sa phrase d'un baiser. Je retrouve ses lèvres charnues, parfaitement dessinées, et sa salive qui m'enivre comme un verre d'absinthe. Sa langue entre en moi, prémices d'autres plaisirs, et s'enroule autour de la mienne en un ballet savant, délicieux. Son goût explose dans ma bouche, masculin, mélange de menthe et d'alcool. Sa lèvre inférieure couvre la mienne, tandis que nos nez se frôlent. Je m'abandonne totalement.

Puis il se détache de moi, si proche que je peux admirer ses traits magnifiques. Je contemple sa perfection – l'ovale de son visage, la finesse de son nez droit, la ligne virile de ses mâchoires. Mais ce sont surtout ses yeux qui m'hypnotisent, transparents, frangés de longs cils noirs. Je lève la main pour effleurer ses courts cheveux noirs, fins et soyeux… mais il attrape mon bras au vol et baise le creux de mon poignet.

Qu'est-ce qu'il me fait ?

– Tu as des zones brûlantes…

Et cette voix basse, calme, fascinante. Je suis à sa merci tandis qu'il dépose un chemin de baisers le long de mon bras, là où la peau est la plus blanche, la plus tendre.

– Des zones plus froides…

Ses lèvres effleurent mon coude sans s'y attarder.

– Tu es comme un instrument, Elena. Un magnifique instrument dont je peux jouer…

Il se penche à mon oreille au moment où ses doigts s'insinuent sous mon débardeur et montent lentement vers ma poitrine. Je ne porte pas de soutien-gorge aujourd'hui – je n'en ai pas besoin avec mes petits seins. Et je ne le regrette pas au moment où son pouce et son index s'arrêtent sur mes tétons pour les pincer doucement. Lui ajoute tout bas, si bas que je l'entends à peine :

– … dont je peux jouir.

Oh mon Dieu ! J'en ai la chair de poule.

Prenant mes seins au creux de ses paumes, il presse mes mamelons en enveloppant entièrement ma poitrine. Je penche la tête en arrière, le ventre soulevé. Je suis en apesanteur. Je ne contrôle plus rien – et je m'en moque. Il n'y a plus que ses mains, il n'y a plus que sa bouche et ses caresses. Rien d'autre n'existe.

– Tout est érotique en toi, Elena. Tout.

Il me caresse les flancs du bout des doigts, me faisant trembler. Par ce simple contact, il me rend folle. Puis il attrape le bas de mon débardeur pour le passer par-dessus ma tête. Je n'ai qu'à lever mes bras, je me retrouve à demi-nue devant lui, seulement vêtue de mon vieux jean et de mes baskets. De son côté, Elio enlève rapidement sa veste qu'il laisse tomber sur une chaise, derrière lui.

– Je veux te toucher, moi aussi, lui dis-je en tendant les mains vers le col de sa chemise.

– Non, pas cette fois.

Il s'empare de mes doigts et en suçote chaque bout, un à un. D'abord mon index, mon majeur, et ainsi de suite. Il les suce en me fixant droit dans les yeux, me rendant toute pâle.

– C'est ton voyage.

Tirant doucement sur mes mains, il m'attire à lui. Mes seins nus frottent le tissu de sa chemise, se collent à ses muscles durs malgré l'insupportable barrière de l'étoffe. Elio retire les épingles de mon chignon jusqu'à ce que mes longs cheveux blonds s'écroulent en masse dans mon dos. Il y enfouit son nez, respirant mon parfum indien à pleins poumons. Je sens le patchouli… et la peinture. Je devine qu'il sourit, même si je ne vois pas son visage. Un sourire de fauve, un sourire marqué par le désir.

Et il m'entraîne avec lui. Il m'attire au centre de la pièce, sans me lâcher, je suis plaquée contre son torse. Il s'empare d'une grande couverture destinée à recouvrir mes œuvres et l'étend par terre avant de m'aider à m'allonger. Je m'assois, docile. Partout, je porte sa trace humide sur mon buste, dans ma chair. Elio me rejoint en retirant sa chemise, faisant rapidement sauter tous les boutons. Puis il se débarrasse de sa ceinture, de son pantalon avant de s'agenouiller à mes côtés en boxer.

– Je peux ? demandé-je.

Je fais mine de retirer mon jean mais il m'arrête. Ce soir, je suis à lui, je lui appartiens corps et âme. Comme je suis allongée sur le dos, il se penche au-dessus de moi et descend lentement le long de mon cou, de mon buste. Un instant, sa langue dessine une longue ligne entre mes seins… avant de venir cueillir une de mes pointes durcies. Je suis tendue comme la corde d'un arc. Il joue avec mon aréole, en souligne la bordure, lèche puis souffle doucement sur la peau si fragile.

Je deviens folle. Je perds complètement pied.

D'une main, il s'occupe de mon autre sein, il joue avec la petite perle rose, il la presse et la frôle, il la pince délicatement avant de la caresser. Je m'arc-boute, creusant les reins. Je n'ai plus aucune notion du temps. Elio s'attarde sur ma poitrine et je sens ses dents mordiller un de mes tétons, le tirer… puis le relâcher. La douleur ne dure qu'une fraction de seconde, délicieuse, fugace, aussitôt apaisée par sa bouche.

– Elio, Elio…

Son nom remplit l'espace. Ma voix est différente, étranglée. Je suis soulevée par une première vague de jouissance, un plaisir comme je n'en ai jamais connu. Elio laisse la tempête passer alors que je vibre entre ses doigts. Il me regarde sous ses paupières mi-closes. Puis, avec un sourire mâle, il reprend son œuvre. Sa bouche descend sur mon ventre sur lequel il souffle délicatement. Les sensations sont… démentes. Je me mords les lèvres pour ne pas crier encore. Puis il s'amuse à déboutonner mon jean.

Cette fois, je m'esclaffe. D'autant qu'il feint de grogner comme un fauve en abaissant la fermeture éclair. Rire me fait un bien fou après cette fièvre, après l'intensité du plaisir. Même si ça ne dure pas longtemps. Elio reprend déjà ses jeux, son exploration. Mon jean glisse le long de mes jambes. Puis c'est au tour de ma culotte en coton blanc. Ça y est. Je suis nue, offerte. Je devrais être embarrassée – je suis si pudique… Mais pas avec lui, pas avec les yeux qu'il pose sur moi.

– Tu es mon œuvre d'art, Elena.

– Elio…

Je ne peux dire que son nom. J'ai la gorge nouée, bloquée sur les mots que je n'ose pas prononcer. Mais il les dit à ma place :

– Je t'aime.

Et se plaçant entre mes jambes, toujours en boxer noir, il laisse glisser ses doigts fins et agiles le long de mes chevilles, de mes mollets. Il remonte lentement, inexorablement. Mon cœur se met à cogner à tout rompre dans ma poitrine. Elio frôle l'intérieur velouté de mes cuisses. Je me raidis, comme s'il m'avait électrocutée. À nouveau, des sensations inouïes me submergent. Il parcourt toutes mes zones érogènes, une à une. Du bout des doigts, du plat de la paume, il me caresse. Puis il me force à soulever un peu le bassin pour caresser mes fesses, les prendre au creux de ses mains.

Je ne me rends plus compte de rien. J'ai décroché de la réalité. Et mon cas s'aggrave quand Elio pose ses lèvres sur mon intimité. Je me fige mais il m'apaise d'un regard.

– Laisse-moi faire.

Jamais je n'aurais permis à quelqu'un d'autre de faire ça, de me toucher là, comme ça. Mais c'est lui… donc il peut tout. Il embrasse les lèvres de ma féminité. Puis je sens la pointe de sa langue entrer en moi, écarter doucement mes chairs soyeuses. Mon cœur cogne comme un fou. Elio trouve sans peine le petit bouton caché dans les replis rosés. Et là, le plaisir. Le plaisir absolu, sans borne. Le plaisir comme un puits noir et sans fond dans lequel je tombe. Elio joue avec mon clitoris, le suçote, le presse, le titille. Me mouillant de sa salive, il me prend dans sa bouche et me fait grimper au ciel.

J'en ai des spasmes. Des spasmes qui m'agitent tout entière au moment où l'orgasme me fauche.

J'en ferme les yeux, bouche ouverte, exhalant un long souffle. Tout s'éteint, tout disparaît autour de moi. Et il me faut quelques minutes pour revenir à moi, à lui. Car Elio, assis entre mes jambes, me laisse m'apaiser. J'ai l'impression d'avoir été prise dans l'œil du cyclone. Mon amant se redresse sur ses genoux pour retirer son caleçon. Un instant, je peux admirer sa virilité dressée, gonflée d'excitation. Lui aussi n'en peut plus. Je lui tends les bras, folle de désir. Je donnerais n'importe quoi pour le sentir en moi. Car toutes ces vagues de plaisir successives n'ont fait qu'aiguiser ma faim de lui.

– S'il te plaît.

– Je viens, me dit-il d'une voix assourdie par l'envie.

Il sort un préservatif de la poche de son pantalon, tombé à proximité. Et il s'en gaine avant de venir entre mes jambes, entre mes cuisses déjà écartées. Je n'attends que lui, je ne veux que lui. Elio s'allonge au-dessus de moi, accolant ses muscles durs contre ma poitrine tendue. Tout mon corps est devenu hypersensible. Il suffit d'un souffle pour que je perde la tête. Je suis en feu. D'une main, Elio écarte les bords de ma féminité… et je sens son sexe entrer en moi. Il s'enfonce au plus profond de mon corps alors que je noue mes bras autour de son buste. Je m'y arrime, à bout de souffle.

Il me pénètre jusqu'à la garde et s'arrête un instant. Et durant une fraction de seconde, il ne bouge plus, de sorte que nos regards se croisent. Ce que je lis dans ses yeux, ce n'est plus seulement du désir. C'est de l'amour – le véritable amour. Il n'a pas besoin de prononcer un mot. Il se met ensuite à bouger, à se retirer, centimètre après centimètre, pour mieux revenir dans mes tréfonds. La pièce commence à tourner autour de moi. Quelque chose se lève dans mon ventre, dans mon corps, au gré de ses va-et-vient. Je me laisse prendre, posséder. Je me laisse embarquer.

Et bientôt, mon cri retentit dans tout l'atelier, libérateur, extatique. Le plaisir éclate, m'engloutit. Elio n'émet qu'un long râle, le corps raidi par la jouissance. Il cède une seconde après moi, emporté par un tsunami. Pendant quelques secondes, nous touchons les étoiles. Tout s'arrête, le temps, nos souffles. Le monde est suspendu à un fil tandis que nos corps se mêlent et ne forment qu'un être.

Puis après une minute, Elio se relâche et j'accueille son poids sur moi, son poids d'homme. J'aime le sentir peser contre moi. Il enfouit son visage dans mon cou alors que je ferme les yeux. Nous ne disons rien, enlacés. Et, bercés par le silence, nous continuons à communier.

15
CARROSSE ET CITROUILLE

Nus et allongés sur la couverture au milieu de l'atelier, nous ne bougeons pas. Je peine à reprendre mes esprits après ces vertiges. C'est comme si je venais de découvrir mon corps pour la première fois entre ses bras. Elio se redresse sur un coude, repoussant mes longs cheveux collés par la sueur. C'était… waouh. Plus violent qu'un tremblement de terre, plus intense qu'un saut en parachute. Je lui rends son regard brûlant, encore secouée. Heureusement que je suis étendue parce que mes jambes sont en coton.

Je me remets du choc post-traumatique.

Nous gardons quelques minutes le silence. Tout en me mangeant des yeux, Elio joue avec une mèche blonde, puis redessine ma joue, mon cou et la courbe de mon épaule. Il suffirait d'une étincelle pour rallumer le brasier, réveiller les cendres du désir. Je me sens si bien avec lui, la tête pressée contre son torse. Mais à mesure que les secondes s'écoulent, je devine un imperceptible changement chez mon amant. La réalité est en train de reprendre ses droits avec sa cohorte de tracas.

– Qu'est-ce qui ne va pas, Elio ?

Il me regarde, surpris. À mon tour, je m'appuie sur un coude, la joue dans ma paume. Nous nous faisons face, chacun sur un flanc, par terre. Nos fronts se touchent presque, nos souffles se mêlent, encore chargés de nos baisers.

– Rien...

– Tu crois avoir le monopole de l'intuition ? lui dis-je avec un clin d'œil.

Avec Elio, j'ai des antennes. Et un détecteur. Et un sonar. Et un radar de la NASA.

– Bon, tu as raison. Je suis inquiet... mais je ne vais pas t'ennuyer avec ça.

– Tu ne m'ennuies pas. Et je n'ai pas envie d'être la seule à te confier mes secrets.

Il me sourit, ému. Elio Garibaldi n'est pas le genre d'homme à s'épancher, ni même à se confier. Isolé dans les hauteurs où l'ont porté ses millions, claquemuré dans sa solitude de roi de la finance et de maître de Wall Street, il a perdu l'habitude de partager ses soucis. Il les garde en lui, enfermés à l'intérieur. Du bout de l'index, il caresse mon omoplate.

– C'est à propos de Luca.

– Il s'est passé quelque chose ?

– Ça, j'aimerais bien le savoir. Je n'ai plus de nouvelles depuis notre dispute à l'hôpital.

Je me mords les lèvres. Moi, je l'ai croisé à plusieurs reprises. À ma petite fête de rétablissement et dans la galerie *Pasqualina*. Dois-je confier à Elio ce que j'ai vu là-bas ? En voyant le pli qui barre son front lisse, je me décide à tout lui révéler :

– J'ai croisé ton frère pendant que je présentais de nouvelles œuvres à la galerie. Il était avec monsieur Stone et il lui a emprunté une grosse somme d'argent.

Elio ne dit rien mais une ombre voile ses traits tandis qu'il digère l'information. Il semble à la fois soucieux et pas vraiment étonné. Il finit par hocher la tête en se relevant.

– Tu as bien fait de m'en parler.

– Dominic Stone est un ami de votre famille, non ?

– Il a beaucoup aidé ma mère à la mort de notre père.

Ce n'est pas la réponse à la question que j'ai posée. Je me garde toutefois d'intervenir pendant qu'Elio se rhabille. Et quand je fais mine de me lever, Elio tend la main vers moi. Il est déjà en pantalon et chaussures, sa chemise blanche ouverte sur son torse musclé. Un spectacle à faire saliver.

– Toi, tu ne bouges pas. J'ai envie d'emporter cette image de toi, nue sur cette couverture, en partant.

– Tu te prends pour un sultan ?

Il éclate de rire en enfilant sa veste.

– Sauf que moi, je n'ai besoin que de toi dans mon harem.

Et sur ces mots, il dépose un baiser sur mon front, me décoche un clin d'œil narquois et disparaît dans le couloir. Il me faut cinq bonnes minutes pour m'en remettre. Soudain, c'est comme si la pièce se vidait de son air, de sa vie. Le corps d'Elio me manque, pressé contre le mien. Assise au centre de mon atelier, dans la couverture froissée, je sens un grand vide en moi, assaillie par une mosaïque d'images sensuelles. Mes vêtements sont répandus tout autour de la pièce.

On dirait qu'une bombe a explosé.

La bombe Elio.

Peu à peu, je sens une autre fièvre monter, familière, irrépressible. La fièvre créatrice. Je me redresse d'un bond et cours chercher mes habits dans tous les recoins. Je retrouve mon débardeur, mon jean mais… où est ma culotte ? Ne me dites pas que j'ai perdu ma culotte ! Après un chapelet de vociférations, j'aperçois la traîtresse à demi dissimulée sous un chevalet et fonds sur elle comme un rapace. Heureusement que l'atelier est situé en hauteur… parce que je suis pile devant une fenêtre.

J'ai un truc avec le naturisme en ce moment. La plage de Haulover Beach me tend les bras…

Rhabillée, je remarque un trousseau de clés qui ne m'appartient pas. Je le ramasse, décontenancée. Il a dû tomber de la poche d'Elio. D'ailleurs, une petite étiquette indique « galerie *Pasqualina* ». Il s'agit sans doute de son jeu de clés. Avec la vente de ses parts qui approche, il devait peut-être les remettre à monsieur Stone ? Il me semble qu'il m'en a parlé, hier. Je les accroche à mon trousseau pour ne pas les perdre et les lui rendre plus tard.

Puis je me précipite vers les toiles vierges alignées contre le mur. Je sais ce que je veux faire pour mon examen final. Grâce à Elio, je sais comment parler d'érotisme. Je pose le tableau au centre de la pièce et apporte en vitesse ma peinture et mes instruments. Je laisse la toile par terre, comme nos deux corps enlacés. Je compte représenter la carte du plaisir, toutes ces zones érogènes que j'ai découvertes avec Elio.

Ce sera brûlant.

Comme lui, comme nous.

***

Deux jours plus tard, je suis assise par terre dans le couloir, près de la porte close d'une salle de classe. Les voix des examinateurs me parviennent à travers la cloison. J'essaie de ne pas écouter. C'est le grand jour. Une autre élève est en train de passer devant le jury pendant que je meurs de trouille. À côté de moi, mon tableau est enveloppé dans un linge, près de ma besace couverte de badges. Mon cœur bat très vite. Je suis à deux doigts d'un infarctus et regarde ma montre.

Heure du décès : 10 h 40.

Et si mon œuvre était nulle ? ou trop abstraite ? J'ai vu les travaux de certaines de mes copines, beaucoup plus crus et explicites que mon travail. Et si je m'étais complètement fourvoyée ? Non, non, du calme ! J'expire par la bouche en tripotant mes clés.

– Waouh ! fait Jeremy en se laissant glisser le long du mur, juste à côté de moi.

Je souris, pâle comme un linge. Mon ami a aussi amené son travail – une statuette qu'il garde soigneusement dissimulée sous un tissu. Selon nos feuilles de convocation, il passe juste après moi.

Je me remets à les torturer pendant que mon cœur joue du tam-tam. Je suis si nerveuse que je pourrais grimper aux murs façon Spiderman. Jeremy, lui, semble serein. Il enfile son casque MP3 et ferme les paupières pour écouter sa musique. Comment peut-il être si calme ? Prise d'une soudaine inquiétude, je pose les clés sur le carrelage et fouille dans mon sac à la recherche de ma carte d'identité. On la demande toujours lors des examens.

Des fois qu'une bonne âme se présente à notre place…

À cet instant, la porte de la salle s'ouvre et une femme en tailleur noir pose les yeux sur moi. Elle est aussi austère que Minerva McGonagall, le professeur d'Harry Potter. Je me relève d'un bond, comme si j'étais montée sur ressort.

– Mademoiselle Lavigne ?

– Gri.

Oui. Ça voulait dire oui.

– C'est à vous, me dit-elle avec son visage de colonel de l'armée russe en pleine mission « Tchétchénie ».

Je ramasse mes affaires en m'y reprenant à quatorze fois et entre dans la salle avec ma tortionnaire. Celle-ci retourne s'asseoir derrière la grande table où sont installés les jurés. Super. J'ai l'impression d'être accusée dans un procès d'assises. Sans avocat. Les mains moites, je déballe tant bien que mal mon tableau. Bien entendu, je ne connais aucun des examinateurs – et je regrette tant la présence d'Eliane Johnson ! Avec elle, j'aurais été naturelle, décontractée…

Je suis en nage. À croire que je suis tombée dans une piscine.

– Ne soyez pas si nerveuse, mademoiselle Lavigne, m'interpelle un vieux monsieur au sourire indulgent.

– Moi ? Nerveuse ? Qu'est-ce qui vous fait dire ça ?

Mes auréoles sous les bras ? Mon sourire de Joker ? Mon regard de psychopathe ?

Ils éclatent de rire tous les quatre, même le professeur McGonagall. Je me détends un peu, laissant la glace fondre entre nous. Et aspirant une goulée d'air, je pose mon tableau sur le chevalet prévu à cet effet d'un air décidé. Déjà, ils échangent des regards de connivence entre eux.

Euh… c'est bon ou mauvais signe ?

Tant pis, je décide de me lancer.

– J'ai intitulé mon tableau *Géographie du plaisir*.

Ça y est, je parle. Et quand je parle de mes œuvres, je suis transfigurée. La jeune fille maladroite et fantasque laisse place à une artiste flamboyante et passionnée. Pendant vingt minutes, je présente mon travail : une carte érogène et abstraite, peinte dans un camaïeu de rouges. Inspirée par notre étreinte avec Elio, la toile transpire le plaisir, la sensualité, l'érotisme, tel un volcan en éruption. Je passe la demi-heure suivante à répondre aux questions des examinateurs avec l'impression qu'ils sont… subjugués.

– C'est une œuvre atypique pour vous, me déclare l'un des jurés à la fin de l'examen.

– Nous avons eu l'occasion d'admirer vos Box, précise McGonagall.

– Oui, vous avez raison.

Je n'y avais même pas pensé.

– Une œuvre ouverte sur le thème de l'érotisme, a contrario de vos travaux passés… C'est un excellent choix.

Ces mots résonnent dans ma tête tandis que je leur abandonne ma peinture, qui me sera restituée dans quelques jours, au terme des délibérations. Un tableau. Une œuvre ouverte. Sur le palier de la salle, je mesure soudain l'influence d'Elio sur ma créativité. C'est à lui que je dois ce succès, cette inspiration subite. C'est lui qui m'a rendu ce souffle vital nécessaire à la création. Mon cœur bat à nouveau la chamade.

Pas parce que j'ai peur.

Parce que je l'aime.

Je l'aime. Je suis amoureuse de lui. Je m'en rends compte au milieu du couloir alors que je m'apprête à quitter les lieux par la sortie latérale, afin de ne pas croiser les élèves qui attendent leur tour. Fini de jouer, fini de cacher mes véritables sentiments. Mon amour me saute à la figure, énorme, intense, capable de tout balayer sur son passage. Je l'aime, je l'aime à la folie. Et je dois le lui dire. Devant la façade de l'académie, je m'empare de mon portable.

Mais non, je ne vais pas le lui dire au téléphone ! Je ne suis pas folle… enfin, pas totalement.

– Elena ?

Il décroche dès la première sonnerie, même si j'entends un brouhaha de voix derrière lui. Sans doute a-t-il interrompu une importante réunion pour me parler.

– Alors ? me lance-t-il, fébrile. Comment ça s'est passé ?

Parce qu'il se soucie de moi, parce qu'il se rappelle tout ce que je lui dis. Mon cœur fait un saut dans ma poitrine.

– Je crois que j'ai cartonné ! lui dis-je en terminant ma phrase par un couinement suraigu. Hiiiiii !

– Oh, ma chérie, si tu savais comme je suis fier de toi. Cela dit, je n'ai pas douté de ta réussite une seule seconde.

– Je sais.

– Et si je t'invitais ce soir pour fêter ça ?

– Avec plaisir.

D'autant que j'ai quelque chose à te dire…

***

Ma journée se transforme en conte de fées. Avec délice, je me glisse dans la peau de Cendrillon. Sauf que ce n'est pas une marraine potelée qui m'apporte ma robe de princesse mais un coursier bougon qui sonne à ma porte. Je ne m'y attendais pas. Le livreur me tend une housse noire dans laquelle je découvre une pure merveille : une robe longue au bustier argenté, rebrodé de perles blanches, et à la jupe de mousseline rose et blanche. Vaporeuse, délicate, précieuse… elle est sublime ! Et elle s'accompagne de ballerines argentées, sans talons, et d'une petite carte d'Elio. Il m'offre cette tenue pour notre dîner.

« Je ne veux pas que tu te casses une jambe. Déjà que tu es tombée de la lune… »

Je pouffe de rire avant de tourner son petit bristol blanc, noirci de son écriture élégante et ciselée :

« Éblouis-moi ! »

Son cadeau me bouleverse. Il a vraiment pensé à tout – y compris à mon incapacité de marcher sur des échasses. En fin d'après-midi, je m'enferme dans la salle de bains et enfile ma tenue, ainsi que le délicat bracelet en perles qu'il m'a offert à la clinique. Je me maquille à peine, me contentant d'un nuage de poudre et d'une touche de rouge à lèvres. Sans l'aide d'Alice, je me contente du minimum. Je ne veux pas ressembler à un vieux clown dépressif. Et je laisse mes cheveux libres, seulement retenus par un diadème fantaisie.

À 20 heures, je suis prête. Mais ce n'est pas une citrouille transformée en carrosse qui m'attend devant mon immeuble… plutôt une berline noire avec chauffeur. Elio en sort et s'incline devant moi avant de me gratifier d'un impeccable baisemain. Je deviens toute pâle. Je me sens comme une princesse, moi, la fervente adoratrice du combo jean-baskets, la reine de la gaffe.

– Tu es magnifique.

– Tu n'es pas mal non plus, lui dis-je en caressant le revers de son smoking noir.

Hum… c'est un euphémisme.

Elio a une classe folle dans sa veste sombre et sa chemise blanche accompagnée d'un nœud papillon. Cet homme semble échappé d'un autre siècle avec sa beauté racée, sa courtoisie d'antan et son exquise politesse. Il porte aussi en lui une gravité, un mystère inattendu à notre époque de grand déballage. Je le suis dans la voiture, fascinée. Il ne lâche pas ma main en se glissant sur la banquette.

– Où est-ce que tu m'emmènes ?

– Dans les étoiles.

– Très romantique. Et plus sérieusement ?

– Dans les étoiles, vraiment.

J'avais oublié qu'Elio, l'homme le plus sérieux du monde, parle souvent au premier degré. Sauf que là, je ne comprends pas. Je le dévisage de mes grands yeux verts pendant tout le trajet. Et sur place, je reste sans voix. Je m'attendais à un restaurant, un hôtel de luxe… ou pourquoi pas le balcon de son appartement, pour un dîner romantique en tête-à-tête. À tout… sauf à ça.

J'ai un homme collector. Série ultra-limitée.

– Je n'y crois pas…

L'East River s'étend à nos pieds, ses flots sombres éclairés par la pleine lune. Ce célèbre bras d'eau sépare Manhattan des rues du Queens. En son centre s'étire Roosevelt Island, une longue île hérissée de petits immeubles et résidences – un endroit que l'on peut uniquement rejoindre via des téléphériques. Et justement, une grande cabine peinte en rouge nous attend, ses portes vitrées ouvertes.

– Acceptes-tu de monter avec moi ?

– Elio, les remontées mécaniques sont fermées à cette heure…

– J'ai privatisé la ligne et cette cabine pour ce soir.

De l'avantage de sortir avec un milliardaire.

– Elio, c'est… c'est…

Je cherche mes mots en grimpant dans le téléphérique qu'un employé referme derrière nous avant de nous expédier dans les airs, le long des câbles.

– C'est tellement toi !

Il se met à rire en sortant une bouteille de champagne d'un seau rempli de glaçons. Moi, je m'extasie devant le décor. Une table pour deux a été dressée et deux fauteuils capitonnés nous attendent. Les banquettes destinées aux voyageurs ont disparu sous une profusion de coussins et une myriade de bougies nous éclairent, modelant nos visages de lueurs dorées. Je remarque aussi le panier de pique-nique garni de mets raffinés – saumon, caviar, fruits exotiques…

Je prends place à l'invite d'Elio. Saisissant la coupe qu'il me tend, je porte un toast avec lui tandis que notre téléphérique s'élève dans les airs, loin au-dessus de New York.

Magique.

– À ta réussite, Elena !

– À tes tours de magie !

Des bulles rondes et savoureuses explosent dans ma bouche, même si je n'en prends qu'une gorgée. Notre téléphérique s'immobilise au milieu du parcours, nous laissant au-dessus de l'eau, entre les buildings aux fenêtres illuminées. J'admire le paysage. Et ça sort tout seul. Cela monte en moi comme un cri, une évidence. Me tournant vers Elio, je plonge dans ses yeux :

– Je t'aime, Elio.

Le temps s'arrête.

Le magnum de Dom Pérignon manque d'échapper des mains d'Elio. Lui ne bouge pas, incrédule.

– Je t'aime, dis-je d'une voix rauque.

Pas parce qu'il me l'a dit le premier. Pas parce que je me sens obligée de lui répondre. Parce que c'est vrai. Et quand il me tend la main au-dessus de la table, je me lève d'un bond en renversant mon siège… et me jette à son cou. Il me serre de toutes ses forces. Je répète alors les mots magiques, interdits depuis si longtemps :

– Je t'aime, je t'aime, je t'aime…

À l'infini.

Et pour toujours.

***

Après une soirée en apesanteur, Elio me raccompagne à mon appartement où je l'invite à monter. Sauf que je reste bêtement devant la porte à fouiller mon sac sous ses rires. Impossible de retrouver mes clés. M'accroupissant par terre avec la grâce d'un crapaud, je vide ma pochette sur le paillasson.

Où ai-je fichu ce maudit trousseau ?

– C'est ça, moque-toi de moi ! lui dis-je.

– Excuse-moi.

Mouais. Il n'en pense pas un mot.

D'ailleurs, il rit encore quand j'exhume un briquet Harley-

Davidson de ma besace. Euh… qu'est-ce que c'est ? Je ne sais même pas à qui ça appartient ! Je finis par hausser les épaules. J'ai probablement oublié mes clés dans l'atelier avec celles d'Elio.

– Nous allons passer la nuit sur le palier ?

– Non, j'ai un double, homme de peu de foi ! lancé-je, malicieuse. Alice et moi avons une cachette secrète. Elle n'en pouvait plus de me retrouver sur le pas de sa porte un soir sur deux.

Me dressant sur la pointe des pieds, j'explore du bout des doigts l'encadrement en métal et tire l'angle qui se décolle du mur. J'en extrais finalement une clé sous le regard réprobateur d'Elio.

– Ce n'est pas très prudent. Tous les voleurs connaissent ce type de cachette.

– Et encore ! Avant, je la planquais sous le paillasson…

Pendant qu'il tombe des nues, je déverrouille la porte et entre en riant. Le pauvre, je le fais tourner en bourrique. Et avant qu'il ne me débite une grande leçon sur ma sécurité, je le débarrasse de son manteau et l'entraîne au salon. Dans ce décor familier, il se détend un peu. Il est déjà venu plusieurs fois – lors de notre première nuit, après nos courses à Brooklyn… Il se promène au milieu de mes collections, jetant un œil à mes dernières trouvailles.

– J'aime cet endroit, dit-il, pensif.

Je retire mes chaussures, les envoyant valser à travers la pièce. Elio se tourne vers moi :

– J'ai l'impression que tu es partout autour de moi.

Je lui rends son sourire pendant qu'il continue son exploration, admirant les origamis posés sur mes étagères. J'en réalise pour me détendre. Pendant qu'il découvre d'autres facettes de mon univers, je vais nous chercher des rafraîchissements dans la cuisine. Quand sa voix me parvient depuis le salon :

– Qu'est-ce que c'est ?

Revenant avec un plateau chargé de jus de fruits, je le pose sur la table basse. Puis je le rejoins et m'appuie contre son dos. Il tient entre ses mains une mignonnette. Il l'a prélevée parmi une rangée de petites bouteilles d'alcool vides que j'ai exposées sur une de mes étagères. Je pousse un soupir, embarrassée.

– Tu en as des dizaines…

– Ce sont des cadeaux de mon père, dis-je, hésitante. Il m'en rapportait quand j'étais petite. Il me les offrait en guise de souvenirs à l'issue de ses voyages.

– Des mignonnettes d'alcool ? répète Elio, incrédule. Pour une petite fille ?

Je me mords les lèvres. Comment lui expliquer ? Surtout que je n'ai pas l'habitude d'aborder des sujets si intimes. Elio me prend la main, comme s'il devinait mes réticences. Et les mots me montent naturellement à la bouche :

– J'ai une relation atypique avec mon père. Nous n'avons jamais vécu ensemble. Après la disparition de ma grand-mère, il m'a confiée à différentes nourrices. Il est promoteur immobilier, il construit des complexes de luxe à travers le globe. Et il revenait toujours de ses voyages avec ces petites bouteilles pour moi.

Elio reste sans voix. Sans doute trouve-t-il ce genre de présents inadaptés pour une gamine, mais il n'ajoute rien par crainte de me peiner.

– Je tiens beaucoup à ces bouteilles.

– Je m'en doute.

Je m'apprête à développer quand on sonne à la porte. Surprise, je consulte ma pendulette Mickey. Il est presque minuit. Alice est-elle rentrée de son rendez-vous avec Luca ? Je sais qu'ils sortaient ensemble ce soir. M'excusant auprès d'Elio, je vais ouvrir et me retrouve face à face avec... deux policiers. Deux hommes en uniforme bleu marine qui brandissent leurs plaques sous mon nez.

– Elena Lavigne ? me demande le plus grand.

L'autre me bouscule pour entrer, laissant son comparse me présenter un mandat de perquisition en bonne et due forme. Dans le salon, j'entends la voix d'Elio s'élever, sèche et autoritaire, méconnaissable :

– Qui êtes-vous ? Que faites-vous ici ?

Le flic pénètre dans ma chambre sans répliquer. Délaissant l'autre officier, je traverse le couloir en trombe. De quel droit cet homme vient-il fouiller mes affaires ? Que se passe-t-il ? Ils ont dû se tromper d'appartement, ce n'est pas possible... Mon cœur bat la chamade alors que le second policier m'emboîte le pas, comme s'il ne voulait pas me lâcher d'une semelle. Je me sens acculée – à croire que je ne suis plus chez moi ou qu'ils me considèrent comme une criminelle.

– Attendez, il y a forcément une erreur ! dis-je.

– Pas du tout, mademoiselle.

– Mais de quoi suis-je accusée au juste ?

– Vous êtes soupçonnée d'un vol à la galerie *Pasqualina*.

Une grosse boule d'angoisse se forme dans ma gorge. Cela ressemble à un mauvais rêve. Alors que je m'apprête à entrer dans ma chambre, le premier policier en ressort avec une statuette à la main. Une statuette sortie d'un bain d'or en fusion. Je me fige, interdite. J'ai déjà vu cette merveille à la galerie *Pasqualina* où des employés l'emballaient dans la réserve. Je me suis même arrêtée pour l'admirer.

Alors que fait-elle ici ? Chez moi ?

– Elena Lavigne…

Je jette un regard abasourdi à Elio, qui contemple la scène avec les sourcils froncés, l'air fermé.

– Vous êtes en état d'arrestation pour le vol de cette statuette.

Mon cœur s'arrête de battre tandis qu'un des officiers me demande de tendre les bras pour me passer les menottes. Dans un déclic, les bracelets de métal se referment sur mes poignets, glacés. Je n'y crois pas ! Je vais finir en prison pour un crime que je n'ai pas commis.

IV

TRAHISON

16
GARDE À VUE

Assise sur une chaise en métal devant une petite table rectangulaire, je rentre la tête dans les épaules. Je dois faire un cauchemar. Je ne reconnais pas la jeune fille blonde aux yeux affolés qui se reflète dans la glace. Mon teint blanc a viré au gris et je cache mes mains sous la table pour dissimuler leur tremblement. Je suis accusée de vol, moi qui n'ai jamais piqué une allumette ! Je suis accusée d'avoir dérobé une statuette hors de prix à la galerie *Pasqualina*. Et d'avoir été assez bête pour la planquer chez moi. Atterrée, je prends ma tête entre mes mains avec l'impression d'être plongée en pleine machination.

Super ! Ma vie s'est transformée en épisode de Homeland.

En garde à vue depuis une heure, j'ai les nerfs qui craquent. D'autant que j'ai l'air malin dans ma somptueuse robe du soir en mousseline blanche et rose. Les sequins de mon bustier brillent tristement dans la salle d'interrogatoire où je suis confinée. J'ai eu droit à la totale : les photos anthropométriques, les empreintes. Comme si j'étais l'ennemi public numéro un en cavale. Une femme à l'accueil m'a rassurée : « C'est normal, c'est la procédure. » Sauf que ça me glace le sang.

Rester calme. Rester calme.

J'ai peeeeur !

À nouveau, la porte de la pièce s'ouvre pour livrer passage à un homme en uniforme bleu marine – un des deux types qui sont entrés chez moi, grand et un peu chauve. Je n'ai pas encore parlé au petit excité qui a fouillé ma chambre. Mon cœur bat la chamade tandis que le policier s'assoit en face de moi, à califourchon sur sa chaise. Il pose sur la table un sachet en plastique scellé contenant un trousseau de clés. Après une seconde, je le reconnais. Et je regarde l'homme sans comprendre.

– Qu'est-ce que c'est ?

– Vous les reconnaissez ? me répond-il simplement.

J'attrape le sachet pour les observer. Aucun doute possible. Un gros trèfle à quatre feuilles se balance à mon trousseau. Il était supposé me porter chance.

Note pour plus tard : préférer le fer à cheval.

– Oui, ce sont mes clés. Je les avais perdues. Où les avez-vous trouvées ?

– Chez vous, tout simplement.

– Pardon ?

Je le dévisage, interdite, tandis que son regard se durcit. Quand soudain, ses deux poings s'abattent sur la table, me faisant reculer dans mon siège. L'inspecteur Watts, à en croire le badge qu'il porte à la poitrine, n'a pas l'air commode. Et il m'arrache sa preuve des mains pour la ficher sous mon nez.

– Vous essayez de me faire gober qu'on vous a piqué vos clés aujourd'hui, comme par hasard ?

– Non, pas du tout… je les ai perdues.

– Alors comment se fait-il qu'on les ait trouvées dans votre appartement ?

– Je ne sais pas.

Ça y est, je suis en hyperventilation. Comme toujours en cas de stress. Mais l'officier ne s'en émeut guère, poursuivant sur sa lancée.

– Votre situation est grave, mademoiselle Lavigne. Vous êtes accusée du vol d'un objet d'art. Ce soir, quelqu'un s'est introduit dans la galerie *Pasqualina* sans effraction. Et cette personne a utilisé la clé qui était en votre possession.

La clé oubliée dans mon atelier par Elio.

Mon cœur manque un battement.

– Ça vous revient, on dirait ?

– Non, je…

– Vous avez pris cette statuette, mademoiselle Lavigne. Vous êtes allée dans la galerie, vous l'avez piquée et vous êtes rentrée chez vous pour la cacher dans votre chambre. On a les clés avec vos empreintes. Et un témoin affirme vous avoir vue rôder autour de la galerie.

– Un témoin ?

C'est la quatrième dimension. Ce n'est pas une défaillance de votre téléviseur. N'essayez donc pas de régler l'image.

– Fini de jouer !

Ses poings fracassent à nouveau la table qui vacille dangereusement. J'en ai des sueurs froides tandis que je me rencogne dans mon coin. Mon pouls atteint des pics de vitesse et je suis à deux doigts de tomber dans les pommes. Le flic se lève en repoussant sa chaise d'un geste brusque. Il se penche vers moi, de sorte que son souffle balaie mon visage.

– Quand vous avez obtenu les clés de la galerie *Pasqualina*, vous y avez vu une occasion en or de vous enrichir.

– Mais je... je n'ai pas de problème d'argent!

– Vous avez été là-bas et vous avez pris cette statue parce qu'elle se trouvait dans la réserve. C'est un vol d'amateur, qui ne demandait pas de compétences particulières en matière de systèmes de sécurité. Puis vous êtes bien tranquillement rentrée chez vous pour la dissimuler dans votre armoire.

Je secoue la tête, affolée.

– Vous pensez que j'aurais été assez bête pour la cacher chez moi?

– Avouez, mademoiselle Lavigne!

– Avouez quoi? Je n'ai rien fait.

– Avouez, bon Dieu!

Il frappe encore la table pour me faire craquer, pour obtenir mes aveux et classer au plus vite cette affaire. Je sens que la nuit va être longue, très longue...

***

Je comprends maintenant pourquoi certains suspects craquent et avouent des crimes qu'ils n'ont pas commis. Après deux heures passées en salle d'interrogatoire, j'ai les larmes aux yeux, même si je n'ai pas changé ma version d'un mot. Jusqu'à ce qu'un homme en costume-cravate me rejoigne dans la petite salle, armé d'un attaché-case et d'un sourire confiant. Qui est-ce? Je me méfie, je suis sur mes gardes. Les policiers passent-ils à la vitesse supérieure ? Vais-je avoir le droit à un projecteur dans les yeux et des litres d'eau dans la figure ?

– Elena Lavigne ? Je m'appelle Alex Clauson. Je suis l'un de vos avocats.

Il me serre la main.

– Vous avez été commis d'office ?

Il éclate de rire en s'asseyant sur le rebord de la table, visiblement très à l'aise dans ce cadre. Âgé d'une quarantaine d'années, il est plutôt bel homme. Mes yeux s'attardent sur sa veste d'excellente facture et ses mocassins vernis, impeccablement cirés. Sans parler de sa coupe de cheveux ou de sa chevalière en argent. Soit le bureau du procureur a revu les salaires à la hausse, soit…

– Pas du tout. Je fais partie de l'équipe qui travaille pour monsieur Garibaldi. J'ai été envoyé pour vous sortir de ce pétrin. En ce moment, deux de mes collègues s'occupent des formalités.

Je suis abasourdie. Et je frissonne dans ma longue robe du soir totalement déplacée dans cet endroit. La fin du conte de fées a été brutale après mon rendez-vous magique avec Elio au-dessus de Roosevelt Island. Le carrosse ne s'est pas simplement retransformé en citrouille. Cendrillon a été arrêtée et coffrée par les flics.

Personnellement, je n'aime pas trop ce remake.

Je serre mes bras autour de moi, couverte d'une fine chair de poule. Je ne peux m'empêcher de songer à Elio. Que pense-t-il de toute cette histoire ? Me croit-il coupable, capable d'une chose pareille ?

– Vous serez sortie dans moins d'un quart d'heure. Nous

sommes en train de régler votre caution.

– Ma caution ?

– Elle a été fixée à dix mille dollars. Monsieur Garibaldi s'en acquitte.

Je deviens toute pâle alors que l'avocat pose une main compatissante sur mon épaule. Mais je n'entends même pas la suite de son discours, sans doute des paroles réconfortantes. Je me mords les lèvres. À cause de moi, Elio vient de perdre une grosse somme. Ce n'est sans doute qu'une goutte d'eau dans l'océan de sa fortune, mais je me sens mal à l'aise. Dans quel pétrin me suis-je fourrée ? Et comment ? La situation m'échappe complètement. J'ai l'impression d'être prise dans un piège.

Quelques minutes plus tard, et grâce au coup de baguette magique d'Elio, je sors du commissariat. Entourée par un escadron de trois ténors du barreau, je respire l'air frais de la nuit. Et je le vois. Il est là, dehors. Il m'attend devant sa voiture, garée sur le parking, et tourne en rond comme un lion en cage. Mon cœur se gonfle dans ma poitrine. Parce qu'il est là pour moi. Parce qu'il a volé à mon secours. Parce qu'il a tout fait pour me sortir de ma cellule.

À cet instant, il se tourne vers l'entrée et me voit. Nos regards se croisent et mon cœur bat trop vite, trop fort.

– Elena…

Sa voix n'est qu'un souffle, à peine un murmure, mais je devine mon prénom sur ses lèvres. Comme une prière. Comme une délivrance. Alors, c'est le signal. Comme un déclic. Sans réfléchir, je m'élance vers lui en courant, le pouls affolé. Ramassant ma longue robe du soir à pleines mains, je m'élance vers lui, éperdue. Je l'aime. Je l'aime de toutes les fibres de mon être. Lui m'ouvre ses bras, indifférent aux regards de ses avocats qui descendent lentement les marches du parvis.

Et c'est l'impact.

La collision.

L'évidence de deux corps.

Elio m'étreint de toutes ses forces tandis que je passe mes bras autour de son torse. Quel spectacle étrange nous devons offrir ! Un homme en smoking et une femme en robe de princesse, enlacés et seuls au monde sur le parking d'un commissariat de quartier. Nos lèvres se rejoignent quand il me donne un baiser intense, brûlant. Et c'est comme si l'étau qui enserrait ma poitrine tombait. Je respire mieux, je vis à nouveau. La peur reflue parce qu'il est là, avec moi.

– Merci, Elio. Merci pour tout ce que tu as fait.

– C'est normal. S'il l'avait fallu, j'aurais détruit brique à brique ce commissariat pour te rejoindre.

Je ris doucement. Puis je redeviens sérieuse et soutiens son regard.

– Je ne comprends pas ce qui s'est passé, je te le jure.

– Non, Elena…

– Je te jure que je n'ai pas volé cette statuette. Jamais je…

Il pose un doigt sur mes lèvres pour endiguer le flot de mes paroles. Parce que j'ai le cœur gros d'avoir été mise en accusation comme une vulgaire criminelle. Elio secoue la tête, ses magnifiques yeux clairs posés sur moi avec une douceur, une bienveillance infinie.

– Pas besoin de te justifier, Elena. Je sais qui tu es et ce dont tu es capable.

– Tu me crois ?

– Tu es la jeune femme la plus fantasque, la plus étrange, la plus surprenante que j'aie rencontrée. À croire que tu es tombée de la lune pour moi. Mais une voleuse, non, certainement pas !

Je lui rends son sourire. Je n'ai pourtant pas le cœur en liesse même si ses mots me réchauffent. Surprenant mon léger frisson, Elio retire sa veste pour la poser sur mes épaules. Et il reste en simple chemise blanche dans la nuit fraîche, à frotter doucement mes bras à travers le tissu noir de son blazer. À ce moment, ses avocats approchent et ils échangent quelques remarques avant qu'Elio ne leur serre la main pour les congédier. Puis il me fait monter dans sa voiture.

– Tu vas finir par attraper la mort.

Me glissant sur la banquette, je respire mieux dans la chaleur de cet habitacle, blottie contre Elio. Nous restons silencieux tandis que la voiture roule dans les rues de New York. Pensive, je contemple les fenêtres éclairées des buildings, les façades des cinémas et des théâtres illuminées par les néons. Je me remets de mes émotions. Pour une fois, je ne dirais pas non à un petit verre d'alcool.

Du champagne. De la vodka. Ou carrément un tonneau de saké.

– C'est forcément une erreur, dis-je tout bas. Ça ressemble presque à un coup monté. Je ne comprends pas comment cette statuette a pu atterrir dans ma chambre.

– Je suis d'accord avec toi. Cette accusation ne tient pas debout.

– Est-ce que je vais aller en prison ?

Un bras passé autour de mes épaules, Elio me serre contre lui et dépose un baiser dans mes cheveux, presque sur mon front. Je me laisse aller contre lui. M'imaginer une seule journée privée de sa présence, de sa chaleur, entre les quatre murs gris d'une cellule… j'en ai des sueurs froides.

– Bien sûr que non! m'assure Elio. J'ai parlé à Dominic et je l'ai convaincu de ne pas porter plainte contre toi.

– Tu as vu monsieur Stone? Et il a accepté?

J'imagine mal le directeur de la galerie *Pasqualina* laisser un vol impuni et l'hypothétique coupable filer. Elio me décoche un sourire étrange, un sourire de prédateur que je ne lui connais pas. Et durant une fraction de seconde, j'entrevois son visage d'homme d'affaires, celui qu'il réserve à ses rivaux de Wall Street et à ses collègues de la finance.

– Je suis un homme très convaincant.

Ça, je n'en doute pas une seconde.

– Merci, Elio. Encore une fois, je ne sais pas quoi te dire. Sans toi…

Il me fait taire d'un baiser. Et je profite du reste du trajet pour sortir mon téléphone de ma poche. Je suis à la fois soulagée et sous le choc. Spontanément, je compose le numéro de mon père. J'ai besoin de lui parler, d'entendre sa voix. J'aimerais lui raconter ma nuit, écouter ses paroles de réconfort. J'ai besoin de mon père, comme toutes les filles de 20 ans. La sonnerie retentit plusieurs fois, lancinante. Personne ne répond. Je jette un regard dépité à Elio.

– Lavigne Corporation.

Une voix de femme. Je ne m'y attendais pas. J'ai pourtant composé le numéro de son portable. En ce moment, il est 9 heures du matin à Dubaï, où mon père travaille depuis plusieurs mois.

– Je… euh… je voudrais parler à mon père.

– Elena ?

Je reconnais enfin la personne au bout du fil : c'est Cynthia, la secrétaire de papa. Je me rappelle alors qu'en cas d'absence, tous les appels sur ses lignes personnelles – fixe ou portable – sont directement basculés sur le standard. Je suis secouée au point de tout oublier ce soir.

– Comment vas-tu, ma chérie ?

Je connais bien Cynthia. Âgée d'une cinquantaine d'années, ronde et les cheveux toujours teints en blond, elle est la bonhomie et l'efficacité incarnées. C'est elle qui m'envoie tous les ans une carte pour mon anniversaire. Et qui choisit mon cadeau de Noël. Sans parler des fleurs qu'elle m'adresse dans les grandes occasions.

C'est la doublure de mon père, en fait. Sauf que je ne veux pas d'une doublure ce soir. Je veux mon père. Le vrai.

– Est-ce que papa est là ?

– Non, il est déjà parti sur son chantier, qui a pris du retard. J'imagine qu'il t'en a parlé.

Non. Il ne m'a rien dit. Peut-être parce qu'il ne m'a pas téléphoné depuis des jours.

– Tu sais quand il rentrera ?

– Aucune idée. Mais je lui dirai que tu as appelé. Tu veux lui laisser un message en particulier ?

– Non, aucun. Merci, Cynthia. Passe une bonne journée.

Je raccroche, dépitée. J'aurais dû m'en douter. Mon père n'est jamais là dans les moments où j'ai besoin de lui – comme lors de mon accident de voiture. Quand finirai-je par retenir la leçon ? Quand finirai-je par l'admettre ? Je détourne la tête pour cacher mes larmes, mais Elio saisit mon menton entre son pouce et son index, me forçant à le regarder. Je ne peux pas lui échapper. Ses yeux clairs plongent dans les miens.

– Moi, je suis là.

– Je sais.

– Et je serai toujours là.

***

En apprenant mon arrestation de la veille, Alice ne décolère pas. Assise à une table de notre café préféré, le Central Coffee, elle se retient d'exploser. Également présent, Jeremy partage son indignation, ce qui me réchauffe le cœur. Oubliées ses anciennes rancœurs ! S'il était en froid avec moi depuis notre visite commune à la galerie *Pasqualina*, où Dominic Stone a boudé ses œuvres, il semble offusqué par ma mésaventure et ne manque pas de le clamer haut et fort.

– Quels imbéciles, ces policiers ! s'écrie Alice.

Elle ne touche même pas son café crème et triture nerveusement les médaillons en or autour de son cou. Comme toujours, elle est à la pointe de la mode dans son blouson en cuir rouge, son débardeur blanc et son jean boyish savamment déchiré aux genoux – uniquement des pièces de marques dont j'ai oublié les noms. Jeremy vide sa bière d'une traite. Lui ressemble au prototype de l'artiste new-yorkais avec ses cheveux mi-longs rassemblés dans un catogan et son tee-shirt des Ramones.

– Tu n'aurais jamais caché la statuette chez toi si tu l'avais vraiment dérobée, continue ma meilleure amie. C'est idiot. Personne ne fait ça dans les séries télé. Ils ne regardent jamais *Esprits criminels*, ou quoi ?

Je réprime un sourire.

– On peut les comprendre : tout m'accuse. Le voleur a utilisé mes clés, il y a mes empreintes à la galerie et un témoin assure m'avoir vue dans le coin.

– Quoi ? s'étrangle Alice.

Je hausse les épaules, impuissante.

– C'est n'importe quoi ! s'indigne-t-elle.

– Et les flics n'ont pas d'autres pistes ? demande Jeremy, inquiet.

Je secoue la tête. Pour eux, le faisceau des preuves ne désigne que moi et ils n'ont pas cherché plus loin. Fin de l'histoire. Je frémis en repensant à mon interrogatoire. Par chance, aucune charge ne sera retenue contre moi grâce à Elio. D'ailleurs, j'ai rendez-vous à la galerie *Pasqualina* dans une demi-heure. Après un coup d'œil à ma montre, je me lève et embrasse mes amis.

– Je vais être en retard, dis-je avec un sourire cent pour cent toc.

– On est à fond derrière toi ! m'assure Alice avec feu.

– On pensera à toi pendant ton entretien. Je suis sûr que tout va bien se passer, temporise Jeremy.

Dans mes rêves, sûrement…

Je quitte le café et monte dans le métro, pas rassurée. Après une courte nuit, c'est un message de Dominic Stone sur mon répondeur qui m'a tirée de mon sommeil agité. Le galeriste me donnait rendez-vous à 15 heures. « Pour parler » selon ses propres termes. Pour me virer, selon mes pronostics. Certes, Elio l'a persuadé de ne pas porter plainte contre moi, mais je redoute le pire. Les stations défilent tandis que je me rapproche de la Cinquième Avenue.

Une chargée d'accueil inconnue me reçoit à la galerie et me demande de patienter dans un coin. Ce n'est pas bon signe. Les fois précédentes, monsieur Stone me recevait assez vite dans son bureau. Je me mets à tripoter les badges attachés à ma besace. Je suis en train de me liquéfier sur mon siège. En me levant, j'ai peur de laisser une grosse flaque d'eau. Je ne pense même pas à admirer les œuvres autour de moi tant mes genoux jouent des castagnettes.

Quand le galeriste apparaît enfin. Le visage fermé, il me fait signe de le suivre dans son bureau.

– J'irai droit au but, mademoiselle Lavigne.

Pas de bonjour. Pas de siège. Ça sent le sapin.

– J'ignore si vous avez vraiment volé cette statuette ou si vous êtes effectivement victime d'un coup monté, comme semble le penser Elio.

– Je…

Monsieur Stone lève la main pour m'interrompre.

– Épargnez-moi vos protestations d'innocence. Je ne sais pas si vous dites vrai et je n'ai pas de temps à perdre.

Pan ! dans les dents.

Je serre les lèvres avec une folle envie de rentrer sous terre. Et d'être invisible. Et de me téléporter au bout du monde. Pendant ce temps, le riche homme d'affaires continue. Délesté de son ton doucereux, il ne prend plus la peine d'enrober ses propos dans du papier cadeau. Envolé, le mécène tout sucre tout miel ! Je découvre le businessman impitoyable qui défend sa galerie. Je ne peux pas lui en vouloir : il ne me connaît pas, il ne sait pas si je suis coupable.

– Nous allons arrêter là notre collaboration.

Je m'y attendais, bien sûr. Alors pourquoi ai-je l'impression de recevoir un coup de poing dans l'estomac ?

– Je comprends.

– Cela n'enlève rien à votre talent, mais je ne peux représenter une artiste dans ce climat de suspicion. Je me demanderais toujours si vous êtes coupable ou non.

J'acquiesce faiblement. Dominic Stone se frotte les mains plusieurs fois et je décèle presque une nuance de soulagement dans sa voix… comme s'il était satisfait de me mettre sur la touche. Peut-être fais-je fausse route ? Peut-être ai-je été trop secouée par la nuit précédente ?

– J'ai acheté vos boîtes et je ne vous les restituerai pas. Cependant, je ne les exposerai pas non plus.

– Elles resteront dans votre réserve ?

Un gros nœud se forme dans ma gorge. C'est la pire des punitions ! Intérieurement, je maudis le véritable voleur qui a réussi à me faire accuser à sa place. À cause de lui, des mois, des années de mon travail vont être remisés dans un placard, comme de vulgaires boîtes de conserve. J'en pleurerais si je n'étais pas si choquée, d'autant qu'un sourire étire les lèvres du galeriste. Il m'observe attentivement, comme s'il guettait mes réactions.

– C'est peut-être mieux comme cela, après tout, assène-t-il.

– Pardon ?

Sans se départir de son sourire, le vieil homme s'assoit derrière son bureau, parfaitement maître de lui. À nouveau, il a retrouvé sa voix mielleuse.

– Vous êtes devenue très proche d'Elio. J'ai eu l'occasion de m'en rendre compte lors de notre petite croisière sur l'Hudson.

– Je ne vois pas le rapport.

– Il m'aurait été difficile de représenter une artiste ayant des liens très étroits avec l'un des héritiers de la galerie *Pasqualina*.

Il ne dit rien, le regard perdu dans le vide, avant de taper dans ses mains comme s'il s'arrachait à sa rêverie :

– De toute manière, la question n'est plus là. Notre collaboration est terminée et Elio va me vendre ses parts dans quelques jours. La vie est parfois surprenante.

Puis, d'une voix trop douce :

– Il n'empêche que je vous souhaite bonne chance, mademoiselle Lavigne.

Bonne chance ? Ne voulait-il pas plutôt dire « Bon vent » ?

17
JEUX DE MASQUE

Mon téléphone sonne au moment où je m'apprête à vernir un cadre en bois dans mon salon. Avec ses gants blancs, Mickey m'indique qu'il est presque 23 heures. Qui peut m'appeler ? Elio est à son travail, occupé à présider une réunion urgente avant l'ouverture des marchés. Je me relève comme un orang-outang – heureusement que mon amoureux n'est pas dans les parages. Puis je tends la main vers l'appareil, le moral dans les chaussettes. Entre mon arrestation par la police et mon renvoi de la galerie *Pasqualina*, ce n'est pas la grande forme.

Je suis déçue, triste et en colère. Un mélange entre Adele et Marilyn Manson.

– Allô ?

– Elena, il faut que tu viennes tout de suite !

J'écarte un peu le combiné tant le brouhaha en arrière-fond me vrille les tympans. Et je reconnais à peine la voix de ma meilleure amie, perdue dans une indescriptible cacophonie.

Où se trouve-t-elle ? À un concert de Rammstein ?

– Alice ?

– Je suis un peu débordée, là. J'ai…

Le reste de sa phrase se perd dans le chaos général et j'entends distinctement une voix d'homme crier – que dis-je ? barrir ! – dans le fond. Des applaudissements et des cris retentissent. Je m'accroche pour rester en ligne quand la communication devient enfin plus nette. Comme si Alice marchait pour s'éloigner. Le combiné collé à ma tempe, je bouche l'autre oreille.

Mission Apollo : OK !

– … sans toi. Je n'arrive plus à gérer toute seule.

Je perçois l'angoisse dans sa voix en dépit des bruits parasites. Mon sang ne fait qu'un tour et je fronce les sourcils, gagnée par l'inquiétude.

– Où est-ce que tu es ?

– Dans un casino.

– Je t'en prie : dis-moi qu'il n'est pas situé à Las Vegas.

Malgré l'électricité dans l'air, je devine qu'Alice sourit.

– Non, nous sommes à New York, fait-elle avant de me donner l'adresse. Est-ce que tu peux venir rapidement ? Je suis avec Luca et Jeremy. J'ai vraiment besoin de ton aide. Et fais vite, s'il te plaît. Ça commence à devenir chaud.

Je n'ai pas le temps de l'interroger qu'elle raccroche déjà, me laissant seule avec la tonalité. Bon. Elle a des problèmes dans un casino situé à plusieurs encablures. J'ignore quels sont ses ennuis mais je fonce dans mon entrée. À toute allure, j'enfile mon blouson par-dessus mon tee-shirt noir et ma jupe en jean et saute dans mes Converse. Puis je m'élance dans la rue, le bras levé à la recherche d'un taxi. Pas de temps à perdre dans le métro.

Une demi-heure plus tard, j'arrive devant l'immense façade d'un des plus célèbres casinos de la ville. The King's Cross est éclairé par des dizaines de néons d'un jaune agressif tandis qu'un long tapis rouge se dévide le long des marches de son parvis à colonnes, à mi-chemin entre un péristyle antique et un décor de carton-pâte. Je rentre dans le bâtiment après avoir brandi à la ronde ma carte d'identité. La sécurité n'a pas l'air de croire que j'ai 21 ans.

Vexée, je suis.

Comment retrouver mes amis parmi ces rangées de bandits manchots ? Je m'élance entre les machines à sous. Si seulement j'avais les jambes de Gisèle Bündchen ! Malheureusement, je suis plutôt petite et obligée de louvoyer entre les clients qui jouent leur salaire ou leurs économies. Où est Alice ? Je ne me pose plus la question longtemps. Un long cri victorieux me parvient du fond d'une salle adjacente – une petite pièce privatisée pour les meilleurs clients.

– Qu'est-ce que je vous disais, les enfants ? beugle Luca. J'ai raflé la mise. Appelez-moi Mister Jackpot !

Je me fige, tétanisée par le spectacle. Le petit frère d'Elio entame une danse de la joie digne de *Pulp Fiction*. À côté de lui, Jeremy tape dans ses mains en buvant un cocktail qui ressemble à une tequila. D'autres clients, beaucoup plus âgés, se mettent à rire. Et trônant au bout du tapis vert, le croupier reste imperturbable. Dans un coin, je remarque Alice qui se ronge les ongles. Elle semble si nerveuse. Jamais je ne l'avais vue abîmer sa french manucure. L'heure est grave.

En m'apercevant, elle se précipite vers moi, une expression

d'intense soulagement sur les traits.

– J'ai cru que tu n'arriverais jamais !

– La circulation…

– Il faut que tu m'aides à raisonner Luca, embraye-t-elle tout de suite. Il est en train de jouer des sommes folles et il est déjà bien éméché.

Voire carrément ivre.

Vu son âge, il n'aurait jamais dû pouvoir entrer et encore moins commander de l'alcool. J'ignore comment il y est parvenu. Probablement avec l'une de ces fausses cartes d'identité que la jeunesse dorée parvient à se procurer sans trop de mal, moyennant finances. Hélas, impossible d'intervenir au cours de la partie. Si bien qu'Alice et moi assistons, impuissantes, à sa débâcle. Car sa chance tourne vite. Rejouant tous ses gains, il couche tous ses jetons sur le tapis vert. Surexcité, il ne maîtrise plus rien. Et il se fait plumer en quelques minutes au black jack par des joueurs chevronnés. Il perd dix mille dollars en un quart d'heure. Mon cœur cogne à tout rompre quand Alice se précipite vers lui et qu'il la repousse sans ménagement. À la place, il titube jusqu'à une table de roulette.

– Je vais me refaire. Je vais me refaire, assure-t-il.

Je n'ai pas le temps de m'interposer qu'il pose ses derniers jetons devant le croupier. Encore cinq mille dollars qui s'apprêtent à partir en fumée. Je pense à Elio. Que dirait-il en voyant son petit frère dans cet état ? L'adolescent turbulent est méconnaissable et Alice elle-même, la plus grande fêtarde de la ville, trouve qu'il va trop loin et panique. La roulette se met à tourner.

Rien ne va plus, les jeux sont faits.

Et Luca perd. Encore. Les poches vides, il se redresse et sort dans le couloir. Alice veut le suivre mais je la retiens. Elle a les larmes aux yeux, elle n'est pas en état de dialoguer. La laissant aux bons soins de Jeremy, je m'éloigne pour régler cette affaire. Seule. Je le dois bien à Elio. À cause de notre histoire, je me sens liée à son petit frère. Et je refuse d'assister à sa chute les bras ballants. Ce serait de la non-assistance à personne en danger, ou presque.

À mon tour, je gagne le corridor, mes pas étouffés par l'épaisse moquette grise. Je repère tout de suite sa silhouette dégingandée. Près des toilettes pour hommes, il dégaine son portable.

– Allô ? C'est moi… ouais, dit-il d'une voix pâteuse.

J'hésite à partir. Je ne veux pas l'espionner, mais je ne peux pas non plus l'abandonner dans cet état, seul et livré à lui-même. Je n'entends pas ce que répond son interlocuteur au bout du fil, mais Luca reprend d'une voix pressante.

– J'ai besoin d'argent, Dominic. Je n'ai plus de liquidités, là. Oui, je sais. Non… c'est compliqué.

Dominic… Stone ?

– Oui… je suis à sec… oui…

Luca est-il en train de réclamer une nouvelle somme au galeriste ?

– Tu peux m'envoyer quelqu'un ?

Réponse inaudible pour moi.

– Ah… merci, Dominic ! s'exclame Luca avec soulagement. Je savais que je pouvais compter sur toi.

Je m'approche à pas mesurés, sans me cacher mais sans me presser. Luca raccroche, à nouveau euphorique. Des vibrations d'excitation émanent de lui. Le mélange d'alcool et de jeu forme un cocktail détonant. En me plantant devant lui, je remarque ses pupilles dilatées. Il semble dans un état second, hors de contrôle. Et il sursaute en me voyant. À croire qu'il n'avait pas remarqué ma présence depuis mon arrivée au casino.

– Luca…, dis-je d'une voix douce.

– Elena ? Qu'est-ce que tu fous ici ?

Bonjour l'accueil…

L'agressivité dans sa voix me déstabilise. Je pose néanmoins une main sur son bras, sans le brusquer. Je ne veux pas le braquer, mais vu son visage fermé, la partie n'est pas gagnée.

– Je crois qu'on ferait mieux de rentrer…

– Hein ? Pourquoi ?

– Tu viens de perdre de grosses sommes d'argent. Il serait plus raisonnable de…

– Tu es venue me faire la leçon, c'est ça ?

M'attrapant par les épaules, il me repousse brutalement. Je vacille mais garde l'équilibre tandis que Luca me foudroie d'un regard noir. Quand suis-je devenue son ennemie ? Je garde surtout à l'esprit qu'il agit sous l'emprise de l'alcool. Il n'est plus lui-même. Je tente de l'apaiser.

– Calme-toi. Je veux juste t'aider.

– M'aider ? Laisse-moi rire ! Tu es venue me faire un sermon. Tu es comme Elio, tu ne peux pas t'empêcher de faire la morale à tout le monde.

J'en reste sans voix. Puis je tente de me reprendre tant bien que mal.

C'est la vodka qui parle, c'est la vodka qui parle…

– Tu ne veux pas que nous parlions dehors ? J'aimerais te

ramener chez toi, Luca.

– Et moi, je veux que tu me foutes la paix ! J'ai envie de m'éclater, tu peux comprendre ? J'ai envie de vivre et de profiter !

Il se tait une seconde et je peux presque voir une petite ampoule s'allumer au-dessus de sa tête. Comme si une idée fulgurante le traversait. Au même moment, Alice nous rejoint dans le couloir, inquiétée par notre longue disparition.

– Attends… c'est lui qui t'envoie. C'est ça, hein ? J'ai deviné juste ? C'est Elio qui t'a dit de venir et de me ramener.

– Non, quelle idée !

– Luca, calme-toi…, intervient Alice, la voix blanche.

– Je n'ai pas besoin d'une baby-sitter, merde ! J'ai 18 ans !

Je hoche la tête, blessée, et recule. À quoi bon rester davantage ? Je n'arriverai pas à le raisonner et je ne peux pas l'entraîner contre sa volonté. Je jette une œillade impuissante à Alice, peinée par les accusations de Luca. Comment peut-il avoir une si piètre image de son aîné, qui a toujours été là pour lui ?

– Je ferais mieux te partir.

– Ouais, c'est ça ! Casse-toi. Retourne faire ton rapport à Elio.

– Il n'a rien à voir là-dedans, répliqué-je en gardant mon calme. Bon, je vais m'en aller, ne t'en fais pas. Et toi, Alice ? dis-je en me tournant vers elle. Tu viens ou tu restes ?

– Je…

Mon amie hésite, nous regardant tour à tour, moi et Luca, Luca et moi. Elle semble tiraillée entre ses sentiments pour le jeune homme et son envie de partir, de s'éloigner au plus vite de cette ambiance éthylique et survoltée où elle est en train de perdre pied.

– Je reste, tranche-t-elle. Je préfère rester.

***

– Attends, Elena !

Sortant à ma suite du casino, Jeremy me rattrape en quelques enjambées. S'il s'amusait bien au début, je crois qu'il a fini par prendre peur. Et il me montre ses clés de voiture.

– Je te ramène ?

Je le remercie d'un hochement de tête, suspendue à mon portable. Aux côtés de mon ami, je fends la foule des noctambules venus jouer au King's Cross. J'essaie de joindre Elio, mais je tombe sans cesse sur son répondeur. Sans doute sa réunion se prolonge-t-elle jusque tard dans la nuit. J'aimerais pourtant lui parler, lui demander conseil. Que dois-je faire pour Luca ? Je lui laisse un message, en essayant de ne pas laisser percer mon anxiété. Inutile de l'affoler. Pendant ce temps, Jeremy déverrouille la portière de sa vieille Ford rouge.

– T'inquiète pas pour Luca. C'est un grand garçon, m'assure-t-il en mettant le contact. Par contre, il est dur à suivre. Faut la santé !

Il me sourit pendant que je grimpe à la place du passager en évitant les canettes de soda, les boîtes d'allumettes et les papiers gras jetés par terre.

Euh… une poubelle a atterri sur la banquette arrière ? Une bombe a explosé dans l'habitacle ?

Je tente d'épousseter le siège avant de m'y asseoir du bout

des fesses. Jeremy préfère en rire, un peu gêné, en passant une main dans sa tignasse châtain retenue par un élastique.

– J'ai oublié de faire le ménage…

– Depuis la guerre de Sécession ? dis-je en riant.

– Ouais, quelque chose comme ça.

Je lui fais un clin d'œil même si le cœur n'y est pas. Puis je m'enferme dans le silence, troublée par les événements de la soirée. Je tiens toujours mon téléphone serré entre mes doigts dans l'espoir qu'il sonne. Je voudrais me confier à Elio, tout lui raconter pour qu'il règle le problème d'un coup de baguette magique. La voiture de Jeremy se glisse dans le flot de la circulation. Perdue dans mes réflexions, j'appuie ma tête contre la vitre tandis que les rues défilent au gré des enseignes lumineuses, des écrans publicitaires et des panneaux gigantesques.

M'accoudant à la portière, j'effleure par mégarde une tache gluante.

Beurk. On dirait qu'un zombie a explosé sur le tableau de bord.

Spontanément, je tends le bras vers la boîte à gants, mais Jeremy se met à crier :

– Noooooon !

J'écarquille les yeux, stupéfaite. Que se passe-t-il ? J'ai seulement besoin d'un kleenex. Jeremy donne un coup de frein si brusque qu'il nous déporte hors de la route et se gare en vitesse sur le bas-côté. Je me cramponne à mon siège, secouée, au moment où des tissus blancs tombent sur mes genoux, vomis par la boîte à gants. Et mon ami blêmit derrière son volant pendant que je ramasse l'étonnant paquet de linge. On dirait des torchons ou des mouchoirs.

– Non, n'y touche pas !

– Qu'est-ce que… ?

Je les examine… quand Jeremy me les arrache littéralement des mains. Ce qui ne m'empêche pas de remarquer l'emblème de la galerie *Pasqualina*, qui représente Niké, la déesse grecque de la victoire. Ce symbole figure sur le fronton de la galerie et sur tous les papiers de la société. J'en reste interdite. Je ne comprends pas.

– Où est-ce que tu as eu ça ?

– Attends, ce n'est pas ce que tu penses !

– Où as-tu trouvé ces tissus ?

– Je n'ai rien à voir là-dedans, je te jure. Je ne sais même pas comment ils ont atterri là. C'est peut-être le voleur qui les a mis dans ma voiture parce que j'étais garé en face de la galerie. Ou quelqu'un les a glissés par erreur dans mon book pendant que je présentais mon travail. Je n'en sais rien !

Allô, la Terre ? Que veut dire ce charabia ? Et pourquoi Jeremy se met dans un état pareil ?

Il m'ensevelit sous un flot de paroles incohérentes qui mêlent notre visite à la galerie, le vol de la statuette, sa voiture mal garée, mon arrestation… Je secoue la tête, incrédule. Et puis…

Tilt.

C'est lui. C'est lui, le voleur. C'est lui qui a dérobé la statuette. À force de tâter les épais tissus, je les reconnais : ce sont les linges utilisés à la galerie pour protéger la précieuse œuvre coulée dans l'or. J'ai le cœur au bord des lèvres. Les doigts encore gluants, je secoue la tête en sentant monter une colère sourde. Une partie de moi ne veut pas y croire. Non, pas lui, pas Jeremy. Mais ma raison rend les armes : je tiens la preuve de sa culpabilité.

– C'est toi. C'est toi qui as été prendre la statuette.

– T'es folle ? Tu...

– Comment as-tu obtenu les clés ? Comment...

Je ne termine pas ma phrase. Les souvenirs affleurent à la surface de ma mémoire, comme des bulles remontant d'une eau bouillante. Mon trousseau de clés... je le tripotais dans le couloir de l'académie avant mon passage devant les examinateurs. Je l'ai posé par terre au moment où le professeur McGonagall m'a appelée... et Jeremy a eu tout le loisir de le chiper pendant que je soulevais mon tableau. Ensuite, il n'a eu aucune peine à entrer dans la galerie, prendre la statuette dans la réserve et rentrer chez moi pour la dissimuler dans ma chambre. Le plan parfait.

Je pose sur lui un regard plein de dégoût.

– Tu m'as fait accuser à ta place ! Tu m'as laissée porter le chapeau ! Tu as téléphoné à la police pour faire croire que tu avais été témoin du vol. C'est toi aussi, l'appel anonyme ! C'est comme ça qu'ils ont eu l'idée de fouiller mon appartement...

Le visage de Jeremy change du tout au tout. En une fraction de seconde, son air abasourdi disparaît tandis que cessent ses protestations d'innocence. Son regard noisette s'assombrit alors qu'un rictus déforme ses lèvres. J'ai presque l'impression qu'il va me cracher au visage. Personne ne m'a jamais regardée avec une telle méchanceté.

– Oui, c'est moi. Je pensais enfin me débarrasser de toi, mais comme toujours, tu t'en es tirée. Tu n'as même pas été poursuivie.

– Tu es dingue !

– Et toi, tu n'es qu'une traînée ! Tu n'as aucun talent, mais tu te retrouves exposée à la galerie *Pasqualina* juste parce que tu t'envoies en l'air avec l'un des actionnaires.

Je plaque une main sur ma bouche, blessée, horrifiée.

Bas les masques.

– C'est par jalousie que tu as fait ça ? Par simple jalousie ?

Nos cris éclatent comme des coups de feu dans l'habitacle et je soutiens son regard haineux. Je ne connais pas ce garçon. Je ne reconnais pas mon ami dans ce jeune homme défiguré par la fureur et l'envie.

– C'est moi qui aurais dû être choisi ! Tu entends ? C'est moi qui aurais dû exposer !

– J'aurais pu finir en prison à cause de toi !

– Je m'en fous. Tu n'es qu'une usurpatrice. S'il y a un voleur dans cette voiture, c'est toi, toi qui as pris ma place.

– Tu es malade !

Et sur ces mots, j'ouvre la portière et sors de la voiture en courant avec une seule idée en tête : partir, partir et ne plus l'entendre !

***

Sous le choc, je me dirige vers Manhattan comme une somnambule. J'agis dans un état second. Ignorant la station de métro la plus proche, je saute dans un yellow cab et m'arrête devant l'immeuble Garibaldi Group. Une fois dans le grand hall, je rejoins directement les ascenseurs. Elio m'a donné un passe pour accéder aux derniers étages de sa tour. Ainsi, je n'ai pas besoin de demander l'aide du gardien ou des vigiles à chaque fois. Il me suffit d'appuyer sur le numéro 27 et d'enfoncer la carte magnétique pour que la cabine s'ébranle.

Elio.

Mon refuge.

Mon asile.

Je ne serais pas plus sonnée après un match de boxe. J'ai l'impression qu'un monster truck m'a roulé dessus. Comment digérer une telle trahison ? Sans l'intervention d'Elio, je croupirais dans une cellule, accusée d'un crime que je n'ai pas commis. Je m'adosse aux parois laquées de l'ascenseur. Que faire ? Je ne peux quand même pas aller dénoncer Jeremy à la police. Je ne suis pas une cafteuse. Et même à lui, je ne souhaite pas des années derrière les barreaux.

Complètement perdue, j'arrive à l'étage et me retrouve sur le palier éclairé par des appliques tamisées. Les pois de senteur ont été remplacés par de gracieuses orchidées blanches. Je me dirige vers l'un des téléphones accrochés au mur. Elio m'a expliqué leur fonction : il s'agit de la ligne interne de l'entreprise. Il me suffit de taper un code pour être reliée à son bureau.

– Elio Garibaldi.

Bruits de voix derrière lui. Il est encore en réunion. Je retiens un sanglot.

– C'est Elena. Je…

– Elena ?

De la peur dans sa voix. De la peur à l'état pur.

– Tu es à l'appartement ?

Il voit sans doute sur l'écran depuis quel étage je le contacte.

J'acquiesce d'un borborygme, à mi-chemin entre le gargouillis d'un crapaud et le couinement d'une souris écrasée.

– Elio, c'est terrible…

Les larmes coulent sur mes joues.

– J'arrive tout de suite.

Il raccroche et il ne lui faut pas deux minutes pour abandonner sa réunion et me rejoindre à la porte de l'appartement. Quand je le vois sortir de l'ascenseur, mon cœur ne bat plus – ou que pour lui. Dans son empressement, il a enfilé sa veste de travers et ne peut masquer son inquiétude. Ses cheveux noirs retombent en mèches fines sur son front alors qu'il fond sur moi avec la souplesse et la rapidité d'un guépard. Sans réfléchir, je m'abats sur sa poitrine, en pleurs. Ses bras m'entourent aussitôt. Il me serre de toutes ses forces, de toute son âme. Il me berce, me balançant doucement sans que nous bougions.

– Tout ira bien, Elena.

Bien sûr, puisqu'il est là.

– Raconte-moi ce qui s'est passé. Quelqu'un t'a fait du mal ?

En relevant la tête, je vois la crispation de sa mâchoire et devine la tension dans son corps. Et je mesure à quel point cet homme aime. Pour moi, il a tout arrêté séance tenante, il a tout abandonné derrière lui, négligeant des investisseurs qui pèsent des millions d'euros, reportant des décisions capitales à prendre dans l'urgence avant la réouverture de la Bourse. J'enfouis ma tête dans son cou, aspirant son parfum boisé à pleins poumons. Je m'enivre de son odeur alors qu'il m'étreint à m'en tirer un gémissement.

Je suis à la maison. Une sensation que je n'ai jamais

connue, parce que je n'ai jamais eu ni maison ni foyer.

– Je vais bien. Je vais mieux.

– On va entrer et tu vas tout me raconter. D'accord ?

Cinq minutes plus tard, je suis lovée contre lui, sur son canapé en cuir noir, un plaid en laine blanche posé sur mes épaules et une canette de Coca Light dans la main – il en a rempli son frigidaire pour me faire plaisir.

– Je suis désolée d'avoir interrompu ta réunion, lui dis-je, le visage encore bouffi par les larmes.

– Tu passes avant tout, me répond-il du tac au tac en embrassant fiévreusement ma main. Maintenant, explique-moi ce qui te met dans cet état. Que s'est-il passé ?

Je lui raconte tout. Jeremy. Les chiffons dans la boîte à gants. Ses aveux. Notre dispute. Et sa jalousie, sa colère.

– Que dois-je faire ?

– Déjà, ne pas le croire. Ce garçon est rongé par l'envie et l'amertume, ce qui est dramatique pour un être aussi jeune.

– Je… je ne sais pas.

Prenant mon menton entre son pouce et son index, Elio me force à soutenir son regard. Je ne peux plus échapper à ses pupilles polaires. Je me laisse dominée par son pouvoir, piégée par son charisme, par sa force de persuasion, par tout ce qu'il est, par tout ce que j'aime.

– Ne me dis pas que tu as écouté ses bêtises. Nous avons déjà eu cette conversation. Je n'ai pas interféré dans la décision de Dominic. Tu as un talent fou et tes œuvres sont exceptionnelles.

Je souris faiblement.

– Ensuite, je ne veux plus que tu penses à cette histoire.

– Je ne peux rien dire à la police, tu comprends. Mais d'un

autre côté…

– Je le sais, Elena. Et j'aime ta loyauté, même envers ceux qui t'ont trahie. Tu es une jeune femme hors du commun.

Je prends une belle couleur blanche, parfaitement raccord avec mes yeux rougis par les larmes. Je dois ressembler à un vieux Bozo sur le retour… et pourtant, il m'aime. Il me regarde avec un amour si profond, si intense qu'il parvient à effacer jusqu'au souvenir des yeux haineux de Jeremy.

– Je vais régler cette affaire. Je te le promets.

– Comment ?

– Je préfère ne rien te dire pour le moment. Mais tu peux me faire confiance. Tu le sais, n'est-ce pas ?

Oui, bien sûr que oui. S'il me le demandait, je sauterais par la fenêtre. Et je pourrais voler.

***

Après une nuit passée chez Elio, je me rends le lendemain matin à la New York Academy of Art pour récupérer mon tableau. Les cours sont finis et le jury a délibéré, même si les résultats ne sont pas encore affichés dans le hall. Pour cela, il faudra encore attendre quelques jours. Je me faufile parmi la foule des élèves, tous venus reprendre leurs œuvres. Mes copines de classe sont déjà là – Madison, Mary et les autres. Elles me saluent d'un signe pendant que je cherche Jeremy du regard. Je ne le vois pas et nous attendons une demi-heure dans le couloir sans qu'il apparaisse.

La force est avec moi.

Quand enfin, une secrétaire ouvre la réserve, me permettant de récupérer ma *Géographie du plaisir*. Peut-être devrais-je l'offrir à Elio ? Après tout, c'est grâce à lui si j'ai découvert ces zones érogènes qui ont inspiré mon travail… Pendant que j'emballe mon œuvre avec soin, je surprends des bribes de conversation. Deux garçons sont en train de couvrir la statue modelée par Jeremy pour notre examen. Un métis aux yeux clairs et un petit blond au look de surfeur.

– Il m'a demandé de la prendre pour lui, marmonne le blond.

Abandonnant mon tableau, je me rapproche d'eux.

– Vous savez où se trouve Jeremy ?

– Ah, Elena… t'es pas au courant ?

Ces deux garçons sont ses compagnons de chambrée, je les reconnais. Ils partagent ensemble le même logement universitaire. Chris et… j'ai oublié son nom. Kevin. Ou Kyle. Je ne sais plus.

– Jeremy a des ennuis avec la police, me déclare Celui-dont-j'ai-oublié-le-nom.

– Quoi ? demandé-je, la gorge nouée. Pourquoi ?

– Aucune idée, renchérit Chris. Il m'a seulement demandé de récupérer sa statuette pour lui.

Je hoche la tête et m'éloigne, transportant mon tableau tant bien que mal. Comme toujours, je suis venue à pied. Ce qui ne risque pas de plaire à mes voisins de rame dans le métro. M'arrêtant en pleine rue, je dégaine mon portable, tenaillée par le besoin de connaître le fin mot de l'histoire. Elio décroche après deux sonneries. Il me donne toujours l'impression d'avoir du temps pour moi. Même si ce n'est pas vrai. Même s'il croule sous le travail, les obligations et les responsabilités.

– J'ai rencontré les deux colocataires de Jeremy…

Elio m'écoute et je devine son sourire à l'autre bout du fil.

– Je t'avais dit que je m'en occuperais.

Euh… en moins de huit heures ? C'est l'efficacité Garibaldi !

– Je suis allé parler à Jeremy Walker ce matin. Nous avons eu une discussion très instructive. J'ai promis de ne pas le poursuivre en justice à condition qu'il se dénonce à la police… et qu'il sorte définitivement de ta vie.

Oh, Elio.

– Ce garçon ne t'importunera plus.

– Merci, Elio. Je ne sais pas quoi dire.

– Alors ne dis rien. Sache seulement que je ferai toujours tout ce qui est en mon pouvoir pour te protéger.

18
DÉRAPAGES

À peine ai-je franchi le seuil de mon appartement que le téléphone sonne. Mon blouson en jean retenu par une seule manche, je cours vers l'appareil. Je ressemble à un épouvantail, complètement débraillée, alors que je slalome entre les meubles. Même Ali Baba n'y retrouverait pas son tapis volant. La sonnerie lancinante insiste, encore et encore. Si ça continue, je vais battre mon record de sonneries avant de décrocher ! Pour ma défense, je suis sur les rotules après un après-midi passé à chiner et un dîner avalé sur le pouce au chinois du coin. Il est presque minuit, dixit Mickey.

– Allô ?

– Elena, c'est moi. Viens vite. Cette fois, je ne sais plus quoi faire. Ça devient dingue, ici. Ils sont devenus fous.

– Calme-toi, Alice. Parle lentement, je ne comprends rien.

– Rejoins-moi chez Luca. Vite, vite.

Elle me donne l'adresse et raccroche. C'est moi, ou j'ai l'impression d'avoir déjà vécu cette scène ? Jouant le remake de notre précédente soirée, je ne me pose pas de question et gagne la sortie. Quand une amie envoie une fusée de détresse, on fonce sans réfléchir. Quelques minutes plus tard, je débarque devant l'immeuble où le petit frère d'Elio loue un appartement. Et pas n'importe lequel ! Abasourdie, je rentre dans une immense tour de verre.

Euh… il a braqué une banque ?

Je m'engouffre dans l'ascenseur et gagne le dernier étage. Avant même que les portes de la cabine ne s'ouvrent, j'entends déjà un brouhaha infernal. *Ding !* Je me retrouve devant un vaste palier en marbre avec une unique porte grande ouverte. Il y a une piscine et une piste d'hélicoptère. Des dizaines de jeunes circulent, un gobelet d'alcool à la main, une cigarette au bec – ou plus si affinités. J'hésite presque à sortir de la cabine, intimidée. Puis songeant à Alice, je compose son numéro. Je ne vois aucun autre moyen de la retrouver dans cette foule.

On dirait un concert de rock… sans la sécurité.

Alice décroche après trois appels – elle ne doit même pas entendre sa sonnerie avec la musique déversée par les enceintes. Moi, je progresse à grand-peine dans le vaste appartement, presque aussi grand que le triplex d'Elio. Des corps se collent à moi, en sueur. Des inconnus aux yeux pochés m'interpellent, pour une danse ou autre chose. Des filles canon me proposent des verres de cocktails fluo – voyage dans l'espace à la clé. Je continue d'avancer au milieu de cette rave-party pour millionnaires, rivée à mon portable.

– Où es-tu ? dis-je à Alice.

– Près de la piscine !

Nous crions pour couvrir les bruits assourdissants des

rires, des riffs de guitare… et des jeunes qui sautent tout habillés dans l'eau, une bouteille de pur malt à la main. On se croirait dans un film de Sofia Coppola. Pour moi, ça ressemble à la fin du monde. L'apocalypse selon Elena. Je finis par retrouver Alice au bord du bassin, à moitié trempée par les ados défoncés qui barbotent à ses pieds. Épuisée et sur les nerfs, elle se jette dans mes bras. Elle semble dépassée par les événements.

– Dieu merci, tu es là ! me crie-t-elle.

– Tu vas bien ?

– Il faut retrouver Luca.

– OK. On va se séparer.

– Ensuite, on essaiera de faire évacuer l'appartement.

Comment dire ? Je doute que cette meute de jeunes alcoolisés nous écoute.

Je hoche néanmoins la tête et quitte la terrasse pour m'enfoncer dans les profondeurs de l'appartement. À nouveau, je suis submergée par la foule – je vais virer claustrophobe avant la fin de la nuit. Comme je suis petite, je me dresse sur la pointe des pieds et tourne la tête en tous sens. Pas très efficace. Je ne vois Luca nulle part… jusqu'à ce que je passe devant la salle de bains. À travers la porte entrebâillée, je reconnais sa haute silhouette et ses cheveux noirs – les mêmes qu'Elio. J'entre sans frapper… avant de me figer, frappée de stupeur.

– On avait dit deux mille, c'est ça ?

– Ouais, en liquide.

Il est avec un homme vêtu d'un imperméable noir à la Matrix. À qui il donne une liasse de billets roulottés… contre quelques grammes de poudre blanche.

Seigneur... dites-moi que c'est de la farine!

– Tu me rappelles quand tu veux, Garibaldi!

– À la fin de la semaine. Allez, tchao.

L'inconnu sort de la pièce en me bousculant, indifférent à ma présence. Luca, lui, ne m'a pas remarquée. Il est trop occupé à déverser sa précieuse marchandise sur le bord du lavabo et à tracer une fine ligne à l'aide de sa carte bancaire. Il se drogue? Il prend de la cocaïne? ou de l'héroïne? Pour moi, impossible de faire la différence. Au moment où il se penche pour sniffer, je fonds sur lui comme Buzz l'Éclair.

– Luca!

Il redresse la tête et, d'un revers du bras, je balance toute la poudre dans le lavabo et ouvre le robinet à fond. C'était moins une. Mais qu'est-ce qu'il a dans la tête?

– T'es cinglée! hurle-t-il. Tu sais combien ça vaut?

– Et toi, tu sais combien ça coûte? Ta vie, Luca! Ça te coûtera la vie!

Il ne m'écoute pas, trop occupé à enfoncer ses doigts dans le siphon comme s'il pouvait récupérer une particule.

– T'es dingue! répète-t-il.

Son haleine chargée me parvient. Il empeste l'alcool à dix kilomètres à la ronde. Et quand il tente de m'attraper par les épaules, je n'ai qu'à reculer pour lui échapper. Ses gestes sont lents, maladroits. Il semble complètement imbibé. Ses pupilles dilatées me font peur au moment où il se raccroche au bord de la baignoire pour ne pas tomber. M'emparant de mon portable, j'envoie un texto à Alice pour la prévenir, puis je téléphone à Elio. Vers qui d'autre pourrais-je me tourner ?

– Me dis pas que tu l'appelles ! balance Luca, furax. Je t'interdis de le prévenir. Je veux pas le voir chez moi.

Et tandis qu'il déverse sur moi un flot de menaces éthyliques, j'avertis Elio du drame qui se joue ici.

– J'arrive tout de suite, me dit-il de sa belle voix rauque.

En raccrochant, je me sens déjà mieux. Tout va s'arranger. Je me répète ces mots tandis qu'Alice accourt dans la salle de bains pour tenter à son tour de raisonner Luca. Celui-ci se débat mollement, ralenti par l'alcool, et ne l'écoute pas. Il veut sortir de la pièce, mais je lui barre la route.

– Je t'en prie, Luca. C'est pour ton bien ! assure Alice, au bord des larmes.

Voir mon amie dans cet état me serre le cœur. Les bras en croix, j'empêche Luca de franchir le seuil jusqu'à ce qu'il s'assoie sur le bord de la baignoire. La nausée au bord des lèvres, il prend une teinte grisâtre au fil du temps. Au bout de vingt minutes, j'entends un mouvement de foule. Comme si tous les convives bougeaient ensemble, dans la même direction. J'entrouvre la porte de la salle de bains, surprise par le soudain silence. Quelqu'un a éteint la musique. Et je découvre un troupeau de clubbers en train de sortir.

Que… Comment ?

– Évacuez les lieux tout de suite !

La voix d'Elio.

Je l'aperçois dans le couloir, superbe dans son costume anthracite, en train d'indiquer la sortie à tous les jeunes qui chahutent et trinquent. Personne ne songe à lui désobéir. Là, je suis carrément jalouse. Armé de sa seule autorité naturelle, il vide l'appartement en moins de cinq minutes. Rares sont ceux qui osent protester. Et quand ils croisent son regard bleu glacier, ils rentrent immédiatement dans le rang. Mon cœur bat la chamade.

C'est lui. Nous sommes sauvés.

***

– Comment as-tu pu louer un tel appartement, Luca ? tonne la voix d'Elio dans la salle de bains.

Alice et moi sommes sorties dans le couloir pour les laisser seuls. C'est un problème de famille. Adossée au mur, mon amie attend sans rien dire, les yeux brillants. Moi, je suis assise par terre, drapée dans mes longs cheveux blonds et glacée malgré mon blouson en jean. Les cris des frères Garibaldi nous parviennent à travers la porte. On les entend probablement à tous les étages. Jamais encore je n'avais vu Elio exploser. Lui, toujours si maître de lui, a atteint sa limite.

Parce qu'il a peur. Il a peur pour son petit frère

– L'appartement, l'alcool, la drogue… tu as perdu la tête ! s'écrie-t-il avant de reprendre, plus calme : Et où est-ce que tu as eu tout cet argent ?

– C'est Dominic ! hurle Luca.

Petit flottement avant qu'il ne crache au visage de son aîné :

– Lui, il est généreux ! Il ne compte pas son fric !

Mon cœur s'arrête de battre, écorché, alors que des horreurs fusent. Les critiques de Luca m'atteignent comme s'il me visait. Quand on s'attaque à Elio, les coups portent sur moi aussi. Je me tasse dans mon coin, les jambes repliées contre ma poitrine, serrées dans mes bras. Alice se mord les lèvres.

– Méfie-toi de Dominic, Luca. Il ne fait pas partie de la famille, quoi que tu en penses.

– Et pourquoi ? J'ai toujours pu compter sur lui, toujours ! Il ne s'est jamais défilé, il a toujours été là et il ne m'a jamais menti… contrairement à papa !

Grand blanc. Grand blanc et grande blessure.

Je ferme les paupières tandis que la dispute prend un tour très personnel. Je ne veux pas écouter ça, mais leurs voix transpercent les murs. Surtout, je ne peux pas laisser Alice toute seule.

– Notre père n'a rien à voir là-dedans, répond Elio, glacial.

– C'est ce que tu crois ! Sauf que Dominic vaut mille fois mieux que lui.

– Tu le penses vraiment ?

– Et toi ? Qu'est-ce que tu penses d'un père qui ment à son fils le jour même de sa mort, hein ? Un père qui fait des promesses qu'il ne tiendra jamais ?

– De quoi parles-tu ?

– Le matin de sa mort, papa est venu dans ma chambre. Il s'est excusé de ne pas être un bon père et il a promis que tout s'arrangerait. Il a ajouté qu'il assisterait à mon match de foot le samedi suivant… puis que nous irions tous dîner au restaurant, à l'italien préféré de maman.

La voix de Luca se brise.

– Et il est mort. C'est la dernière fois que je l'ai vu.

Une note d'amertume perce dans ses paroles, telle une bile acide.

– Dominic n'est peut-être pas un ange mais lui, il est là quand j'ai besoin de lui. Contrairement à papa. Contrairement à toi.

Je me retiens d'entrer dans la salle de bains pour intervenir tant ces accusations me hérissent. Relevant la tête, je croise le regard désemparé d'Alice, qui serre ses bras sur sa poitrine. Nous sommes toutes les deux impressionnées.

– Tu te trompes, Luca. Je veux t'aider. Depuis le début.

– Laisse-moi rire ! Tu m'as abandonné, exactement comme papa. Tu m'as laissé tomber à la première occasion.

– Tu parles de l'accident d'Elena ?

– Oui, je me suis excusé et toi, tu m'as coupé les vivres ! Tu m'as laissé sur le côté de la route sans te soucier de mon avenir.

Profond soupir d'Elio. Je l'imagine en train de pincer l'arête de son nez, fatigué par cette confrontation, par ce poids invisible sur les épaules.

– J'ai agi dans ton intérêt, Luca. Pour que tu assumes tes actes et prennes tes responsabilités. Tu ne peux pas toujours compter sur les autres. Et cette fois, de simples excuses n'étaient pas suffisantes pour réparer ton erreur.

– C'est ça, encore une leçon de morale !

– Luca, regarde-moi.

– …

– Regarde-moi ! Je suis là pour toi et je le serai toujours. Quoi que tu dises, quoi que tu fasses et quoi que tu penses. Je ne t'abandonnerai jamais.

***

Quelques minutes plus tard, Elio est parvenu à raisonner son frère. Sorti de la salle de bains, Luca est maintenant assis dans le canapé du salon, une tasse de café noir et corsé à la main. Alice en a prévu des litres pour le réveiller. Et même si Elio ne laisse rien paraître, je devine combien il est bouleversé. Je le vois à l'ombre qui mange ses traits tandis qu'il contemple son cadet.

– Tu es sûr que tu vas mieux ?

– Ouais, t'en fais pas.

– Je peux te laisser seul ? Finies les bêtises pour ce soir ?

– Ouais, promis. J'ai besoin de réfléchir un peu.

Luca sourit faiblement. Perchée sur l'accoudoir du sofa, Alice se tourne vers mon amoureux avec un sourire piteux.

– Je vais rester ici pour veiller sur lui. Je vous appellerai en cas de problème.

– Alors je ne me fais plus de souci, répond Elio avec un gentil sourire.

Nous franchissons ensemble le seuil de l'immense appartement. Et je sens toute l'angoisse d'Elio quand il s'empare de ma main. Sans s'en rendre compte, il presse mes doigts trop fort. Je ne dis rien, me laissant conduire à sa voiture – une Lexus noire que je n'avais jamais vue. Pour une fois, il est venu sans son chauffeur, sans doute pour aller plus vite. Contournant le véhicule, il m'ouvre la portière et boucle lui-même ma ceinture. Puis il prend le volant et se faufile dans la circulation dense de la fin de soirée. Nous sommes proches du quartier des théâtres et des cinémas, le plus animé de la ville.

Elio garde le silence, les yeux fixés sur la route. Je n'ose pas le déranger. Il semble très secoué, même s'il offre toujours un visage hiératique. Quand enfin, il se décide à parler.

– La mort de notre père a laissé une blessure à vif dans la

famille. La plaie ne s'est jamais refermée pour Luca.

Il se tait, puis :

– Ni pour personne.

Je pose une main sur son genou, pressant doucement sa jambe à travers l'étoffe de son pantalon. Je suis là s'il en a besoin, s'il a envie de se confier. C'est si rare… Je ne prononce d'ailleurs pas un mot de peur de l'interrompre.

– Je dois en parler avec Luca, mais ce soir, ce n'était pas le moment. Je pense que pour l'heure, il ne tentera plus rien d'inconsidéré.

– Je pense aussi. Et puis, Alice est avec lui.

Il me sourit avec tendresse. Personne ne m'a jamais souri comme ça. Malgré tout, je discerne encore la tempête qui fait rage dans son regard. Il semble si soucieux, si contrarié. Un pli inhabituel creuse son front lisse et je vois une petite veine bleutée battre à sa tempe. Il a été très ébranlé, même s'il n'en laisse rien paraître.

– Luca est en train de s'enfoncer et j'ai l'impression de ne plus pouvoir l'atteindre. Je suis très inquiet.

– Tu ne peux pas l'aider contre sa volonté.

– Malheureusement, ce n'est plus un enfant, et pas encore un homme…

Le feu passe au vert et notre voiture glisse en silence dans le flot des taxis et des noctambules. Les mains d'Elio sont crispées sur le volant, les jointures blanchies. Je le regarde avec anxiété, la tête tournée vers lui, indifférente aux avenues qui défilent. Il me ramène chez moi, je reconnais la route.

– J'ai la sensation d'avoir remonté le temps.

– Comment ça ? dis-je, étonnée.

– Luca est en train de reproduire toutes les erreurs de

notre père. Dans les derniers mois de sa vie, Ottavio buvait énormément et jouait plus que de raison. Il avait perdu des sommes astronomiques aux courses, il sortait tous les soirs pour faire la fête… exactement comme Luca en ce moment.

– C'est terrible.

– Mon petit frère rejoue ce vieux drame. Et j'y assiste une nouvelle fois en spectateur, impuissant, inutile.

– Ne dis pas ça. Il t'a écouté ce soir.

– Ce soir… mais demain ?

Le silence revient dans l'habitacle tandis que je tapote pensivement mes lèvres.

– Pourtant, mon père avait cessé de boire après l'achat du fameux tableau – le faux Jackson Pollock qui a causé son suicide. Il semblait très stimulé par cette vente…

Je me mords les lèvres. Je suis à la fois inquiète et heureuse qu'Elio s'ouvre à moi. J'ai aussi envie d'en apprendre davantage sur sa famille, sur son passé, d'autant qu'il semble éprouver le besoin de s'épancher. Et je me rappelle soudain des paroles de Luca dans la salle de bains. Je me demande vraiment quel genre d'homme était Ottavio Garibaldi. Ses fils étaient-ils malheureux à cause de lui ? Où est-il parfois un père aimant ? Je l'espère de tout cœur pour Elio.

Poursuivant le fil de mes réflexions, je ne peux m'empêcher de poser une question :

– Tout à l'heure, Luca a parlé de ton père, de sa promesse d'assister à un match de foot… qu'il lui a faite le matin où il est mort.

– Oui, il ne m'avait encore jamais raconté cette histoire.

– Mais…

Je marche sur des œufs, craignant de le blesser mais

désireuse de comprendre :

– Il avait l'habitude de ne pas tenir ses promesses ?

D'abord, Elio ne dit rien. Puis il fronce les sourcils, comme s'il tiquait, perdu dans ses souvenirs :

– Non, pas du tout. Il donnait rarement sa parole, mais il s'évertuait toujours à la tenir. Cela ne lui ressemble pas du tout, en fait.

Elio s'arrête au feu rouge, à quelques blocs de mon immeuble, et se tourne vers moi. Nos regards se croisent.

– Je trouve très étrange qu'il ait promis quelque chose à Luca avant son suicide. Une promesse en l'air… Ce n'était pas son genre.

Elio oublie de redémarrer au moment où le feu passe au vert. Il me fixe si intensément qu'il entend à peine le concert des klaxons derrière nous. Puis s'arrachant à ses pensées, il repasse la marche avant.

– Mon père ne nous voyait presque pas dans ses « périodes noires » comme les appelait ma mère. J'avais 18 ans quand il est mort et il m'avait expliqué qu'il ne voulait pas être vu dans cet état par ses deux fils. Il se tenait toujours éloigné de Luca. Il voulait que le petit garde une bonne image de lui.

Je hoche la tête, compatissante.

– Dans ce cas, je ne comprends pas pourquoi il a fait des projets avec ton frère le jour de son suicide.

– Tu as raison. C'est très étrange. D'autant qu'il allait mieux depuis l'achat du faux tableau. Il buvait moins, il rentrait tôt à la maison. Ma mère commençait à reprendre espoir.

Elio se gare au pied de ma résidence, pensif. À son tour, il pose une paume tiède sur mon genou, une main envelop-pante, rassurante, possessive.

– Je n'ai jamais compris le geste de mon père. Même dix ans plus tard, je n'arrive pas à l'expliquer. Il faut que j'en sache plus.

***

Le lendemain matin, Elio se montre d'un calme remarquable. Malgré les événements de la veille, il arbore son habituel masque de self-control. Je le soupçonne d'être parti dix ans en Inde étudier le yoga bikram. Je ne vois que ça. Il a passé la nuit chez moi où nous avons longuement discuté sur le canapé. Puis je me suis endormie, la tête sur l'accoudoir… avant de rouvrir les yeux dans mon lit au petit matin, déshabillée et bordée.

Par Elio, bien sûr. Même quand tout s'écroule, il prend soin de moi.

Pour la première fois, je lui prépare un petit-déjeuner dans ma kitchenette. Ce qui me rend très nerveuse. Je n'aurais pas plus la trouille face à Gordon Ramsay. Armée de ma poêle, je m'approche de lui. Assis sur un tabouret derrière le comptoir, il vient de prendre sa douche et de petites gouttes glissent le long de son cou. C'est fou ce qu'il est sexy ! Lui boit une gorgée de café. Je me fige, affolée, prête à appeler une ambulance… quand il repose sa tasse comme si de rien n'était.

Je rêve, ou il vit encore ?

– Au menu : toasts brûlés, omelette à base de coquilles et jus d'orange avec les pépins.

Il éclate de rire avant de manger sans se plaindre l'infâme repas. Il est peut-être milliardaire, il n'est pas difficile.

– Je trouve ça très bon.

– Oh? dis-je avec la mâchoire qui cogne le plancher.

– Ne prends pas cet air effaré. C'est tout à fait mangeable.

Une demi-heure plus tard, nous partons ensemble à la galerie *Pasqualina*. Cette nuit, je l'ai convaincu de parler à Dominic Stone. J'essaie de temporiser avant que la situation ne dégénère. Si seulement le problème pouvait se régler en amont…

Je sais. Je vis au pays des Bisounours.

Mais si monsieur Stone tient à Luca, pourquoi ne l'aiderait-il pas? Pleine d'espoir, je suis Elio à l'intérieur de la galerie où je n'ai pas remis les pieds depuis l'incident du vol. J'en éprouve un étrange malaise. À peine la secrétaire a-t-elle annoncé l'arrivée d'Elio que le vieil expert sort de son bureau et s'arrête à ma vue. Sans doute s'imagine-t-il qu'Elio est venu plaider ma cause pour que je réintègre la galerie. Cette idée me mortifie. Bien sûr, j'ai raconté à Elio mon éviction, mais je n'ai jamais supporté les passe-droits.

– Elio! s'écrie Dominic, crispé. Que me vaut le plaisir de ta visite?

– Luca.

– Oh.

Il ne s'attendait visiblement pas à ça.

– Que se passe-t-il? Le petit a besoin de quelque chose?

– *Luca* a des problèmes, répond Elio en insistant sur le prénom de son frère. Et il a surtout besoin de grandir.

Après un bref coup d'œil à sa standardiste, Dominic nous désigne l'entrée de son bureau dont il referme soigneusement la porte. Moi, je me tiens à l'écart. Je ne compte pas intervenir, mais je souhaite soutenir Elio. Je suis là pour lui, moi aussi. Même si en cet instant, il n'a d'yeux que pour Dominic. Le galeriste s'assoit dans son fauteuil en cuir tandis qu'Elio dédaigne le siège qu'il lui offre. Sans doute préfère-t-il rester debout… et il semble immense face à l'ami de son père.

– Dominic, je vais me montrer très clair. Je ne veux plus que vous donniez le moindre centime à Luca.

Les deux mains sur la table en noyer, Elio se penche vers monsieur Stone sans lui faire perdre son sourire de chat rusé. Pourtant, il est terriblement impressionnant. Sa présence remplit l'espace alors qu'une ombre plane sur ses traits, inquiétante.

– Pourquoi ? Je ne comprends pas, j'en ai les moyens !

– Là n'est pas la question. Mon frère est en train de se détruire avec ces milliers de dollars tombés du ciel.

– Tu n'exagères pas un peu ? J'ai bien le droit de le gâter, ce petit. Il n'a plus de père, plus de repère. Je suis très heureux de jouer ce rôle auprès de lui.

Même si Elio n'offre plus à ma vue que son large dos, je devine la crispation de sa mâchoire, de ses poings, comme s'il recevait une gifle et encaissait le choc.

– Luca a un père : Ottavio Garibaldi !

– Voyons, Elio, ce n'est pas ce que je voulais dire.

– Dois-je vous rappeler que c'est toujours moi qui ai veillé sur Luca durant son enfance ? C'est moi qui l'ai aidé à surmonter son deuil, c'est moi qui ai financé ses études… et c'est moi qui tente de lui sortir la tête de l'eau.

– Que tu es susceptible…

Le persiflage du galeriste me blesse davantage qu'Elio. À ma stupeur, son masque de bonhomie se fissure sous mes yeux, laissant paraître un visage nettement moins bienveillant. Son regard noir brille d'un éclat dur, son sourire s'efface, ses rides s'accentuent. Il est méconnaissable.

– Puisque tu es si indispensable à ton frère, pourquoi s'est-il tourné vers moi ? Pourquoi m'appelle-t-il à l'aide tous les jours ?

– Dominic…

– Si tu avais si bien élevé ce gamin, il n'en serait pas là. Moi, je n'ai rien à me reprocher. Il a de qui tenir. Tel père, tel fils.

Elio serre tant les poings que je prends peur. Une seconde, je redoute qu'il ne bondisse comme un fauve par-dessus le bureau et ne saisisse le galeriste par le col de sa chemise pour l'étrangler. Mais il n'en fait rien. À la place, il se contente de répliquer d'une voix dure, métallique :

– Je vous interdis de parler de mon père. Et je vous interdis d'approcher mon frère. Avez-vous compris ?

Et rompant cette discussion stérile, il tourne les talons et tend la main vers moi, pour m'entraîner avec lui. Je le suis sans hésiter, regagnant avec lui la galerie, où la voix de Dominic s'élève dans notre dos :

– Attends, mon garçon ! Ne le prends pas comme ça.

Quittant à son tour le bureau, le vieil homme nous rattrape en quelques enjambées et pose une main sur le bras d'Elio, qui se soustrait à son emprise.

– Je suis désolé. Mes paroles ont dépassé ma pensée, assure-t-il en retrouvant son ton mielleux. Dites-lui, Elena…

Surprise d'être ainsi prise à partie, je secoue la tête, le visage fermé. Hors de question que j'entre dans son jeu. Elio étreint plus fort ma main et se place devant moi, me soustrayant à la vue du galeriste.

– Voyons, Elio, n'en fais pas toute une histoire. Tu sais comme je vous aime, Luca et toi. Vous êtes un peu les fils que je n'ai pas eus. Je veux seulement votre bien. Peut-être me suis-je montré maladroit, mais vous avez toujours pu compter sur moi depuis que votre père vous a abandonnés.

Elio ne répond pas, les nerfs tendus à se rompre. Moi, je le tiens par le bras, agrippée à lui. Je ne peux pas quitter des yeux la figure du galeriste, si habile et rusé. Il me fait penser à un chat persan avec ses manières onctueuses, son élégance et ses jeux étranges, un peu pervers.

– J'ai racheté la galerie *Pasqualina* pour aider ta mère après la mort honteuse d'Ottavio.

– Pas la galerie, réplique Elio, glacial. Seulement 49 % des parts.

Et sans rien ajouter, il m'entraîne avec lui.

***

Elio me ramène chez lui sans desserrer les lèvres. Il se contente d'une pression de la main sur mon épaule pour me rassurer au moment où je sors de la Lexus. Et il ne retrouve l'usage de la parole qu'une fois dans son appartement. Je sais combien il a l'habitude d'intérioriser sa colère, de la ravaler… au lieu d'exploser. Je m'assois sur le canapé pendant qu'il retrouve un visage calme.

Un maître zen, je vous dis…

Je me pelotonne contre l'accoudoir – ma place favorite. Même si le triplex d'Elio est froid et impersonnel, je me sens bien dans cet endroit. Parce que c'est notre bulle. Et parce qu'il l'habite de sa seule présence.

– Je suis désolée, dis-je avec un sourire dépité. Rendre visite à monsieur Stone n'était pas une bonne idée.

– Au contraire, tu as eu raison de m'y encourager. Au moins, maintenant, les choses sont claires.

Il déambule dans le salon comme un lion en cage, dont il a la souplesse et la puissance. Je l'observe avec inquiétude pendant qu'il passe une main sur son beau visage. Sa peau d'albâtre semble translucide et de discrets cernes cerclent ses yeux. Il a l'air épuisé. Et pour une fois, il ne cherche pas à le cacher. Il se montre à moi tel qu'il est.

– Qu'est-ce que tu penses de Dominic ? me demande-t-il soudain.

– Je ne le sens pas.

– Voilà qui est direct, sourit-il.

– Dès notre première rencontre, il m'a fait une impression bizarre. Il me fait penser à un vieux cardinal onctueux avec une bible dans une main et un poignard dans l'autre.

Cette fois, Elio rit franchement.

– C'est très imagé, mais je suis assez d'accord. Je ne l'ai jamais beaucoup aimé.

– Tu le connais depuis longtemps ?

– Il est entré dans la vie de mon père à l'époque où celui-ci créait sa galerie d'art avec le pécule laissé par mon grand-père.

– Et monsieur Stone venait souvent chez vous ?

À nous deux, nous essayons de rassembler ses souvenirs, de comprendre la défiance, voire l'aversion, qu'il fait naître en nous.

– Ma mère l'invitait rarement, même si nous le connaissions

depuis longtemps. Il n'était proche que de mon père.

– Ils travaillaient ensemble ?

– Non. Ottavio lui avait proposé d'investir dans sa galerie au début, mais Dominic avait décliné l'offre. C'était juste un ami.

– Du genre barbecues, matchs de base-ball ?

– Du genre virées nocturnes entre hommes qui se soldaient par un retour de mon père dans un sale état. Du genre que ma mère n'appréciait pas.

Elio marque un bref arrêt. Je l'écoute attentivement, suspendue à ses lèvres. Il remonte le fil du temps, s'immergeant dans des souvenirs qu'il tient d'ordinaire à distance, qu'il préfère oublier.

– J'ai toujours pensé que Dominic avait en partie racheté la galerie parce qu'il se sentait responsable de la déchéance de mon père.

– Ce serait plausible. En tous les cas, la mort de ton père a dû le faire réfléchir et l'inciter à changer de vie.

Elio me lance un regard d'incompréhension.

– Que veux-tu dire ?

– Eh bien, il avait l'air de mener une vie dissipée avec ton père. Or, je l'ai toujours vu tiré à quatre épingles, en pleine forme et parfaitement maître de lui. En fait, je n'aurais jamais imaginé son passé de noctambule avant que tu ne m'en parles. Alors soit il a tiré un trait sur ses mauvaises habitudes, soit il est doté d'une constitution remarquable.

Elio médite un instant mes paroles. Moi, je reste dubitative. La mort d'Ottavio Garibaldi semble entourée d'un voile nébuleux.

– Ton père a-t-il acheté sciemment un faux tableau ?

demandé-je, essayant de mieux comprendre.

– Pire que ça. Il l'a commandé à un faussaire, mais il n'a pas réussi à vivre avec ce mensonge sur la conscience et s'est suicidé avant la mise en vente. En tous les cas, c'est ce que Dominic a raconté à la police.

J'acquiesce tandis qu'Elio semble remonter le fil de sa mémoire. Son histoire me bouleverse. Je ressens sa douleur, son chagrin, comme s'ils résonnaient en moi. Et je pense qu'il est bon pour lui de les extérioriser enfin, d'en parler… si bien que je continue :

– Et qu'est devenu le faussaire ? dis-je d'une voix très douce.

– Il n'a jamais témoigné. D'ailleurs, personne ne l'a jamais retrouvé, ces hommes-là savent disparaître dans la nature quand il le faut.

Je frissonne en pensant à cette famille brisée.

– Que pensait ta mère de cette histoire ?

– Pas grand-chose. Elle était dévastée par le chagrin et ne pensait qu'à nous, à ses deux fils.

Elio s'assoit près de moi, sur le bord de la table basse. Je suis si remuée que je m'empare délicatement de sa main pour la presser. Je sens combien il a besoin de parler, combien mes questions, mon intérêt, l'aident à revenir sur ces jours tragiques.

– Et les autres employés de la galerie ? Qu'ont-ils pensé de ce suicide ?

– Je n'en ai pas la moindre idée. Il y avait bien une jeune femme, une comptable, qui travaillait avec mon père… Elle est partie tout de suite après le drame. Je n'ai jamais eu l'occasion de lui parler.

Elio prend sa tête entre ses paumes, les coudes appuyés sur ses cuisses, alors que je passe une main douce dans sa chevelure brune. Ses mèches fines et soyeuses glissent entre mes doigts sans qu'Elio ne se dérobe. Je caresse ses cheveux lentement, comme s'il était un enfant. Et il finit par lever des yeux inquiets sur moi.

Il ne porte plus son masque. Il est là, avec moi.

– Je n'ai jamais compris cette histoire de faux tableau, Elena. Ça ne ressemble pas à mon père ! Il n'avait pas ouvert cette galerie pour l'argent… Alors pourquoi aurait-il soudain cédé à l'appât du gain ? Il était passionné par l'art, il se montrait très proche de ses poulains. Quand il parlait de leurs œuvres, il s'animait. On avait l'impression qu'une petite flamme brûlait au fond de lui et l'illuminait tout entier.

Comme moi.

Comme moi quand je suis avec toi.

– J'ai enterré toutes ces choses très profondément en moi et je n'y ai plus pensé depuis des années. Peut-être ai-je eu tort ? Je ne me suis jamais demandé si mon père s'était suicidé pour une autre raison que le jeu et l'alcool.

S'emparant de ma main, il la porte à ses lèvres avec ferveur.

– Il est temps que je me réconcilie avec mon passé. Pour moi. Pour aider Luca. Je veux savoir pourquoi papa s'est donné la mort. Et je ferai tout pour le découvrir.

19
LES HAMPTONS

– Qu'est-ce que tu dirais de partir ?

La belle voix d'Elio me tire de mes réflexions alors que je bois l'une des tisanes dont j'ai le secret. Goût « caca de chameau » selon Alice. En réalité, une boisson à base de tilleul. Je repose ma tasse sur la petite table du salon. Je traîne de plus en plus souvent chez lui. Un mug de café à la main, il s'adosse d'une épaule au mur tandis que le soleil se lève sur New York derrière les baies vitrées. J'ai remarqué qu'il s'asseyait rarement, comme s'il avait toujours besoin de marcher, d'être en mouvement.

Comme un fauve.

Ou comme quelqu'un qui me donne le mal de mer.

– Pardon ?

– Encore sur la lune ? s'amuse Elio avec un sourire.

– Oui. C'est ma seconde patrie. J'ai la double nationalité.

Il se met à rire, de ce beau rire grave et rauque qui me donne des frissons. Il a un timbre si envoûtant… Je pourrais l'écouter lire le dictionnaire toute la journée.

– Qu'est-ce que tu dirais de partir loin ?

– Avec toi ?

– Tant qu'à faire. Mais si tu préfères fuir avec Jimmy, le veilleur de nuit…

– Non, non ! lancé-je dans un cri du cœur en pensant à cet adorable vieux monsieur chauve et bedonnant. Je vais opter pour le premier choix.

Elio rit de plus belle avant de finir son café – noir, serré, sans sucre. Et c'est moi qui suis censée boire des trucs infâmes ! Son café réveillerait un soldat confédéré mort sous les canons.

– Je suis fatigué de New York. Toutes ces histoires m'ont donné envie de partir avec toi un moment, loin de cette ville, loin de ces problèmes.

– Sur une île déserte ? dis-je, pleine d'espoir.

– Où nous pourrions vivre nus sur une plage ? Ne me tente pas…

À mon tour de rire aux éclats tandis qu'il me décoche un clin d'œil amusé.

– Je ne suis pas sûr de revenir un jour si nous optons pour l'île déserte. Et je ne crois pas que les clients de ma holding seraient ravis. Je pensais plutôt à un voyage dans les Hamptons.

– Waouh ! La classe…

Elio sourit.

– J'avais oublié que tu avais seulement 21 ans.

– Oh ! Arrête de parler comme si tu étais un vieux croûton ! Aux dernières informations, tu n'as que 28 ans.

– Je me sens plus vieux, soupire-t-il.

Je secoue la tête, agacée. Ce qu'il ne faut pas entendre! Puis j'enveloppe d'un regard sa silhouette élancée, ses larges épaules visibles sous le polo bleu marine, ses yeux bleu glacier… J'en ai des palpitations.

Avec cet homme, je vais finir avec un pacemaker à 30 ans.

– J'ai une maison dans les Hamptons, précise-t-il. J'ai pensé que nous pourrions y séjourner quelques jours. Rien que toi et moi.

– Je rêve? demandé-je en tournant la tête dans tous les sens. Est-ce que je vais me réveiller, docteur?

– Je suis sérieux, s'amuse Elio. D'autant que j'ai retrouvé là-bas la trace de l'ancienne comptable de mon père. Je pourrais essayer de la rencontrer et de l'interroger. Qu'en pensestu? Ça te tente?

Comment dit-on « oui » dans cinquante-trois langues différentes?

***

Je m'attendais à une belle maison, bien sûr… mais pas à ce point. Trois jours plus tard, le temps qu'Elio prenne ses dispositions professionnelles, je pénètre dans la plus somptueuse demeure de la côte Est. Plantée sur une plage de sable fin et entourée d'herbes folles, la gigantesque maison offre sa superbe façade blanche à l'océan. J'ai le souffle coupé en pénétrant dans le hall où règne un silence ouaté. Aucune faute de goût. De délicats pastels ornent les murs au milieu de meubles raffinés datant de l'Empire britannique.

– Je suis autorisée à le dire? demandé-je en me tournant avec sérieux vers Elio.

Il hoche la tête en riant tandis qu'un domestique transporte nos bagages à l'intérieur, empruntant le somptueux escalier à double révolution. Ici, tout n'est que luxe, calme et volupté.

– Oui. Une seule fois.

– Waouh ! La classe…

Nos rires résonnent dans le vestibule. Puis je pénètre dans un salon qui pourrait être trop grand s'il n'était pas si cosy. Deux confortables canapés en velours taupe se font face au milieu d'une profusion de coussins. Aux fenêtres pendent des rideaux en lin brun, donnant une impression d'intimité. Sans parler de la grande cheminée dressée au fond de la salle. Dommage que nous soyons en juin !

– C'est si grand ! J'ai l'impression d'être dans un hôtel.

– À ce propos, si tu as besoin de quelque chose, tu n'as qu'à sonner, me dit-il en désignant une cordelette.

Je me mords les lèvres. Parce que j'ai bien envie de le redire.

La classe. La grande classe.

Je vais de surprise en surprise au fil de mes découvertes, émerveillée par cette vaste bâtisse située au nord-est de Long Island. Aucune comparaison possible avec l'appartement triste et froid où Elio vit à New York. Peut-être considère-t-il son triplex à Manhattan comme une simple halte, un endroit où dormir avant de regagner les bureaux du groupe Garibaldi ? Entre ces murs, dans le milieu préservé des Hamptons, je découvre ses véritables goûts. Notamment deux authentiques toiles de Francis Bacon accrochées au mur, splendides, violentes et torturées.

Dans notre chambre aux murs tendus de soie pêche, une

vieille dame s'évertue à ranger nos valises. Je me sens comme une princesse – si ce n'est que je saute à la gorge d'une malheureuse gouvernante sur le point d'ouvrir le vanity contenant mon maquillage… et mes culottes.

– Nooon !

– Oh, je… je suis désolée, bredouille-t-elle.

– Non, c'est à moi de m'excuser, dis-je en cachant la mallette dans mon dos. Simplement, je préfère m'en occuper seule.

J'ai mes petites pudeurs. Et je ne suis pas habituée à avoir une armée de domestiques aux petits soins.

Profitant de l'effervescence qui règne autour d'Elio, reçu comme un châtelain, je m'évade quelques instants dans le jardin. Je sors par l'arrière de la maison et découvre un immense terrain. Des massifs de fleurs s'épanouissent autour d'une balancelle. Plus loin, une grande plaine à l'herbe grasse s'étend jusqu'à un bâtiment tout en longueur. Probablement des écuries. De hautes haies nous protègent de la demeure la plus proche – une autre bâtisse magnifique, pourvue d'une étendue d'eau.

J'inspire l'air salin à pleins poumons. Ici, je peux tout oublier. La trahison de Jeremy. Les addictions de Luca. Je fais quelques pas, heureuse. Je me sens bien. Quand soudain, une tête jaillit dans la haie.

Euh… une tête ?

Retenant un cri de peur, je plaque une main sur ma poitrine et recule d'un bond tandis qu'un visage d'homme émerge. Il se tient en fait au-dessus d'un petit portail découpé entre les branches et feuillages.

C'est… c'est un détraqué ? Non, c'est…

– Monsieur… monsieur McShawn ?

Cole McShawn. Le meilleur ami d'Elio. Et le type qui m'a fichu une frousse bleue. Ses yeux dorés brillent d'un éclat malicieux.

– Oh ! pas de ça entre nous. Appelez-moi Cole, je vous en prie.

– Je… D'accord. Merci.

Se rend-il seulement compte de la bizarrerie de la situation ? Il vient de jaillir des buissons, ses cheveux blonds piquetés d'herbes. Et il lorgne du côté de la maison d'Elio, espionnant sans vergogne.

– C'est vous qui faites tout ce raffut ?

– Oui. Elio m'a invitée à passer quelques jours avec lui dans sa maison.

– Formidable ! Nous allons être voisins.

– C'est votre maison ? demandé-je en désignant le superbe édifice jouxtant la propriété Garibaldi.

– Affirmatif. Je suis venu faire ce que je fais de mieux.

– Quoi ?

– Rien !

J'éclate de rire. Lui n'esquisse même pas un sourire. Franchement hilarant.

– Monsieur… Cole, pardon. Je ne sais pas si vous avez remarqué, mais vous avez les cheveux pleins d'herbes.

– Vous feriez un excellent détective, mademoiselle Watson ! Je viens de me rouler dans la prairie avec une charmante demoiselle. D'ailleurs, je dois vous quitter. Mais on se voit ce soir au dîner, je vous invite.

Puis, pince-sans-rire :

– Ah oui, et emmenez Elio si le cœur vous en dit !

Et il disparaît d'un seul coup, tel un génie de la lampe. Il est peut-être loufoque, fantasque et étrange… mais comment ne pas l'apprécier ? Quelque part, on se ressemble. Comme tous les habitants d'une autre planète.

***

Quelques jours s'écoulent, magiques. J'ai l'impression d'évoluer dans une bulle, un monde de luxe et de privilèges. Je ne peux m'empêcher de songer à Alice quand je croise une actrice en vogue au cours d'un après-midi shopping avec Elio. Les Hamptons semblent être la chasse gardée des grosses fortunes, des magnats de la presse ou des maîtres de Wall Street, à l'instar d'Elio. Les richesses ne s'y étalent pas – ou seulement avec élégance.

Je profite aussi de ce séjour pour faire plus ample connaissance avec Cole. Un vrai phénomène ! C'est lui qui m'initie à l'équitation pendant qu'Elio donne une visioconférence depuis la bibliothèque. Cavalier émérite, le philanthrope monte un pur-sang rétif et bouillonnant qu'il maîtrise de main de maître.

– Ne t'en fais pas ! m'assure-t-il. Je t'ai trouvé un canasson.

– Il ne risque pas de partir au galop ?

– Aucune chance, il a 100 ans !

Je lui tire la langue et il me répond par une grimace horrible, au point de défigurer ses traits délicats. Puis il m'aide galamment à monter en selle. Je passe l'après-midi à ses côtés, à tenter de rester les pieds dans les étriers sans me vautrer sur la pelouse. Aucun risque que je me lance dans une carrière de jockey.

Dès qu'il peut se libérer de ses obligations professionnelles,

Elio passe son temps avec moi. Il m'emmène sur la plage qui borde sa villa et me semble plus léger, presque différent dans ce cadre idyllique. Hier, Alice nous a téléphoné afin de nous rassurer sur le sort de Luca. Il n'a pas touché une goutte d'alcool depuis notre départ et se montre raisonnable. Elio reprend peu à peu espoir. Libéré de ses tensions, il s'amuse avec moi comme un gamin, me coursant dans le sable gris.

– Si je t'attrape…

Je hurle comme une gamine, filant aussi vite que possible. Lui s'élance à ma poursuite tandis que je cours dans les vagues, léchée par les longs rubans d'écume. Quand ses bras me ceinturent, nous tombons tous les deux sur une petite dune et Elio prend soin d'amortir ma chute avec son corps. Nous faisons plusieurs roulés-boulés sur la plage, enlacés. Et nous finissons par nous arrêter, lui au-dessus de moi. Il repousse alors les mèches folles qui barrent mon visage, les yeux étincelants.

Personne ne me regardera jamais comme ça… à part lui.

– Qu'est-ce que tu vas me faire ? dis-je, moqueuse.

– Là, tout de suite, j'ai bien une ou deux idées.

– Il faudra attendre ce soir, mon cher monsieur ! dis-je au moment où deux promeneurs passent à notre hauteur.

Le couple âgé nous jette un regard bienveillant. Tous deux se tiennent encore par la main malgré les rides et les taches de vieillesse. Elio m'aide à me relever, galant, avant d'épousseter ma petite robe en coton rouge. Moi, je suis du regard les deux touristes. Elio et moi vieillirons-nous ensemble ? Offerte au vent salin, je me mets à rêver d'avenir. À quoi ressemblerait une vie avec lui ? Des années et des années d'amour, de complicité, d'épreuves, de plaisir…

– Elena ?

Elio claque des doigts devant mon visage, me tirant de ma rêverie.

– Où étais-tu encore partie ?

– Sur la lune.

– Décidément, il va falloir que je m'achète une échelle.

Pas besoin, Elio. C'est toi, ma lune.

Nous reprenons notre promenade côte à côte, sans éprouver le besoin de parler. Envoûtés par la proximité de nos deux corps, de nos doigts qui s'effleurent, nous marchons le long de la plage. Le silence est seulement troublé par le bruit du ressac – dommage qu'il fasse encore trop frais pour se baigner ! Je ramasse aussi une foule de coquillages. Dès que j'aperçois une coquille nacrée, je la fourre dans mon sac. Au passage, je débusque même de la verroterie.

– Qu'est-ce que tu fabriques ?

– C'est pour mes boîtes. Ça me donne de nouvelles idées.

Elio me contemple un instant, charmé, tandis que je farfouille sans vergogne au milieu des algues. J'en extrais un magnifique coquillage tacheté qui me tire un petit cri d'extase. Le sourire d'Elio s'agrandit.

– J'aime ta capacité à t'émerveiller de tout.

Je lui rends son sourire en rangeant mon précieux butin dans ma besace… et dans ses poches, parce qu'il y en a trop. Il se laisse faire, hilare, même si je déforme son pantalon. Dans ma tête, je suis déjà en train d'élaborer mille décors différents pour mes Secret Box. Ce décor marin stimule ma créativité. Elio m'arrête une seconde pour prendre mon visage en coupe entre ses mains, plongeant dans mon regard vert comme pour s'y noyer.

– Le monde est tellement plus beau vu par tes yeux.

***

Je ne compte plus les jours. Nous vivons hors du temps durant une semaine. En m'éveillant le lendemain matin, j'ouvre une paupière paresseuse. Que je suis bien dans cette montagne d'oreillers ! Je suis mieux installée qu'un ange sur son nuage. J'en ronronnerais… si je ne sentais pas l'autre côté du lit vide. Quoi ? Où est Elio ? Cette fois, j'ouvre tout à fait les yeux, redresse la tête… et le découvre assis sur une chaise, au pied du lit.

Que fait-il ?

Je me redresse sur un coude, sans un bruit. Elio ne me remarque même pas, totalement absorbé dans son activité. Il tient un carton à dessins sur ses genoux et griffonne avec l'un de mes crayons à papier. Je reste bouche bée. Et pendant qu'il gomme un coin de son croquis, je me lève sur la pointe des pieds.

– Elena ?

J'ai le temps de me pencher sur son dessin avant qu'il ne le cache.

– C'est moi ? dis-je, les yeux ronds.

– Ce n'est rien.

– Tu m'as dessinée pendant que je dormais ?

Avant qu'il n'ait le temps de répondre, je lui chipe son papier et recule d'un bond. Elio ne peut que tendre le bras dans le vide, je suis déjà loin, un sourire malicieux aux lèvres.

– Rends-le-moi, s'il te plaît. Ce ne sont que des broutilles.

Je ne dis rien. Je suis trop secouée pour ça. Car je me découvre sur sa feuille, assoupie, mes longs cheveux blonds répandus autour de moi, un bras gracieusement relevé près de ma tête en un total abandon. C'est magnifique. Il a un sacré coup de crayon.

– Elio… c'est superbe.

– Tu trouves ?

Alors que je m'attendais à de vigoureuses protestations, je n'entends qu'une sourde hésitation dans sa voix, accompagnée d'une œillade anxieuse. Moi, je ne peux détacher mon regard de son travail. Il a vraiment du talent et ce n'est sans doute pas la première fois qu'il pratique.

– Tu as pris des cours de dessin ?

– Dans le temps. Avant le suicide de mon père, je m'intéressais à l'art et je croquais parfois quelques portraits. Je n'avais pas le talent pour devenir un véritable artiste, loin de là… mais je me passionnais pour certains peintres, certaines techniques…

À regret, je lui rends le portrait qui transpire la sensualité, la tendresse, l'amour… J'aimerais le garder, mais je n'ose pas le lui demander. Je sens combien il est encore réticent au sujet de l'art. Ce qui ne m'empêche pas de me réjouir.

– Cela nous fait un énorme point commun.

Quel lien plus fort qu'une même passion ? Peu à peu, j'ai l'impression qu'il apprivoise son passé, qu'il explore sa mémoire et renoue avec ses souvenirs.

– Tu aurais dû m'en parler plus tôt, Elio.

– J'avais pris mes distances avec cet univers avant notre

rencontre. C'est toi qui as rouvert la porte et qui as fait remonter toutes ces choses à la surface.

– Tu le regrettes ?

– Tout est lié à toi, Elena. Je regrette seulement de ne pas t'avoir rencontrée plus tôt…

Bouleversée par ses confidences, je passe une nouvelle journée idyllique auprès d'Elio. Nous vivons hors du temps, une sorte de parenthèse enchantée… Pour le moment, je n'ai pas envie de croire qu'elle va se terminer. Jamais nous ne retournerons à New York ! Nous passons l'après-midi sur le voilier d'Elio, une merveille à deux mâts au bois patiné qu'il pilote lui-même.

– Je te donne un cours, moussaillon ? me propose-t-il.

– Avec un capitaine si sexy, je ne peux pas refuser !

Je me retrouve à la barre du navire. Elio reste derrière moi, m'aidant à tenir le gouvernail. Son torse collé à mon dos me donne des frissons. Ensemble, nous voguons sur une mer d'huile au large de Long Island. Le vent est faible, la houle inexistante et le soleil nous caresse de ses doigts d'or. C'est parfait. Si parfait que j'en ai un pincement au cœur. Et si c'était le calme avant la tempête ? Si nous étions seulement pris dans l'œil du cyclone ? Je chasse ces pensées noires.

Je suis avec Elio. Rien d'autre ne compte.

À notre retour, nous dînons en tête-à-tête, improvisant un pique-nique sur l'herbe – mais un pique-nique « à la Garibaldi », avec champagne, caviar et blinis. Des lanternes multicolores éclairent la pelouse, suspendues au-dessus des buissons en fleurs. Je jette un coup d'œil inquiet vers la haie – des fois que le visage de Cole surgisse… mais non, il n'est pas là. Il n'y a que nous, assis sur la grande nappe à carreaux en train de trinquer dans des coupes en cristal.

– À quoi buvons-nous ?

– À toi, me répond Elio, en me regardant droit dans les yeux.

Je pâlis et mon regard vert disparaît sous ma longue rangée de cils blonds. Quand il me parle de sa voix chaude et caressante, je me sens… toute chose. Tendant le bras, Elio caresse ma joue.

– À toi et à tout ce qui va suivre…

Le sous-entendu est si clair, si plein de promesses, que je perds encore une teinte. Elio en profite pour entrechoquer nos coupes et soutenir mon regard. J'absorbe une unique gorgée de bulles pétillantes. Je n'en prends pas plus – je supporte mal l'alcool.

Je ne veux pas chanter la tyrolienne dans deux minutes.

Je repose ma coupe sur le panier en osier. Je n'ai pas soif, pas faim – ou seulement de lui. À cet instant, Elio se penche doucement vers moi. Je ne bouge pas, fermant seulement les yeux de plaisir alors que nos bouches s'effleurent, se caressent, se cherchent et se perdent en un ballet langoureux. Je savoure sur ses lèvres charnues le goût délicieux et interdit de l'alcool. Puis au moment où il introduit sa langue en moi, je retrouve son parfum si particulier – ce mélange de menthe et d'homme qui me tourne la tête.

– Et si nous oubliions le champagne ? me murmure-t-il à l'oreille, se séparant de moi une seconde. Si nous oubliions tout, tout le reste, tout ce qui n'est pas nous ?

Je n'ai pas besoin de mots pour lui répondre… seulement d'un regard de velours, intense, langoureux. Elio se redresse en me prenant dans ses bras. Oublions. Oublions le monde.

Oublions tout hormis notre amour.

Me soulevant de terre, Elio m'emporte dans ses bras comme si je n'étais qu'une plume. Je me laisse aller contre son torse, la tête renversée sur son épaule pour ne pas le quitter des yeux. Tant de choses se sont passées depuis notre rencontre… et nous en sommes finalement là, dans cette magnifique maison des Hamptons, seule à seul. Je le contemple sous mes paupières mi-closes, admirant la ligne puissante de sa mâchoire, la sensualité de ses lèvres, la finesse de son nez. Lui aussi me couve du regard. Un regard chaud, brûlant. Un regard qui me met à nu.

Il me voit vraiment. Il me voit telle que je suis.

Elio traverse la pelouse sans se presser, profitant de la chaleur de nos corps blottis l'un contre l'autre. J'ai l'impression de voler, de flotter dans les airs. Les yeux rivés l'un à l'autre, nous communiquons en silence, sans le recours des mots. Tout à coup, tout est superflu. Tout, en dehors de lui et de ses pupilles polaires. L'air frais de la nuit nous enveloppe, à peine troublé par une brise fraîche. Et Elio me dépose dans le hamac tendu entre deux arbres de son vaste jardin, à l'abri des regards grâce à un saule pleureur. Il m'y couche avec précaution, comme si j'étais la chose la plus précieuse au monde.

Mon cœur bat plus vite. Il est le seul à prendre soin de moi. Je m'étends dans le tissu, allongeant mes jambes nues sous ma robe de coton. Elio, lui, s'assoit sur le rebord, faisant pencher la couchette de son côté. Ses yeux ne me quittent pas, me parlant d'amour. Ma poitrine se gonfle, palpitante de désir. Tout mon corps se tend petit à petit tandis qu'il pose une main sur ma cheville. Avec ses longs doigts, il peut faire le tour de ma délicate attache. Puis je sens sa paume remonter lentement le long de ma peau nue. Son contact m'électrise.

Je me sens comme un papillon de nuit attiré par la lumière.

– J'aime l'été, me dit-il de sa belle voix rauque.

Ses doigts caressent mon genou avant de poursuivre leur route. J'en frissonne tandis qu'il effleure l'intérieur de mes cuisses, réveillant une à une les zones les plus réceptives de mon anatomie. La température augmente de plusieurs degrés – et même ma robe semble trop lourde, trop chaude pour cette saison. Elle est en trop. Comme tout ce que je porte. Je le réclame, lui, lui et sa peau, contre moi. Je gémis faiblement alors que sa main s'arrête contre le tissu de ma culotte en dentelle blanche.

– J'aime l'été parce que tu ne portes presque rien…

Ses yeux me transpercent. Sa paume se presse contre ma féminité, comme s'il la couvrait entièrement. Puis il glisse une autre main sous ma robe et passe deux doigts sous l'élastique de ma culotte. Il la fait lentement descendre le long de mes jambes, jusqu'à l'ôter complètement. Je retiens mon souffle. Je trouve ça assez excitant d'être entièrement nue sous ma tenue – car vu la taille de ma poitrine, je me passe de soutien-gorge durant tout l'été. Elio a raison, c'est une saison merveilleuse.

– Tu es tellement belle.

Contre toute attente, ses mains ne reviennent pas sous les plis de coton de ma robe. J'en étouffe un gémissement de frustration. J'étais déjà palpitante, dans l'attente de ses doigts, de sa pression, de son adresse. Mais Elio semble d'humeur joueuse. À la place, il se penche au-dessus de moi, donnant une légère impulsion au hamac qui se balance. Nos lèvres se retrouvent. Et je l'attends, avide, affamée. Je lui rends son baiser au centuple, excitée par ses virevoltes.

Nos langues se caressent avant que je ne mordille sa lèvre inférieure, la tirant légèrement entre mes dents quand il fait mine de reculer. Avec un sourire, il me revient, me donne un nouveau baiser encore plus long, encore plus langoureux. Je sens le goût sec et voluptueux du champagne dans sa bouche. À moins que ce ne soit lui qui m'enivre ? Penché au-dessus de moi, Elio passe une main sur mon front moite de désir. J'ai chaud, affreusement chaud. Sa bouche contre la mienne, il interrompt notre baiser, de sorte que je sens son souffle s'insinuer en moi. Ses cheveux noirs et soyeux me chatouillent le visage.

– Elio, je veux…

Les mots s'arrêtent alors qu'il esquisse un sourire, sans bouger. Ses yeux me perforent, inquisiteurs, fiévreux.

– Qu'est-ce que tu veux, Elena ?

Je n'ai jamais osé formuler mes désirs. Je n'en aurais jamais eu l'idée – ni l'audace – avec mon ancien petit ami. Mais avec Elio, tout est différent. Je le connais, je me donne à lui depuis plusieurs semaines. Je sais qu'il ne peut rien m'arriver de mal dans ses bras. Tout est permis sans qu'il me juge. Surtout, il me donne confiance – peut-être parce qu'il est un peu plus âgé ? Peut-être parce qu'il peut me guider, plus expert que moi ? Peut-être parce qu'il est tout pour moi.

– Je veux que…

– … que je t'embrasse ? complète-t-il pour moi.

Je hoche faiblement la tête, intimidée. Lui effleure ma

bouche, baise le coin de mes lèvres avant de laisser un sillon humide sur l'arête délicate de ma mâchoire, puis sous mon menton, là où la peau est si douce. J'en frissonne.

– Je veux que…

Cette fois, il ne vient pas à ma rescousse. Il se contente d'attendre en suçotant mon cou, me laissant une marque rouge digne d'un vampire. J'ai l'impression qu'il m'absorbe, qu'il me boit en laissant son empreinte. Le désir me vrille le bas-ventre, me soulève le cœur. Je commence à perdre pied, enivrée par son parfum. Environnée par *La Nuit de l'Homme*, je me sens pousser des ailes.

– Je veux que tu me caresses.

C'est sorti tout seul, cette fois.

– Où ?

Son souffle me balaie alors qu'il pose la question, la tête enfouie dans mon cou. Il dépose un baiser sur mon épaule, fugace. Alors pourquoi ai-je l'impression qu'il me marque au fer rouge ? Qu'il s'approprie chaque centimètre carré de mon corps ? Plus jamais je ne pourrai appartenir à un autre que lui. D'un geste maladroit, je prends ses grandes mains pour les poser plus bas, sur mes seins.

– Là ? susurre-t-il. Tu veux que je caresse ta poitrine ?

Je pâlis mais hoche la tête.

– Toutes les choses ont un nom, Elena. N'aie pas peur de t'exprimer, n'aie pas peur de te dévoiler devant moi.

Un à un, il défait les boutons de ma petite robe estivale. Il prend tout son temps, faisant durer le plaisir. Moi, je n'en peux plus. Ça va finir en combustion spontanée, tout ça. Puis il écarte lentement les pans de ma robe pour révéler mon corps nu, allongé dans le hamac. Il s'immobilise un instant devant cette vision, comme s'il la savourait. Ses yeux se promènent partout sur moi avant ses mains. Et je sens presque leur caresse alors qu'il s'attarde sur mes petits seins, mon ventre plat, mes hanches finement dessinées… et mon sexe. Mon sexe qui frémit déjà, qui se gonfle pour lui.

– N'aie jamais peur avec moi.

Encore habillé de sa chemise blanche et de son jean, il se penche au-dessus de moi. Mon excitation monte d'un cran à l'idée que je suis offerte, nue, devant lui. Puis ses doigts se posent sur ma poitrine et j'oublie tout. Tout, tout, tout. Ses mains englobent entièrement mes seins, faisant monter le désir. Puis du bout des doigts, il redessine les aréoles, jouant avec les pointes dressées. Je m'arc-boute au moment où il souffle sur mes tétons… J'en frissonne des pieds à la tête.

– Et maintenant ? Que veux-tu que je fasse ?

Je ne réponds pas. Je me contente de prendre sa tête entre mes mains pour qu'il se penche vers moi. Il sourit. Et sans un mot, il avale l'un de mes tétons tandis que le plaisir me transperce de part en part. Mon pouls s'affole alors que je gémis. Elio reste longuement courbé au-dessus de moi, seulement éclairé par les lampions et la lueur argentée du clair de lune. De la pointe de sa langue, il explore chaque recoin de ma poitrine. Et je sens son propre désir grandir, gonfler. Les muscles de ses bras, auxquels je m'agrippe à deux mains, durcissent.

– Je veux que tu me touches, Elio.

Ma voix n'est plus qu'un souffle.

– Plus bas…

Il s'amuse à souffler sur mon ventre. Il fait entrer sa langue dans mon nombril qu'il se met à titiller. Je secoue la tête de droite à gauche, comme ivre. Avec lui, pas besoin d'alcool ou de champagne pour décoller.

– Beaucoup plus bas.

Son visage descend au niveau de mon intimité et il pose ses lèvres sur ma féminité, insinuant un instant sa langue entre mes replis humides. Il joue avec ma petite perle de nacre, gonflée par le désir. Sa langue la contourne pour mieux y revenir. Puis il fait entrer deux de ses doigts au creux de mon corps. Me pénétrant de son index et de son majeur, il entame un mouvement de va-et-vient de plus en plus rapide… sans cesser d'agacer mon clitoris avec sa langue, en mouvement circulaire. À présent, je suis tendue comme la corde d'un arc. Le moindre contact, la plus petite pression me rendent folle. Jusqu'à ce que son nom explose sur mes lèvres au rythme du plaisir :

– Elio !

C'est si intense, si puissant, si profond que je perds toute notion du monde. Pendant une minute, c'est le trou noir. Le black-out. Ses doigts, eux, continuent à s'enfoncer entre mes lèvres soyeuses.

– Elio, Elio…

Je n'ai plus que le nom de mon magicien à la bouche. Je remue la tête, enfiévrée. Mon corps est parcouru de spasmes. Et il attend que la tempête s'apaise pour se rasseoir. Il ne me quitte qu'une seconde mais sa chaleur, ses mains, sa bouche me manquent aussitôt. Comme si on m'avait privée de ma sève. Elio déboutonne sa chemise pour la jeter négligemment sur la pelouse. Puis il se lève un instant afin d'ôter son pantalon et son boxer noir.

Debout près du hamac qui se balance au gré de la brise,

j'admire sa nudité. À la clarté de la lune, je dévore des yeux ses épaules carrées, son torse musclé et pâle, comme taillé dans le marbre, son ventre plat, ses hanches étroites, ses cuisses dessinées par des heures de sport. Et mon regard s'attarde complaisamment sur son impressionnante érection.

Lui aussi me désire.

Je lui tends les bras avec impatience.

– Viens !

Jamais je ne me suis montrée aussi claire, jamais encore je n'avais osé dire mon désir, même à demi-mot.

– Viens vite…

Je brûle pour lui. Il tient à la main un petit étui argenté que je reconnais : un préservatif.

– C'est une des dernières fois que j'en utilise, murmure-t-il à mon oreille en me rejoignant dans le hamac. En rentrant, nous ferons tous les tests. Et tu seras entièrement mienne, Elena. Entièrement.

Enivrée par ses mots, par ce nouvel engagement et cette promesse, je le laisse s'allonger dans le hamac qui tangue dangereusement. Et dans les rires complices, dans la chaleur moite de nos deux corps, Elio s'allonge sur moi, entre mes cuisses écartées. Pour lui, je suis livrée, offerte. Et je chuchote, comme une prière :

– Viens en moi…

– Oh, Elena…

Sa voix rauque se casse tandis que je sens sa virilité s'introduire entre mes lèvres humides. Fou de désir, Elio me pénètre jusqu'à la garde, m'arrachant un râle délicieux. Je suis à deux doigts de sombrer. Le plaisir monte déjà par grosses bouffées, irradiant au creux de mon ventre. Et lui s'allonge sur moi, collant nos peaux brûlantes alors que je l'enserre entre mes jambes. Je croise mes chevilles dans son dos, je noue mes bras pour le sentir plus fort, plus près.

Elio me fait sienne, s'enfonçant en moi, m'emplissant tout entière. Je ne suis plus que sensations, spasmes, tremblements. Je ne suis plus que cette peau à vif, si sensible que je me retiens de crier son nom, encore et encore. Et tandis qu'il bouge en moi, tandis qu'il se perd dans mes profondeurs, le barrage rompt en emportant ma conscience, ma raison, sur son passage.

La jouissance se déverse en moi comme un torrent. Elio émet un râle rauque, cédant après moi, après mon plaisir, à un orgasme sans fin. À la lueur de la lune, nos deux silhouettes se confondent dans le hamac qui tangue. Et en parfaite harmonie, nos deux corps ne font plus qu'un.

Pour une minute.

Ou pour l'éternité.

20
DERRIÈRE LE RIDEAU

– J'ai tiré un trait sur toute cette époque. Si j'ai accepté de vous recevoir, c'est en souvenir d'Ottavio.

Une belle femme d'une quarantaine d'années se tient devant nous, assise dans un confortable fauteuil en tissu rayé. Ses longs cheveux noirs ramassés en une rapide queue-de-cheval, elle porte un tailleur rose de bonne facture et des chaussures d'alpinisme. Traduction : des chaussures à très hauts talons noirs. Se penchant vers la table basse, elle remplit trois tasses de thé dans un service ancien en porcelaine blanche. Moi, je la dévore des yeux, installée dans le canapé à côté d'Elio.

– Et puis, ajoute-t-elle, les joues légèrement rouges, cela me fait plaisir de connaître son fils.

Et voilà. Elle craque pour Elio, elle aussi.

Cela dit, je ne peux pas en tenir rigueur à la fameuse Catherine Montgomery, l'ex-comptable de la galerie *Pasqualina* au temps où elle appartenait à Ottavio Garibaldi.

Elio est craquant dans son jean, sa chemise blanche et son blazer anthracite. À cause du soleil de juin, il arbore désormais un léger hâle doré et une barbe de trois jours qui le rendent absolument irrésistible.

Hum… je n'étais pas censée me concentrer sur madame Montgomery ?

– Merci de nous recevoir, madame, répond Elio avec cette correction parfaite qui n'appartient qu'à lui.

– Mademoiselle, le corrige-t-elle aussitôt.

– Ah, pardon.

Hé, ho ! elle veut peut-être que je les laisse seuls ?

Avant que je ne devienne mesquinement jalouse, Elio entre dans le vif du sujet : son père. N'est-ce pas pour en apprendre davantage sur son mystérieux suicide qu'il a retrouvé la trace de son ancienne employée dans Les Hamptons ? Seuls les témoins de cette époque permettront de soulever le voile qui repose sur cette affaire. Je saisis la tasse de thé que *mademoiselle* Montgomery me tend, en la remerciant. À peine maquillée, elle semble pensive, presque mélancolique.

– Vous avez bien connu mon père ?

– Ah, Ottavio… C'était un homme très…

Elle cherche ses mots alors qu'un lent sourire se dessine sur ses lèvres. Je mettrais ma tête à couper qu'elle avait le béguin pour le père… avant de flasher sur le fils. Ses yeux noirs se mettent à briller, griffés par quelques rides discrètes.

– Disons qu'il était assez complexe. Et même très compliqué. Mais je l'aimais bien, il avait ce don extraordinaire de communiquer son enthousiasme et sa fièvre à toute son équipe. C'était un authentique passionné d'art.

Elle se tait un instant, perdue dans ses souvenirs.

– Il avait aussi la sale habitude de me payer un mois sur deux.

– Et vous restiez quand même ? dis-je d'une voix douce.

– Oui, j'appréciais beaucoup Ottavio. Même si le voir se détruire jour après jour, avec l'alcool, le jeu, les mauvaises fréquentations… c'était parfois difficile.

Je pense spontanément à Luca. Impossible de ne pas faire le parallèle. Et mon cœur se serre tandis que je hoche la tête. Comme s'il devinait mon inquiétude, Elio pose une main rassurante sur mon genou sans cesser de fixer notre hôtesse. Celle-ci tripote maintenant la grosse broche en or qu'elle porte au revers de sa veste. C'est une femme élégante. D'après Elio, elle vit avec sa mère et travaille au sud de Long Island comme comptable dans une boutique de luxe. Elle me touche finalement, cette Catherine Montgomery. Peut-être parce que nous avons chacune un Garibaldi en commun.

– Comment était-il avant le drame ?

La voix d'Elio n'a même pas tremblé. Il semble si froid, si calme. Dissimulé derrière son masque d'homme d'affaires, il arbore une figure indéchiffrable. Mais je le connais… et je devine la tempête qui souffle en lui.

– Mieux, répond notre hôtesse, sans hésiter. Beaucoup mieux. Durant les dernières semaines de sa vie, il avait cessé de boire. J'avais vraiment l'impression qu'il était en train de se ressaisir. Les affaires marchaient mieux et il m'avait même réglé mes salaires en retard. C'est dire !

Elle hausse les épaules, impuissante.

– Je ne dois pas être très intuitive. Parce que je n'ai rien vu venir.

– Aucun indice ? dis-je, d'une voix hésitante. Aucun signe avant-coureur ?

– Non, vraiment.

Elle se mord les lèvres, sans doute plongée dans de vieux souvenirs désagréables, douloureux.

– Dominic m'avait pourtant bien prévenue.

– Dominic Stone ?

Elle hoche la tête.

Décidément, il est partout celui-là.

– C'était son meilleur ami… mais je ne vous apprends rien, ajoute-t-elle à l'attention d'Elio. Il m'avait conseillé de ne pas m'attacher à Ottavio parce qu'il était instable. Il disait souvent qu'il me décevrait un jour.

Un lourd silence s'abat sur la pièce, tel un couperet. Je coule un timide regard vers Elio mais il ne bronche pas, ni ne bouge. Il ressemble à une statue de pierre, si ce n'est l'éclat métallique dans son regard.

– Il était comme ça, Ottavio ! conclut-elle, impuissante. Il alternait les phases dépressives et les grands moments d'euphorie.

Était-il bipolaire ? A-t-il été diagnostiqué ? Je me garde bien de poser la question. Toujours posée sur mon genou, la main d'Elio pèse plus lourdement. Même si son visage ne trahit aucune émotion.

– Comment était-il le jour de sa mort ? demande-t-il.

– Bien. Le matin même, il est venu me voir dans mon bureau pour me poser des questions sur la comptabilité de la galerie. Ce n'était pas arrivé depuis une éternité ! Avec l'achat du tableau de Pollock, nous pensions sortir la tête de l'eau.

– Il vous a demandé quelque chose en particulier ?

– Oui, il m'a dit de préparer le chèque pour régler les honoraires de l'expert qui avait authentifié le tableau.

– Jeffrey Cunningham ? demande Elio, spontanément.

Mademoiselle Montgomery hoche la tête. Moi, je les regarde tour à tour et Elio me sourit gentiment :

– C'était l'expert avec lequel mon père travaillait habituellement. Un professionnel très réputé.

– C'est lui qui avait authentifié la toile de Pollock ? demandé-je, surprise.

– Justement, non, répond notre hôtesse en secouant la tête. Quand je lui ai téléphoné, monsieur Cunningham m'a assurée qu'il n'avait jamais délivré de certificat d'authenticité pour ce tableau… et qu'il ne l'avait même jamais vu.

À nouveau, le silence. Lourd, épais, chargé de questions sans réponses. Je me tourne vers Elio et nos regards se croisent. Pas besoin de prononcer un mot pour échanger nos impressions. Nous sommes en train de devenir télépathes.

– Vous en avez parlé avec monsieur Garibaldi ? dis-je, inquiète.

– Bien entendu. Et il n'a pas eu l'air de comprendre. Il a paru sincèrement étonné, puis très inquiet, quand je lui ai rapporté ma conversation avec Jeffrey Cunningham.

Elle secoue la tête, dépitée.

– Il était arrivé à un stade si avancé de sa névrose qu'il croyait à ses propres inventions. C'est terrible.

Elio encaisse en silence tandis que je pose une main douce par-dessus la sienne, peut-être pour lui transmettre ma force. Je suis là pour lui. La discussion avec l'ex-comptable roule encore quelques minutes. Avec son inimitable politesse, Elio s'enquiert d'elle, l'interroge sur sa nouvelle vie loin de New York. Puis nous prenons congé. En franchissant le seuil de la petite maison, je respire l'air frais à pleins poumons. Le visage fouetté par la brise marine, je me sens mieux.

– Qu'est-ce que tu en penses ? dis-je en me tournant vers lui.

Elio enveloppe mes épaules d'un bras protecteur tandis que nous avançons dans la petite rue pavillonnaire. Nous croisons quelques touristes égarés, un appareil photo Nikon pendu autour du cou.

– Le mystère s'épaissit, répond-il avec un sourire ironique.

– Tu dois retrouver cet expert.

– Tu lis dans mes pensées, Elena.

Télépathes, je vous dis.

***

Fin de la parenthèse dorée. C'est le cœur lourd que je plie bagage et quitte la somptueuse maison d'Elio. Dans le taxi qui nous conduit à l'aéroport privé, je fais signe à la grande bâtisse pour lui dire au revoir, tirant un sourire à mon compagnon. Ce midi, nous avons déjeuné avec Cole. J'ai appris à mieux le connaître durant ce voyage – drôle, fantasque et d'une intelligence sans bornes. Il me manquera à New York… même s'il rentre bientôt, lui aussi.

– J'aurais aimé rester plus longtemps, me dit Elio à l'oreille tandis que la voiture file vers l'aéroport.

– Et toute la vie, c'est possible ?

Elio se met à rire. Une heure plus tard, nous embarquons

à bord de son jet privé, direction Big Apple. Je profite du voyage dans le luxueux appareil pour étaler mes dernières trouvailles sur l'épaisse moquette pendant qu'Elio tape sur son ordinateur et dicte ses ordres dans son oreillette. Il n'a même pas posé le pied à terre qu'il est déjà assailli par ses collaborateurs. De mon côté, j'observe mes coquillages et la verroterie débusqués sur les plages des Hamptons. Mille nouvelles idées me trottent dans la tête.

Et si je faisais des boîtes sur le thème marin ? Les Shark Box. Non, je plaisante…

Je ris toute seule en admirant mes trésors devant le hublot. Cette escapade a donné un nouveau souffle à mon inspiration. J'imagine des œuvres moins sombres qu'à l'ordinaire. Et je sens peu à peu la fièvre créatrice monter en moi. C'est si fort que mes mains tremblent pendant qu'Elio me couve du regard. Tout en parlant au téléphone, il ne cesse de me fixer. Des coquillages plein les mains, je rampe vers lui et pose mon menton sur sa cuisse, comme un misérable cocker battu.

– Pssst…

– Attendez que les cours grimpent encore, Cooper. Ce serait beaucoup trop prématuré.

– Elio…

Il pose une main sur mes cheveux, caressant machinalement les longues mèches blondes qui entourent mon visage. Je tire sur la jambe de son pantalon.

– Monsieur Garibaldi…

Cette fois, il doit se retenir pour ne pas rire. Et il m'interroge d'un petit coup de menton tandis que son interlocuteur continue à bavasser dans son oreillette. Moi, je lui dégaine mes yeux de Chat potté.

– On pourra passer à mon atelier en rentrant ?

– À notre arrivée ? articule-t-il.

– Oui. Y a urgence ! dis-je en lui montrant toutes mes trouvailles.

Il finit par hocher la tête, visiblement conquis par mon petit grain de folie. Et en guise de remerciements, je serre ses deux jambes entre mes bras alors qu'il reprend sa conversation sur les cours de la Bourse de Tokyo, à la fois sérieux et hilare. Et quelques minutes après notre atterrissage, il donne l'ordre à Don, son chauffeur, de nous conduire directement à mon atelier. Moi, je suis excitée comme une puce.

– Laissez-nous au coin de la rue, demande Elio.

Il y a tellement d'embouteillages en fin d'après-midi que nous terminons les derniers mètres à pied. Quel changement ! Adieu, parfum des embruns et horizons maritimes ! Bonjour, forêt de gratte-ciel et klaxons furieux ! Sur le côté, j'aperçois les grandes vitrines de la galerie *Pasqualina*, située face à mon atelier. Elio me prend par le bras, portant à ma place ma besace gonflée de trouvailles. Quand une odeur étrange me pique le nez. D'abord, je ne comprends pas, je ne réagis pas. Je me contente de marcher, le cœur léger. Jusqu'à ce que l'odeur devienne insistante, insidieuse.

– C'est bizarre…

Je n'ai pas le temps de finir ma phrase. Elio s'est figé sur le trottoir et me retient par le bras pour m'empêcher d'avancer. Le nez levé en l'air, il fixe quelque chose. À mon tour, je suis son regard… et reste tétanisée.

De la fumée.

De la fumée sort des fenêtres de mon atelier.

Mon cœur cesse de battre. Je reste pétrifiée, incapable de bouger, de réagir, tandis que des volutes de plus en plus épaisses, de plus en plus noires, s'échappent des vitres. C'est impossible. C'est un cauchemar.

– Elio…

Mon atelier en feu !

À cet instant, tout se passe très vite, je ne maîtrise plus rien, je comprends à peine. D'un seul coup, Elio laisse tomber mon sac par terre.

– Je vais chercher tes affaires. Toi, ne bouge pas d'ici ! me lance-t-il. Tu m'entends ? Tu ne bouges pas. Sous aucun prétexte !

Et sans attendre ma réponse, il se précipite vers l'immeuble en flammes. Je n'ai même pas le réflexe de crier alors que des passants commencent à s'amasser sur le trottoir, téléphone portable à la main. Au feu ! Au feu ! Le mot circule de bouche en bouche. Statufiée, je regarde Elio entrer dans le bâtiment rongé par les flammes. Sa haute silhouette disparaît dans la fumée. Alors quelqu'un hurle – et c'est moi, c'est ma voix, même si je ne la reconnais pas :

– Elio, non ! Elio !

V

DES FLAMMES ET DES LARMES

21
DANS LES FLAMMES

– Elio !

Mon cri explose dans la rue, s'élevant au-dessus de la cacophonie générale. Partout, des gens affluent et sortent des immeubles voisins. Certaines voitures se garent le long du trottoir tandis qu'un adolescent brandit son téléphone portable pour filmer la scène. Moi, je ne fais plus attention à rien. Mon cœur cogne dans ma poitrine, désordonné, affolé. Et le sang se retire de mon visage, me laissant blanche comme un linge. Si je n'avais pas si peur, je m'évanouirais sur-le-champ.

– Elio ! Elio !

Les larmes me montent aux yeux tandis que je fixe désespérément les fenêtres de mon atelier en flammes. Il brûle ! Tout le dernier étage est en feu. À présent, une épaisse fumée grise s'échappe des vitres et une odeur de plastique brûlé me pique les narines. Rien à voir avec les feux de cheminée et leur bonne odeur de bois. Je commence à tousser violemment, pétrifiée sur place.

C'est un cauchemar.

À peine de retour de notre merveilleux voyage dans les Hamptons, les drames nous rattrapent. Cédant à la panique, je pousse un cri étranglé. Elio a disparu à l'intérieur depuis trop longtemps. Pourquoi ne revient-il pas ? Et pourquoi s'est-il jeté dans la gueule du loup ? Je n'ai même pas eu le temps de le retenir. Sans hésiter, il s'est précipité vers l'immeuble, sa haute silhouette absorbée par les volutes sombres.

– Eliooo !

Je secoue la tête, envoyant voler mes longs cheveux blonds, hypnotisée par les fenêtres de mon atelier. Je ne vois plus rien. Seulement un écran gris, opaque. Et des flammes qui commencent à lécher l'un des murs en s'échappant d'un soupirail. Mon cœur s'arrête de battre. S'il mourait ? S'il brûlait vif ? Je me mords les lèvres, priant comme jamais de ma vie.

Rendez-le moi, rendez-le moi.

Autour de moi, les conversations inquiètes forment une rumeur discrète, un fond sonore odieux. Tous les voisins se sont rassemblés au seuil de leurs immeubles. Une femme en peignoir plaque une main sur sa bouche, affolée, tandis que son mari entoure ses épaules d'un bras. L'adolescent continue à filmer – merci la génération *YouTube* ! Et moi, j'enregistre chaque information, comme si le film se déroulait au ralenti. J'ai l'impression de jouer dans un mauvais remake de *La Tour infernale*.

– Elio…

Ma voix se casse, brisée. Et à cet instant, le chant strident de la sirène des pompiers s'élève. Toutes les têtes se tournent dans la même direction, vers le camion rouge qui déboule sur l'avenue, tout gyrophare allumé. Il est encore à l'horizon, à se faufiler parmi les véhicules qui s'écartent tant bien que mal dans la circulation dense. Les secours n'arriveront pas à temps. L'incendie n'en était qu'à ses débuts à notre arrivée, mais il prend de l'ampleur, dévorant tout sur son passage. Alors, je ne réfléchis plus. J'agis avec mes tripes.

Je me précipite vers l'immeuble.

– Elio !

Quand une main s'abat sur mon bras pour me retenir. Des doigts épais et puissants qui me stoppent net, me forçant à me retourner.

– Elena, n'y allez pas !

Faisant volte-face, mes longs cheveux blonds dans la figure, je me retrouve nez à nez avec Dominic Stone. En costume marron et cravate vert bouteille, le vieil homme est sorti de sa galerie, située en face de l'atelier. Des plis inquiets creusent sa figure tandis qu'il plonge dans mes yeux verts. Il secoue la tête, paternel.

– Ne faites pas ça, Elena.

– Elio est à l'intérieur !

– Je sais, je sais…

Jetant un regard inquiet vers l'immeuble, il se tait un instant mais sans me lâcher, sa main serrée comme une pince autour de mon bras. Lui aussi semble ravagé par l'angoisse.

– J'ai tout vu, me précise-t-il d'un ton apaisant.

– Il risque sa vie !

– Les pompiers arrivent. Ne cédez pas à la panique.

– On ne peut pas le laisser à l'intérieur !

Il y a des larmes dans ma voix tandis que le camion rouge, muni de sa longue échelle métallique, se gare sur le bas-côté en déversant un flot d'hommes en uniforme noir. Cela ressemble à un film. C'est si… irréel. Et toujours pas d'Elio. Toujours pas trace de l'homme que j'aime. Je donnerais ma vie, là, tout de suite, pour apercevoir sa haute silhouette. Étouffant un sanglot, je secoue la tête tandis que Dominic enserre mon bras, bienveillant.

– Vous croyez qu'Elio aimerait vous voir courir à sa poursuite, dans les flammes ? Allons, allons…

Il se rapproche de moi et ne me lâche pas d'un centimètre, comme s'il redoutait que je ne fasse une bêtise ou ne cède à une impulsion. Il semble sincèrement anxieux, même s'il domine sa panique. Et sa voix se fait persuasive, entêtante, tandis que j'observe la porte de l'immeuble. Déjà, les pompiers déroulent leur lance à eau. Et aucune trace d'Elio, nulle part. Dominic continue à me susurrer des recommandations à l'oreille. Sans trop savoir pourquoi, je pense à Kaa, le serpent dans *Le Livre de la jungle*.

Aie confiance… Aie confiance…

Quand soudain…

– Regardez ! crie une femme dans mon dos.

Mon cœur s'arrête de battre au moment où une haute silhouette se découpe au seuil du bâtiment. Un homme. Un homme chargé comme une mule émerge de la fumée noire. Abritant son visage derrière un bras, il tient un énorme sac en toile et un carton à dessins. Je ne respire plus. Le temps s'arrête. Et j'oublie tout – les cris des pompiers, les murmures des badauds, les volutes piquantes, l'odeur de plastique, les klaxons des voitures, la présence du galeriste. Il n'y a plus que lui et moi. Lui qui sort. Moi qui lui tends les bras.

Puis mon cri. Mon cri qui déclenche tout.

– Elio !

M'arrachant à l'emprise de Dominic, je me précipite vers lui. Ses cheveux noirs et fins en bataille, son visage parfait recouvert d'une fine couche de suie, il laisse tomber son précieux chargement par terre. Et moi, je me jette à son cou. Il sent le feu et le danger, la mort et la fumée. Sans hésiter, j'enfouis ma tête contre son épaule tandis qu'il m'étreint de toutes ses forces. Derrière nous, les pompiers s'élancent à l'intérieur après avoir sécurisé la zone et repoussé les badauds.

Pour moi, plus rien n'existe.

Que lui.

Que lui, si vivant sous mes doigts, contre moi.

– J'ai cru que…

Je ne peux pas terminer ma phrase. Une grosse boule se forme dans ma gorge et mes nerfs craquent. Je me mets à pleurer toutes les larmes de mon corps, sans pouvoir me refréner. J'évacue toute la tension accumulée. Dire qu'il n'a disparu que trois minutes, trois petites minutes ! J'ai eu l'impression que ça durait un siècle.

– Ne pleure pas, ma chérie. Je suis là, tu vois bien.

– Tu aurais pu mourir !

Il enfouit ses mains dans ma longue crinière blonde, enveloppant ma nuque dans sa paume. Renversant la tête en arrière, je croise ses yeux bleu arctique qui ressortent intensément sur sa peau salie par le brasier. On ne voit plus que ça dans sa figure : son regard polaire, transparent, intense. Tourneboulée, je m'agrippe à lui, crochetant mes doigts au revers de sa veste.

– Pourquoi tu as fait ça ?

– C'était un risque calculé, m'assure-t-il de sa voix posée. Je savais ce que je faisais.

– Pardon ?

– Nous sommes arrivés au début de l'incendie. J'étais presque sûr de revenir à temps.

– Presque ?

– Disons à 99,99 %.

C'est bizarre comme ce 0,01 % me dérange.

Elio parle comme un financier de Wall Street alors qu'il vient de risquer sa vie. J'éclate de rire malgré mes larmes tandis qu'il me regarde sans comprendre, surpris. Lui et son fichu premier degré ! Je secoue la tête et l'enfouis à nouveau dans son cou, trouvant l'odeur de sa peau malgré le parfum entêtant de la fumée. Il m'enlace de plus belle, redescendant sur terre après ce pic d'adrénaline.

– J'ai cru que je ne te reverrais jamais.

– Tu crois vraiment te débarrasser de moi si facilement ? me dit-il en pinçant mon menton entre son pouce et son index.

J'espère bien que non…

– Je voulais sauver ton travail. J'ai réussi à sortir des boîtes, ajoute-t-il en me désignant l'énorme sac en jute à demi ouvert à nos pieds.

En apercevant l'angle de l'une de mes Black Box, mon cœur a des ratés. Je reconnais aussi mon carton à dessins encombré de croquis, d'esquisses en tout genre. Elio est parvenu à les sortir avant que les flammes ne les rongent. Tout mon travail n'a donc pas été réduit en cendres. Au même moment, les pompiers arrosent les fenêtres de l'atelier de leur lance à eau depuis le sol. Dominic adresse un petit signe à Elio qui lui répond d'un simple hochement de tête. Son regard reste fixé sur moi.

– Oui, j'ai pris tes dessins en même temps. Il ne reste que le matériel là-haut, des choses qu'on peut remplacer.

– Elio, c'est de la folie !

– Je sais que rien ne compte davantage que ton travail. Tu es une artiste jusqu'à la moelle, Elena.

Je secoue la tête.

– Bien sûr qu'une chose compte plus que mon travail : toi !

Je sens son cœur cogner contre ma poitrine, à toute allure. Comme moi, il est encore sous le choc.

– Tu vaux plus que quelques bouts de papier !

Et nos lèvres se joignent tandis que je l'embrasse passionnément, intensément, éperdument – comme une femme qui a failli perdre l'homme qu'elle aime.

22
LE PHÉNIX

Le cœur lourd, je franchis la rubalise qui barre l'entrée de mon atelier… dévasté. C'est exactement le mot. Il a été saccagé, détruit par le feu, puis par l'eau. À présent, cette splendide pièce se réduit à quatre murs noircis par les flammes, une toiture à demi écroulée et des fenêtres brisées. Je serre mon gilet gris autour de moi, vêtue d'un simple jean, d'une tunique noire et de mes Converse fétiches. J'ai tenu à me rendre sur les lieux du drame dès ce matin. Les pompiers ont maîtrisé l'incendie voici quelques heures et j'évolue dans un décor post-apocalyptique digne de *Mad Max*.

– C'est…

Les bras m'en tombent. Derrière moi, le policier chargé de garder l'entrée me regarde avec compassion. Je dois avoir une tête épouvantable. D'ailleurs, j'ai évité mon reflet dans la glace, ce matin. Inutile de se faire peur. Ce n'est pas encore Halloween. De son côté, Elio parcourt le local qu'il avait acquis pour moi à ma sortie de l'hôpital. En une nuit, son magnifique cadeau est retourné au néant.

– C'est… pas croyable.

Je ne trouve pas d'autre mot.

Un peu d'indulgence : je suis le choc.

En cet instant, seule la présence d'Elio me réconforte. Je ne sais pas si, sans lui, j'aurais eu le courage de gravir les escaliers noircis de l'immeuble jusqu'à cette ruine. Après une nuit passée à mon appartement à me consoler, il a insisté pour m'escorter à l'atelier – ou ce qu'il en reste. Parce que ça ressemble plus à la caverne d'une troupe d'orques qu'à un atelier d'artiste. Je soupire à fendre l'âme. Que faire ? Par où commencer ?

– Tu crois qu'il y a quelque chose à sauver ? dis-je à Elio.

Il ne répond pas, mais le regard qu'il pose sur moi est éloquent. Je me détourne, secouée. Sans Elio, j'aurais tout perdu hier – y compris mes œuvres les plus précieuses, les fameuses boîtes noires dans lesquelles j'enferme ma tristesse, mes souvenirs, mon lourd passé. Des mois et des mois de travail acharné. Seule petite lueur d'espoir dans cet océan de ténèbres : Dominic Stone est revenu sur sa décision ; il a proposé de me réintégrer dans la galerie *Pasqualina* suite à l'incendie et à la dénonciation de Jeremy pour le vol de la statuette.

Kaa me veut dans son équipe.

Il m'a d'ailleurs rappelé que ses artistes, moi comprise, exposeraient bientôt au MoMA lors d'un partenariat exceptionnel. Il en avait déjà parlé lors de notre croisière sur l'Hudson… mais cela m'était sorti de la tête suite à la cascade de problèmes qui s'était abattue sur moi, sur Elio, sur nous. À croire que ça ne s'arrêtera jamais. Et maintenant, ces cendres…

– Ça va aller, ma chérie.

Elio pose une main sur mon épaule et je sens sa chaleur à travers la fine laine de mon gilet. Je pose mes doigts sur les siens.

– Tant que tu es là…, dis-je tout bas.

Et je me lance dans l'inventaire de mon matériel. Euh… si on peut appeler ces débris, du matériel. Même les hommes préhistoriques avaient des outils plus sophistiqués. Il ne me reste plus qu'à peindre aux doigts mes prochaines œuvres… Le cœur en miettes, je regarde mes papiers réduits en cendres. Sans parler des toiles, des chevalets, de la peinture à l'huile, des crayons, des pastels, de l'aquarelle, des carnets de croquis vierges…

Il ne me reste rien. Niet. Nothing. Nada. Nichts.

– Tout ce que tu m'avais offert…

M'accroupissant au sol, je soulève par un angle quelques grammes de papier noirci. Au contact de mes doigts, il s'effrite aussitôt, noicissant ma peau au passage. Debout dans mon dos, Elio me couve du regard. Sans doute redoute-t-il ma réaction mais je ne pleure pas. Ce ne sont que des objets. L'essentiel est là, derrière moi, sorti sain et sauf des flammes. Le reste n'a aucune importance, même si mon cœur pèse comme une pierre dans ma cage thoracique.

– Je te rachèterai toutes les choses dont tu as besoin, Elena. Il suffit de me le dire.

– Merci.

Malheureusement, certains objets sont irremplaçables. À pas prudents, je m'avance vers les casiers en bois adossés au mur du fond. Je marche sur la pointe des pieds tant les planches grincent. J'ai presque peur de voir le sol s'écrouler, même si le policier nous a assuré que les fondations tiendraient le coup. D'ailleurs, l'officier de garde est bientôt relevé par un de ses collègues. Il a fini sa longue veille nocturne. Et l'autre policier entre dans la pièce, se dirigeant droit sur Elio.

De mon côté, je mesure l'ampleur du carnage. Tous les matériaux que j'avais chinés, amassés, trouvés dans des brocantes, des greniers et parfois dans la rue… n'existent plus. Comme les portraits du XIXe siècle, les médaillons anciens, les yeux découpés dans des journaux, les affichettes des années 1950… Mon stock s'est envolé en fumée. Cette fois, je suis vraiment au bord des larmes. Surtout à cause des photos du siècle passé. J'ai l'impression que ces inconnus sont morts une seconde fois par ma faute.

– Elena ?

Elio m'appelle, la main tendue. Je le rejoins sans hésiter tandis que le policier me salue en effleurant le bord de sa casquette. Je lui souris faiblement, blême.

Si je pâlis encore, je me transforme en femme invisible. On ne verra plus que mes vêtements flotter dans la pièce.

– Mademoiselle Lavigne ? Je me présente : lieutenant Cosgrove.

– Bonjour, monsieur.

– Le lieutenant vient de m'apprendre quelque chose qui risque de te faire un choc, ajoute Elio avec précaution.

Mon regard va de l'un à l'autre, du beau visage d'Elio, grave et assombri par l'inquiétude, à celui de l'officier, sérieux mais bienveillant. Pourtant, je reste tendue face aux hommes en uniforme qui me rappellent désormais mon arrestation injuste. Elio entoure mes épaules d'un bras, en un geste désormais familier. Il me transmet sa force, m'assurant sans un mot de son soutien.

– Votre atelier a été ravagé par un incendie criminel, mademoiselle Lavigne.

– Quoi ?

Je recule mais Elio me retient, m'attirant contre son flanc. Je ne me dérobe pas. Je suis plus sonnée qu'après un match de boxe face à Mike Tyson. Surtout, je n'en crois pas mes oreilles.

– Je… je croyais que c'était un accident. Un court-circuit, un mégot de cigarette ou quelque chose comme ça.

– Nous avons retrouvé des traces d'essence sur les murs.

De l'essence. Quelqu'un a vidé un bidon d'essence dans mon atelier. Il faut que je m'assoie.

– Non, non… c'est impossible, imploré-je d'une voix inaudible.

– Regardez ces traces, me répond Cosgrove en s'approchant d'une des parois.

De l'index, il me désigne diverses taches qui s'étendent des plinthes jusqu'aux rebords des fenêtres. Plus loin, il me montre aussi des marques en hauteur, qui semblent monter en grands jets jusqu'au plafond.

– De l'essence, répète-t-il.

– Ce n'est pas possible.

Je suis en mode « disque rayé », là.

– D'après notre enquête, l'intrus a pénétré dans votre atelier aux alentours de 17 heures en crochetant la serrure. Il reste des traces de l'effraction sur la porte. Il a badigeonné vos murs d'essence avant de gratter une allumette.

– Les voisins n'ont rien vu ? demande Elio d'une voix posée.

Lui ne panique pas. Lui ne cède pas à la peur. Parfaitement maître de lui, il interroge le policier avec calme.

– Comme vous le savez, les deux étages inférieurs sont utilisés comme simple entrepôt par une entreprise de menuiserie. Il n'y avait personne. Et vous êtes arrivés seulement quelques minutes après le début de l'incendie.

Elio acquiesce. Mon cerveau tourne au ralenti, engourdi par ces nouvelles. J'écoute à peine la suite de la conversation et les encouragements du policier avant qu'il ne parte. Je promets seulement de venir faire une déposition dans la journée, même si la dernière question de Cosgrove me trotte dans la tête : « Qui peut vous en vouloir, mademoiselle Lavigne ? » Oui, qui peut me détester au point de badigeonner mes murs d'essence ?

Qui ? Qui ?

– Elena ? Tu es toujours avec moi ?

Je sursaute en découvrant Elio penché sur moi, les deux mains sur mes épaules. Il les presse entre ses doigts avec un sourire inquiet et tendre qui me réchauffe le cœur. Au moins, je ne suis pas seule dans la tourmente. Pour la première fois de ma vie, quelqu'un me tient la main.

– Oui, excuse-moi. Je n'arrête pas de penser aux dernières paroles de ce policier.

Je n'ose pas continuer ma phrase, mais Elio m'encourage du regard, plongeant ses yeux dans les miens. Si bien que je me lance. Sans filet. Mais Elio est là pour me rattraper.

– Tu crois que… que ça peut être Jeremy ?

Voilà, c'est dit.

– Je ne vois que lui pour m'en vouloir autant. Personne d'autre n'a intérêt à tuer dans l'œuf ma carrière naissante.

– Je ne sais pas, Elena.

– Tu vois un autre candidat ? Parce que si c'est le cas, il va devoir prendre un ticket et attendre son tour.

J'émets un petit rire sans joie et Elio pince les lèvres, comme s'il ressentait ma douleur, comme si elle devenait sa blessure.

– En plus, je n'ai plus aucune nouvelle de lui.

– Quand j'ai parlé à ton « ami » pour qu'il se rende à la police et se dénonce, il a semblé comprendre notre marché. J'ai été très clair : il ne devait plus t'approcher ni te faire du tort. Sous aucun prétexte. Il m'a semblé impressionné. Très impressionné.

Face à Elio Garibaldi en colère, on le comprend…

– Honnêtement, je ne l'imagine pas braver ma fureur. Ni prendre de tels risques. Car cette fois, il passerait directement par la case prison.

Je fixe Elio dans les yeux, très angoissée.

– Alors qui ? Qui est-ce ?

Quelques minutes plus tard, nous quittons l'atelier en ruines au moment où deux policiers apposent les scellés. À présent, nul ne pourra plus franchir cette porte – pas même moi. Mon cœur se serre au souvenir de cet après-midi magique où Elio et moi avions fait l'amour dans cette pièce, sur une couverture. Durant cette étreinte, il m'avait révélé mon corps, mon plaisir. Je secoue la tête en redescendant les escaliers à la rampe bringuebalante. Même les murs du couloir sont calcinés. L'immeuble ne ressemble plus qu'à une coquille vide où flotte une odeur de roussi.

Et avant que nous ne rejoignions la voiture, Elio me prend la main et m'arrête. Son regard est si grave, si brillant que je prends peur. Que va-t-il encore m'annoncer ?

Si c'est une fois de plus une mauvaise nouvelle, je prends ma retraite en Floride.

– Je voudrais que tu vives avec moi.

Ah. Comme ça. Directement.

– Que… comment ?

Je ne suis pas très réveillée ce matin.

– Bien sûr, nous nous connaissons depuis seulement quelques semaines… mais j'ai beaucoup réfléchi cette nuit et j'aimerais que tu emménages chez moi.

– Moi ? Vivre chez toi ? Tous les jours ?

Pas réveillée, je vous dis.

Elio ne peut s'empêcher de sourire face à mes yeux de merlan frit. Comme d'habitude, je ne trouve rien à répondre d'intelligent, si bien que je cafouille, bafouille et postillonne. Et voilà, ça recommence ! Ils n'avaient pourtant pas annoncé de la pluie pour aujourd'hui…

– Je… bien… c'est… crois pas… soudain… tu…

Parfaitement plurilingue en français, italien, espagnol, chinois, japonais et en Elena Lavigne, Elio sourit de plus belle. Il tient à présent mes deux mains entre les siennes.

– Dois-je prendre ça pour un « oui » ?

– Toi… moi… maison…

E.T., sors de mon corps ! Rentre chez toi !

Elio éclate de rire. Et faute de retrouver l'usage de la parole, je me jette à son cou avec toute la ferveur, toute la passion dont je suis capable. *Moi*, je vais emménager dans l'appartement d'Elio ! Je vais vivre avec l'homme que j'aime, me réveiller à ses côtés, m'endormir dans ses bras. Il sera la première personne que je verrai et la dernière que j'embrasserai. Mon cœur éclate de bonheur.

– Oh, Elio ! Je ne m'y attendais pas du tout, dis-je avant de m'écarter légèrement. Tu es certain d'en avoir envie ? Tu ne me proposes pas cela à cause de l'incendie ? Je ne voudrais pas…

– Elena…

Il me coupe d'une voix ferme tandis que je « psychote » déjà à mort. Et sans me quitter des yeux, il prend mon visage en coupe entre ses mains. Ce que je lis à cet instant dans son regard… J'en frissonne.

– J'ai envie de vivre avec la femme que j'aime. C'est aussi simple que cela. Pas seulement parce que je veux veiller sur toi, même si les événements récents ont accéléré ma décision. Si je te veux à mes côtés, c'est parce que je ne peux pas imaginer une journée sans toi.

– Elio…

– Je veux partager toute ma vie avec toi.

Et lentement, il se penche vers moi pour me donner le baiser le plus doux, le plus profond, le plus sincère de ma vie.

***

Plantée au milieu de mon appartement, je suis excitée comme une puce. Je vais emménager avec Elio. Hiiiii ! Je suis aussi survoltée qu'une fan de Justin Bieber avant un concert. Deux grandes valises vides m'attendent, ouvertes sur le canapé. Sans compter les sacs remplis de vêtements dans l'entrée. Tout se passe très vite. Elio aimerait que je vienne chez lui dès ce soir – ne serait-ce que pour garder un œil sur moi. Je m'empare d'une photo encadrée de moi et de ma grand-mère et la pose parmi mes romans de science-fiction préférés.

– Tu viens avec moi, mamy !

Puis j'examine ma collection de portraits du XIXe siècle – toutes ces photographies exposées sur mon meuble d'apothicaire. Parmi eux Mister Eric, Lady Violet et Bartolomeo, mes fidèles amis. Ils m'ont tenu compagnie si longtemps. Pourtant, ils ne feront pas partie du voyage. Je les aime toujours, mais je n'ai plus besoin de me raccrocher à eux. Maintenant, j'ai Elio. C'est entre lui et moi. Il n'y a pas de place pour des fantômes.

– Je suis désolée. J'espère que vous ne m'en voudrez pas.

Je me sens un peu coupable. Si bien que je retourne les cadres pour éviter les regards assassins de la terrible lady anglaise. Elle ne me le pardonnera sans doute jamais ! Je m'éloigne sur la pointe des pieds pour récupérer un plaid rouge dans lequel j'aime m'enrouler. Par contre, Gros Gus, mon ours en peluche, va rester dans ma chambre.

Je ne veux pas mourir de honte.

J'emporte aussi quelques produits de ma salle de bains – une crème hydratante offerte par Alice (jamais utilisée), une modeste trousse à maquillage (très peu utilisée)…

Je suis en train de franchir une étape. Et je ne songe pas seulement à ma relation avec Elio – même si cet emménagement représente un engagement, comme nos tests VIH effectués aujourd'hui. Notre histoire devient plus forte, plus solide. Et moi aussi. Je grandis. Peu à peu, je me détache du passé. Avec Elio, je renais.

Je m'assois sur ma valise pour réussir à la fermer. Elle est pleine de bouquins, de babioles, de matériel de dessin. Pauvre

Don. Le malheureux chauffeur qu'Elio doit m'envoyer en fin d'après-midi va souffrir le martyre en portant ces poids morts. On dirait que je les ai lestés de plomb. Tout en chantonnant un air ringard – en l'occurrence, *La Mélodie du bonheur* –, je ferme le zip.

– Bah, c'est pas de la tarte !

Je recommence mon cirque avec la deuxième valise. Comment dire ? On affiche complet ! Je finis debout, à improviser un haka sur mon sac, le visage rouge écarlate et en nage. Puis je m'écroule sur le canapé, hors service. Et pourtant, heureuse, heureuse, heureuse ! Malgré l'incendie, malgré les problèmes, je suis comblée. Elio est devenu mon phare dans la tourmente et je ne vois plus que sa lumière.

– Je dois lui parler…

Pas à Elio, non… à Alice !

Pour la troisième fois, je compose le numéro de ma meilleure amie. Je laisse sonner dans le vide sans qu'elle réponde. Je raccroche avec un soupir. Tant pis. Je ressaierai tout à l'heure. Non seulement je veux lui annoncer mon départ, mais je m'inquiète pour elle. J'ai sonné à sa porte tout à l'heure, mais elle n'était pas là. Voilà ce qui me manquera le plus dans cet immeuble : ma voisine !

Puis je croise mon reflet dans le vieux miroir en fer forgé du salon. Pas besoin de l'emmener celui-là – ni aucun meuble ! Il y a tout ce qu'il faut chez Elio. Je me mets à sourire comme une cruche. J'ai l'air nunuche, ce n'est pas croyable ! Si bien que j'éclate de rire.

Alors… heureuse ?

***

Après le passage de Don chez moi, je me retrouve dans l'appartement d'Elio entourée de mes valises en partie déballées. Exceptionnellement, il s'est libéré un peu plus tôt de sa réunion avec l'un de ses gestionnaires de fonds pour m'accueillir. Je contemple les lieux avec des yeux nouveaux et émerveillés. Le décor semble moins froid, moins inhabité avec mon joyeux bordel.

– Dis donc, sourit Elio, tu ne m'as pas épargné!

Je relève la tête et le découvre en train de manipuler ma pendulette Mickey. Et encore, il n'a pas vu ma collection de petits moulins à vent plantés sur le rebord de sa terrasse. Je lui adresse un sourire radieux:

– C'est pour mettre ton amour à l'épreuve!

Cette fois, il éclate de rire tandis que je disparais dans sa chambre, située au premier étage du triplex. Je déballe soigneusement mes habits – rien de spectaculaire: deux paires de jeans, une cotte en denim, quelques tee-shirts et sweaters colorés et une collection de robes estivales. En découvrant qu'Elio a libéré pour moi un pan de son dressing, qui occupe une pièce entière de la maison, je suis bouche bée. Il a également vidé plusieurs tiroirs de ses commodes.

Il me fait une place dans sa vie. Vraiment.

Et pendant que je range mes robes, il farfouille dans mes bagages, découvrant au passage un bocal rempli des coquillages ramassés sur les plages des Hamptons. J'accroche des cintres aux tringles métalliques qui courent le long de la pièce aux murs prune. Puis je range mon vanity dans un coin, près des chaussures parfaitement cirées – et toujours noires – d'Elio. C'est là que je découvre plusieurs cartons à dessins, cachés sous un meuble. Je m'assois sur l'épaisse moquette crème, au milieu d'une profusion de coussins. J'hésite.

Je peux ? Je ne peux pas ?

Après un quart de centième de seconde, je cède à la curiosité. Je découvre alors des dizaines de dessins au crayon noir : des mains croquées dans différentes positions, des formes d'œil… tout le travail anatomique accompli par les artistes au début de leur carrière. Je feuillette les papiers, avide. Je trouve ensuite des esquisses : toujours des visages, des corps nus croqués avec sensualité, presque avec fièvre.

– Tu as trouvé mes papiers ?

Au son de la voix d'Elio, je me retourne vivement. Il se tient au seuil du dressing, adossé au chambranle d'une épaule nonchalante. Je ne lis nulle trace de colère ou d'indignation sur sa figure. Il se contente de sourire, amusé par ma curiosité dévorante.

– J'ai repris le dessin récemment. Tu vois, j'ai écouté tes conseils.

– Et tu as eu raison. Tu as un vrai talent, Elio.

J'admire un corps à demi nu, esquissé entre des draps froissés. Quand j'ai un déclic. Ce corps… c'est le mien ! Je reconnais le petit grain de beauté placé sous le sein droit. Me rejoignant en deux enjambées, Elio s'agenouille près de moi. Aussitôt, je suis enveloppée par sa chaleur, son parfum. *La Nuit de l'Homme*. Son après-rasage. Et sa peau, son odeur mâle, entêtante. Mes mains tremblent légèrement. Comment peut-il autant me troubler ? Nos épaules se touchent à peine et je suis déjà toute chose.

– Tu m'as dessinée ?

– Tu es très inspirante.

– C'est magnifique, Elio. Je suis très honorée.

Sur une autre page, je découvre mon visage à demi mangé par l'ombre. Sans doute Elio m'a-t-il immortalisée dans mon sommeil avec mes longs cheveux étalés en corolle sur l'oreiller. Mon cœur bat la chamade. Il y a une telle sensualité, une telle intensité dans son travail. Dans les Hamptons, j'avais d'abord cru à l'œuvre d'un amateur éclairé… mais pas du tout. Ces lignes, ces lumières. C'est un artiste, lui aussi. Et je suis bouleversée qu'il m'ait choisie pour modèle.

– Je voulais être peintre autrefois, me dit-il soudain d'une voix grave, très basse.

Stupéfaite, je me tourne vers lui et nos bouches se frôlent tant il est près de moi, penché au-dessus de mon épaule, le carton à dessins ouvert sur la moquette. Nous restons accroupis comme des enfants, au cœur de la grande pièce silencieuse. La respiration d'Elio s'accélère. Puis à nouveau, son timbre mélodieux s'élève :

– J'ai beaucoup peint et dessiné durant mon adolescence. C'était ma marotte. Après le lycée, j'ai même envisagé d'en vivre. J'avais un bon coup de crayon, même si, avec le recul, je pense que je n'aurais pas fait une longue carrière.

– Tu n'en sais rien.

Il hausse les épaules, guère convaincu. Moi, je l'écoute avidement, buvant chaque mot.

– Quand j'ai commencé mes études d'économie, je suivais en parallèle un cursus en histoire de l'art. Et c'est à cette époque que mon père a commencé à exposer certaines de mes toiles.

Elio se tait, réticent. Je sens tout le chagrin, toute la douleur qui l'habitent encore. Il est hanté par le passé, comme un oiseau aux ailes rognées par le déshonneur de sa famille.

– Ottavio a vendu deux ou trois toiles signées Elio Garibaldi. Quelle ironie !

– C'était longtemps avant sa mort ?

– Non, à peine quelques mois. Jeune, j'étais passionné par les artistes, par la galerie. Je m'imaginais reprendre un jour le flambeau, la gérer à mon tour, et puis…

Il se referme, secoue la tête.

– Tu connais la suite de l'histoire.

Il semble si désabusé, si secoué que nous restons tous les deux immobiles dans ce silence de verre. Je comprends mieux d'où lui vient cette incroyable culture artistique, dont j'avais mesuré l'ampleur dès notre premier rendez-vous. À cause du suicide de son père, il a renoncé à sa vocation de peintre, en proie à la colère, au dégoût, au chagrin. J'admire ses derniers dessins. Moi en train de dormir. Moi après l'amour. Moi en train de sourire.

Moi… vue par ses yeux.

Donc magnifique.

– Tu ne dois pas abandonner, Elio.

– C'est toi qui m'as redonné envie de prendre le crayon.

Il plonge dans mes yeux comme on se noie dans la mer.

– Tu m'as redonné l'envie et le goût de tant de choses.

En apnée, le cœur suspendu à un fil, je laisse Elio se pencher lentement vers moi, la tête inclinée vers lui, en arrière. À genoux dans mon dos, il prend mes lèvres avec une sensualité consommée, un désir évident. Je sais, je sens ce qui va se jouer dans toutes les fibres de mon cœur. Lui et moi. La nuit. Notre nuit.

Les lèvres d'Elio s'approprient les miennes lentement, méthodiquement. Il me fait sienne, centimètre après centimètre. Son goût m'envahit, masculin, enivrant, au gré de nos langues qui s'apprivoisent. Tandis qu'il est collé à mon dos, je sens sa poitrine aux muscles longs et secs. Son cœur bat vite, comme le mien. Et une bouffée de désir monte au creux de mon ventre, déployant ses ailes, tandis que je renverse la tête sur son épaule. Elio prend ma bouche avec avidité, une main posée sur mon cou – cette partie si tendre et fragile, si vulnérable, que je n'abandonne qu'à lui.

Nous nous escrimons dans le silence opaque de la pièce. Mes genoux râpent la moquette et je me trouble à mesure que la température grimpe. Je ne veux plus de tous ces vêtements, toutes ces couches insupportables. Je ne veux que lui contre moi, lui en moi. Et soudain, je me retourne. M'arrachant à sa bouche, je croise son regard fiévreux, interrogateur. Une seconde loin de lui, c'est une seconde de trop. Aussitôt, je noue mes bras derrière sa nuque, pour lui faire face, contempler ses yeux. Il murmure mon nom tout bas, si bas que cela ressemble à une prière, peut-être une promesse :

– Elena…

La dernière syllabe meurt sur mes lèvres, son souffle se perd dans notre baiser, plus profond, plus viscéral que le premier. La passion se répand dans mes veines, irriguant mon corps. Et la respiration d'Elio devient saccadée tandis que nos lèvres se caressent en un ballet savant. Il pourrait me dévorer. Déjà, ses grandes mains glissent sous mon tee-shirt blanc. J'en frissonne des pieds à la tête. Du bout de ses longs doigts, il frôle mon ventre plat, mes flancs, avant de remonter vers ma poitrine. Ça chatouille, ça me rend alanguie, lascive… Et lui, de sourire contre ma bouche.

– Bienvenue à la maison, dit-il en se penchant à mon oreille.

Cette phrase m'atteint en plein cœur, répandant une douce chaleur dans tout mon être. Je n'ai jamais su ce qu'était un foyer, une famille depuis ma petite enfance. Jusqu'à aujourd'hui. Je me cramponne plus fort à Elio, mon phare dans la tempête, mon port d'attache. Et enhardie par ses mots, je m'abandonne entièrement, sans retenue. Il suçote longuement le lobe de mon oreille, titillant des terminaisons inconnues. Et ses mains englobent mes seins à travers le coton rayé de mon soutien-gorge. Les pointes se dressent, tendues vers lui, alors qu'il m'embrasse à perdre haleine.

Il y a une urgence entre nous.

Une urgence vitale, viscérale.

Sans cesser notre intense bouche-à-bouche, je commence à déboutonner sa chemise noire. Puis je pose mes mains sur ses épaules afin de la lui retirer, caressant au passage sa peau douce, blanche. Ses muscles roulent sous mes doigts et je sens mes jambes se ramollir. J'ai les jambes en coton – heureusement, je suis assise par terre ! Elio se perd dans mon regard, hypnotisé. Et moi, j'appuie mes paumes sur son torse, redessinant ses pectoraux, suivant les lignes affûtées par des années de sport.

– Je n'en reviens pas.

D'être avec lui. D'être aimée de cet homme. D'être là.

Mon chuchotement lui tire un sourire en coin à faire chavirer tous les cœurs. Puis il appuie son front contre le mien. Nos nez se frôlent, nos lèvres jouent à se chercher, à s'éviter. En même temps, Elio m'aide à lever les bras au-dessus de ma tête, le temps de me retirer mon tee-shirt, de l'envoyer valser. Il se penche ensuite dans mon cou pour y enfouir sa figure, y butiner mon parfum, mon goût. J'en frissonne, chatouillée par son souffle, par sa langue qui me marque d'un énième suçon. Parfois, j'ai l'impression qu'il voudrait m'aspirer, m'absorber.

Et je ne demande pas mieux.

Dans mon dos, ses doigts redessinent le chemin de ma colonne vertébrale. Tel un chat, je creuse les reins. Je m'arcboute spontanément tandis qu'il monte et descend en une délicieuse torture. Sa bouche, elle, se pose sur mon épaule, ma poitrine, mes seins qu'il embrasse l'un après l'autre à travers le tissu. Tous mes muscles se tendent. Et assise face à lui dans l'immense dressing, je le laisse ôter l'agrafe de mon soutien-gorge. Avec habileté, il libère ma petite poitrine – ce vieux complexe qu'il me fait oublier tant il me regarde avec les yeux du désir, les yeux d'un homme qui m'aime.

Se penchant vers moi, il aspire un de mes tétons. Mmm… le plaisir m'envahit, crépitant sous mon épiderme. Je suis à fleur de peau. Et je plante mes ongles dans ses omoplates, comme si je voulais l'attirer plus près, toujours plus près. Lui émet un grognement rauque, un râle de désir. Il joue avec mon sein, tirant la pointe, léchant l'aréole avant de caresser ma poitrine. Je gémis. Des sensations inouïes me transpercent, le désir me vrille le ventre et me brûle les reins. Nous nous accrochons l'un à l'autre sur la moquette – tout au plaisir de nous griffer, de nous mordre, de nous embrasser. Je pince sa lèvre inférieure entre mes dents quand il relève la tête, sans cesser de caresser mes seins de ses paumes tièdes.

– C'est plutôt moi qui ne devrais pas en revenir, souffle-t-il. Je suis l'homme le plus chanceux du monde.

Avant que je n'aie le temps de répliquer, il attrape mes épaules et me pousse doucement, m'allongeant sur la moquette. Puis il fait sauter le bouton de mon jean. Il me retire mon pantalon, le faisant glisser le long de mes jambes nues. Ses doigts prennent ensuite le relais, entamant une lente remontée de mes chevilles à mes genoux, de mes genoux à mes cuisses. Torse nu, Elio est penché au-dessus de moi, superbe.

– Tu es mon œuvre d'art.

C'est comme si cette phrase lui donnait une idée. Je vois presque ses yeux bleu arctique s'éclairer tandis qu'il répète à voix très basse :

– Et tu seras la seule œuvre, Elena.

Je ne comprends pas. Mais comment pourrais-je réfléchir au moment où ses mains sont partout sur moi ? De ses doigts autoritaires, il m'ôte ma culotte, la faisant descendre, suivre le chemin de mon pantalon. Je me retrouve entièrement nue devant lui, petite et fine – une autre source de complexes… sauf avec lui. Son regard étincelle quand il me contemple dans ma nudité, enregistrant chaque détail, photographiant chaque partie de mon corps – de mes seins nacrés à mes jambes élancées, de ma féminité à ma longue chevelure blonde, répandue dans mon dos. Assis près de moi, il y plonge la main et porte ma toison à son visage pour en humer la délicieuse odeur de patchouli.

– Ne bouge pas.

Il me donne un baiser fugace, effleurant à peine mes lèvres, et se redresse. J'en lâche un petit cri de frustration. Non, je veux encore ses mains ! Je le veux encore, lui ! Mais il traverse déjà la pièce pour récupérer du matériel de dessin. Je roule sur une hanche, allongée sur un flanc, alanguie par ses caresses. Qu'attend-il pour me revenir, m'aimer, me posséder ? Je tends une main dans sa direction.

– Elio…

Je ne me connaissais pas une voix suave, si féminine. Je me découvre chaque jour un peu plus entre ses bras. Comme si je prenais confiance. Moins d'une minute plus tard, Elio est de retour. En pantalon noir et chaussettes, il s'agenouille à mes côtés, visiblement ému par ma nudité. Posant son matériel à dessin, il effleure mon épaule. Je suis allongée sur un côté, je le fixe sans peur, sans pudeur. Sa paume tiède me tire un frisson de plaisir… surtout lorsque ses doigts descendent le long de mon corps, de mon bras, de ma taille. Il s'arrête un instant sur la discrète rondeur de ma hanche, remonte vers mon sein qu'il soupèse, prend, pétrit…

Mmm…

– Tu es si parfaite.

– Seulement quand tu es là. Seulement quand tu me regardes.

– Je voudrais dessiner quelque chose pour toi, Elena.

Sans ajouter un mot, il me fait doucement basculer sur le ventre, attrapant au passage un coussin pour le glisser sous mon corps. Je me retrouve couchée sur le sol moelleux, offerte à ses envies. Il me tend un autre coussin, pour ma tête. Je repose sur un tapis de plumes d'oie et de taies en velours, à l'image d'une reine de Saba. Surtout, je devine son regard sur moi, tel un feu dévorant, tandis qu'il écarte mes longs cheveux pour dégager mon dos.

Il a une vue plongeante sur mes épaules, mes reins… et ses doigts s'égarent un instant sur mes fesses. Il les enveloppe, les caresse, descend vers mes cuisses… puis remonte. Le plaisir irradie en moi, jusque dans ma féminité. Je devrais rougir tandis qu'il se concentre sur cette partie de mon anatomie… mais je gémis faiblement, le corps parcouru d'une onde chaude, délicieuse.

Quand soudain, je sens quelque chose au creux de mes reins.

La pointe d'un pinceau.

– Elio ?

– Ne bouge pas. Cela ne prendra qu'un instant.

Les délicats poils de soie courent sur ma chair tandis qu'Elio peint au bas de mon dos, son autre main sur mes fesses qu'il enveloppe, qu'il façonne. J'ai l'impression d'être une statue de glaise entre ses doigts. Je sens la chaleur de ses paumes, je m'enivre de son parfum alors qu'il est penché sur moi. Croisant mes bras en panier sous mon menton, j'y love ma tête. Je me laisse aller à tous ces vertiges, toutes ces sensations inédites. Si bien que je ne distingue plus ses doigts du pinceau. Tout se mélange. Et lui s'amuse à souffler sur son œuvre, me faisant délicieusement trembler.

– Voilà, c'est fini.

– Qu'est-ce que tu as fait ?

Nos voix ne sont que murmures. Je veux me retourner mais il appuie ses deux mains sur mes épaules, me forçant à rester couchée sur la moquette, offerte à lui. J'aime cet abandon. J'aime son autorité, sa façon de me guider.

– Ma seule œuvre valable. La seule qui mérite de rester.

Je me demande quelle forme il a pu esquisser. Elio en profite pour se redresser et défaire sa ceinture en cuir. Dans la foulée, il se débarrasse de son pantalon, de son boxer noir, de ses chaussettes. Je repère alors le grand miroir en pied, de forme ovale, derrière nous. Et j'aperçois l'œuvre d'Elio une fraction de seconde : un papillon tout en arabesques, délicat, fragile, magnifique. Comme celui qu'il m'avait offert sous forme de broche. Mon cœur s'arrête. Lui se place derrière moi, debout entre mes jambes. Écartant mes cuisses, il s'assoit et pose une main apaisante sur mes reins, pour me rassurer.

Je tressaille. Je ne le vois pas. J'ignore ce qu'il fait. Et je trouve ça… excitant. Le désir chevillé au corps, je le laisse me saisir par les hanches. Il m'aide à me redresser, tordant ensuite mes cheveux en une longue queue-de-cheval qu'il passe par-dessus mon épaule. Il ne veut pas abîmer son dessin, en train de sécher sur sa toile – moi.

– Laisse-toi faire, Elena.

– Je…

– C'est moi. Tu ne crains rien.

– Qu'est-ce que tu fais ?

– Ferme les paupières, ma beauté. Ferme les yeux.

J'hésite, je me mords les lèvres… et m'exécute. Parce que c'est lui. Parce que je me sens prête à tout quand il est là. Je deviens une autre – ou moi-même – sous son joug. Ses mains sur mes hanches, je m'abandonne à lui. Mes genoux râpent la moquette, comme mes paumes. Je suis à quatre pattes. Et dans mon dos, je sens soudain son érection contre ma cuisse – impressionnante, chaude. Je devine la veine qui pulse dans sa chair, je devine sa virilité qui glisse sur ma peau en une lente caresse. Je garde les yeux fermés, submergée par les sensations.

Lui flatte mes rotondités… avant de plonger une main dans ma féminité, entre les replis moites, humides de désir.

Il titille le petit bouton de chair rosée, il le presse, le contourne, y revient sans cesse, son bras autour de mon ventre. Je sens toujours son sexe contre moi, presque contre mes fesses. Son corps chaud est plaqué au mien.

Je vais défaillir. Je deviens molle, languide. Et soudain, le plaisir explose en moi, au creux de mon corps. À deux doigts, Elio continue d'explorer mon clitoris, m'arrachant un long geignement. Je psalmodie son nom, cédant à la jouissance. Tout mon corps tremble, au point qu'Elio m'aide à ne pas tomber. Et ce n'est qu'une fois la tempête apaisée qu'il se plaque contre moi. Je sens sa virilité érigée, dressée, à l'entrée de mon sexe. Plus besoin de préservatif entre nous – grâce à nos tests.

Seulement lui et moi.

Corps à corps.

À genoux dans mon dos, il me pénètre lentement, centimètre après centimètre, savourant ce premier contact. Il se glisse dans mon corps, m'emplissant entièrement. Je le sens palpiter en moi, au creux de mon ventre. Lui lâche un long râle au moment où il entre jusqu'à la garde, au plus profond de mes secrets. Il s'arrête, figé, savourant ma chaleur, ma moiteur qui l'enveloppe tel un fourreau. Moi, je me tiens toujours sur le sol, devant lui. Ce pourrait être impudique… mais ce n'est que magique, intense.

Les paupières closes, je le sens qui se retire. Je me réduis à mon seul corps. Je ne pense pas, je ne réfléchis plus. Puis il revient déjà, s'enfonçant à nouveau dans mes replis moites. À chaque poussée, à chaque coup de rein, il décuple nos sensations. Le plaisir revient du fond de moi, cent fois plus puissant. C'est une vague gigantesque, c'est un gouffre qui s'ouvre sous moi. Elio bouge en moi, grossissant de plus en plus. Je me retiens de hurler son nom, encore et encore. Quand brutalement, je me laisse emporter par la jouissance – exactement au même moment que lui. Il se déverse en moi, chaud, vivant. Et nous montons haut, si haut que j'en oublie tout.

Tout sauf lui, sauf nous.

23

UNDER MY SKIN

Rongée par la nervosité, je me dirige vers la façade de l'Académie des arts où se presse un troupeau d'élèves. Sous un chaud soleil de juin, nous sommes aussi discrets que des éléphants en migration et nous piétinons le bitume avec la même conviction. Mes nerfs vont craquer. Occupée à me ronger les ongles, c'est à peine si je ne m'arrache pas les doigts. Alice me donne une petite tape.

– Pense à Elio ! Qu'est-ce qu'il dira en voyant tes moignons, ce soir ?

– Et qu'est-ce qu'il dira si je n'ai pas mon examen ?

Alice lève les yeux au ciel.

– Comme si tu pouvais échouer, toi ! Tu es une artiste-née.

– Arrête, tu me mets la pression. Imagine que je n'ai pas ce fichu diplôme. Qu'est-ce que je deviendrais ?

– Eh bien, Elio te prendrait dans ses bras puissants et te

consolerait ! s'amuse Alice avec un clin d'œil moqueur.

Pas faux. Et je ne peux pas m'empêcher de sourire malgré la boule d'épines dans ma gorge. J'ai l'impression d'avoir mis la main dans une prise électrique ce matin. Je suis branchée sur 100 000 volts. À 11 heures, le secrétariat de l'école a prévu d'afficher la liste des élèves reçus à l'examen final. Mon fameux tableau sur le thème de l'érotisme, *Géographie du plaisir*, a-t-il convaincu les examinateurs ? J'en étais persuadée en quittant la salle, ce jour-là. Mais maintenant, je ne sais plus.

Et si j'avais tout inventé ? Si je m'étais fait un film ? Si… si… ?

– Arrête de te trémousser. On croirait que tu danses la Macarena.

– N'importe quoi !

Je me retiens néanmoins de rire. Une épreuve difficile avec Alice ! Après mon premier réveil dans l'appartement d'Elio – notre appartement ! –, j'ai enfin réussi à joindre ma meilleure amie au téléphone. Et c'est elle qui a proposé de me retrouver devant l'académie pour attendre les résultats avec moi. Elle vient de traverser une mauvaise passe à cause de Luca… et je m'en veux de ne pas avoir été plus présente au cours des derniers jours. Aujourd'hui, j'espère me rattraper.

Enfin, quand j'aurai dépressurisé.

La secrétaire de l'accueil s'approche des vitres du hall pour y coller les noms des heureux titulaires. Mon cœur cogne à tout rompre tandis que tous les élèves s'ébranlent – ça y est, les éléphants chargent ! D'ailleurs, la malheureuse standardiste ouvre des yeux ronds pendant que nous nous collons à la porte-fenêtre avec avidité. Alice et moi nous retrouvons pressées entre tous les corps, obligées de nous tenir la main pour résister à cette bande d'enragés.

– Waouh! dis-je. Ça secoue.

– Tu vois ton nom? me crie Alice, fébrile.

Je me dresse sur la pointe des pieds tandis qu'un grand gaillard serre les poings et les dents devant moi. Apparemment, il a l'air déçu. Et il finit par libérer la place, me laissant jeter un coup d'œil à la fameuse liste. Mon estomac se noue, mes genoux s'entrechoquent. Je passe tous les noms en revue et j'aperçois celui de Jeremy. Il a été reçu, même si je ne le vois pas dans les parages. Quand soudain…

Elena Lavigne. Mention Très bien.

– Je l'ai!

– Quoi? demande Alice, à moitié sourde d'une oreille à cause des hurlements stridents de deux filles.

– Je suis reçue!

Je me jette à son cou, quitte à bousculer tout le monde au passage et à provoquer la grogne générale. Tant pis. Je suis tellement heureuse. Elle me serre à son tour dans ses bras, les larmes aux yeux.

– Si tu savais comme je suis fière. J'ai toujours su que ma meilleure amie réussirait dans l'art! Je pourrai bientôt m'en vanter dans les soirées que j'organise.

– Merci, Alice.

Je la regarde dans les yeux, sincère.

– Merci d'avoir toujours cru en moi. Et merci d'avoir toujours été là.

– C'est normal entre copines. Et puis, tu te rappelles cette fête que j'avais organisée pour mon agence en décembre? Tu m'as empêchée de me ridiculiser devant Channing Tatum.

Je hoche la tête.

– J'avais un coup dans le nez, s'amuse-t-elle. J'ai failli lui pincer les fesses.

– Mais quelles fesses !

Au souvenir de son anatomie, nous observons une minute de recueillement. Puis nous éclatons de rire en fuyant la petite foule des élèves. J'en profite pour féliciter au passage quelques copines – notamment Madison et Mary qui entament une danse de la joie d'inspiration disco. L'une d'entre elles me fait virevolter au passage et un garçon que je connais à peine m'embrasse sur la joue.

Ce n'est plus l'Académie des arts, ce matin. C'est Fame.

À peine sortie de la cohue, j'envoie un texto à Elio. En réunion avec ses partenaires nippons, je ne veux pas le déranger pendant son rendez-vous. Ce qui ne m'empêche pas de lui adresser un SMS distingué et plein de retenue :

[Je l'ai euuuuuuuuuuuuuuuu !!!]

– Qu'est-ce qu'on fait maintenant ? me demande Alice. Tu veux prendre une coupe de champagne ?

– Tu tiens vraiment à m'entendre chanter *The Star-Spangled Banner* à la deuxième gorgée ?

– C'est vrai que toi et l'alcool…

– Viens ! J'ai une meilleure idée !

Et je l'entraîne à travers les rues, slalomant entre les badauds et les touristes. Alice me suit sans rien dire, portée par mon enthousiasme contagieux. Je pourrais soulever des montagnes ce matin. Mais quand nous nous arrêtons devant la vitrine d'une boutique, mon amie manque de se décrocher la mâchoire. Je lui aurais révélé mon élection à la Maison-Blanche qu'elle n'aurait pas l'air plus étonnée.

– Un salon de tatouage ? interroge-t-elle, soufflée.
– Oui. J'aimerais m'en faire faire un.
– Elena Lavigne ? Tatouée ?
Elle me regarde longuement.
– Qui êtes-vous et qu'avez-vous fait de ma copine ?
Elle se met à rire avant d'ajouter :
– C'est à cause d'Elio que tu t'encanailles comme ça ?
À mon tour de lui donner une petite pichenette avant qu'elle ne pousse la porte du magasin où nous attendent deux artistes – une jeune femme en pantalon de cuir noir et un homme chauve, couvert de tatouages, au sourire franc.
– Je suis à vous tout de suite, nous lance-t-il.
Nous patientons sur l'une des banquettes en cuir alignées le long du mur, près de la vitrine, devant une table en verre et d'énormes classeurs qui proposent différents modèles de dessins. Je parle à Alice du papillon dessiné par Elio au creux de mon dos – même si je tais dans quelles conditions l'œuvre a été réalisée. Comment pourrais-je partager ce moment si intense, si bouleversant ? Je sens à nouveau la pointe de son pinceau glissant au creux de mes reins, pendant qu'il dessinait ce sublime papillon avant de me faire l'amour. Cela a été l'un des moments les plus magiques de ma vie. Intense, sensuel. Comme s'il m'avait marquée à jamais. Puis j'ai perdu pied sous ses caresses, ses baisers. Mais c'est notre secret, à lui et à moi.
Je ne sais qu'une seule chose : je veux le garder dans ma chair. Je veux que ce dessin vive en moi, comme la trace d'Elio, de notre amour, de cette nuit magique. Parce que je l'ai dans la peau.
– Tu crois que j'ai raison ? dis-je à Alice.

– C'est un magnifique cadeau que tu lui fais. Je suis certaine qu'il va adorer.

Elle prend l'une de mes mains et la presse doucement. Elle semble plus à sa place que moi dans ce salon avec ses courts cheveux noirs, son blouson en cuir rouge et sa robe de créateur – un parfait mélange de masculin-féminin qui colle à sa personnalité. De mon côté, je détonne avec ma petite robe d'été à fleurs, mes Converse roses et mes longs cheveux blonds de princesse. Cela dit, j'ai l'habitude de ne pas cadrer avec le décor. Du privilège d'être une originale.

J'effleure le papillon gravé à l'encre noire au creux de mes reins. Ce matin, je me suis contorsionnée dans tous les sens pour ne pas l'effacer. Le Cirque du Soleil à moi toute seule. Heureusement, je n'ai pas abîmé les ailes constituées d'arabesques ou le corps délicat de l'éphémère.

– Tu es radieuse depuis que tu vis avec Elio. Tu sembles beaucoup plus…

– Fais attention à ce que tu dis ! dis-je, en riant.

– J'allais dire épanouie, ouverte, équilibrée. Cet homme te fait du bien.

Elle a raison. J'ai l'impression de m'ouvrir avec Elio, de changer – en mieux. Puis je me tourne vers elle avec précaution.

– Et comment les choses évoluent-elles avec Luca ?

– Mal. On a rompu.

Je ne savais même pas qu'ils étaient ensemble. Du moins officiellement.

– Vous sortiez ensemble ?

– Plus ou moins. Il m'emmenait dans des soirées qui finissaient toutes par dégénérer. Tu sais comme j'adore la fête…

Elle me roule des yeux qui en disent long. Je lui souris. Depuis qu'elle a emménagé à New York et intégré son agence événementielle haut de gamme, mon amie ne vit que pour les night-clubs à la mode et les bulles de champagne.

– Eh bien, même un oiseau de nuit comme moi a fini par prendre peur.

– C'est à cause de… de la drogue ?

Je me revois encore jetant la poudre blanche que le petit frère d'Elio s'apprêtait à sniffer sur le lavabo de son appartement.

– Je ne sais pas s'il touche encore à cette saloperie. Personnellement, je ne l'ai pas vu en prendre, mais je ne suis sûre de rien. C'est surtout qu'il boit trop. Il n'a aucune limite. Il ne sait pas s'arrêter.

– Je suis désolée pour toi.

Elle hausse les épaules, fataliste, mais je devine sa peine à l'éclat de ses yeux. Elle était sincèrement attachée à Luca. Et je m'en veux de ne pas avoir été à ses côtés pour l'aider à surmonter cette épreuve.

– J'ai fini par m'éloigner. Je ne voulais pas qu'il m'attire dans sa spirale.

– Tu as bien fait. Pardonne-moi de ne pas être restée avec toi, d'être partie dans les Hamptons alors que tu avais besoin de moi.

– Tu rigoles ? Après cette fausse accusation de vol, tu méritais de prendre un peu l'air ! Et je suis assez grande pour m'occuper de moi.

Je hoche la tête, pas convaincue. Nous avons toujours eu besoin l'une de l'autre – et ce n'est pas près de changer. C'est à ça que servent les amies, non ? Alice pousse un profond soupir.

– Je suis inquiète pour Luca.

– Elio et moi aussi.

– Mais vous ne l'avez pas vu comme moi durant ces soirées. Il va mal finir, je t'assure. Et puis…

Elle se tait, hésitant à continuer. En arrière-fond, on entend le bourdonnement d'une aiguille à tatouer. Je l'encourage d'un signe de tête.

Si on ne peut pas tout dire aux copines…

– Luca est criblé de dettes.

– À cause des jeux au casino ?

– Pas seulement. Il doit un paquet de fric à des bookmakers alors qu'il n'a plus un sou devant lui. Et tu sais le pire ?

Euh… parce qu'il y a pire ?

– Il n'arrête pas de recevoir des coups de fil bizarres, tous du même numéro. Son téléphone sonne même la nuit. Je crois qu'un de ses débiteurs le harcèle et lui réclame son argent.

Je plaque une main sur ma bouche.

– C'est terrible.

– Je sais. Je m'en veux de l'avoir abandonné avec ses problèmes…

– Non ! m'écrié-je, nettement. Tu as eu raison. Il aurait fini par t'entraîner dans sa chute. Ce n'est pas à toi de régler ça.

Par contre, il faut que j'en parle à Elio. Je dois lui raconter dans quel pétrin s'est encore fourré son petit frère. Mais alors que je réfléchis, le tatoueur aux airs de biker se plante devant moi, un grand sourire aux lèvres.

– À votre tour, la miss !

Je regarde la grande aiguille neuve qu'il tient à la main. Je déglutis très fort.

C'est normal, la taille de cet engin ? C'est pour tatouer ou pour marquer un taureau ?

Je me tourne vers ma meilleure amie, mais elle me tire déjà par le bras vers le siège couvert d'une protection en plastique.

Attendez… J'ai précisé que j'avais peur des aiguilles ?

***

En début d'après-midi, je retourne à mon ancien appartement courbée en deux. Je ressemble à une grand-mère qui aurait enfilé des bas de contention trop étroits. Aïe ! Je confirme : les tatouages font mal. J'ai serré les dents sur le siège mais j'ai dégusté… même si cela en valait la peine. Le tatoueur m'a promis que le dessin serait magnifique. De mon côté, j'ai surtout vu ma peau rouge à vif avant qu'il ne pose un gros pansement sur la plaie. Je croise les doigts.

Après avoir déjeuné au Central Coffee avec Alice, qui est ensuite retournée à son travail, j'ai décidé de faire un saut chez moi pour récupérer quelques affaires. En bonne tête de linotte, j'ai oublié mes ciseaux crantés et les tissus destinés à mes nouvelles boîtes. Je monte dans l'ascenseur en dressant une liste exhaustive. J'ai aussi oublié… euh… C'est bizarre, je m'en souvenais ce matin !

La porte de la cabine coulisse, me déposant à mon étage. J'en sors en fixant mes chaussures, perdue dans mes pensées. Et je ne le vois qu'au dernier moment – l'homme qui attend sur mon paillasson. Je me fige avant qu'il ne se tourne vers moi, certaine d'avoir reconnu ses épais cheveux poivre et sel, ses larges épaules, sa peau hâlée par le soleil du désert.

Mon cœur s'arrête.

– Papa ?

Mon père. Devant ma porte. En chair et en os. Pincez-moi, je rêve !

– Ah, Elena.

Oui, nous sommes de grands démonstratifs.

Se tournant vers moi, mon père reste figé sur le palier. Il ne bouge pas, n'esquisse pas un geste. Je reste également immobile, aussi gauche que lui. Je le détaille seulement des pieds à la tête. Il porte un polo rouge, un jean et un blazer bleu marine qu'il tient d'une main, jeté sur son épaule. Il a gardé ses lunettes de soleil coincées dans son col. Sans doute n'est-il pas descendu d'avion depuis longtemps car son visage porte encore les stigmates de la fatigue. Décalage horaire oblige. Je me mets à bafouiller :

– Papa ? Je… je te croyais à Dubaï.

– Je voulais te faire la surprise. J'ai quitté le chantier hier et me voilà.

– C'est…

Inattendu ? Surprenant ? Stupéfiant ?

Je n'ai pas revu mon père depuis… huit mois ? peut-être neuf ? Je ne compte plus les jours. Un coup de téléphone par-ci, une carte postale par-là. Et jamais aucune confidence, jamais de conversation personnelle. Aussi je me retiens de l'embrasser ou de le serrer dans mes bras malgré la joie. J'ignore comment me comporter avec lui. Déjà enfant, il me serrait rarement contre lui, voire jamais. À peine m'embrassait-il sur le front certains soirs pour me souhaiter bonne nuit.

Je me balance d'une jambe sur l'autre.

Je serais plus à l'aise avec Elizabeth II à Buckingham.

– C'est super.

Le prix de l'éloquence est attribué à… Elena Lavigne.

– Oui, super.

Et à Andrew Lavigne. Ex aequo.

Se rapprochant de moi, mon père tapote maladroitement ma joue à deux doigts.

– Je suis content de te voir, fifille.

– Moi aussi, papa.

Nous sommes à notre maximum, là.

À mon grand désespoir.

– Et si je t'invitais à prendre un café ?

– Tu ne préférerais pas rentrer chez moi ? Je pourrais te préparer un thé ou…

– Non, allons au café. Ce sera très bien.

Et moins intime, moins personnel. J'emboîte le pas à mon père, le cœur lourd, me tenant à bonne distance dans l'ascenseur. J'ai l'impression qu'il fuit mon appartement, comme s'il refusait de découvrir mon cadre de vie et d'en savoir plus sur moi. Il me conduit donc en territoire neutre, dans un petit salon de thé sympathique et sans âme situé à l'angle de la rue. Je m'assois sur une chaise en velours rouge, encore abasourdie. Et après avoir passé commande – café-crème pour nous deux –, j'ose l'interroger.

– Qu'est-ce que tu fais là, papa ?

– Ton ami m'a téléphoné après l'incendie de ton atelier.

– Mon ami ?

– Elio Garibaldi.

Elio. Ce n'est pas un ami. C'est plus, tellement plus. Je me garde toutefois d'intervenir.

– Il a beaucoup insisté pour que je vienne te rendre visite.

Et tu vois, j'ai fini par me décider.

Mes yeux se mettent à briller. Elio a téléphoné à mon père en lui demandant de venir. Son attention, sa délicatesse me bouleversent. Il veut m'aider à panser mes plaies, à me réconcilier avec mon passé. Mais à l'évidence, papa n'a pas envie d'être là. Il se trémousse sur sa chaise, se contentant de phrases courtes et neutres. Et il jette un coup d'œil discret à ses deux montres – une particularité que je lui ai toujours connue. Un cadran pour l'endroit où il se trouve. Un cadran réglé sur le fuseau horaire de son chantier actuel.

– Comment vas-tu, ma fille ? lâche-t-il après le départ de la serveuse.

Je bois lentement une gorgée de mon café.

– Euh… bien.

C'est triste. C'est presque une question inattendue entre nous. En tous les cas, je ne l'ai pas entendue souvent. À nouveau, je sens mon cœur se fendiller.

– J'ai eu mon diplôme de fin d'études.

– Ah, ça y est ? Formidable !

Il toussote.

– Tu vas pouvoir trouver un vrai travail, maintenant.

Mon père a toujours été plus ou moins hermétique au milieu dans lequel je gravite. Il ne dit pas ça par méchanceté. Simplement, pour un homme aussi pragmatique que lui, artiste n'est pas une profession.

– J'expose à la galerie *Pasqualina*, dis-je dans un sourire. Je t'en avais parlé. D'ailleurs, je vais bientôt présenter une œuvre au MoMA.

– Mais tu penses pouvoir vivre de ton art ?

– Je ne sais pas.

– En tous les cas, je serai toujours là pour t'aider financièrement. Aussi longtemps qu'il le faudra. Ne te fais pas de bile pour ça.

L'argent.

Comme à chaque fois, nous en revenons au même point. Même s'il a parlé gentiment, j'ai le sentiment qu'il rachète ses absences et son désintérêt à coup de dollars. Mes yeux me piquent à nouveau, mais plus pour les mêmes raisons. Et toujours aucune effusion, aucun geste. Quand j'avance discrètement la main vers lui sur la nappe, il enfouit son bras sous la table. Voilà qui est clair.

– Ton ami a l'air de beaucoup tenir à toi.

– C'est vrai.

– Il… Tu… tu es amoureuse ?

Je deviens toute pâle alors que mon père esquisse son premier vrai sourire depuis nos tièdes retrouvailles. Apparemment, la réponse se lit sur mon visage.

– Je vais rester quelques jours à New York, Elena.

– Vraiment ? Et tu veux rester à l'appartement ?

– Non, non ! répond-il, trop précipitamment. Cynthia m'a réservé une chambre d'hôtel, à deux pas d'ici.

Sa fidèle secrétaire a sans doute orchestré tout ce voyage à sa place. Mon père marque un bref silence… avant de me sidérer :

– J'aimerais bien rencontrer ton Elio avant la fin de la semaine. Tu pourrais nous organiser un dîner à trois ?

– Euh… oui.

Papa et Elio ? Dans la même pièce ?

Ça promet.

24
AU NOM DU PÈRE

Mes ciseaux à la main, je découpe de grandes lettres dans du papier journal. Puis je récupère mon butin au creux de ma paume. De toute manière, je ne souhaite malheur qu'à une seule personne : celui qui a incendié mon atelier. Pour lui, je rêve des pires châtiments : perdre tous ses cheveux, par exemple, ou écouter Mariah Carey ligoté à une chaise.

Heureusement, Elio a débarrassé une grande pièce au dernier étage de son triplex. Avec ses grands murs blancs et son superbe balcon, garnie de matériel neuf et de toiles vierges, elle n'attendait que moi.

Comment peut-il penser à tout ?

En rampant, je me dirige au centre de la pièce et m'assois sur les grandes bâches en plastique étendues au sol. Quand je suis en pleine création, mieux vaut protéger les alentours. Entre ma scie, mon chalumeau et mes litres de peinture, je deviens un vrai danger pour la décoration intérieure. Par terre, je dépose mes lettres dans un bocal et attrape une nouvelle Box. C'est une série inédite, imaginée quelques jours plus tôt, pendant mon voyage dans les Hamptons. Je voulais un concept révolutionnaire – enfin, pour moi. Un concept qui tranchait avec mes anciennes créations.

Les Open Box. Les Boîtes Ouvertes.

Sans code. Sans verrou. Sans serrure. De simples boîtes en carton, en bois, en verre, en métal, en tissu dont il suffit de soulever le couvercle. Bien sûr, le spectateur est toujours impliqué, mais je ne le prends plus en otage. Acteur de la création, il découvre des décors inattendus à l'intérieur. Plus d'œil qui l'observe, plus d'ombres noires qui le guettent. Seulement des paysages, des présences bienveillantes, en particulier un profil masculin, noir, qui surveille toutes les scènes comme un ange gardien.

Elio ? Vous croyez ?

D'un coup de pinceau, j'étale de la colle au fond de la boîte en métal montée par mes soins et sur laquelle je travaille depuis l'aube. Il me reste à la remplir avec tout le matériel rassemblé autour de moi. Malgré la perte de mon atelier, je dois donner le meilleur de moi-même car l'exposition au MoMA approche. Dans quelques jours, je devrai apporter une nouvelle série de boîtes à la galerie *Pasqualina*. Mon cœur bat la chamade. Mes boîtes. Dans l'un des plus grands musées du monde.

Pourvu que je ne me réveille pas.

Je commence mes collages en chantonnant un air disco. Je suis consciente que mon inspiration, mes œuvres ont changé depuis mon histoire avec Elio. Peu à peu, la noirceur reflue, les nuages s'éloignent… et la lumière entre dans mon travail.

Ou alors, c'est moi qui ai changé.

Grâce à lui. Et en mieux.

Dans une boîte, j'ai collé un ancien ruban qui appartenait à ma grand-mère. Jamais je n'aurais osé avant… mais j'ai envie qu'elle soit là, avec moi, qu'elle partage mon bonheur. J'ai aussi envie qu'elle vive à travers mes œuvres – tout comme mon amour pour Elio, évident dans certaines boîtes où j'ai pulvérisé un « pschitt » de son parfum. Les boîtes sont faites non seulement pour être vues, mais aussi senties, touchées… Je hoche la tête avec satisfaction.

Quand des bruits s'élèvent au rez-de-chaussée. Je lève la tête, incertaine. Elio m'a pourtant affirmé que l'équipe de ménage ne passait pas aujourd'hui et, a priori, il n'attend personne. Je me redresse, vêtue d'un jean et d'une chemise à carreaux digne d'un bûcheron canadien – mon uniforme d'artiste. Je tends l'oreille. Mais… oui. Quelqu'un est entré dans l'appartement.

– Elio ? interroge une voix.

Je fronce les sourcils.

– Elio ? T'es là ?

Sortant de mon atelier, je traverse le long corridor en courant. C'est ça le problème des appartements de milliardaires : on aurait besoin d'un scooter pour les parcourir. Quand j'arrive devant les escaliers, je dévale les marches en direction du salon.

– Hou, hou… Y a quelqu'un ?

– Luca ? dis-je, hors d'haleine.

M'accrochant à la rambarde métallique, j'aperçois la silhouette dégingandée du petit frère d'Elio. Mes cheveux blonds se répandent en rideaux autour de moi au moment où je me penche. Luca se tient devant les baies vitrées. J'ai l'impression qu'il a perdu du poids. Et quand il se retourne, j'aperçois les cernes gris, le teint cireux, les yeux enfoncés, les lèvres exsangues.

– Est-ce que… ?

Les mots meurent sur mes lèvres. Je me raccroche à la rampe, les jointures blanchies.

– Tout va bien ?

Me voyant enfin, Luca se dirige vers moi d'une démarche mal assurée. On dirait qu'il titube, qu'il marche sur un bateau en pleine tempête, sans parler de son haleine chargée d'alcool lorsqu'il se plante devant moi et ouvre la bouche ! Lui répond à ma question… par une autre question.

– Où est Elio ?

– Il travaille.

– Non, non ! C'est pas vrai !

Il a crié si fort que je sursaute. Lui se retourne pour fouiller la pièce d'un regard trouble, comme s'il s'attendait à voir surgir quelqu'un dans son dos. Se croit-il suivi ? Son attitude me fait penser à celle d'un fugitif. En tous les cas, il ne tourne pas rond et semble presque… aux abois. Ses yeux roulent dans leurs orbites quand il me fait à nouveau face.

Puis il reprend plus calmement :

– Je suis passé à son secrétariat. On m'a dit qu'il n'était pas en réunion.

– Il devait rencontrer un investisseur ce matin. Monsieur…

Mais déjà, Luca n'écoute plus.

– Quelle merde ! s'écrie-t-il en un mélange de peur et de rage.

Non sans inquiétude, je descends les dernières marches et le détaille des pieds à la tête. Une légère barbe ombre son visage encore enfantin, tranchant avec sa peau lisse et pâle. Ses yeux sombres ont perdu leur insolence et semblent en perpétuel mouvement. Il m'évoque un animal traqué. À plusieurs reprises, il passe les mains dans ses courts cheveux noirs et je remarque qu'il garde son portable au creux de sa paume.

– Tu sais quand il rentre ? me lance-t-il.

– Pas avant ce soir.

– J'ai essayé de le joindre…

– Il m'a dit qu'il serait indisponible toute la journée.

– Bordel !

Puis je l'entends marmonner encore plus bas :

– Jamais là quand on a besoin de lui.

Mon sang ne fait qu'un tour. Parle-t-il vraiment d'Elio ? Jamais je n'ai vu un homme s'investir autant pour les autres, pour ses proches – quitte à assumer des responsabilités et des charges qui ne lui incombent pas. Seulement Luca ne me laisse pas le temps de riposter. Donnant un coup de pied dans un pouf en cuir brun, il l'envoie valdinguer dans la pièce avec rage.

A-t-il pris autre chose que de l'alcool ?

Il est si nerveux que je me tiens à distance respectueuse. Je ne serais pas plus méfiante avec un chat sauvage. Et malgré tout, j'aimerais l'aider, le sortir du pétrin dans lequel il semble fourré.

– Je peux peut-être te donner un coup de main.

Luca ricane, amer.

– C'est gentil, mais non. À part Elio…

Il s'interrompt, mais cette fois, c'est à cause de la sonnerie lancinante de son portable. Il jette un bref coup d'œil à l'écran et je jurerais qu'un voile de terreur tombe un instant sur ses prunelles. D'ailleurs, il ne décroche pas. M'avançant vers lui, je pose une main douce sur son épaule.

– Que se passe-t-il, Luca ?

– Rien.

Une minute de silence.

Puis à nouveau, son téléphone sonne, exigeant, impérieux. Lui secoue la tête, envahi par la panique.

– Tu ne décroches pas ?

– Non, je…

– Si tu as des ennuis, tu peux m'en parler. On attendra Elio ensemble.

Il semble hésiter une seconde, tenté par ma proposition. L'horrible sonnerie se tait une seconde, assez pour qu'il me jauge en se mordant les lèvres, en proie au doute. À l'évidence, il ne sait plus où il en est. Et moi, je songe à ces histoires de dettes, de bookmakers, de types louches rapportées par Alice. J'ai peur. Quand pour la troisième fois, son portable hurle dans sa main. Luca me lance un regard implorant, un regard d'enfant perdu.

– Je suis désolé…

La mort dans l'âme, il décroche d'une main tremblante. La peur ? Le manque ? Les deux ? Sa voix vacille aussi :

– Oui… oui…

Il s'éloigne dans le couloir et j'hésite à le suivre. Je ne veux pas l'espionner, mais je ne peux pas non plus le laisser affronter seul ses problèmes, ses démons. D'autant que me parviennent d'inquiétantes bribes de conversation.

– J'ai besoin d'un peu de temps…

Gémissement.

– Non, un jour ou deux… Je t'en prie… Je le jure… Je…

Puis plus rien. Son interlocuteur a-t-il raccroché ? J'en profite pour le rejoindre, mais Luca se trouve dans l'entrée et ne daigne plus m'écouter, la tête complètement ailleurs. C'est comme si je parlais dans le vide. Heureusement que je ne négocie pas la vie d'otages : il n'y aurait que des morts.

– Attends ! dis-je, paniquée par la tournure des événements. Tu ne peux pas partir comme ça. Peut-être que si…

– Laisse tomber, Elena !

Et la porte claque derrière lui.

***

Toute la journée, je pense à Luca et à ses problèmes, hantée par les coups de fil menaçants qu'il a reçus. Je travaille au ralenti et m'arrête avant la fin de l'après-midi pour me préparer. Je me maquille d'une main mal assurée, obligée de m'y reprendre à plusieurs reprises. Les yeux de biche à l'eye-liner, ce ne sera pas pour ce soir. Pourtant, j'aurais aimé me pomponner pour ce dîner avec Elio et mon père. Comme promis, j'ai réservé une table dans un restaurant chaleureux pour qu'ils se rencontrent, ce qui accroît encore ma nervosité.

Je pourrais alimenter New York en électricité, ce soir.

Dans le dressing chargé de souvenirs torrides, j'enfile une petite robe noire toute simple à laquelle je pique mon papillon en diamants roses. Puis je m'enveloppe d'une étole en cachemire noire, un autre cadeau d'Elio pour les nuits fraîches.

Et je descends finalement l'attendre au salon, où je feuillette des magazines d'art. Impossible de me concentrer. J'en suis à relire pour la cent cinquante-troisième fois la première ligne d'un article sur Nan Goldin quand j'entends le bruit des clés dans la serrure.

Je bondis comme un diable de sa boîte.

Elio n'a même pas le temps d'entrer que je fonds sur lui pour lui déballer mon histoire. À ma façon. C'est-à-dire… n'importe comment !

– Ralentis, Elena ! Je n'ai rien compris.

– C'est Luca… Son téléphone a sonné… Ça n'arrêtait pas… Il est parti sans m'écouter… C'est à cause des dettes… Alice m'a raconté que…

Quelqu'un suit ?

– Tout doux, ma chérie. Et si tu recommençais depuis le début ?

Suivant Elio dans le salon, je reprends mon souffle et essaie de mettre de l'ordre dans mes pensées. Malgré mon angoisse, je parviens à lui raconter la visite de son petit frère. Et sans attendre la fin de mon récit, il tente de le joindre sur son portable. À trois reprises. Mais l'appareil sonne dans le vide sans que Luca décroche.

– Pourquoi il ne répond pas ? demandé-je en me tordant les mains.

– Je ne sais pas.

Il ne peut pas me cacher son inquiétude. Et il laisse un message sur le répondeur de son cadet, lui promettant son aide.

– Je ne peux pas faire plus, malheureusement. J'imagine qu'à cette heure, il doit être en train de faire la fête et n'entend rien à cause de la musique.

Ce ne serait pas la première fois. Assombri, Elio s'assoit une minute dans le canapé avant de monter se changer. J'en profite pour me glisser à ses côtés pendant qu'il compose un autre numéro dans la foulée. De sa main libre, il s'empare de mes doigts et les presse délicatement non sans m'envelopper d'un regard chaud, caressant.

– T'ai-je dit que tu étais superbe ?

– Non. Non, je m'en souviendrais.

– Alors c'est fait : tu es superbe, répète-t-il à voix basse. Vraiment.

Je fais mine de me gratter l'oreille.

– Comment ? Je n'ai rien entendu…

Le sourire d'Elio s'affirme malgré l'ombre qui voile son beau regard polaire. Quand soudain, son interlocuteur décroche, mettant un terme à notre petite conversation.

– Philips ? Elio Garibaldi à l'appareil.

Philips, Philips… N'est-ce pas le détective privé dont il m'a touché deux mots à notre retour des Hamptons ? Un instant, Elio couvre le micro de son iPhone pour répondre à ma question implicite. Je peux lire sur ses lèvres : « C'est au sujet de mon père. » Je hoche la tête. Bien sûr, il poursuit son enquête sur le mystérieux suicide d'Ottavio. Quant à mon incendiaire, les chances de le retrouver diminuent de jour en jour. Même la police n'a aucune piste. Je me lève discrètement pour le laisser discuter en paix.

Pourquoi tout est-il si compliqué dans notre vie ?

Tout… en dehors de nous.

***

Ce n'est pas la ville que je vais alimenter en énergie… c'est la côte Est ! Un sourire factice aux lèvres, j'essaie de garder mon calme à la table du restaurant où nous dînons tous les trois. Elio, impeccable, charmant, aimable. Moi, nerveuse, déçue et mal à l'aise. Et mon père, renfermé, méfiant, sur ses gardes. Le dîner ne se déroule pas (du tout) comme prévu. Arrivé en retard, mon père s'est installé face à Elio… en le remerciant froidement de son invitation dans cet établissement de luxe. Depuis, il se contente de répondre par monosyllabes et multiplie les questions agressives.

– La différence d'âge avec ma fille ne vous gêne pas ? demande-t-il, les sourcils froncés.

Et voilà, ça continue.

– Elena est jeune, c'est vrai, répond Elio avec un sourire poli.

– Papa ! On a sept ans d'écart, pas vingt-cinq. À t'entendre, on croirait qu'Elio est un vieillard.

Elio, un mètre quatre-vingt-dix de muscles en acier, de peau d'albâtre, d'yeux bleu arctique, de lèvres charnues, de beauté, de charisme, d'intelligence, de perfection…

Stooop ! Je m'égare.

Une chose est certaine : Elio semble très jeune, surtout pour un milliardaire. Bien sûr, son autorité naturelle lui confère l'aura d'un homme plus âgé. Il y a quelque chose en lui qui impose spontanément le respect. Une sorte de magnétisme animal, mêlé à un leadership incontestable qu'on retrouve seulement chez les grands dirigeants. Mais Andrew n'y semble guère sensible. À moins qu'il n'approuve simplement pas mon choix. Pourtant, n'importe quel père bondirait de joie à l'idée que sa fille sorte avec un homme comme Elio.

N'importe quel père... à l'exception du mien.

– Elena est une jeune femme exceptionnelle, assure Elio en prenant ma main, posée sur la nappe. Elle est parfois fantasque, comme tous les artistes, mais elle est aussi très mature et posée.

Je pâlis, émue par ses compliments. Lui, presse mes doigts et ploie la nuque pour baiser le creux de ma paume. Mon père se raidit aussitôt, un rictus étrange aux lèvres. Puis il détourne la tête quand Elio plonge dans mes yeux. Je perds encore une teinte, troublée. Et embarrassée par la présence de mon père, qui ne semble guère apprécier les contacts entre Elio et moi.

– Quand vous êtes-vous rencontrés ? demande-t-il soudain.

– Le 5 mai ! dis-je, spontanément.

À 22h05. Mais ça, je me retiens de l'ajouter.

– Il y a seulement deux mois ? Pourtant, vous avez déjà emménagé ensemble... N'est-ce pas un peu rapide ?

Elio fronce les sourcils, ce qui n'est jamais très bon signe chez lui. Quand son téléphone se met à sonner, l'obligeant à sortir l'appareil de la poche de sa veste bleu foncé. Après un coup d'œil à l'écran, il fait claquer sa langue avec agacement et repousse sa chaise.

– Excusez-moi. Une urgence.

Sauvés par le gong.

Saluant mon père d'un signe de tête, il effleure mon épaule en passant dans mon dos, non sans caresser au passage ma longue chevelure dénouée. Son contact me tire un frisson. Puis Elio disparaît dans le hall, son portable coincé contre l'oreille. Je le regarde jusqu'à ce que sa silhouette s'évanouisse au milieu du somptueux fouillis de plantes vertes et d'orchidées, avant de me tourner vers mon père.

– Quelle mouche t'a piqué, papa ?

– Pardon ?

Andrew fait celui qui ne comprend pas, même s'il tripote nerveusement son briquet. Je soutiens son regard noisette. Tous les deux, nous nous ressemblons peu. Je n'ai pas hérité de ses cheveux bruns, de ses yeux sombres ou de sa peau hâlée. En fait, nous n'avons aucun air de famille, ce qui accroît la distance entre nous.

– Pourquoi te montres-tu si désagréable avec Elio ?

– Je ne suis pas désagréable. Je lui pose des questions. C'est normal. Je te rappelle que je suis ton père.

J'en ai le souffle coupé.

– Seulement quand ça t'arrange.

– Qu'est-ce que tu veux dire ?

– Tu le sais très bien, rétorqué-je en essayant de refouler ma colère. Tu n'es jamais là pour moi. On ne se téléphone pas, on se voit deux fois par an à tout casser et tu charges même ta secrétaire de choisir mon cadeau d'anniversaire !

– Je suis très occupé.

– Je sais, je sais. Mais dans ces conditions, je ne vois pas pourquoi tu t'inquiètes soudain pour moi. D'autant plus qu'Elio est un homme bien.

Mieux que bien : merveilleux, exceptionnel.

Je me force à inspirer un grand coup et m'évente d'une main. Je ne veux surtout pas créer de scandale dans ce restaurant où tous les clients parlent à voix feutrée et trinquent dans de somptueux verres en cristal.

– Pour une fois que tu es là, tu pourrais faire un effort.

Elio est l'homme que j'aime. C'est la personne la plus importante de ma vie. Ne peux-tu pas oublier ta mauvaise humeur pour me faire plaisir ?

– Je suis désolé.

Euh… je ne m'attendais pas à cette réponse.

– Je n'ai jamais su m'y prendre avec toi.

– Papa…

– Cet Elio est sans doute un homme intéressant mais… C'est trop étrange. J'ai manqué trop d'étapes de ta vie. Tu étais un bébé, et maintenant tu es déjà cette belle jeune femme au bras d'un inconnu.

Il se tait un bref instant. Moi, je ne dis rien, secouée par son aveu.

– Je n'ai jamais su m'occuper de toi. Encore moins t'aimer.

– Pourquoi ? demandé-je d'une voix inaudible.

– Regarde-toi dans une glace, Elena : tu es son portrait craché. Quand je te vois, j'ai l'impression que mon Elisabeth est encore en vie.

Maman.

– C'est… c'est trop douloureux. Même rester assis en face de toi est une torture.

Se levant à son tour, il repose sa serviette à côté de son assiette à demi pleine. Et il évite mon regard, sans doute pour me dissimuler son chagrin.

– Je suis désolé, Elena. Mais il y aura toujours un fantôme entre nous. Tu m'excuseras auprès de ton ami.

Sur ces mots, il disparaît à son tour, me laissant seule devant un verre d'eau plate, le cœur lourd.

***

Deux minutes plus tard, Elio revient à table tandis que je lorgne du côté de son verre de Cheval Blanc. Je ne connais rien au vin, mais j'aurais bien besoin d'un petit remontant. Étonné, Elio jette un coup d'œil à la chaise vide de mon père en prenant place près de moi. D'instinct, il passe un bras protecteur autour de mes épaules.

– Où est ton père ?

– Parti.

– Aux toilettes ? Je ne l'ai même pas vu passer.

– Non. Parti, parti. Rentré à son hôtel.

Cette fois, Elio écarquille les yeux et cherche machinalement Andrew du regard, comme s'il se cachait derrière un ficus. Mais faute de trouver monsieur Invisible, il se tourne vers moi avec inquiétude.

– J'ai été si lamentable que ça ?

Je ne peux réprimer un sourire.

– Au contraire, tu as été parfait.

– J'ai peut-être dit quelque chose qui l'a vexé. Tu veux que je le rattrape ? Il est peut-être encore temps de…

Je pose une main douce sur la sienne, le retenant avant qu'il ne se lève et parte à la poursuite d'Andrew. Son attention me touche, mais je refuse qu'il se lance dans le sillage de mon père. Celui-ci a fait ses choix de vie depuis longtemps et je n'en fais pas partie. Voilà tout.

– Ne te donne pas cette peine.

– Ça ne me gêne pas. Surtout si cela peut t'éviter d'être malheureuse, Elena.

Je lui souris, émue. Lui passe un doigt sous mon menton

pour me regarder dans les yeux, s'assurer que je vais bien, que je ne lui mens pas. Sans doute est-il en colère, même s'il le cache derrière un visage calme. Il ne veut pas accroître ma peine. Surtout, jamais il n'oserait prononcer un mot déplacé contre mon père, par égard pour moi. Même si l'incorrection d'Andrew le choque.

Moi, je suis habituée depuis le temps.

J'ai ma carte d'abonnement au club des grands déçus.

– Ne t'inquiète pas, je vais bien. J'en suis la première étonnée, mais son départ ne m'attriste pas plus que ça.

– Vraiment ?

– J'ai couru pendant des années après l'amour de mon père. Je cherchais désespérément à attirer son attention, à lui plaire, à faire en sorte qu'il m'apprécie… Avec quel succès ! Mais les choses ont changé. Tu es là, Elio. Tu es à mes côtés. Je vis avec un homme que j'aime et qui m'aime…

J'hésite une seconde avant d'avouer :

– Grâce à toi, je n'ai plus aucun manque. Le vide au creux de ma poitrine s'est refermé.

Elio ouvre la bouche, incapable de prononcer un mot. À sa décharge, je n'exprime pas souvent mes sentiments, mais cet aveu m'est venu naturellement. J'avais besoin de parler, de révéler ce qui pesait sur mon cœur.

– Mon père n'arrive pas à m'aimer ? Il ne veut pas faire l'effort de te connaître ? Tant pis pour lui ! Je ne vais plus me rendre malade pour ces histoires. Je ne peux rien y changer.

Je serre très fort la main d'Elio.

– Grâce à toi, je suis en train de construire quelque chose. Pour la première fois de ma vie, je ne suis plus obsédée par le passé. Je n'ai plus envie d'y penser. Une seule chose m'intéresse : l'avenir, notre avenir ensemble. Parce que je veux bâtir ma vie avec toi.

D'abord le silence.

Puis Elio qui se penche vers moi jusqu'à poser son front contre le mien, son souffle frais caressant ma bouche. Les pupilles dilatées, il semble bouleversé par ma confession. Et quand ses lèvres me frôlent, je suis aussi émue que lui.

Un avenir, enfin…

Avec lui.

25
GALA AU MOMA

En sortant de la limousine au bras d'Elio, j'ai l'impression de vivre un rêve. La longue traîne de ma robe noire s'étend derrière moi – cachant au passage mes Converse roses. Oui, j'ai osé. Je n'ai pas résisté, sachant que l'ourlet cache complètement mes pieds. Nul ne connaîtra mon secret. Pas d'ampoule aux pieds. Aucun risque d'éborgner quelqu'un ou de finir dans le décor… Le bonheur !

C'est le grand jour. Mon cœur bat la chamade devant la façade vitrée du Musée d'art moderne de New York – un immense building entièrement couvert de glaces. Nous y sommes. L'exposition en partenariat avec la galerie *Pasqualina*. J'aperçois mon reflet à l'entrée de l'édifice : une frêle jeune fille blonde, aux cheveux relevés en un savant chignon, au bras du plus bel homme de la soirée.

De la ville. Du pays. Du monde.

Elio, quoi.

Dans son smoking noir, il incarne le parfait gentleman,

sexy et racé. Je sens sa main posée au bas de mon dos, dévoilé par le décolleté vertigineux de ma robe. Car faute de poitrine, j'ai opté pour une robe stricte côté face, avec manches longues et encolure sage. Par contre, côté pile, c'est l'incendie ! Découpée jusqu'aux reins, la robe dévoile la cambrure de mon dos et s'arrête au-dessus de mon pansement. En me voyant, Elio a émis un râle appréciateur. Et nous avons failli arriver en retard…

Bon, d'accord, nous sommes en retard.

Je serre le bras d'Elio, avançant à ses côtés parmi la foule des invités. Les photographes sont là, bien sûr. Des convives prestigieux sont attendus, à commencer par l'homme qui m'entraîne dans son sillage et me sourit avec tendresse. D'autres sont déjà sur les lieux : politiciens d'envergure, artistes réputés, personnalités du cinéma. C'est un événement mondain autant qu'artistique. J'essaie de ne pas trébucher sur ma longue robe noire en franchissant les portes de verre.

Moi. Mes Box. Au MoMA.

C'est tellement… fou !

Même en rêve, je n'aurais pas osé imaginer une telle expérience. C'est… surréaliste. Je traverse le grand hall au bras d'Elio, essayant d'enregistrer chaque détail, admirant chaque œuvre. Je tourne la tête comme un périscope alors que des petits groupes se pressent autour des tableaux, des statuettes, des installations vidéo mis en place par les conservateurs du musée. Mon cœur bat la chamade. Je n'ai qu'un seul regret : l'absence de mon père. Andrew ne m'a plus donné signe de vie depuis notre dîner avorté.

Viendra ? Viendra pas ?

Même si sa présence me ferait plaisir, je reste sereine. Il peut jouer les Arlésiennes, je serai déçue… mais pas triste. Parce qu'il y a Elio. Parce que j'ai mûri. Enfin… pas assez pour retenir un cri étranglé en apercevant mes Box au centre d'une des salles.

Hiiiiiiiiiiiiiii !

Je me retiens de courir devant les Open Box présentées le long de pupitres en verre et n'attendant que les interactions du public. Mises en valeur par l'éclairage et le travail acharné des spécialistes du MoMA, je reconnais à peine mes œuvres. Je suis dans mes petits souliers. C'est à peine si j'ose m'en approcher. De petits groupes de visiteurs se pressent autour de mon travail en échangeant des remarques, des impressions, des exclamations de surprise.

Respirer. Se pencher. Mettre la tête entre ses genoux. Et… appeler les secours.

– On a le droit de soulever le couvercle ?

– Oui, tu vas être surprise.

– Wow !

Je me mords les lèvres en écoutant les commentaires des visiteurs. Ils sont de plus en plus nombreux à se masser autour des boîtes, sans doute parce qu'elles nécessitent une manipulation. Leur côté ludique semble plaire. Je croise les doigts alors qu'Elio me couve d'un regard amusé.

– N'oublie pas de respirer, me souffle-t-il à l'oreille.

Respirer, bien sûr. C'est dans ma liste de choses à faire.

– Je n'avais encore jamais présenté d'œuvres ouvertes, dis-je en me mordillant les lèvres.

Zut, mon gloss !

– C'est nouveau pour moi. J'ai l'impression d'avoir pris un

tournant dans mes créations. Elles sont plus…

– Lumineuses ?

– Oui. Et si ça ne plaisait pas ? Et si on attendait autre chose de moi ?

– Tu ne crées pas pour les autres, Elena. Tu crées pour toi.

Un point pour lui.

– Et les gens ont l'air de bien réagir.

C'est grâce à lui si j'ai pu présenter ces boîtes ouvertes, sans serrure, sans code, sans rien pour les protéger. Je me cramponne à la main d'Elio, partagée entre l'envie de m'enfuir entre les serveurs qui circulent avec des coupes de champagne, et de rester pour écouter les critiques des visiteurs. Quand une voix s'élève dans notre dos. Familière, moqueuse, un peu traînante, aristocratique.

– Sacrée réussite !

En me retournant, je découvre le sourire insolent de Cole McShawn. Le philanthrope se tient devant nous dans un costume des plus étranges – pantalon et veste en velours prune. C'est… surprenant. Le pire ? Ça lui va très bien ! Même s'il est le seul à pouvoir s'autoriser ce genre de fantaisie. Il pose sur moi ses yeux dorés et rieurs.

– Tu es la coqueluche de la soirée.

Je n'en suis pas certaine, au milieu de tous ces artistes de grand talent, mais je décide d'accepter le compliment en riant.

– Seriez-vous jaloux ? demandé-je, amusée.

– Petite insolente ! Apprends que rien ne peut m'éclipser.

– Et quel est votre secret ?

– Mon sourire irrésistible ? Mon goût vestimentaire très sûr ? Ou les millions qu'ils espèrent tous me voir dépenser dans leurs œuvres ? ajoute-t-il avec un clin d'œil moqueur.

Je retiens un éclat de rire. Mais il a raison sur un point : difficile de rivaliser avec lui. Cole a un don pour attirer l'attention et la sympathie des gens. Elio nous interrompt, empêchant que nous nous asticotions plus longtemps. Sauf qu'il a oublié un détail : il risque d'en prendre pour son grade. Avec le richissime amateur d'art dans les parages, personne n'est à l'abri de son humour ravageur.

– Alors ? Tu squattes les musées, en ce moment ? lui lance-t-il, railleur.

– Je n'en avais jamais autant fréquenté depuis des années.

– Merci à Elena ! C'est grâce à elle si tu acceptes à nouveau d'être mis en présence d'un tableau. Et tu vois, aucun ne t'a attaqué jusqu'à présent.

Elio éclate de rire tandis que Cole me lance un regard complice.

– Il est mûr. Il va enfin quitter le côté obscur de la force pour nous rejoindre.

Puis, à son ami :

– Bienvenue à toi, jeune Jedi !

Et après un petit salut, il disparaît comme il est venu, interpellé par d'autres invités impatients de le saluer. Elio et moi restons quelques instants immobiles, secoués par la tornade McShawn.

Waouh. Ça décoiffe.

***

Au bout d'une heure, Elio semble comme un poisson dans l'eau parmi les convives. Ce qui me fait très plaisir. Après avoir gardé ses distances avec le milieu de l'art pendant des années, il noue des contacts. Je le vois tendre sa carte à un jeune artiste à la recherche d'une galerie. J'esquisse un sourire. Nous nous sommes aidés l'un l'autre à sortir la tête de l'eau, à apprivoiser nos blessures, à panser nos plaies. Et je pose un regard empli de fierté sur l'homme que j'aime. Il est dans son élément.

– On jurerait que tu as été galeriste toute ta vie.

– Oh, non ! je laisse ce métier aux professionnels.

Il plonge dans mon regard, sincère, heureux.

– Mais je suis encore actionnaire de la galerie et j'ai envie de m'y investir un peu.

– À cause de moi ?

– Grâce à toi. Tu as changé ma vie à tous points de vue, Elena.

Se penchant vers moi, il dépose un baiser fugace sur mon front, à la lisière de mes cheveux, tandis que je ferme les paupières de plaisir. Un instant, les gens autour de nous cessent d'exister. Il n'y a plus que lui et moi au cœur de cette foule grise, silencieuse. Encadrant mon visage entre ses paumes, il dépose un autre baiser… cette fois sur mes lèvres. Aérien, léger comme une aile de papillon. Quand je rouvre les yeux, son visage est tout proche du mien.

– Merci pour tout.

Je pâlis tandis qu'il se redresse.

– Tu penses travailler à la galerie ? lui dis-je en redescendant sur terre.

– Non, ma holding ne m'en laissera jamais le temps. Mais

j'ai envie d'organiser un événement pour la rentrée avec nos artistes.

Nos artistes. Jamais il n'aurait prononcé ces mots quelques semaines plus tôt.

– La galerie pourrait parrainer une exposition itinérante. Le but de mon père a toujours été de faire voyager les artistes et la culture, afin de la rendre accessible à un maximum de personnes.

– Ce serait formidable !

– Tu ne crois pas que j'ai mon mot à dire, mon garçon ?

Je me retourne, surprise de me retrouver nez à nez avec Dominic Stone. Le galeriste fixe Elio d'un regard glacé malgré son sourire. Puis il se tourne vers moi et me salue d'un baisemain. Il en fait trop, beaucoup trop. D'autant que son contact me tire un frisson. Ses lèvres sur ma peau me hérissent alors qu'Elio lui jette un regard aigu. Il n'a pas oublié leur violente altercation au sujet de Luca et la fin de non-recevoir opposée par le vieil homme.

– Vous êtes très en beauté, Elena. Et vos boîtes remportent une nouvelle fois tous les suffrages.

Alors pourquoi pince-t-il autant la bouche ? Il soutient ensuite le regard d'Elio et l'atmosphère se charge en électricité. Je me rapproche de mon compagnon, me collant presque à son flanc tandis qu'il enveloppe mes épaules d'un bras protecteur. Comme s'il fallait me protéger d'un danger. Mais Dominic n'est-il pas devenu une menace pour son petit frère ?

– Je n'ai aucune envie d'organiser une exposition itinérante avec la galerie *Pasqualina*, susurre Dominic.

– Parce que vous n'aimez pas le concept ? répond Elio, mordant. Ou parce que l'idée vient de moi ?

Attaque frontale, directe. Comme toujours avec Elio, qui ne biaise ni ne triche. Le galeriste en perd son embryon de sourire, peu habitué à ces méthodes. Je l'imagine plus volontiers louvoyer et agir à sa guise dans le dos des gens. Mais peut-être ne suis-je pas objective ? Après tout, il est le premier à m'avoir donné ma chance. Et il m'a soutenue durant l'incendie.

– Allons, allons, mon garçon, tu as toujours été si susceptible. Tu prends les choses trop à cœur.

– Nous parlons de la galerie créée par mon père et qui porte le nom de ma mère.

– Une galerie que je dirige.

– Et dont je suis l'un des principaux actionnaires.

Je les regarde tour à tour comme si j'assistais à un match de tennis. La voix d'Elio est devenue grave, grondante – ce timbre si particulier que je ne n'entends jamais et qu'il réserve à son travail, à ses adversaires. Ses doigts se referment davantage sur mon épaule, s'imprimant dans ma chair.

– Mon avis prévaut toujours, Dominic.

– Dois-je te rappeler que tu détiens seulement 25,5 % des parts ?

– Autant que Luca. Soit 51 % à nous deux. Et je pense qu'il sera de mon avis au sujet de cette exposition.

Cette fois, le sourire du galeriste lui mange tout le visage tandis que de petites rides plissent le coin de ses yeux. Il m'évoque un chat repu sur le point de sortir les griffes.

Ça va chauffer.

– Ah ? Tu n'es pas au courant ?

Dominic laisse filer une seconde, comme s'il savourait cet instant, cette précieuse seconde avant que le couperet ne tombe. Moi, je retiens mon souffle, sans savoir pourquoi, l'intuition en éveil.

– Luca m'a vendu ses parts.

Silence.

– Il ne t'a encore rien dit ? Cela m'étonne de lui.

Sourire chafouin du galeriste. Elio, lui, est pâle comme la mort. Et ses doigts me pressent si fort que je retiens un petit gémissement.

– Vous en discuterez plus tard, les enfants. En attendant, cette vente fait de moi l'actionnaire majoritaire de la galerie. Il n'y aura donc pas d'exposition itinérante.

Elio ne dit rien, ne parle pas. Moi, je ne peux plus bouger, à croire que j'ai pris racine. Quand soudain, Elio pivote sans un mot et gagne la sortie. Je reste encore une seconde plantée devant Dominic, le détaillant des pieds à la tête comme si je le voyais pour la première fois. Que s'est-il passé ? Comment est-ce possible ? Puis je m'ébranle à mon tour et m'élance sur les traces d'Elio.

***

– Comment ? tonne Elio. Comment a-t-il pu faire ça ?

Il fait les quatre cents pas devant le MoMA, martelant le bitume de son pas furieux. Secouée par la révélation, je le contemple avec impuissance en tenant à la main ma longue robe pour éviter qu'elle ne traîne sur le trottoir. Je n'en reviens pas – pas davantage qu'Elio, les sourcils froncés, une lueur métallique dans les yeux. Il retrouve néanmoins son sang-froid et domine ses nerfs.

Pas le genre à craquer.

– Qu'est-ce qu'il lui a pris ?

– Je ne sais pas. Il a sans doute eu des problèmes.

– Cette galerie a été bâtie par notre père, avec l'argent de notre grand-père. Et même acculée par les dettes suite à la mort d'Ottavio, ma mère a réussi à nous conserver la majorité des parts contre vents et marées !

Elio serre les poings et je vois ses mâchoires viriles, aux traits carrés, se contracter. Il est furieux. Déçu. Et inquiet. Devant moi, il ne peut pas cacher ses sentiments – et il ne le cherche pas. Je pose une main apaisante sur son bras. Parce qu'il n'y a rien à dire, rien à faire pour le consoler. Il me décoche alors un regard si déchirant que mon cœur se brise.

Il a mal. Et moi, je ne peux rien faire.

Je cherche les mots pour le réconforter quand une petite sonnerie s'élève de la poche de son blazer. Elio hésite à décrocher dans un moment pareil. Puis, avec un soupir, il s'empare de l'appareil, rattrapé par ses obligations.

– Excuse-moi. C'est juste un message.

Il s'éloigne pour consulter son répondeur. Et l'oreille collée à son iPhone, je le vois se rembrunir au fil des secondes tandis qu'il écoute attentivement. À nouveau, mon cœur fait un bond.

Je vais finir avec une arythmie.

Elio laisse retomber son bras en raccrochant. Un petit groupe d'invités passe derrière lui sans qu'il les remarque. Il semble abasourdi. Moi-même, je ne prête plus attention à la circulation, aux riches voitures qui s'arrêtent devant le musée pour déverser leur contingent de célébrités. Je fixe Elio et ses lèvres sensuelles réduites à une mince ligne. Quand il relève les yeux sur moi, ce que j'y vois me glace le sang.

Il s'est passé quelque chose.

– C'était Henry Philips, le détective privé.

Nos regards se croisent, intenses.

– Jeffrey Cunningham, l'expert en art qui avait authentifié le faux Pollock, est mort quelques semaines après mon père dans un accident de voiture.

– Oh mon Dieu!

– Et ce n'est pas tout.

Elio accuse le coup et je m'attends au pire.

– Le rapport d'autopsie de mon père, disponible à l'institut médicolégal, est différent du rapport qui figure dans les dossiers de la police. Les médecins n'ont trouvé ni drogue ni alcool dans le sang d'Ottavio.

– Qu'est-ce que ça veut dire?

– Mon père n'était pas ivre ou sous l'emprise des médicaments au moment de sa mort. En fait, je me demande s'il s'est vraiment suicidé.

– Tu penses à…

Je n'ose pas finir ma phrase, mais Elio conclut pour moi, les yeux brillants:

– Oui. À un meurtre.

Le père d'Elio, mort assassiné?

Lentement, toutes les pièces du puzzle se mettent en place… jusqu'à révéler la plus inquiétante des vérités.

VI

LE MOT DE LA FIN

26
RÉVÉLATIONS

Ottavio Garibaldi assassiné ? Je fixe Elio avec crainte en enregistrant ces informations. Il tient toujours son portable à la main, méditant les révélations du détective privé qu'il a engagé pour élucider la mystérieuse fin de son père. Et nous restons silencieux devant le Musée d'art moderne où se poursuit l'exposition. Je n'ai plus conscience des voitures qui s'engagent dans l'avenue, des passants qui nous frôlent. Je ne vois que la silhouette d'Elio qui se découpe devant moi dans son smoking noir pendant qu'il encaisse le choc.

– Mademoiselle Lavigne ?

Je sursaute en entendant la voix de Dominic Stone. Que fait-il là ? Je n'ai pas le temps de réagir qu'il sort du grand immeuble en verre du MoMA pour se diriger droit sur nous, un sourire affable aux lèvres. Ce que je trouve plutôt culotté après ce qu'il vient de nous apprendre au sujet du rachat des parts de Luca. N'est-il pas maintenant l'actionnaire principal de la galerie *Pasqualina* au détriment des frères Garibaldi, qui en avaient hérité de leur père ? Il semble d'ailleurs flotter sur un petit nuage. Et, bonhomme, il s'avance vers moi en agitant la main.

– Venez vite, Elena. Je vous cherche partout.

– Moi ?

– Vous venez de vendre l'une de vos œuvres !

Wow. Ça va trop vite pour moi.

– Allons, dépêchez-vous ! me serine monsieur Stone. Votre acheteur aimerait vous rencontrer.

Sans égard particulier pour Elio qu'il vient de spolier, il pose une main autoritaire sur mon bras. Je réprime un long frisson, hérissée par ce contact. Il y a toujours eu une incompatibilité épidermique entre moi et cet homme à la mine chafouine et à l'œil roublard. Je me tourne vers Elio, tiraillée. J'ai l'impression d'être la femme coupée en deux des tours de magie.

– Je…

– Vas-y vite.

Le timbre neutre d'Elio me donne froid dans le dos, lui aussi… même s'il est destiné à Dominic dont il daigne à peine remarquer la présence. Il adoucit d'ailleurs ses paroles d'un signe de tête encourageant à mon attention. Ce qui ne l'empêche pas de serrer les mâchoires en regardant les doigts épais du galeriste sur mon épaule. Je me laisse entraîner vers l'intérieur du musée… même si je continue à fixer Elio, sans regarder où je mets les pieds.

Il m'encourage d'un sourire, sachant combien cet instant compte pour moi. Puis il se détourne, ne m'offrant plus que son large dos aux épaules carrées. Je le vois coller son téléphone à son oreille et je devine sans peine qui il cherche à joindre : Henry Philips, le privé chargé de l'enquête. Un instant plus tard, je suis prise dans le flot des invités aux côtés de Stone qui se frotte les mains de contentement devant mon succès. Un flot de paroles mielleuses coule de ses lèvres – je n'en écoute pas la moitié.

– Je vous félicite, ma petite Elena.

Je ne suis pas sa petite Elena.

– C'est un réel succès pour la galerie et pour vous. Vous savez qu'il est très rare de vendre aussi rapidement une œuvre lors d'un vernissage. Surtout lorsqu'on débute. Je…

Clac. Je me déconnecte.

Mon cœur bat la chamade à mesure que nous traversons l'enfilade des salles. Je reste derrière le galeriste qui déverse sur moi une litanie de paroles creuses. Il semble parfaitement à l'aise en ma présence. En homme rompu à toutes les roueries, il n'arrête pas de toucher mon coude, mon épaule… De mon côté, j'ai un gros nœud dans la gorge. Cette œuvre vendue, c'est à la fois excitant et intimidant. Comme le vieux monsieur élégant qui me tend la main, planté devant mes Open Box.

– Mademoiselle Lavigne, je présume ? Je suis lord Barforth. Ravi de faire votre connaissance.

Monsieur Stone se charge des présentations et mon acheteur serre longuement ma main, sans la lâcher. Je me mords les lèvres… et commence à bégayer, à bafouiller. Oh, non ! ça recommence. Pourquoi les symptômes de Creutzfeldt-Jakob se manifestent uniquement dans les moments importants ? L'aristocrate anglais finit par éclater d'un rire distingué, amusé par mon trouble… – comment dire ? – très visible !

– C'est un honneur de rencontrer une jeune artiste de

votre talent. Je suis tombé amoureux de votre travail au premier regard. Je collectionne les œuvres d'art depuis de nombreuses années.

– Oh, je ne sais pas quoi dire…

– Elena est l'un de nos éléments les plus prometteurs, me coupe Stone avec un bel aplomb.

Pendant que les deux hommes échangent quelques idées sur la scène artistique new-yorkaise, je coule un regard ému vers ma série de boîtes ouvertes. J'imagine l'une de mes Box exposée dans un château au cœur des landes. Ne me demandez pas pourquoi dans les landes, c'est comme ça. Je me sens à la fois inquiète et remplie d'orgueil. C'est un petit bout de moi qui s'en va. C'est un travail intime, personnel, qui appartiendra désormais à un inconnu. Mais n'est-ce pas le destin d'une œuvre ?

– À l'avenir, je pense que vous occuperez une place de premier plan dans le monde artistique. Je rappellerai alors à mes amis collectionneurs que j'ai été le premier à croire en vous, m'assure lord Barforth.

– Merci, monsieur.

Puis j'ajoute, presque malgré moi :

– Prenez bien soin de ma boîte.

***

Après quelques explications sur mon processus créatif et des échanges très pointus avec le riche Britannique, je me dirige vers la sortie comme une petite souris. Je peux enfin m'éclipser sans paraître impolie – car respirer le même air que Dominic Stone me donne des pustules. Devant la porte du musée, je cherche Elio du regard, dressée sur la pointe des pieds dans ma robe de satin noir. Je le repère sur le trottoir, toujours suspendu à son téléphone. Comment ne pas le remarquer, même au milieu d'une foule ?

On ne voit que lui.

J'admire sa haute taille, ses cheveux lisses et noirs, si doux au toucher, ses yeux arctiques emplis d'inquiétude, ses lèvres charnues, faites pour l'amour, ainsi que ses longues et fines mains. Je m'avance vers lui, chaussée de mes Converse roses. Lui se tourne aussitôt vers moi, détectant ma présence avant de me voir. Comme si nos peaux, nos corps, se repéraient avant nous.

– Si tu as ce message, rappelle-moi.

Puis il raccroche.

– Je n'arrive pas à joindre mon frère. J'ai laissé au moins dix messages sur son répondeur.

Je hoche la tête. À la place de Luca, je ne serais pas fière d'avoir vendu les parts de la galerie créée par mon propre père… et je me cacherais dans un coin. Elio semble plus tendu que jamais. L'anxiété a succédé à la colère brute dans son regard. Sans doute s'en fait-il pour son cadet malgré sa trahison. Sans tarder, il me prend délicatement par le bras pour m'entraîner vers notre limousine. Le chauffeur nous ouvre la porte et Elio attend que nous roulions en direction de notre appartement pour se tourner vers moi.

– Tout s'est bien passé ?

Il me faut quelques secondes pour réaliser qu'il parle de ma vente. Malgré les révélations en cascade, il s'intéresse à moi, à ma carrière, en priorité. Je prends sa main pour la presser très fort, amoureuse.

– Oui, oui, ne t'inquiète pas. Parle-moi plutôt du détective. Tu as pu le joindre ?

– Elena…

Portant ma main à ses lèvres, il la baise doucement, comme si j'étais l'objet le plus précieux au monde. Je pâlis, comme toujours. À rendre Blanche-Neige jalouse.

– Je suis fier de toi.

– Oh, je… Merci…

Encore une fois, je ne brille pas par mon sens de la repartie.

– Je tenais à ce que tu le saches, même dans ces circonstances.

Je hoche la tête, émue par sa sincérité. Il dépose un nouveau baiser sur mes doigts et ne me lâche pas la main, la gardant sur ses genoux. Nous sommes assis côte à côte sur l'épaisse banquette en U placée face au minibar. Cuisse contre cuisse. Épaule contre épaule. Mon odeur de patchouli se mêle à l'élégance racée de son parfum. Notre intimité emplit la voiture, comme une bulle. Je suis heureuse que nous soyons séparés du conducteur par une vitre teintée et close.

– Alors ? dis-je, impatiente. Tu as appris autre chose ?

– Philips va m'envoyer le rapport d'autopsie de mon père. Je veux le voir même s'il n'y a rien d'autre à découvrir. Il m'a confirmé qu'il n'y avait ni alcool, ni drogue, ni médicament dans le sang de mon père.

– Je ne comprends pas.

– Tu n'es pas la seule.

Je me tais, pensive. À côté de moi, je peux presque entendre les mécanismes du cerveau d'Elio tourner.

– Mon père ne s'est pas suicidé, j'en ai la conviction. Presque la preuve, maintenant. Reste à déterminer qui avait intérêt à maquiller sa mort en suicide. Et dans quel but.

J'acquiesce, essayant d'y voir clair.

– Pourquoi ton père a mis fin à ses jours d'après la police ?

– Il y a eu plusieurs théories. La honte d'avoir acquis ce faux tableau, d'abord.

– Tu… tu trouves ça suffisant ? demandé-je, hésitante.

Elio secoue la tête, les sourcils froncés.

– Non, pas vraiment. D'autant que mon père n'avait pas encore mis en vente le tableau. Il aurait pu tout arrêter. Sauf que Dominic avait découvert son subterfuge et menaçait de révéler le pot aux roses à la police. Mon père s'est peut-être suicidé pour échapper à la prison.

Nous nous taisons, pas plus convaincus l'un que l'autre.

– Cette histoire de faux tableau ne tient pas la route, lâche soudain Elio. D'après son ancienne comptable, mon père agissait comme s'il le croyait authentique. Il voulait même envoyer un chèque à l'expert censé avoir procédé à son authentification.

Elio est de plus en plus pâle et je devine la colère sourde qui gronde en lui.

– C'est étrange comme, à chaque fois, tous les chemins mènent à Dominic.

– Tu crois que…

– Qu'il est au centre de cette affaire ? J'en ai l'impression. Qui aurait eu intérêt à voir mon père disparaître ? Il est le seul à avoir tiré profit de sa mort en rachetant presque la moitié de la galerie.

Ces accusations sont si graves et sonnent si juste que je sens un poids tomber sur ma poitrine. Comme une enclume.

– Tu…

– Je ne sais pas, Elena. Mais j'ai lancé Philips sur cette piste et il va fouiller du côté de Dominic Stone.

Mon Dieu. Je travaille peut-être pour un psychopathe.

– Je ne serais pas étonné qu'il trouve quelque chose. Cela me fait aussi songer à l'attitude de Dominic envers Luca. Il l'a encouragé dans sa déchéance. S'il ne lui avait pas donné cet argent empoisonné, jamais mon frère n'aurait perdu une fortune dans les casinos, sans parler de sa consommation d'alcool et de drogue. Cela me rappelle les derniers mois de mon père.

Pour la dixième fois, Elio sort son téléphone pour tenter de joindre son cadet, qui ne décroche pas. A-t-il seulement les messages de son frère ? Ou se terre-t-il chez lui en faisant la sourde oreille ? À moins qu'il ne soit encore ivre dans un night-club ? Très inquiète, j'écoute Elio lancer une énième bouteille à la mer.

– J'étais furieux quand je t'ai appelé, tout à l'heure. Maintenant, je suis juste inquiet. Rappelle-moi, quoi que tu aies fait. Je veux seulement savoir si tu vas bien.

Puis il se tait, l'air las. Saturé de messages, le répondeur de Luca a coupé la communication et Elio ferme les paupières. Rarement j'ai eu l'occasion de le voir si fatigué. Un pli creuse son front lisse, trahissant son angoisse, sa peur. Et il ne cesse pas de presser ma main, s'y raccrochant comme à une bouée. Je ne me dérobe pas. Nos doigts s'entremêlent dans la semi-pénombre et le silence ouaté qui envahit l'habitacle. Elio secoue la tête. Les événements de la soirée pèsent sur ses épaules, mais il n'est pas homme à fuir ses responsabilités.

– Dès que nous serons arrivés, je contacterai mes avocats à propos de la vente des parts de Luca. Vu les conditions de l'achat et l'état de faiblesse de mon frère, il existe peut-être des recours.

– J'en suis certaine.

La limousine se range le long du trottoir, face au building de trente étages où brillent au fronton les lettres d'or *Garibaldi Group*. Nous ne descendons pourtant pas tout de suite. À la place, Elio se penche vers moi. Je crois un instant qu'il va m'embrasser ou mordiller le lobe de mon oreille. Mais il se contente de murmurer dans un souffle :

– Merci.

– Mais… de quoi ?

Sa respiration se fait plus courte, plus heurtée, remplissant l'espace alors que nos bouches s'effleurent. Et sa réponse tombe sur mes lèvres, comme un soupir :

– D'être là.

27

SOS ELIO

Des cris me parviennent à travers le nuage d'éther où je flotte. Je pousse un gémissement au milieu des oreillers en plume et me roule en boule sous les draps de flanelle. Je suis si bien. J'étais en train de rêver. Il y avait Elio et moi, nus, sur une plage de Tahiti. Et peut-être des cocktails à la noix de coco. Les paupières closes, je tente désespérément de retrouver le fil… en vain ! Je n'entends plus les accords des ukulélés. Il y a trop de bruit en bas.

On n'a pas idée de déranger les gens quand ils sont au paradis.

Je me redresse en frottant mon visage à deux mains. J'évite de croiser mon reflet dans la glace – un miroir en pied près de l'armoire. Ma crinière blonde crêpée au sommet de la tête, je ressemble à une femme préhistorique. Je pousse un profond soupir, seulement vêtue d'une nuisette en satin blanc. Quand soudain, des cris. Forts, violents. Et je remarque la place vide de l'autre côté du lit.

– Elio ?

Pas de réponse.

Mon cœur fait une embardée. Jetant une jambe hors du lit, je me précipite vers mon kimono japonais avec un dragon d'or effrangé dans le dos – un crime contre le bon goût. Alice m'étranglerait si elle me voyait dans cette tenue. Et que dirait-elle des grosses chaussettes blanches roulottées sur mes chevilles ? Pas le temps de chipoter ! Je sors dans le couloir, en direction des cris.

À mesure que j'approche, je reconnais les voix. Elio et Luca. Le premier, calme, froid. Le second, emporté, aux abois. Ils se disputent dans le salon. Une main posée sur la rampe, je descends les escaliers en serrant les pans de mon kimono. Je frissonne dans l'air frais du petit matin. Ma pendule Mickey indique 6 heures et j'aperçois Elio. Il porte déjà un luxueux costume gris perle et une cravate noire à fines stries argentées. Il s'apprêtait sans doute à rejoindre son bureau quand…

– J'avais pas le choix !

– On a toujours le choix, Luca.

La voix posée d'Elio me transperce. Et je me fige en apercevant son petit frère derrière le canapé, les deux mains appuyées sur le dossier. À croire qu'il ne tient pas debout tout seul – ce qui est peut-être le cas vu son état. Teint cireux, figure creusée et hâve, cernes bleutés, pupilles dilatées. On dirait un figurant dans *La Nuit des morts-vivants*.

– Et ton choix a été de vendre tes parts de la galerie, conclut Elio sobrement.

– Non, tu ne comprends pas !

Les jointures de Luca blanchissent sur le sofa auquel il se

cramponne comme un noyé à son radeau. Il me fait presque peur. Je reste immobile, n'osant pas finir ma descente et rejoindre Elio. Mais je ne peux quitter des yeux la scène. Les deux frères sont dressés l'un face à l'autre, comme deux adversaires, même si la tristesse et la déception dominent chez Elio.

– Je… je suis criblé de dettes.

– Pardon ?

– Je dois cent mille dollars à différentes personnes.

Cent mille dollars !

À deux doigts de l'infarctus, je plaque une main sur ma bouche tandis qu'Elio écarquille les yeux. Cela ne dure qu'une fraction de seconde, jusqu'à ce qu'il se reprenne, son sempiternel masque de self-control plaqué sur les traits.

– À qui dois-tu cet argent ?

Calme. Direct. Pragmatique. Efficace.

Cent pour cent Elio Garibaldi en situation de crise.

– Je… À…

Luca ne s'attendait pas à une réaction aussi concrète, à une attaque frontale. Ignore-t-il que son frère prend toujours les problèmes à bras-le-corps ? Désespéré, il secoue la tête, masquant sa figure entre ses paumes. Il semble désespéré, comme un animal acculé. Je me retiens de venir vers lui, de le prendre dans mes bras. Elio, lui, reste calme.

– Je dois soixante-quinze mille dollars à différents bookmakers pour des paris que j'ai perdus. Et le reste…

Luca baisse la tête, fixant obstinément le plancher. Comme s'il n'osait plus croiser le regard de son aîné. Celui-ci l'encourage d'un hochement de tête appuyé, si bien qu'il achève dans un souffle :

– … je dois le reste à Dominic Stone malgré la vente de mes parts.

Je suis… sonnée. K.O. debout.

– C'est pour cette raison que je lui ai vendu mes parts, continue Luca. Je n'avais pas le choix. Il n'arrêtait plus de me téléphoner, de me réclamer l'argent qu'il m'avait prêté. Quand je lui ai dit que je n'avais pas les moyens de le rembourser, il a fini par me proposer cet arrangement : il rachetait mes 25,5 % de la galerie en remboursement de ce qu'il m'avait prêté.

Sa voix se brise sur les derniers mots. Moi, je finis de descendre l'escalier et me place près d'Elio. Même à cette distance, je devine ses muscles bandés sous sa chemise, la rage sourde qu'il réprime pour ne pas envenimer la situation. Et je ne peux m'empêcher de songer aux confidences d'Alice : dans le salon de tatouage, ne m'avait-elle pas parlé d'une personne qui harcelait Luca ? Le même numéro qui appelait sans cesse… Et si c'était Dominic ? Et s'il tirait toutes les ficelles depuis le début ?

Sentant ma présence, Elio me jette un regard qui en dit long, comme si nous partagions nos pensées. Il effleure ma main, en une caresse fugace, avant de rejoindre Luca, brisé. D'ailleurs, celui-ci ne résiste pas quand Elio le prend par les épaules et le fait asseoir près de lui, sur le canapé. Moi, je me laisse choir dans un fauteuil. De toute manière, j'ai les genoux sciés.

Tu parles d'un réveil en fanfare. Ne manque que les mariachis.

– J'ai merdé, murmure Luca.

– Ça, je ne te le fais pas dire ! répond Elio avec un sourire en coin.

Et même son frère, du fond du gouffre noir où il se débat, ne peut s'empêcher d'esquisser un sourire. Elio presse toujours son épaule, protecteur.

– Dominic a joué les papas gâteau avec toi en te donnant des milliers de dollars…

– Je ne savais pas qu'il me réclamerait cet argent si vite. On n'avait jamais parlé du remboursement.

– Il t'a poussé à boire, à faire la fête, à dépenser toujours plus… et le piège s'est refermé sur toi.

– C'est horrible, dis-je, tout bas.

– Ensuite, il n'avait plus qu'à te cueillir, conclut Elio. À l'heure de régler la facture, il savait que tu n'aurais qu'une seule solution : vendre tes parts de la galerie. C'est probablement ce qu'il convoitait depuis le début.

Machiavel 2.0.

Je secoue la tête, les cheveux en pétard comme Amy Winehouse un lendemain de concert. Heureusement, l'heure est trop grave pour que l'on s'en formalise.

– Comment je vais m'en sortir ? demande Luca.

– Déjà, tu as enfin fait le bon choix, Luca.

– Quoi ? Quand ?

– Ce matin, en venant ici.

Sans doute poussé vers son frère par les innombrables messages laissés sur son répondeur, Luca a eu le réflexe de se réfugier chez la seule personne capable de lui tendre la main sans rien attendre en retour : Elio. Et moi aussi, je me sens prête à tout pour aider ce garçon déboussolé. Il fait partie de la famille, maintenant.

Ma famille.

Parce que j'en ai une, désormais.

– Qu'est-ce que je vais devenir ? gémit Luca.

– Je vais régler tes dettes auprès des bookmakers.

Surpris, Luca croise les yeux étincelants de son frère.

– Mais je croyais que tu ne voulais plus me donner d'argent. Je…

– Si tu te noies, je plonge, répond Elio avec gravité. Et je te sors de l'eau.

Je hoche la tête, émue, avant d'intervenir d'une petite voix :

– Tu as besoin d'aide, Luca. Pas seulement financière.

– Elena a raison. Je veux que tu te fasses soigner, que tu te libères de tes addictions. C'est le plus urgent. Tu as seulement 18 ans et la vie devant toi. Je ne veux pas te voir finir comme notre père.

D'abord, Luca hésite, comme s'il était pris en tenaille entre Elio et moi. Il nous regarde tour à tour en se mordant les lèvres. Elio presse plus fort son épaule.

– J'ai enterré mon père et ma mère. Je refuse d'assister aux funérailles de mon frère. Alors, Luca, est-ce que tu acceptes de te faire soigner ?

Le silence, lourd, épais, grésillant. Mon cœur cogne à grands coups dans ma poitrine. La balle est dans le camp de Luca.

– Oui, dit-il tout bas. Je vais me faire aider.

***

Il ne faut pas longtemps à Elio pour réagir : monsieur Efficacité a encore frappé. Quelques heures plus tard, nous patientons tous les trois dans le hall de l'aéroport Kennedy. Le jet privé Garibaldi nous attend sur la piste de décollage pendant que les assistants d'Elio règlent les dernières formalités. Direction… la Californie. Son soleil, ses stars, ses palmiers, ses plages de sable blanc…

Son centre de désintoxication.

Assis entre Elio et moi dans un fauteuil d'une salle d'attente réservée aux passagers VIP – j'ignorais que cela existait avant de croiser un milliardaire –, Luca ressemble à un petit garçon lors de sa première rentrée des classes. Il est silencieux, renfrogné, les bras croisés sur la poitrine. Il n'a pas l'air enchanté à l'idée de séjourner durant plusieurs semaines dans un centre haut de gamme spécialisé dans le sevrage de riches patients. C'est Elio qui a sélectionné l'établissement. En réalité, il se renseigne depuis plusieurs semaines pour sauver son cadet.

– Le professeur Byrne est un addictologue très réputé et un homme profondément humain, assure Elio.

Moi, je regarde la brochure de l'établissement… qui ressemble à un centre de vacances. Sur la couverture se dresse une superbe bâtisse au cœur du désert, à la frontière du Nevada. Murs blancs, chambres de standing, sans oublier la piscine et la salle de sport. Il s'agit d'une clinique dirigée par une équipe de pointe, qui réunit les plus grands spécialistes des addictions. Elio veut prendre soin de son frère… même si cette idée n'enchante pas Luca, guère habitué à l'autorité.

– J'ai l'impression de partir en taule.

Certes, certaines chambres ont des barreaux aux fenêtres pour la sécurité des patients les plus dépendants, mais je coule un regard envieux vers les photos du bassin de taille olympique.

Ils m'incarcèrent là-bas quand ils veulent !

– Il y a pire comme prison, dis-je dans un sourire.

– Ce n'est pas une prison ! nous corrige Elio, sentencieux. C'est un centre de soins. Personne ne force personne à rester : le programme repose sur le consentement des malades. Ne l'oublie pas, Luca.

Ah, Elio et son fameux premier degré...

Je décoche un clin d'œil amusé à Luca, qui pouffe de rire. Ce petit discours du professeur Garibaldi a au moins le mérite de détendre l'atmosphère. Et je multiplie les demandes loufoques à l'attention de son petit frère, hilare.

– Si tu vois du sable rouge, n'oublie pas d'en mettre pour moi dans une boîte.

– Pour quoi faire ?

– Bah, pour mes Box ! J'aimerais aussi que tu me rapportes des dents de coyote. Ou mieux, un crâne.

Luca me regarde avec des yeux ronds.

– Je plaisantais ! ajouté-je en ouvrant de grandes mirettes innocentes avant qu'il n'éclate de rire. Cela dit, je ne dirais pas non à des éclats de fulgurite. Ce sont des bouts de roche frappée par la foudre. On en retrouve parfois dans le désert.

– Tu es sérieuse ?

– Très sérieuse.

Et parce que nous nous amusons comme des enfants, ni l'un ni l'autre n'apercevons la silhouette qui se dirige vers nous. Toujours aux aguets, Elio se lève le premier. Et à mon tour, j'aperçois Alice. Dans une combinaison-pantalon bleu marine garnie de discrètes paillettes, elle semble échapper d'un défilé de mode avec ses courts cheveux noirs ébouriffés par une noix de gel. Elle ne porte qu'un maquillage discret

– un soupçon de blush et une touche de fard qui masque mal ses yeux rougis.

– Excusez-moi de vous déranger…

Sa voix chevrote au moment où elle croise le regard de Luca. Lui quitte son siège, sous le choc. Sans doute ne se sont-ils pas quittés en très bons termes à en croire leur embarras. J'ai téléphoné à Alice ce matin pour la prévenir de mon bref voyage sur la côte Ouest aux côtés de son ex-petit ami.

Ex? Pas si sûr…

Elio et moi les regardons tandis qu'ils s'éloignent pour se parler à cœur ouvert. J'ai beau ne pas tendre l'oreille – bon, d'accord, quand même un peu… –, des éclats de voix me parviennent. Des excuses. Un sanglot étouffé. Et Alice qui finit par se jeter au cou de Luca en lui jurant qu'elle l'attendra à sa sortie, qu'elle donnera une seconde chance à leur histoire après sa désintoxication. Mon petit cœur en guimauve fond. Tout n'est pas perdu pour eux. Et lorsque Luca monte dans l'avion en la laissant derrière lui, c'est d'un cœur plus léger.

Ouf!

***

Après plusieurs heures de vol et un voyage en quatre-quatre de luxe, nous arrivons à bon port. Mais le personnel soignant interdit aux familles de se rendre dans les chambres des patients – au moins les quatre premières semaines de la cure. Pour que les malades deviennent autonomes et indépendants. Pour qu'ils s'assument et combattent de toutes leurs forces l'addiction.

– Bonne chance, Luca, dis-je en le serrant sur mon cœur.

C'est la première fois que je le prends dans mes bras et il me répond d'une franche accolade.

– Salut, sœurette ! souffle-t-il à mon oreille.

Elio pose une main douce sur mon épaule tandis que je m'éloigne, les larmes aux yeux. Je ne suis pas faite pour les grandes scènes d'adieux sur les quais de gare, mouchoir à la main. Et avant que je ne me transforme en fontaine, Elio presse la main de son frère entre ses paumes, en plongeant dans ses yeux. Je reconnais son fameux regard polaire, bleu hiver. Celui auquel rien ni personne ne peut échapper. Celui qui empêche de mentir et force à être soi-même.

– Promets-moi de t'en sortir, Luca.

– Ouais, je…

– Promets-le.

– Je te le jure. Je veux guérir.

Puis Luca ajoute, presque comme si les mots lui échappaient, comme s'il ne l'avait pas voulu :

– Je ne veux pas finir comme papa.

Bouleversé, Elio l'étreint en un geste rare entre les deux frères. Moi, je recule un peu pour leur laisser plus d'intimité entre les vastes canapés en cuir blanc et les tapis navajos qui ornent le sol. Percée d'une immense baie vitrée ouverte sur le désert, la salle réservée aux visiteurs est aussi lumineuse qu'accueillante.

– Si jamais tu te sens mal, si quelque chose ne va pas ou si tu as simplement besoin de parler, n'hésite pas à m'appeler.

– Oui, Elio.

– Même la nuit. Même…

– Oui, Elio ! rit Luca en secouant la tête.

Levant les mains en signe de reddition, Elio sourit à son tour, conscient d'être peut-être trop protecteur. Et ce n'est qu'une fois dans la voiture, avec moi seule, qu'il pousse un profond soupir.

– Tu crois qu'il s'en sortira ? me demande-t-il avant de mettre la clé de contact.

– Oui, dis-je, sans hésitation. Tu lui as transmis ta force.

***

Nous restons quelques jours à Los Angeles, dans une immense villa plantée sur les hauteurs de la ville avec vue imprenable sur le Pacifique. Elio veut être près de son frère durant une semaine… et seul avec moi. Après toutes ces épreuves, nous reprenons notre souffle dans cette maison découpée d'innombrables fenêtres et portes vitrées qui laissent entrer à flots le soleil de la côte Ouest. C'est magique. Et même s'il continue à diriger sa holding à distance, il trouve du temps à m'accorder. J'ai l'impression de revivre une parenthèse dorée, comme dans les Hamptons.

Les palmiers en plus.

Shopping à Beverly Hills. Rollers à Venice Beach. Je m'amuse comme une folle, oubliant l'incendie qui a ravagé mon atelier, le coupable toujours en fuite et mon père dont je reste sans nouvelles. Plus rien n'existe en dehors de nous. Elio et moi. Comme une évidence. Comme un cri du cœur. Et l'avant-dernier soir, Elio m'entraîne sur l'océan d'huile à bord d'un magnifique deux-mâts. Les grandes voiles blanches claquent au vent du large tandis que j'aspire l'air des embruns à pleins poumons.

– Je me suis dit que je devais parfaire ton instruction, s'amuse-t-il alors que nous sommes sur le pont.

Mmm... dans quel domaine ?

Lisant dans mes pensées, il éclate de rire.

– Non, ça, on s'en occupera tout à l'heure. Qu'est-ce que tu dirais de prendre le gouvernail ?

Je ne me fais pas prier, retrouvant les réflexes pris à Long Island. Elio se colle à mon dos, ses grandes mains posées sur les miennes tandis que nous voguons vers le large. Il guide mes mouvements, me désignant au passage les étoiles au-dessus de nos têtes. Il connaît chaque constellation dont il me redessine les formes de l'index. La nuit est claire, dégagée. Un quart de lune veille sur nous, tel un clin d'œil. Émerveillée, je dévore le paysage du regard tandis que notre navire glisse sur des crêtes d'écume.

– Dirige-toi vers le nord-ouest, me chuchote-t-il à l'oreille.

– Euh...

Je regarde la boussole avec un petit air désespéré.

Capitaine Jack Sparrow, es-tu là ?

– Par là, Elena. C'est très facile.

Il m'aide à trouver la bonne direction, me montrant les gestes accomplis par les marins depuis la nuit des temps. C'est un excellent professeur. Avec lui, je pourrais tout apprendre. Et peu à peu, je me laisse gagner par la beauté grandiose de la haute mer, par son calme, par le bruit du ressac et des vagues qui s'écrasent contre la coque. Les étoiles semblent énormes dans le ciel. Il me suffirait de lever le bras pour en décrocher une. Elles ressemblent à des diamants accrochés à une voûte en velours.

– Nous allons jeter l'ancre par ici. Ce sera parfait.

Parfait, c'est le mot.

Comme lui.

Subjuguée, je ne résiste pas quand il m'entraîne vers une petite table pour un dîner en tête-à-tête sur le pont. Rien ne manque : seau à glaçons pour le champagne, mets fins, nappe blanche.

– Oh…

C'est si romantique, si… *Elio*. Mon cœur bat la chamade quand il se place face à moi en tenant mes mains. Notre bateau oscille légèrement. Debout sous les étoiles, nous nous regardons en silence. Une mouette crie dans le lointain, un poisson saute dans l'eau. Il n'y a que nous, nous et notre amour, nos regards, nos mains. Les doigts entremêlés, je contemple l'homme que j'aime, ses courts cheveux noirs auréolés par le halo argenté de la lune. Il semble plus pâle et impressionnant que jamais dans cette nuit langoureuse, parfumée.

– Tu as changé ma vie, Elena.

Je suis prise de court. Tellement que je ne trouve rien à dire. Je reste bêtement plantée devant Elio qui sourit… nerveusement.

Lui ! Lui, le fils caché de maître Yoda !

Dévoilerait-il enfin une petite faiblesse ?

– Quand je t'ai rencontrée dans ce vestiaire, j'ai tout de suite su qu'il s'était passé quelque chose. Que c'était toi. Qu'à partir de cet instant, tout serait différent. Même si je ne voulais pas me l'avouer, même si j'avais peur. Tu as été un véritable séisme dans ma vie, Elena. Parce qu'il y a eu un avant et qu'il y a un après.

Portant mes mains à ses lèvres, il pose un doux baiser sur

mes phalanges. Moi, je ne peux le quitter des yeux. Je perds peu à peu conscience de ce qui nous entoure, ne voyant plus que lui. Ses mots se fichent dans mon cœur, résonnent dans mon âme. Parce que personne ne m'a jamais rien dit de plus beau.

– Avant, j'étais obsédé par mon travail, je ne pensais qu'en millions de dollars, en actions à vendre, en cours de la Bourse. C'était toute ma vie : le groupe Garibaldi, les fonds d'investissement, la satisfaction de mes clients. J'étais engagé dans un tunnel noir, confortable mais sans saveur, dont je ne voyais pas le bout. Et puis…

Il me regarde comme on ne m'a jamais regardée. Jusqu'à l'âme.

– … et puis toi.

– Elio…

Ma voix n'est qu'un murmure, à peine audible. Elio me sourit, effleurant d'une main la commissure de mes lèvres, ma pommette, en une caresse fugace.

– Tu as surgi comme un ouragan. Tu es tombée de la lune dans mes bras en bouleversant toute mon existence. C'est comme si un vent de rire, de beauté, de fraîcheur entrait dans ma prison dorée. Toi et tes longs cheveux de princesse, tes yeux verts de chat, ton sourire de gamine, ta sensualité de femme…

À mesure qu'il parle, il effleure chaque partie de ma figure, de mon fin menton à mes lèvres pleines, de mes grands yeux émeraude à mon front lisse. Cette fois, mon cœur ne bat plus. Comme si je devinais déjà la suite – même si je n'ose pas à y croire. C'est trop, beaucoup trop.

– Pour la première fois, j'ai eu envie de laisser entrer

quelqu'un dans ma vie. Parce que tu ne ressembles à personne, Elena. Tu es toi : unique, fantasque, magnifique, généreuse, candide. Et tu as forcé une à une toutes mes défenses, tu es venue jusqu'à moi, jusqu'à mon cœur… quand j'ignorais qu'il battait encore. Tu as tout changé, Elena.

Je suis sans voix.

– Avec toi, j'ai eu envie de me confier, de baisser la garde, de partager mon passé. J'ai ouvert grâce à toi la boîte de Pandore, j'ai affronté mes pires souvenirs jusqu'à les apprivoiser. Sans toi, jamais je n'aurais réussi à aider mon frère, jamais je ne me serais interrogé sur le suicide de mon père. Tu m'as réconcilié avec moi-même, Elena. Avec la vie. Et avec l'amour.

Elio pose un genou à terre, sans me quitter du regard.

Oh my God ! Est-ce qu'il va… ?

– Je ne peux plus concevoir ma vie sans toi.

– Elio…

– Elena, veux-tu m'épouser ?

Mon cœur. Il bat si fort qu'il trouble le silence. Elio sort alors un écrin de sa poche. Sans me lâcher des yeux, il en ouvre le boîtier et laisse apparaître une bague… somptueuse. Un simple anneau d'or blanc surmonté d'un solitaire rose aux mille facettes. Jamais je n'ai vu diamant plus incroyable, plus pur. Je plaque une main sur ma bouche. Le bijou est à la fois magnifique et simple, élégant et racé… mais fantaisiste, comme moi. Je reste figée, pétrifiée par la demande. Jusqu'à ce que ma voix se ranime. Jusqu'à ce que mon cri résonne dans la nuit :

– Oui. Mille fois oui.

Je me jette dans ses bras avant qu'il ne se relève. Je me

serre contre son torse. Ses bras se referment sur moi tandis qu'il renverse la tête en arrière, les yeux étincelants.

– Ouiiiiiiii !

Au cas où il douterait de la réponse…

En se redressant, Elio me passe la bague au doigt. Elle me va parfaitement… Quelle merveille ! J'en pleure de joie, incapable de me contenir. Et Elio me fait tournoyer dans les airs. Il me tient à bout de bras, par la taille, aussi légère qu'une plume. J'éclate de rire, folle de bonheur.

Elena Garibaldi. Ça sonne bien, non ?

Quand il me repose à terre, c'est pour m'embrasser à pleine bouche, à perdre haleine. Je devine que nous allons faire l'impasse sur le dîner – mais pas sur la nuit. Pour sceller sa demande, pour sceller notre amour, je l'attrape par la main. Et c'est moi qui prends les devants. C'est moi qui l'entraîne vers notre cabine. Car moi aussi je lui réserve quelques surprises.

Nos lèvres s'affrontent à bouche que veux-tu. Nos langues se caressent, s'échappent et se retrouvent en un ballet savant. Nous titubons dans les escaliers qui mènent à la cabine. Soudés l'un à l'autre, nous nous cognons contre les parois du corridor, roulant d'un mur à l'autre sans cesser de nous embrasser. Son goût m'envahit, masculin, délicieux. J'ai l'impression que tout le bateau tangue… alors que ce n'est que lui, que nous.

– Oui, oui… dis-je, enivrée.

Oui à lui. Oui à la nuit. Oui à l'avenir. Oui à nos corps qui s'accolent tandis que la température grimpe, torride. C'est comme si ma peau prenait feu au contact de la sienne. Me plaquant contre la porte de la chambre, Elio épingle mes deux mains près de ma tête. Je ne me dérobe pas. Et je le laisse venir à moi, se pencher, en l'observant sous mes paupières mi-closes.

– Je veux devenir ta femme.

Il me sourit comme un fauve, dévoilant ses dents parfaitement blanches, avant de se jeter voracement sur mes lèvres en un baiser intense, passionné, qui nous laisse tous les deux pantelants. Nos respirations heurtées résonnent dans le corridor – deux souffles courts, saccadés, chargés de désir. Sans me lâcher, Elio butine mes lèvres, la commissure de ma bouche, l'arête délicate de ma mâchoire avant de déposer une pluie de baisers humides dans mon cou. Avec sa salive, il laisse un sillon de feu sur ma peau. Je lâche un gémissement sourd.

– Je veux porter ton nom.

Il relève la tête, son magnifique visage à quelques centimètres du mien. Nos nez se touchent presque. Moi, je détaille avidement cet homme qui va devenir mon mari : ses prunelles arctiques, son nez droit, ses cheveux soyeux qui retombent en mèches fines sur son front, ses pommettes hautes, ses traits délicats et masculins. Mon mari. Mon futur mari. Mon cœur se met à battre la chamade alors que je sens toujours la pression de ses doigts autour de mes poignets.

– Madame Garibaldi… dit-il à mi-voix.

Je souris, je souris avec un rire de femme, un rire de gorge que je ne me connaissais pas. Et je répète après lui :

– Monsieur et madame Garibaldi.

Son rire s'unit au mien, mâtiné de désir, d'envie folle. Et d'un seul coup, il me soulève de terre, passant un bras derrière mes épaules, un autre derrière mes genoux. Je pousse un petit cri de surprise – je ne m'y attendais pas. Je me retrouve blottie contre sa large poitrine, contre ses muscles durs et secs. Lui ouvre la porte d'un coup de pied. Le battant valdingue contre le mur tandis qu'il se penche à nouveau vers moi pour m'embrasser. Dévorant mes lèvres, il zigzague entre les meubles vers le lit. Je pose une main sur sa joue à la peau douce pour lui rendre son profond baiser.

– Prête pour l'atterrissage ?

J'éclate de rire, la tête tournée, enivrée par son parfum, par ses lèvres, par son contact, quand il me pose sur le lit. Il me lâche à seulement quelques centimètres du matelas, de sorte que je rebondis doucement au milieu de la myriade d'oreillers. Je pousse un autre cri aigu, ravie. Et lui me rejoint immédiatement, s'allongeant sur moi, nous faisant rouler à plusieurs reprises d'un bout à l'autre du lit. C'est violent, c'est passionné. Au creux de mon ventre s'ouvrent les ailes du désir. Ça bat dans ma poitrine, ça pulse dans mes reins. Comme si le sang affluait trop vite dans mon corps.

Je suis prise de vertiges.

Je suis éprise d'Elio.

Il reste couché sur moi, mon visage entre ses paumes tièdes. Son haleine fraîche me caresse au moment où il joue avec mes lèvres, les suçotant, les tirant, les flattant de la pointe de sa langue. Mon corps s'enflamme. Je tente d'aller à sa rencontre, de prendre vraiment sa bouche… mais il recule la tête, continuant à jouer avec moi. En même temps, ses mains se faufilent sous ma chemise noire, caressant mon ventre, mes flancs… Je frissonne quand ses doigts se posent sur le coton de mon soutien-gorge. Et sur le point de perdre les pédales, je me redresse légèrement.

– Non, attends…

– Attendre quoi ?

– J'ai une surprise.

Et avant qu'il ne proteste d'un râle frustré, je m'arrache à son emprise dans les rires. Ce n'est pas une mince affaire. Je me dandine sous son corps musclé tandis qu'il tente de me retenir entre ses bras. Il n'a aucune envie de me laisser partir. Si bien que je lui mordille le cou et le lobe de l'oreille… jusqu'à ce qu'il me libère enfin. Quand je me relève, j'ai encore le goût un peu salé de sa peau sur la langue.

Je suis sûre de ce que je vais faire. Sûre à 99,99 %.

Bon, j'ai menti : je ne suis sûre de rien du tout !

– Depuis quelque temps, tu me demandes sans cesse pourquoi je porte un pansement.

– C'est bien le moment, Elena ?

Je réponds d'un hochement de tête. Lui tend les bras vers moi, prêt à m'attraper, à explorer à nouveau du bout des doigts le territoire de mon corps. Sauf que je me dérobe d'un petit bond en arrière. Et je pose une main sur le col de mon chemisier noir, tout simple, aux manches roulottées. Je fais alors sauter le premier bouton en fixant Elio droit dans les yeux. D'abord, il ne comprend pas… jusqu'à ce que je m'attaque au deuxième, puis au troisième avec une lenteur délibérée.

– Elena…

Sa voix s'étrangle tandis que je lui adresse un sourire félin. D'un geste gracieux, je défais toutes les attaches. Puis j'écarte doucement les pans de tissu noir, révélant centimètre après centimètre ma peau d'albâtre. Elio déglutit avec peine. Je vois sa pomme d'Adam remontée dans sa gorge au moment où il avale sa salive – de travers. Il a compris ce que je fais. Et je me plante au milieu de la vaste pièce, à mi-chemin entre le lit et la porte de la chambre pour improviser un strip-tease.

Pourvu que je ressemble à Dita von Teese, et pas aux types de The Full Monty.

Je fais glisser le chemisier de mes épaules. Le tissu me caresse, de sorte que je ferme les paupières en songeant aux doigts d'Elio. En même temps, je sens son regard de plus en plus intéressé sur moi. Les manches glissent jusqu'à mes coudes, mes poignets, puis je me libère. Et je rouvre les yeux, en soutien-gorge. Sous ma longue rangée de cils blonds, je darde sur Elio une œillade coquine.

Moi ? J'ose faire ça ?

Eh bien oui... pour lui. Uniquement pour lui.

Je me mets à onduler des hanches, même sans musique. Je sens la pulsation dans mon ventre tandis qu'Elio s'allonge carrément sur le lit. Il s'adosse aux oreillers et passe les bras derrière sa nuque pour profiter du spectacle. Un vrai pacha. Je ne peux m'empêcher de sourire. Et j'envoie voler mes longs cheveux blonds en arrière, comme une cascade de fils d'or. Mes gestes sont sensuels, lents, lascifs.

Waouh ! Jamais je ne me serais crue capable d'un truc pareil.

Mais Elio me révèle à moi-même.

Je glisse deux doigts dans la ceinture de mon short en jean. Mes hanches balancent toujours, décrivant un cercle infini, lent, sexy. À présent, le regard d'Elio me brûle littéralement la peau. Je le sens sur moi, partout où il se pose. Sur mes épaules, sur mes petits seins ronds, sur mon ventre, sur mes longues jambes nues, hâlées par le soleil. C'est comme s'il me touchait à distance. Comme s'il m'enveloppait. Je défais le bouton, descends le zip. Et je soutiens ses yeux arctiques.

La lune entre d'un timide rayon dans la cabine, frappant mon épaule et mon nombril au moment où je laisse tomber mon short par terre. Je n'ai qu'à donner un petit coup de pied pour l'expédier au loin. Je m'amuse ensuite à soulever ma chevelure à deux mains, dégageant mon corps, mon visage, dansant pour lui. À nouveau, Elio déglutit avec peine. En lingerie devant lui, je me touche toute seule. D'où me vient cette audace ? De lui, seulement de lui. Parce qu'il m'a assez aimée pour que je m'aime moi-même, pour que je prenne confiance en moi.

Mes mains imitent les siennes. Je me touche comme il le ferait. Mes paumes sont partout. Je caresse mon épaule, ma poitrine à travers le tissu de mon soutien-gorge, mon ventre, mes reins. Mes doigts passent fugacement sur ma féminité, au-dessus de ma culotte, sans s'y attarder. Ce qui n'empêche pas Elio de s'enflammer. Il se redresse sur le lit, plus attentif que jamais. Dans ma bulle, je tourne sur moi-même. Et c'est de dos que je retire mon soutien-gorge. J'atteins l'agrafe d'une seule main avant de le tirer par une bretelle. Puis, le tenant à bout de bras, toujours de dos, je tourne la tête vers lui. Je le transperce d'un regard lascif avant de lâcher le petit bout de coton sur le parquet.

– Elena, viens…

Sa voix est assourdie, méconnaissable. Je fais non de la tête.

– Attends, tu n'as pas vu ta surprise.

Je m'amuse à lui faire face, continuant d'onduler. Elio

semble hypnotisé. Il contemple mes seins à la pointe pâle, dressés par l'excitation. J'en profite pour glisser un index sous l'élastique de ma culotte. Je m'effleure seule, sans lui. Si bien qu'il émet un grognement mâle. Et incapable de rester à l'écart plus longtemps, Elio rampe sur le lit, venant à moi. Il tend le bras mais je m'esquive. À la place, je m'amuse à retirer ma culotte, millimètre après millimètre. Le voile tombe peu à peu, révélant ma féminité jusqu'à ce qu'elle apparaisse tout entière.

– Viens tout de suite, souffle-t-il.

Je n'en fais rien. Habitué à tout contrôler, à tout diriger, Elio n'a pas l'habitude de confier les rênes à quelqu'un d'autre. Je le sens perdre pied, devenir à moitié fou alors qu'il enveloppe mon corps nu d'un œil brûlant. Moi, je suis ivre. Ivre de ses réactions, ivre du pouvoir que j'ai sur lui. Ma culotte tombe à mes chevilles. Je m'en débarrasse, entièrement nue. Je continue à danser, à onduler, à rouler des hanches. Mes mains courent sur l'intérieur de mes cuisses, sur la peau soyeuse. J'ose même glisser un doigt en moi, au creux de mon intimité humide. C'est bon. C'est comme si c'était lui.

Elio grogne.

– Elena !

C'est presque un rappel à l'ordre. Mais je n'écoute rien, je n'en fais qu'à ma tête. À la place, je lui offre mon dos, passant mes longs cheveux par-dessus une de mes épaules pour dégager mes omoplates. Voilà le moment de vérité. Pendant qu'Elio admire mes fesses rondes, je tire un coin du pansement. Pendant tout ce temps, j'ai gardé le secret malgré les multiples questions de mon amant. Et j'ôte le bout de tulle gras… pour révéler mon tatouage.

Le papillon dessiné par Elio. Son papillon… à jamais dans ma chair.

Il en a le souffle coupé. Et moi, je guette sa réaction, m'immobilisant enfin. Lui ne dit rien et je sens ses prunelles posées sur moi et sur les longues ailes, tout en arabesques, de mon éphémère.

– Tu l'as fait tatouer ?

Je l'entends qui se lève. Le matelas grince sous son poids alors qu'il vient à moi. Je ne me retourne pas. Je devine seulement sa présence magnétique dans mon dos. Et quand il pose ses mains au creux de mes reins, je sursaute. Son contact est volcanique, comme s'il était en feu – à moins que ce ne soit moi, ma peau ou la température de la pièce. Je sens aussi son souffle quand il se penche dans mon cou. Et le bout de ses doigts le long de ma colonne vertébrale. Il en dessine la cambrure et s'arrête sur son dessin.

– Oh, Elena…

– Tu seras en moi à jamais.

Il est si bouleversé qu'il ne réplique pas. Je le soupçonne de ne pas réussir à prononcer un mot. De l'index, il se contente de suivre les lignes compliquées et graciles du papillon qui orne maintenant le bas de mon dos. Ce contact m'électrise. Un spasme de désir me soulève le ventre tandis que je sens son corps tout proche, presque collé au mien.

– Au creux de toi, me susurre-t-il à l'oreille.

Son souffle me chatouille le tympan. Et il pose ses deux mains sur mes hanches en me poussant doucement contre le mur.

– Au creux de toi pour toujours.

Ma poitrine nue se colle à la paroi lambrissée de la cabine

tandis qu'Elio se plaque contre mon dos. Je suis nue, lui habillé, ce qui ne fait qu'accroître notre excitation. J'entends le bruit de sa fermeture éclair qui se baisse tandis que je reste collée au mur, brûlante. Je ferme les paupières, concentrée sur les sensations divines qui naissent en moi. Car il vient de poser ses larges paumes sur mes hanches, sur mes fesses. Ses doigts moulent mes rondeurs, me caressant longuement. Je me mets à haleter, gémissant son nom. Quand il pousse un doigt en moi, dans ma féminité.

Je suis déjà humide, folle de désir. Je voudrais qu'il me prenne là, sur-le-champ.

Mais Elio fait durer le plaisir, titillant les chairs moites de ma féminité. Sa main experte joue dans les méandres de mon intimité, allant et venant, agaçant le petit bout de chair rosée, gonflé de désir. J'en gémis. D'autant qu'il se colle davantage contre moi, son torse plaqué sur mon dos. Ses vêtements râpent ma chair en une délicieuse torture. Puis je sens quelque chose de long et de dur contre ma peau. Lui. Sa virilité triomphante, érigée pour moi. Je me mords les lèvres, retenant un cri.

– Je vais venir, me souffle-t-il.

Je me raidis, suspendue à un fil, au paroxysme du désir. Et il me fait encore languir une seconde, une interminable seconde. Jusqu'à ce que je le sente m'envahir. L'instant d'après, il s'enfonce au plus profond de mes chairs avec un gémissement de libération. Il est déjà impressionnant, gonflé de désir. Il m'emplit entièrement. De ses deux bras, Elio me ceinture la taille. Moi, je reste joue contre le mur, à chercher un peu de fraîcheur tandis qu'il commence son va-et-vient. C'est si intense que mes jambes flageolent tandis qu'il me laboure, de plus en plus vite, de plus en plus fort. Il doit me retenir, me maintenir debout tant je vacille. Le plaisir se lève en moi, telle une vague dévastatrice. Jamais ça n'a été aussi rapide, aussi intense. En quelques secondes, je me retrouve au sommet du raz-de-marée, comme Elio qui cherche son air, son oxygène, le nez enfoui dans mon cou.

Alors, tout éclate. Tout se brise en nous, autour de nous.

La jouissance nous ensevelit tandis qu'il se déverse en moi, m'emplissant de sa sève chaude. Je me mets à trembler. Nous ne sommes plus que deux corps, deux souffles fous, deux peaux en flammes. Il n'y a plus que le plaisir qui nous traverse, les spasmes qui nous vrillent le ventre, la tempête qui nous balaie.

Et je crie son nom. De toutes mes forces, de toute mon âme. Tandis qu'il lâche dans un gémissement :

– Tu es à moi.

28
LA LETTRE D'OTTAVIO

Je vais me marier avec Elio. Je ne cesse d'y songer en contemplant le magnifique solitaire rose qui orne mon annulaire. Même quand je décroche le téléphone, je perds une minute à l'admirer.

Accro, vous avez dit accro ?

Après une demande au clair de lune et une nuit torride à bord d'un voilier, je suis rentrée à New York dans le jet privé mis à ma disposition par Elio. De son côté, il s'est rendu directement à un important meeting économique à Philadelphie.

Et dans notre vaste triplex de l'Upper East Side, j'élabore un grand projet. Dans moins de quinze jours, Elio aura 29 ans. Pourquoi ne pas profiter de son absence pour lui organiser une grande fête ? Maintenant que je suis en vacances, j'ai tout mon temps. Le hic ? Je n'ai pas l'habitude de ce genre d'événement. Ce serait plutôt le rayon d'Alice, mais je n'ose pas la déranger. À cause de son histoire tourmentée avec Luca, elle a la tête ailleurs en ce moment.

Alors, je pense à quelqu'un d'autre. Et pas à n'importe qui.

Assise sur le canapé en velours prune du salon qu'Elio a fait livrer pour moi – le divan en cuir était vraiment trop triste –, je colle le combiné à mon oreille. J'appelle le grand manitou des soirées, le maître de la fiesta, le dieu du champagne millésimé. J'ai nommé…

– Cole ?

– Ça dépend qui le demande. Êtes-vous charmante, blonde et majeure ?

La voix à l'autre bout du fil est délicieusement traînante et aristocratique. J'éclate de rire, certaine que le numéro de l'appartement s'est affiché sur l'écran de son portable. Qui mieux que Cole McShawn pourrait m'aider à organiser cet anniversaire ? Je rêve d'une nuit inoubliable pour remercier mon fiancé. Elio donne beaucoup aux autres, il est toujours là pour soutenir ses proches. Pour une fois, je veux lui montrer que ses amis peuvent aussi se rassembler pour lui. Et puis, je veux lui faire plaisir, tout simplement.

– Ça se pourrait.

– Ah… dommage que ce maudit Elio Garibaldi t'ait mis le grappin dessus !

Nous parlons quelques minutes de Luca, dont il connaît la situation, et du retour de Cole à New York. Le philanthrope a quitté son refuge des Hamptons pour retourner dans son hôtel particulier de Tribeca. Et quand je lui expose mon grand projet, il me répond par un cri de victoire digne d'un All Black.

– Une grande fête en plein New York ? Tu parles à mon cœur, Elena.

– Vous pourriez m'aider à l'organiser ? Je voudrais quelque chose d'original…

Je n'ai pas le temps de terminer ma phrase.

– Une soirée en montgolfière ? dans l'espace ? au centre spatial Kennedy ?

– … et d'élégant.

Pas déstabilisé une seconde, Cole rebondit avec ses cent idées à la minute, toutes plus géniales les unes que les autres.

– Pourquoi pas une garden-party au cœur de Central Park ? ou une fête dans le jardin de botanique de New York ?

Sa dernière proposition fait mouche. Et Cole plante le décor pour moi : des dizaines de lampions suspendus au-dessus du bassin aux nénuphars, des invités en smoking et robes du soir déambulant sous la coupole en verre du célèbre bâtiment.

– Vous êtes génial !

– Tu ne m'apprends rien.

– Mais vous croyez que nous pourrions organiser ça rapidement ?

– « À l'impossible, Cole est tenu. » Tu ne connaissais pas ce proverbe ?

– Je ne sais pas comment vous remercier.

– J'ai bien quelques idées mais je doute qu'Elio soit d'accord.

***

Maintenant que nous avons une idée pour la fête… reste le cadeau. Qu'offrir à un milliardaire ? Il a d'innombrables voitures de course – et de toute manière, ce n'est pas dans mes moyens. Il possède à profusion des costumes italiens et des pulls en cachemire. Sans parler des montres Cartier et autres chevalières en argent qui encombrent ses tiroirs…

Quand soudain, le déclic. Pourquoi n'y ai-je pas pensé plus tôt ?

Sortant de l'appartement, je me rends dans le bureau d'Elio situé au vingt-sixième étage de la tour, sous notre triplex. Sur le palier, je salue sa secrétaire d'un signe de la main. Parce qu'elle me connaît, elle me laisse entrer en trombe dans le sanctuaire de son patron. Et je me retrouve nez à nez avec la toile abstraite peinte par son grand-père. C'est moi qui l'ai convaincu de l'accrocher dans son cabinet de travail, à la vue de tous. Car il peut être fier de ses origines.

– Mon pauvre… murmuré-je en m'approchant.

Je caresse d'une main douce l'encadrement.

– Tu aurais bien besoin d'une petite restauration.

Voilà le cadeau idéal : je le tiens ! Un présent qui vient du cœur, qui lui rappelle ses racines sans qu'il en souffre. Je décroche l'imposante toile du mur et la contemple de mes yeux d'experte. Je m'agenouille même sur la moquette pour l'inspecter sous toutes les coutures. La peinture est encore impeccable, mais le cadre a vieilli. Sans parler des éraflures et du bois qui s'effrite. Penchant la tête, j'observe le revers de l'œuvre. Oh là là, le cadre tombe en morceaux. Il est encore plus abîmé que je ne le pensais.

Je me gratte la tête, perplexe. Je ne vois qu'une seule solution pour le transporter, décrocher la toile et le cadre afin qu'ils voyagent séparément. Malgré son poids, je soulève le tableau et le pose sur le bureau d'Elio. Il n'y a pas un papier qui traîne, pas un stylo sans capuchon. Je devrais prendre exemple sur mon maniaque du contrôle préféré. Dire que je ne retrouverais même pas ma tête sur mes épaules…

À l'aide d'un coupe-papier, je décolle délicatement la toile. Et en la soulevant, je fais tomber quelque chose. Un papier jauni.

– Qu'est-ce que… ?

Je ramasse la mystérieuse enveloppe, vieille mais en bon état. Pourquoi glisser une lettre dans un tableau ? Les sourcils froncés, je m'assois sur le bord de la table et l'ouvre. J'en sors une feuille manuscrite, à l'écriture tremblante, à l'encre usée. Elle est datée du… 16 septembre 2005. Le jour du suicide d'Ottavio.

Serait-ce une lettre d'adieu destinée à sa famille ? Elio ne m'a-t-il pas dit que son père n'avait laissé aucun mot, aucune explication ? Je tourne la lettre entre mes doigts, inquiète. Ai-je le droit de la lire ? Et que fait-elle là ? La curiosité est la plus forte. Je suis interpellée par la signature d'Ottavio, ronde et tremblante. L'homme semblait très pressé. Voire anxieux.

« Chère Pasqualina, chers Elio et Luca, »

Mon cœur s'arrête. J'ai l'impression d'entendre la voix d'un mort qui s'élève à travers les années pour venir jusqu'à moi.

« Si vous lisez cette lettre, c'est qu'il m'est arrivé quelque chose… »

Je porte une main à mes lèvres. Et au fil de ma lecture, j'écarquille les yeux, abasourdie. Non, non, c'est impossible ! De nouveau, je lis les derniers mots d'Ottavio Garibaldi tandis que la vérité me saute à la figure, explosant comme une bombe.

« C'est Dominic qui m'a apporté le fameux tableau de Jackson Pollock, celui qui risque de causer ma ruine. Il

m'a dit l'avoir repéré chez un vieux collectionneur désireux de s'en débarrasser à cause de gros soucis d'argent. Il m'en parlait comme de l'affaire du siècle. »

Le voile devant mes yeux se déchire. À ce moment, Ottavio pensait réaliser une transaction qui rendrait sa famille riche. Il avait repris espoir, croyant aveuglément son ami, sortant enfin la tête de l'eau.

« Mais maintenant, je doute… »

Je secoue la tête. Toutes les pièces du puzzle s'emboîtent. Dans sa missive, le père d'Elio explique avoir vu le certificat d'authenticité du tableau. Vu de ses propres yeux. Dominic en personne le lui a présenté, signé par son expert habituel, le célèbre Jeffrey Cunningham.

« Je n'arrive plus à mettre la main sur le certificat. Il a disparu. Et Catherine a contacté notre expert: il dit n'avoir jamais examiné ni vu le tableau de Pollock. Je crois que j'ai été dupé, trompé sur toute la ligne. »

Ottavio Garibaldi a été piégé par Dominic Stone.

Et il en est mort.

***

Que faire ? Comment réagir ? Je tourne comme une toupie au milieu du bureau. La lettre me brûle les doigts, les mots dansent devant mes yeux. Respirer, respirer. Je remplis mes poumons d'air, blanche comme la mort. Et paniquée, je fourre la missive dans la poche de ma veste en jean. Je passe ensuite comme une fusée devant le bureau de la secrétaire, m'engouffrant dans les escaliers. Si je prends l'ascenseur, je risque de faire une crise de claustrophobie.

Dring, driiiiing…

Je sursaute de peur… avant de reconnaître la sonnerie de mon téléphone, fourré dans ma poche. Je décroche en voyant le nom d'Elio s'afficher sur l'écran. J'en ai les mains qui tremblent. Et je ne serais pas plus soulagée en voyant le nom du Messie clignoter sur mon portable.

– Elio ! Écoute…

Je suis à bout de souffle au milieu des marches. La peur, sans doute. Mon tee-shirt me colle à la peau. Comment dire à l'homme qu'on aime que son père a été assassiné ?

– Elena ? Est-ce que tout va bien ?

– Je… Oui… Non…

– Tu as une voix bizarre.

Tu m'étonnes.

– Elio, c'est terrible… Je… j'ai découvert un truc incroyable… vraiment énorme… Tu… Je ne peux pas t'en parler au téléphone.

– Calme-toi, chérie. Je ne comprends rien.

J'avale tous les mots comme si je mâchais du chewing-gum, incapable d'articuler. Et j'éponge mon front d'un revers du bras. C'est moi, ou il fait une chaleur épouvantable ? La climatisation a dû tomber en panne, je ne vois que ça. Incapable d'ordonner mes idées, je m'embrouille en gravissant les dernières marches :

– C'est ton père… J'ai trouvé une lettre…

– À propos de mon père ?

– Non, non ! C'est lui qui…

Et brusquement, je m'arrête. Sur le palier de l'appartement… se trouve Dominic Stone en personne. Il attend devant la porte en compagnie d'un homme de haute stature, chauve, vêtu d'un long imperméable beige. Je ne l'ai jamais vu. C'est bien ma veine ! Tomber sur lui pile à ce moment. Détectant ma présence, le vieil homme lève la tête et se fend d'un large sourire :

– Elena ! Nous vous attendions…

J'écarte le combiné de mon oreille, laissant tomber mon bras le long de mon corps.

– Vous ? Qu'est-ce que vous faites ici ?

Super. J'ai la voix d'un Schtroumpf.

On repassera pour le timbre ferme et autoritaire, mais je ne peux pas faire comme si de rien n'était. Je regrette de ne pas avoir de talents d'actrice. Cela m'éviterait de pâlir quand Dominic s'approche de moi, sans se départir de son sourire doucereux. Il sent mon angoisse, il la flaire comme un limier – j'en suis certaine. Je recule. Je sais maintenant qui il est. Je connais son vrai visage, caché sous un masque d'hypocrisie. Il est responsable du drame qui a détruit toute une famille.

C'est lui, l'assassin d'Ottavio.

– Que vous arrive-t-il, Elena ? Vous semblez nerveuse.

Je jette un coup d'œil à l'homme qui l'accompagne – une vraie armoire à glace au visage impassible. Et soudain, j'entends la voix d'Elio dans le lointain. C'est vrai, je n'ai pas raccroché ! Je reprends la communication, les paumes moites, le cerveau en fusion. J'hésite. Que lui dire ? Comment trouver les mots ? D'autant que je ne suis plus seule et que je ne peux pas parler devant Dominic.

– Elio, il faut que je raccroche. Je dois te parler d'une chose très importante, dis-je, en essayant de masquer mes émotions.

Poker face.

– Elena, qu'est-ce qui ne va pas ? Où es-tu ?

– Je suis à l'appartement. Je te raconterai plus tard. Là, je dois y aller, monsieur Stone m'attend devant la porte. Je t'embrasse.

Et je coupe sans attendre sa réponse.

***

Se dressant entre moi et la porte d'entrée, Dominic Stone m'apparaît comme une barrière infranchissable – sans parler du gorille à sa botte. J'essaie d'arborer un visage neutre alors qu'il reste planté devant moi. Il m'examine de son œil sombre et calculateur. J'ai l'impression de passer au détecteur de mensonges. Plus que jamais, je sens la présence de la lettre dans la poche de ma veste. J'ai l'impression de cacher un bâton de dynamite.

– Je suis venu voir Elio mais il ne répond pas. Nous sommes ici depuis cinq minutes, m'explique le galeriste d'une voix trop douce.

– Il… il est en voyage.

Le vieil homme se tourne vers son ami, l'air ennuyé. Dans son costume de lin blanc et ses mocassins bruns, il ressemble à un homme du monde. Mais sous le vernis policé, je perçois la tension, l'agressivité latente, la bassesse. J'enfonce mes mains dans mes poches, touchant le papier froissé.

– Je suis venu pour lui parler du rachat de ses parts. Maintenant que je suis actionnaire majoritaire, il serait ridicule qu'il garde ses 25,5 %. D'autant qu'il ne tient pas vraiment à cette galerie.

– C'est un héritage de son père ! Bien sûr qu'il y tient !

Je crache presque les derniers mots. Dominic me dévisage

avec surprise et j'en profite pour lui filer sous le nez. Par chance, je n'avais pas verrouillé la porte et je n'ai qu'à la pousser pour entrer. Sauf que le galeriste me rejoint. À peine ai-je le temps de m'engouffrer à l'intérieur… qu'il bloque le battant du bout de son pied, l'empêchant de se refermer.

Il est pire qu'une sangsue. Comment m'en débarrasser ?

– Que vous arrive-t-il, Elena?

– Rien du tout. Je suis pressée. J'ai un rendez-vous dans un quart d'heure chez le médecin.

Bien. Simple. Efficace. Un mensonge parfaitement plausible.

– Alors je ne serai pas long. Je pense qu'Elio devrait me vendre ses parts. Il en parle depuis des semaines, n'est-ce pas? Il envisageait de s'en séparer dès qu'il a touché son héritage, rappelez-vous.

– La situation a changé, répliqué-je sèchement.

– À cause de Luca? Il est majeur, il avait besoin d'argent, il m'a vendu ses parts. Je ne vois pas où est le problème.

Ne pas répondre. Ne pas mordre à l'hameçon.

– Vous verrez ça avec Elio.

Dominic semble déçu. Et bien vite, il affiche une expression peinée. Quel merveilleux comédien! Il a manqué une carrière à Broadway. Je me mords les lèvres. Sa proximité commence à me donner de l'urticaire. Il s'est débarrassé d'Ottavio, il a entraîné Luca dans la déchéance… Et maintenant, il ose sonner à la porte d'Elio la bouche en cœur? Mon sang bout dans mes veines. Je suis pourtant une non-violente… mais il me fait sortir de mes gonds.

– Parlez-lui, Elena. Vous, il vous écoutera peut-être.

De nouveau, je pense au serpent du livre de la jungle. Sa voix se fait persuasive, insidieuse. Me croit-il malléable à ce point ? Sans doute… Il s'apprête à poser une main sur mon épaule quand je me dérobe. Non, non, il ne me touchera pas ! Je ne supporterais pas son contact. Le galeriste s'en étonne mais ne perd pas le cap. Il n'est sans doute pas homme qu'on déstabilise facilement. Dominic Stone est une créature à sang froid.

– Je n'ai aucune influence sur ses décisions. Elio ne me consulte pas.

– Allons, allons… vous êtes la femme qu'il aime. Je suis sûr que votre opinion compte beaucoup pour lui.

La flatterie, maintenant !

– Vous êtes une jeune femme intelligente. Je suis certain que vous comprenez ma position. J'agis aussi pour rendre service à Elio.

– Pardon ?

Je manque de m'étrangler.

– Cette galerie n'a apporté que malheur et désolation à la famille Garibaldi.

C'est la goutte d'eau. Le mot de trop. D'un seul coup, ma colère explose comme un feu d'artifice. Comment ose-t-il dire une chose pareille ? Ma réponse fuse, cinglante :

– Ce n'est pas la galerie, c'est vous qui avez détruit la famille d'Elio. Vous et vous seul !

– Pardon ?

– Ne jouez pas les innocents. Vous avez piégé Ottavio Garibaldi, vous lui avez pris sa vie et son honneur… mais ça ne vous a pas suffi. Il a encore fallu que vous détruisiez son fils cadet, que vous le spoliiez.

Un épais silence tombe sur nous tandis que mes dernières paroles résonnent dans le couloir désert. L'homme en imperméable reste immobile, telle une statue. Moi, je n'en reviens pas – et je ne regrette rien. Le galeriste demeure un instant sans expression, jusqu'à ce que ses yeux s'étrécissent en deux fentes.

– De quoi parlez-vous, Elena ?

Ne pas se laisser démonter. Résister.

Ah oui… et, euh… respirer !

– Vous le savez parfaitement.

– Vous avez perdu la tête, ma fille.

– Ne me prenez pas pour une idiote ! C'est vous qui avez trouvé le faux tableau de Pollock. Et c'est vous qui avez fourni un faux certificat d'authenticité pour ruiner Ottavio.

À nouveau, le silence. Énorme, étouffant, comme une chape de plomb. Et sous mes yeux, l'expression de Stone change du tout au tout. C'est comme s'il révélait sa vraie figure – des traits durs et accusés, des lèvres fines au pli calculateur… et toujours ces deux fentes noires fixées sur moi. Je ne vois plus qu'un homme rongé par l'envie, l'amertume. Un homme qui m'attrape par le col de ma veste et m'étrangle à demi.

– Qui ? siffle-t-il entre ses dents serrées. Qui vous a parlé de ça ?

– Personne.

– Qui ?

Son cri explose en même temps que le mien :

– Lâchez-moi !

Brutalement, l'étau de ses doigts se desserre et j'aspire l'air par la bouche. L'espace d'une seconde, je me crois tirée d'affaire, hors d'atteinte. Je vais claquer la porte, m'enfermer à double tour, appeler Elio ou la police… Stone se détourne et lance à son comparse :

– Attrape-la !

Je n'ai pas le temps de réagir, de m'enfuir… que le colosse en imper bondit sur moi. En reculant, je me cogne à la console du vestibule et renverse le vase en cristal qui se brise en mille morceaux. Les fleurs et l'eau se répandent à mes pieds. Et l'homme me rattrape. Ses mains s'abattent sur mes épaules et me soulèvent de terre. Mes pieds battent dans le vide avec frénésie.

– Ne me touchez pas ! Vous n'avez pas le droit de…

Le gorille m'assène une gifle magistrale. Ma tête valdingue sur mon épaule, je vois trente-six chandelles. J'entends presque des cloches sonner au-dessus de moi. Ma joue me brûle affreusement. Ce qui ne m'empêche pas de me débattre comme une diablesse. Je me tortille entre les mains de mon agresseur, sous le regard brillant du galeriste, à bonne distance de la scène.

– Petite idiote !

Je plante mes dents dans le bras de son homme de main. Parce que le clone de Sylvester Stallone ne peut pas être un de ses associés, c'est impossible ! C'est forcément un type chargé du sale boulot – moi, en l'occurrence. Je le mords de toutes mes forces. Sauf que Rambo ne geint même pas. À croire qu'il ne sent rien, rien du tout. Me tenant toujours à bout de bras, il me cogne brutalement la tête contre le mur de l'entrée.

– Tu crois que je vais te laisser faire ?

Une lueur blanche tombe comme une barre devant mes

yeux. J'ai mal, très mal. Puis je coule dans les ténèbres.

– Tu aurais mieux fait de te taire !

Et ce sont les derniers mots que j'entends.

29
À BOUT PORTANT

J'ai l'impression qu'une famille d'hippopotames m'a foncé dessus. La tête prise dans un étau, je pousse un faible gémissement. Où suis-je ? Que s'est-il passé ? Des souvenirs épars flottent autour de moi. Et les battements de mon cœur résonnent dans ma tête, dans mon ventre. Je rouvre une paupière timide malgré le concert de scies métalliques sous mon crâne.

– Haaaan…

Je ne reconnais pas le son de ma voix. Et je bats frénétiquement des paupières, plongée dans le noir. Soit je suis devenue aveugle, soit je suis enfermée dans un endroit très sombre. Et qui bouge. Qui bouge beaucoup. En tentant de me redresser, je me cogne à une paroi métallique. Je manque de m'assommer une seconde fois et retombe dans les ténèbres, recroquevillée sur moi-même.

Dominic. Son garde du corps. La lettre d'Ottavio. Tout me revient brutalement, tel un électrochoc. J'étrangle un cri, bringuebalée de gauche à droite. J'entends aussi un ronronnement, là, en dessous… comme un moteur. Et je comprends bientôt : je suis dans un coffre, le coffre d'une voiture en train de rouler. Vers où ? Je l'ignore. Et je ne suis pas sûre d'avoir envie de le savoir.

Je suis dans la mouise. Je tente de m'agiter sur la bâche en plastique qui tapisse le coffre – sans doute pour éviter les traces d'ADN et les cheveux.

Oui, je regarde trop les séries télé.

Et quelle chaleur suffocante ! J'étouffe.

Elio.

Au secours, Elio !

Je me tortille pour atteindre la poche arrière de mon jean. C'est là que j'ai fourré mon téléphone. J'appuie sur n'importe quelle touche, et aussitôt, une petite lumière s'allume. Hélas, je n'ai pas de réseau. Aucune barrette n'apparaît sur mon écran. Nous roulons peut-être en forêt, ou dans un endroit très, très isolé. Ce qui n'est pas bon du tout, du tout. Je n'ai aucun moyen de prévenir Elio ou la police. Utilisant mon portable comme une torche, j'éclaire tant bien que mal ma minuscule prison.

Rien. Ni roue de secours, ni caisse à outils, ni carte. Il n'y a que moi dans ce coffre. J'essaie de réfléchir… au moment où la voiture ralentit. Une seconde plus tard, le moteur s'arrête, me plongeant dans le silence. Je reste aux aguets, tendue, affolée. Mon cœur cogne si fort qu'il pourrait sortir de ma cage thoracique. Et quel est ce bruit ? Après une seconde, je comprends qu'il s'agit de… ma respiration. Lourde, saccadée, profonde. Je transpire la peur par tous les pores de ma peau. À l'avant, une portière claque. Des pas sur des gravillons. Quelqu'un s'approche. Et…

– Vous avez fait bon voyage, Elena ?

La lumière du soleil m'aveugle, me forçant à lever un bras devant mon visage au moment où le coffre s'ouvre. En position fœtale, les yeux plissés, j'ai besoin d'une poignée de secondes pour recouvrer la vue… Il est là, penché au-dessus de moi. Et il a un revolver pointé sur ma tête.

Dominic Stone.

– Vous… Qu'est-ce que vous faites ?

– Je vous conduis à votre dernière demeure, mademoiselle Lavigne.

Je me rencogne dans le fond du coffre. Soudain, ce cachot me semble nettement plus accueillant. Je n'ai plus aucune envie d'en sortir.

– Vous comptez me tuer ? demandé-je d'une voix que j'espère calme. Vous n'avez pas peur que la police vous arrête ? Vous avez vraiment envie de passer le reste de vos jours en prison ?

Le galeriste éclate de rire. Comment dire ? Ce n'était pas la réaction escomptée… Et il applique le canon en métal contre mon front. Ce contact glacé me révulse. J'ai peur, peur pour ma vie. C'est une peur viscérale, primitive, venue de mes tripes. Une peur que je n'avais jamais connue et qui surclasse toutes les autres. Parce que l'homme qui tient ce gros calibre est parfaitement capable d'appuyer sur la détente.

– Vous tuer ? s'amuse Stone. Il n'en est pas question. Je vais simplement vous aider à sauter le pas.

– Sauter le pas ?

– Vous allez vous suicider, Elena. Vous allez sauter du haut de ce pont.

Il se décale légèrement et me laisse entrevoir le paysage

grandiose. Nous sommes sans doute encore dans l'État de New York, à l'entrée d'une grande forêt seulement accessible via une immense passerelle en métal. Construite à plusieurs dizaines de mètres de hauteur, elle enjambe un torrent furieux. Je déglutis avec peine. Impossible de survivre à une chute pareille. Lisant dans mes pensées, Dominic hoche la tête.

– La jeune artiste écorchée vive et trop sensible : personne ne se posera de questions.

– Elio n'y croira jamais !

– Elio n'aura aucune preuve. C'est le plan parfait, Elena. Admettez-le.

Le pire ? Il a raison.

Je secoue farouchement la tête tandis qu'il plonge sa main libre dans la poche intérieure de sa veste. Il en extrait un vieux papier jauni par le temps – la lettre d'Ottavio ! D'un geste grandiloquent, il la déplie, sans cesser de braquer son pistolet sur moi. Il l'a sans doute trouvée en me fouillant. Couchée dans le coffre, je vis un cauchemar. Sauf que je ne vais pas me réveiller – ou de l'autre côté, avec ma mère, avec ma grand-mère. Jamais je n'aurais pensé les rejoindre si tôt.

Non, non ! Je ne peux pas, je ne veux pas mourir !

La voix de Dominic s'élève, cassante, méconnaissable, à l'instar de son visage ravagé par la haine et la méchanceté. Une vie de crimes, de sournoiserie, de faux-semblants a marqué sa figure d'un masque odieux. Il ne ressemble plus à l'onctueux galeriste rencontré quelques mois plus tôt. Et il s'amuse à me lire des passages de la lettre d'Ottavio, en riant à gorge déployée :

– Écoutez ça : « Mais maintenant, je doute… Je pense que Dominic se cache derrière toute cette affaire. Il savait que ce tableau était un faux et il me l'a vendu pour me piéger. Pourquoi ? Pourquoi ? » Quel imbécile ! Il était au moins aussi stupide que vous.

Je me mords les lèvres, cherchant désespérément une parade, une solution… sans que rien ne me vienne à l'esprit. Je suis à la merci de ce fou.

– Quand Garibaldi a monté sa galerie d'art, je n'y ai pas cru une seule seconde. Ce type était un raté, un minable… sauf que pour une fois, il a eu du flair. Et j'ai raté l'affaire de ma vie en refusant de m'associer avec lui – celle qui m'aurait permis de me faire un nom et de m'arracher à la tutelle de ma famille.

Le vieil homme réprime un sourire amer.

– En dépit du bon sens et malgré sa gestion catastrophique, Ottavio a réussi à faire fructifier son business. Je dois reconnaître qu'il avait un certain talent pour dénicher les artistes. Quand la galerie a commencé à attirer l'attention, je lui ai proposé d'investir, de devenir son associé… mais il a refusé !

Peut-être parce qu'il était trop tard et qu'il n'avait plus besoin de Stone ? Je n'ose pas intervenir, terrifiée par la lueur folle dans ses yeux.

– Il m'a repoussé, il m'a volé ma seule chance de devenir quelqu'un par mes propres moyens. Et tout ça avec le sourire, comme si ce n'était pas grave. Cet imbécile ne se rendait compte de rien.

– Alors vous avez décidé de le détruire…

– Exactement. Je voulais récupérer cette galerie. À n'importe quel prix. Et cet idiot était un faible, un type sans envergure avec un sérieux penchant pour le jeu et la bouteille. Ça a été un jeu d'enfant. Il avait une confiance aveugle en « son

Domenico », ajoute-t-il avec un horrible accent italien.

Cet homme a perdu la tête. Moi, j'essaie de gagner du temps. Pourquoi ? Dans quel but ? Je l'ignore mais je grappille la moindre seconde, mue par un puissant instinct de survie.

– Vous avez alors inventé cette histoire de tableau…

– Quand il a été mûr, à moitié alcoolique et criblé de dettes, je suis arrivé comme le Messie avec ce faux Pollock et son joli certificat d'authenticité. Ottavio a cru à un don du ciel. Et il s'est laissé prendre au piège. Malheureusement, il a découvert la supercherie avant de le mettre en vente… et j'ai été obligé de sévir.

– C'est vous qui l'avez jeté par cette fenêtre.

– Bravo, mademoiselle Lavigne. Vous suivez bien. Et maintenant, la question à mille points : à votre avis, qui a mis le feu à votre atelier ?

Il me faut quelques secondes pour réagir. Et l'effroi envahit mon visage. Stone hoche la tête avec une évidente satisfaction, comblé par ma réaction, par mes yeux écarquillés, ma bouche grande ouverte.

– Je voulais vous éloigner. C'est à cause de vous si Elio s'est à nouveau intéressé au monde de l'art, s'il s'est cramponné à la galerie *Pasqualina*.

– Vous avez brûlé mon atelier pour détourner l'attention d'Elio ?

– Oui… avec plus ou moins de succès. Pour votre malheur, le fils est plus intelligent que le père. Du moins, le fils aîné.

Luca. Je pense tout de suite au petit frère de mon fiancé, enfermé à l'autre bout du pays dans un centre de désintoxication. Lui au moins est hors de danger et cette pensée me réconforte un peu.

– Le fils cadet lui ressemble comme deux gouttes d'eau. Il a été aussi faible et stupide que ce cher Ottavio. Alcoolique, dépensier, obsédé par l'argent facile… Je n'ai eu qu'à claquer des doigts pour l'entraîner sur la mauvaise pente. Puis je lui ai racheté ses parts au moment opportun.

– Vous êtes monstrueux.

– Je préfère machiavélique, si cela ne vous gêne pas.

Puis, le canon sur ma tempe :

– Maintenant, descendez !

***

Je secoue farouchement la tête.

Non, non… je suis très bien ici, j'ai tout le confort. Je l'adore ce coffre !

Alors, la main de Stone s'abat sur mon épaule, m'arrachant de force à sa voiture.

– Debout ! hurle-t-il, défiguré.

J'obtempère, contrainte et forcée. Sortant une jambe après l'autre, je me redresse malgré mes genoux flageolants et ma migraine. Comment m'en sortir ? Je n'ai aucune envie de mourir, de sauter de ce pont. Hors du véhicule, j'entends le torrent furieux en contrebas, le bruit des chutes d'eau qui m'attendent, prêtes à avaler mon corps. Dominic me fait signe d'approcher, me tire par le poignet, imprimant ses doigts dans ma chair – ou plutôt ses gants de cuir noir.

Non, non… ça ne se passera pas comme ça !

D'un seul coup, je rue. Alors que Stone me plaque contre son ventre bedonnant, je lui assène un violent coup de coude dans l'estomac. Plié en deux, le vieil homme suffoque… sans me lâcher. Au contraire, son bras se referme méchamment sur moi, me coupant la respiration. Il me ceinture en écrasant le canon de son revolver sur ma tempe. J'entends alors un déclic – le cran de sûreté. Je blêmis, à bout de souffle. Comme le galeriste, qui reprend sa respiration, secoué.

– Ne bouge pas !

Tiens… On se tutoie ?

C'est vrai qu'assassiner quelqu'un, ça crée des liens.

– Je n'hésiterai pas une seule seconde à tirer. Je n'aurai qu'à modifier un peu mon scénario, voilà tout.

– C'est votre arme. Tout le monde saura.

– Tu penses que je n'ai pas pris mes précautions ? crache-t-il en me forçant à avancer vers le pont.

J'y vais à reculons, freinant des quatre fers, ralentissant autant que possible. Du coup, Dominic me bouscule violemment, son revolver enfoncé contre ma tempe. Et je ne doute pas une seconde qu'il tirera si besoin.

– C'est une arme volée. Personne ne pourra remonter jusqu'à moi. Même cette voiture ne m'appartient pas et mon homme de main ne manquera pas de la brûler à mon retour.

Je repense au gorille qui l'accompagnait – l'homme qui m'a assommée dans l'appartement. Il a disparu, laissant Stone accomplir en paix sa basse besogne, sans témoin.

– Avance !

Je trébuche tant mes jambes flageolent.

– Plus vite !

Je me redresse, horrifiée par le bruit de l'eau furieuse, par la rambarde de sécurité, juste devant moi. Et toutes mes pensées s'envolent vers ma seule raison d'être : Elio ! Mes pieds raclent le sol et je m'arc-boute, prête à tout pour ne pas enjamber le garde-corps. Je ne veux pas mourir ! Stone pointe toujours son canon glacé dans mon dos, au creux de mes reins, précisément sur mon tatouage, comme s'il menaçait le fragile papillon d'Elio.

– Monte !

– Non, non…

Je refuse de le supplier, de m'abaisser à ça. Le revolver s'enfonce dans ma peau, éraflant ma chair à travers mon blouson.

– Monte ! ordonne Stone avec violence.

Il est soudain si âpre, si brutal. Je pose mes deux mains sur la rambarde, jetant un timide coup d'œil aux rapides qui se déchaînent à vingt mètres en dessous. J'ai peur, affreusement peur. Mes jointures blanchissent sur la barrière métallique. Stone s'impatiente, fou de rage.

– Soit tu sautes, soit je tire.

Mourir… ou mourir.

Je n'ai plus d'autre choix.

***

J'ai tellement peur que je n'arrive pas à pleurer. Mes yeux me piquent mais aucune larme ne roule. Mon bourreau me rudoie, son revolver enfoncé entre mes omoplates. Et il me secoue par le bras pour que je m'active. Ne peut-il pas m'accorder une dernière minute ? Ne songeant qu'à Elio, je lève le pied pour enjamber la rambarde. C'est à lui que je pense dans mes derniers instants, à tout ce qu'il m'a apporté, donné. À tout ce que nous aurions pu vivre si…

Mais au moment où je m'apprête à franchir la barrière, un

vrombissement éclate, se répercutant en écho contre les arbres. Dans la forêt, une nuée d'oiseaux s'enfuit à tire-d'aile avec des cris affolés. Je tourne la tête en même temps que le galeriste. Et nous voyons tous les deux une voiture débouler à l'autre extrémité du pont. Son moteur hurle sous le capot, libérant tous ses chevaux. Puis la puissante mécanique dérape dans un crissement de pneus avant de s'immobiliser.

– Qu'est-ce que… ?

Stone se fige. Moi, j'écarquille les yeux, cramponnée à la rambarde, le visage fouetté par l'air glacé qui remonte des chutes d'eau. La portière de la berline s'ouvre et… Non, non, je dois rêver. Ce n'est pas possible. Ça ne peut être lui.

– Non ! hurle Dominic.

Une haute silhouette jaillit, le bras tendu en avant. Un homme qui bondit comme un fauve, aussi souple que rapide. Grand, brun, athlétique, vêtu d'un costume noir. Mon cri s'étrangle dans ma gorge. C'est Elio. C'est Elio, là, en chair et en os, devant moi ! Elio qui tient une arme à feu, visant la tête du galeriste. Je reste pétrifiée… au contraire de Stone, qui réagit immédiatement. Me saisissant par le coude, il m'arrache à la barrière et me plaque contre lui, se servant de moi comme d'un bouclier.

– Lâche-la immédiatement !

Malgré la distance – une bonne vingtaine de mètres –, la voix d'Elio résonne avec calme et clarté. En réponse, Stone m'enfonce le revolver sous la gorge. Je tremble de tous mes membres, le canon gelé sous mon menton. Ses doigts mordent ma chair. Il me maintient devant lui.

– N'approche pas ou je tire ! balance Stone.

Il a peur. Stone a peur.

Enfin... pas autant que moi.

Mais Elio continue à avancer, à réduire l'écart entre nous. Je claque des dents, cherchant ses yeux arctiques pour m'y raccrocher. Mais Elio ne m'accorde pas un regard, blême de rage. Il se concentre sur son ennemi, tel un chasseur face à une bête sauvage. Plus rien d'autre n'existe. S'il est effrayé, il ne le montre pas. Sa main armée ne tremble guère, contrairement à celle de Dominic. Un geste malheureux et j'y reste.

– Elio...

– La ferme ! hurle le galeriste, excédé.

– Si vous touchez un seul de ses cheveux, je vous abats comme un chien, coupe mon fiancé avec un calme effrayant.

Les deux hommes s'affrontent du regard. Un bras autour de ma taille, Stone commence à reculer, m'emmenant avec lui. Je suis son assurance-vie, son seul billet de sortie. Du moins jusqu'à ce qu'Elio lâche avec autorité :

– J'ai prévenu la police. Les renforts seront là d'une minute à l'autre.

– Tu bluffes !

– Vraiment ? Vous pensez que je serais venu seul, sans assurer mes arrières, pour sauver Elena ? Vous êtes pris au piège, Dominic. Vous n'avez plus aucune chance de vous en sortir, alors montrez-vous raisonnable.

Dans mon dos, le galeriste pousse un grognement étouffé, son visage collé à ma tempe, son souffle brûlant soulevant mes cheveux.

– C'est impossible ! Tu mens.

– J'ai tout de suite compris que quelque chose clochait en parlant au téléphone avec Elena, tout à l'heure. J'ai quitté Philadelphie en hélicoptère pour me rendre à l'appartement...

et j'ai découvert la porte ouverte, le vase brisé, les traces de lutte.

– Comment nous as-tu trouvés ?

– Le GPS de son portable était activé. Je n'ai eu qu'à téléphoner à son opérateur pour la localiser.

Leurs regards se croisent.

– Pourquoi vous en être pris à Elena ?

– Mais parce qu'elle sait tout, parce qu'elle a tout compris ! Cette sale petite fouine a trouvé une preuve contre moi… mais je l'ai récupérée.

Un grand silence s'abat entre nous, troublé par le cri d'une aigrette dans le lointain. Un vent glacé se lève, faisant voler mes longs cheveux. L'espace d'un instant, je croise enfin les yeux d'Elio. Et c'est comme si tout s'arrêtait. Exactement comme dans ce vestiaire, des semaines plus tôt. Il n'y a plus que lui et moi – et le reste du monde en noir et blanc, en sourdine. J'y lis tout son amour, toute sa passion… et sa détermination à me sauver, à m'arracher aux griffes de la mort. Je comprends alors qu'il cherche à gagner du temps par tous les moyens. Il sait ce qu'il fait. Et je bats doucement des cils, déposant ma vie entre ses mains.

Lui peut me sauver.

– Vous ne la tuerez pas, Dominic, affirme Elio avec un sang-froid impressionnant. Vous n'avez aucune raison de faire ça.

Le galeriste ricane. Je sens son arme s'enfoncer sous mes maxillaires. Il ne mesure plus sa force. S'il tirait, je n'aurais pas une chance.

– Ah oui ? Et qu'est-ce qui te fait dire ça, mon garçon ? J'ai tué ton père, je ne vois pas pourquoi je renoncerais face à ta petite amie.

Les doigts d'Elio se raidissent sur son arme et un éclair de haine, de haine pure et brûlante, traverse son regard. Cela ne dure qu'un millième de seconde. Jusqu'à ce qu'il se reprenne, parfaitement maître de lui.

Tout est sous contrôle.

– Alors vous avouez. Mon père ne s'est pas suicidé.

– Quand il a découvert que le tableau était un faux et que le certificat d'authenticité bidon avait disparu, tu sais ce qu'il a fait ? Il m'a appelé ! Moi ! Il m'a demandé de venir à son bureau, l'imbécile ! J'entends encore sa voix geignarde : « Domenico, Domenico, il faut que tu viennes vite... »

Son imitation me glace le sang et je vois Elio se raidir, ulcéré par la voix pathétique du galeriste singeant son père. C'est un nouveau coup de poignard, un énième affront. Car Stone n'a de respect pour rien ni personne.

– C'est là que vous l'avez tué...

– Oh oui. Il avait tout compris et je ne voulais pas aller en prison. Alors, je l'ai poussé par la fenêtre et il est mort, jetant sur sa famille la honte et l'opprobre. Je n'ai eu ensuite qu'à payer un flic ripou pour qu'il trafique le rapport d'autopsie... et le tour était dans le sac.

– Et l'expert en art ?

– Jeffrey Cunningham ? ricane Stone. Il me posait problème, celui-là. Il aurait pu témoigner, révéler qu'il n'avait jamais évalué l'œuvre... Alors il a eu un petit accident de voiture peu de temps après.

Je blêmis.

– Vous avez aussi assassiné cet homme ?

– J'ai donné un coup de pouce au destin en faisant remplacer ses plaquettes de frein. Il est mort sur le coup, en percutant de plein fouet un arbre. La police n'a jamais relié les deux affaires.

Stone plante ses yeux dans ceux d'Elio.

– Alors ? Tu me crois toujours incapable de descendre ta précieuse petite Elena ? aboie-t-il d'une voix sèche, empoisonné par la haine, la colère.

Et à cet instant, tout s'emballe. Dans le lointain résonnent les sirènes de police, le chant strident et aigu des renforts. Je n'ai pas le temps de comprendre, d'analyser. Dans mon dos, Dominic se raidit, telle une bête aux abois. Son hurlement de fureur explose dans la nature, me vrillant les tympans. Puis son doigt enfonce la gâchette…

Coup de feu.

Dix fois, cent fois plus fort qu'au cinéma.

Du sang.

Rouge, rouge sombre, rouge mort.

Et le silence.

Énorme, affreux, sinistre.

Je recule, les yeux écarquillés, la bouche ouverte sur un cri muet tandis que Stone s'écroule derrière moi. Lâchant son arme, il porte une main à son épaule écarlate, maculée de sang. Moi, je me tourne vers Elio, sous le choc. Il se tient à l'autre bout du pont, son arme au poing. C'est lui qui a tiré. Avec une précision de tueur à gages. Une petite volute grise s'échappe du canon de son revolver.

Alors, un barrage cède en moi, laissant déferler toute la peur, toute l'horreur éprouvées depuis des heures. Sans réfléchir, je m'élance vers Elio, traversant le pont en courant au moment où les voitures de police déboulent en fanfare. Au bout de la passerelle, mon fiancé m'ouvre les bras et je me jette contre lui. Et j'éclate en sanglots tandis qu'il m'étreint de toutes ses forces, son arme encore en main.

– Elio, j'ai cru que…

– Là, là, tout est fini. Il ne te fera plus jamais de mal, ni lui, ni personne. Je te le promets.

Des portières claquent dans notre dos, des voix d'hommes résonnent, des cris. La lueur bleutée des gyrophares envahit les abords de la forêt, irréelle. J'enfouis mon visage dans la chemise d'Elio, incapable d'assister à ce spectacle, sonnée. Les officiers se précipitent sur le pont, rejoignant le galeriste écroulé par terre. Le vieil homme compresse d'une main sa blessure, l'air hébété. Il semble totalement perdu. Et Elio dépose un baiser au sommet de mon crâne, dans mes cheveux blonds, sur mon front, comme pour se prouver que je suis bien réelle. Ni l'un ni l'autre n'arrivons à réaliser.

– J'ai eu tellement peur, souffle-t-il. J'ai failli te perdre, Elena. Et je n'aurais pas pu le supporter.

– Tu m'as sauvé la vie.

– Non, je t'ai mise en danger à cause de ma famille, de mon passé. Jamais je n'aurais dû te laisser seule alors que j'avais de plus en plus de soupçons. Jamais, je…

Monsieur Culpabilité… J'avais oublié qu'il portait le poids du monde sur ses épaules !

– Tu m'as sauvée, répété-je avec un faible sourire, encore tremblante.

Je relève la tête, croisant son regard bleu glacier, empli d'inquiétude. Bientôt, deux policiers s'approchent de nous sans qu'Elio ne me lâche. Il continue à me presser sur son torse, incapable de m'abandonner une seule seconde. Il veut s'assurer que je suis là, contre lui, dans ses bras. Bercée par les battements de son cœur, je colle mon oreille contre ses pectoraux. C'est la plus douce des musiques.

Autour de nous, les agents se déploient en force. C'est la cohue, la cacophonie. En une seconde, le pont devient une scène de crime. Une marée d'uniformes bleu marine se répand sur la passerelle, nous entourant ou rejoignant Dominic Stone alors que les émetteurs radio grésillent. « Nous avons un homme à terre. Je répète… » Nous sommes pris dans un tourbillon.

– Est-ce que tout va bien ? me demande un lieutenant.

– Je… je crois.

– Nous aurions quelques questions à vous poser. À vous aussi, monsieur Garibaldi.

Je n'écoute pas la suite de la conversation, trop hébétée pour raconter ma version des faits. Je ferai une déposition plus tard, au commissariat, quand j'aurai recouvré mes esprits – si j'en suis capable. Quand un jeune policier s'approche de nous :

– Vous voudrez sans doute récupérer cette preuve à la fin de l'enquête, dit-il en brandissant un sachet en plastique qui contient…

La lettre. La lettre écrite par Ottavio Garibaldi.

Étonné, Elio y jette un coup d'œil à travers le sac en plastique de la police. Il ne sait pas encore qu'elle existe. Et je vois son visage se transformer au fil de la lecture, à mesure qu'il découvre les derniers mots de son père. Pour lui, c'est la fin de la honte, la fin du scandale, la fin du déshonneur.

– Elle était cachée dans le tableau peint par ton grand-père, dis-je d'une voix faible.

– Elena…

– Grâce à cette lettre, j'ai tout compris. C'est pour cette raison que Dominic a voulu me tuer. J'étais au courant de tout.

– Est-ce que tu te rends compte ? me demande-t-il.

Alors que l'agent s'éloigne pour ajouter la lettre aux pièces à conviction, il se penche vers moi, éperdu, et prend mon visage en coupe entre ses mains.

– Tout est fini… grâce à toi. Ce cycle infernal, ce passé que je n'arrivais pas à assumer… c'est terminé. Tu as rendu justice à mon père, à ma famille. Tu m'as rendu ma fierté. Tu m'as réconcilié avec le nom des Garibaldi.

Elio m'étreint de toute son âme. Et blottie contre lui, j'assiste à l'arrestation de Dominic Stone, encadré par trois officiers. Une ambulance l'attend, même si sa vie n'est pas en danger. Et quand il passe à notre hauteur, le galeriste nous décoche un regard de haine que je n'oublierai jamais… et qu'Elio soutient jusqu'à la dernière seconde. Et tandis que le vieil homme est emporté vers l'hôpital, mon bien-aimé murmure à mon oreille, de sa voix rauque qui me donne des frissons :

– Tout est fini.

Ensemble, nous avons connu et surmonté le pire.

Et s'il ne restait que le meilleur ?

30
HAPPY END

Juchée sur un petit tabouret, je trépigne dans ma longue robe blanche. Je suis plantée devant le miroir de la discrète loge mise à ma disposition sur le côté de l'église. Sans perdre son sang-froid, Alice s'agenouille sur les dalles froides, des épingles plein la bouche. Elle s'en empare au fur et à mesure pour les planter dans mon ourlet. Je me mords les lèvres.

– Alors ? demandé-je, au comble de l'angoisse.

– Attends une seconde ! me gronde-t-elle.

– Tu vas réussir à l'arranger ?

– Une seconde !

Elle éclate de rire en levant les yeux au ciel tandis que je me trémousse, rongée par l'angoisse. Ma meilleure amie s'évertue à réparer ma dernière bêtise en date. Cette fois, j'ai frappé fort, très fort. Je suis dans la lune, je n'y peux rien. Mais abîmer sa robe de mariée le jour de son mariage… fallait oser.

Vous en avez cauchemardé ? Je l'ai fait !

– Comment tu t'y es prise ?

– Oh ! ne te moque pas de moi. J'ai essayé de marcher avec mes chaussures à talons, tu sais, les magnifiques sandales incrustées de perles que tu m'avais dégotées… et je me suis effondrée sur toute ma longueur.

Elle étouffe un gloussement en soulevant la dentelle de ma robe tandis que je la surveille d'un regard fiévreux. J'ai l'impression qu'elle désamorce une bombe. Je la vois piquer son aiguille à toute allure, camoufler l'accroc, rabattre le voile en dentelle… et voilà ! Elle se redresse avec un grand sourire aux lèvres, les yeux pétillants de malice. A-t-elle réussi ? Elle vient se placer derrière moi, pour une fois plus petite – j'ai l'avantage d'être perchée.

– Qu'est-ce que tu en dis ? J'ai bien travaillé ?

Je ne réponds pas. La petite entaille a disparu. Et je reste sous le choc en découvrant mon reflet dans la glace. Je me reconnais à peine dans cette jeune mariée. Mes cheveux blonds sont noués en un lourd chignon torsadé sous mon long voile, retenu par un diadème en roses blanches et délicates fleurs d'oranger. C'est… magnifique. J'admire ma robe, choisie avec ma meilleure amie après cinquante visites dans différentes boutiques de luxe.

Retenue sur mes épaules par de fines bretelles, c'est une symphonie de mousseline blanche, une envolée de tulle à la blancheur immaculée. Simple, sobre, aérien. Le bustier semble entortillé autour de ma poitrine. Je me trouve jolie, vraiment. Même si j'ai failli rembourrer mon soutien-gorge avec des chaussettes. Sans parler de mon maquillage, réalisé par Alice. Yeux de biche, lèvres nacrées et teint de lys. Elle m'a embellie, me transformant en princesse d'un jour.

Je me marie aujourd'hui.

Je vais devenir madame Garibaldi.

– Tu es superbe. Beaucoup plus belle que Kate Middleton le jour de ses noces.

– Kate qui ?

– Argh… tu n'es pas sortable !

Alice éclate de rire en m'embrassant sur la joue. Elle aussi est magnifique dans sa robe rose pâle, garnie d'une discrète broche à l'épaule. La plus belle des demoiselles d'honneur. C'est d'ailleurs elle qui détient l'alliance d'Elio – un anneau d'or blanc, symbole de notre amour. De plus en plus nerveuse, j'entends les invités affluer dans l'église. Ils s'installent dans la nef, occupant tous les bancs. Et j'imagine Elio, en train de m'attendre devant l'autel. Lui ne doit pas être stressé… juste calme, attentif, sérieux. En un mot, parfait.

– Tu as vu Luca ? dis-je soudain.

Je pense au petit frère de mon fiancé – mon futur beau-frère – en ce jour de liesse. Nous avons attendu quelques mois qu'il sorte de son centre de désintoxication pour nous unir. Hors de question de célébrer ce grand jour sans lui ! À présent, Luca semble plus posé, plus serein. Surtout, il est sobre ! Il ne touche plus un verre d'alcool. Il a même promis d'attendre ses 21 ans avant de décapsuler une bière.

– Oui, il a l'air en forme, répond Alice, évasive.

Je souris en coin. Je vois clair dans son jeu. Elle joue les belles indifférentes, histoire de ne pas lui faciliter la tâche. Et elle a bien raison ! Depuis quelques semaines, Luca travaille à la galerie *Pasqualina* où il s'impose peu à peu comme le meilleur des vendeurs d'art. Avec son culot magistral et son bagou d'enfer, il est capable de conseiller n'importe quel acheteur. D'autant qu'il suit en parallèle des cours d'histoire de l'art. Bon, il ne s'y rend pas tous les jours… mais c'est un début !

– Et… demandé-je, discrète comme tout.

D'accord, j'ai mis mes gros sabots.

– Et… je ne sais pas.

– Tu avais promis de l'attendre quand il est entré en cure.

– J'ai tenu parole. Mais…

Un beau sourire se dessine sur ses lèvres tandis que je la fixe dans le miroir. Malgré sa tenue classique et sobre, elle a toujours un petit air rock'n'roll avec son rouge à lèvres carmin.

– Je le fais mariner. Il ne l'a pas volé après ces montagnes russes émotionnelles. Je ne veux pas lui tomber toute cuite dans le bec.

– Si je comprends bien, il va devoir ramer ? ajouté-je en riant.

– Exactement.

Je crois que Luca serait prêt à tout pour récupérer le cœur de la belle Alice. Il y a quelque chose entre eux, c'est évident… Et alors que ma meilleure amie m'adresse un clin d'œil, les premières mesures de la marche nuptiale retentissent. Mon cœur se serre. La cérémonie commence.

Ne manque que la mariée.

Moi. Oui, oui… moi !

***

Mon père m'attend devant la porte de la loge. Et il a le souffle coupé lorsque j'apparais. Car il est venu. Andrew Lavigne en chair et en os. Son chantier à Dubaï terminé, il travaille maintenant à… Shanghai ? Non, pas du tout. Sydney ? Non plus. Il s'est implanté à… (*roulements de tambour…*) New York ! Il a choisi de diriger les travaux d'un gratte-ciel dans la ville où j'habite. Depuis notre dernier rendez-vous avorté, il a beaucoup réfléchi et reconnu ses torts.

Bien sûr, ce n'est pas idyllique. Jamais nous ne pourrons rattraper les années d'absence, de séparation, de non-dits. Jamais nous n'aurons une relation père-fille classique. Mais nous essayons d'arranger les choses. Et il m'enveloppe d'un long regard, les yeux brillants d'émotion.

– Ma petite fille, souffle-t-il.

Je pâlis, faute de rougir. Et non sans maladresse, il plante un baiser sur ma joue qui me fait encore perdre une ou deux teintes. Les contacts physiques, ce n'est pas trop notre truc chez les Lavigne. D'ailleurs, il pique un fard malgré ses 63 ans. Puis il m'offre son bras.

– As-tu toujours envie que ton vieux père te conduise à l'autel ?

Je hoche la tête, bouleversée. Mais il ne s'ébranle pas tout de suite :

– Je vais te donner à un autre homme alors que je n'ai jamais su prendre soin de toi. Pourras-tu me pardonner un jour ?

– Je ne t'en veux pas, papa. Je ne t'en ai jamais voulu.

– Je… je tiens à toi, ma fille. Et je sais qu'Elio saura s'occuper de toi. Il sera à la hauteur.

J'acquiesce, la gorge nouée. Et mon père me conduit vers la nef. Mon cœur bat la chamade dans ma poitrine. Et l'orgue joue toujours sa musique puissante, entêtante. C'est alors que je le vois, au bout de l'allée.

Elio.

Il est superbe dans son smoking noir avec sa chemise blanche et son nœud papillon. Il a également piqué une rose blanche à sa boutonnière. Nos regards se croisent malgré la distance. Et quand il aperçoit ma robe, il se fige. Comme s'il voyait une apparition. Il m'enveloppe d'un long regard aimant, intense. Notre amour est presque palpable. D'ailleurs, je sens les regards des invités – ils vont de l'un à l'autre. Ils sentent ces vibrations dans l'air – c'est nous, c'est notre amour. Et je m'avance vers lui au bras de mon père, remontant lentement la nef sans le quitter des yeux. Nous avons traversé tant d'épreuves. Jusqu'au dénouement face à Dominic Stone, sur ce pont abandonné. Sans Elio, je serais morte, emportée par le torrent furieux.

Il m'a sauvé la vie.

Et pas seulement ce jour-là.

Il a bouleversé mon existence, il m'a révélée à moi-même, réveillant mon corps et mon cœur après un hiver interminable. De mon côté, j'ai rendu justice à sa famille, je l'ai aidé à retrouver son honneur perdu. Je l'ai aussi réconcilié avec le monde de l'art. Il dirige toujours sa holding financière, mais il passe aussi de plus en plus de temps à la galerie. Il aime dénicher de nouveaux artistes et je l'assiste parfois dans cette tâche. Surtout, il continue à dessiner à ses heures perdues – je crois qu'il existe un bon millier de croquis de moi dans ses tiroirs, plus ou moins dévêtue.

Pourvu que personne ne tombe dessus !

Je lui souris, radieuse, en arrivant devant lui. Qu'il est grand ! Je manque alors de me prendre les pieds dans ma robe, révélant la présence de mes Converse roses. Elio écarquille les yeux. Et dans son dos, l'irrésistible Cole éclate de rire dans l'église. Le philanthrope est le témoin d'Elio, bien sûr. Hilare, il me décoche un clin d'œil goguenard, tandis qu'Alice, de l'autre côté de l'autel, me fait les gros yeux.

Mon père serre la main d'Elio avec franchise. Puis il dépose un baiser sur mon front avant de me confier à mon futur époux. Elio s'empare aussitôt de mes deux mains tandis que je frissonne.

– Tu as froid ? me demande-t-il tout bas.

– Jamais quand tu es là.

Devant l'autel, le prêtre écarte les bras vers la foule des convives, vêtu de sa longue soutane noire. Et dire qu'en ce moment, Dominic Stone croupit en prison – pour le reste de ses jours. Il a été reconnu coupable des meurtres d'Ottavio et de Jeffrey Cunningham. Par contre, les frères Garibaldi ont abandonné les poursuites pour abus de confiance… en échange du rachat des parts de Stone dans la galerie. Les négociations se sont déroulées au cours des audiences préliminaires, entre avocats. Et désormais, la galerie *Pasqualina* appartient exclusivement aux fils d'Ottavio.

Il doit être fier d'eux, là-haut.

Elio porte doucement ma main à ses lèvres tandis que la voix du prêtre résonne sous les voûtes de l'église. Je suis prête à devenir sa femme, prête pour l'avenir. Pour la première fois, je crois en ma bonne étoile. Et elle s'appelle Elio.

***

La fête bat son plein dans le somptueux jardin de la propriété des Hamptons. Nous avons choisi de célébrer notre union sur cette presqu'île magnifique – mon endroit préféré, en dehors de ses bras. Un domestique vient de m'apporter une carte de Jeremy, reçu ce matin. Il me félicite pour mon mariage. Il vit désormais en Californie, dans un foyer d'artistes où il se reconstruit. Il me souhaite le meilleur. Et intérieurement je le lui souhaite aussi. Je ne veux plus penser au passé. Ou seulement aux bons souvenirs.

Et au moment où l'orchestre entame une nouvelle danse, mon mari s'arrête derrière moi.

Attendez… j'ai bien dit mon mari ? C'est fou ce que ça sonne bien !

J'en profite pour prendre ses mains.

– Viens vite !

– Que se passe-t-il ?

– J'ai quelque chose à te montrer.

Déjà, je l'entraîne vers l'arrière de la maison et sa discrète porte de service. Inutile d'attirer l'attention des convives – Cole avec son « mauvais esprit » soupçonnerait une nuit de noces anticipée. Mais pas du tout ! Enfin, pas pour le moment… Nous nous éclipsons sur la pointe des pieds, dans les rires étouffés. Et j'attire Elio vers notre chambre, gravissant l'escalier à double révolution.

– J'espère que tu vas aimer.

Je bous d'impatience. Et je me précipite vers l'armoire où se cache un gros paquet.

– Un cadeau ? fait Elio, surpris.

Je hoche la tête et le lui fourre dans les bras avec enthousiasme. Je suis un peu nerveuse. Lui s'assoit au bord du lit pour déchirer le papier coloré… et découvrir une de mes Box. Il relève la tête, ému.

– Tu m'avais demandé une boîte il y a longtemps, lui dis-je dans un souffle. Alors j'en ai réalisé une pour toi.

– Elena…

Une Secret Box pour lui.

Une Secret Box qui contient le plus grand des secrets.

Il la contemple, touché en plein cœur. Il s'agit d'une boîte avec un code, même si je n'en fais plus, même si désormais toutes mes œuvres sont ouvertes. Pourquoi ? Parce qu'il est le seul à savoir comment l'ouvrir, à connaître le chemin de mon cœur. Et il comprend tout de suite, composant la date de notre rencontre : 05-05-15.

Elle s'ouvre dans un déclic… et lui révèle de minuscules chaussures collées au fond, seules, éclairées par de petites diodes blanches. D'abord, il ne comprend pas. Il les observe avec étonnement… avant de me regarder avec une joie énorme, bouleversante.

– Ne me dis pas que…

– Oui…

– On va…

– Oui ! On va avoir un enfant.

Un enfant. Une famille.

Lui, moi et ce petit être qui grandit depuis plusieurs semaines dans mon ventre.

Bondissant du lit, Elio me serre contre lui, me fait tournoyer. L'éclat du bonheur illumine son regard. Moi, je virevolte dans ses bras, la longue traîne de ma robe déployée. J'éclate de rire, la tête renversée en arrière. Quand soudain, il me repose à terre, l'air coupable.

– Je ne t'ai pas fait mal, au moins ? s'inquiète-t-il, déjà aux petits soins.

Je ris de plus belle. Mon petit doigt me dit que je ne pourrai même pas bouger un orteil au cours des prochains mois. Je me colle à lui, me blottissant contre son torse.

– Je ne suis pas en sucre.

– Tu dois penser au bébé, Elena. Tu dois prendre soin de vous deux.

– Elio, ne commence pas…

– Moi qui allais te demander de ne plus utiliser de peinture, à cause des vapeurs…

Je lève les yeux au ciel, amusée. Et Elio dépose un baiser sur mon front, sur mes paupières, sur le bout de mon nez, sur ma bouche, en tenant mon visage par le menton, entre deux doigts.

– Moi aussi, j'ai un cadeau pour toi.

– Ne me dis pas que tu attends un enfant !

Il éclate de rire. Puis il plonge la main dans la poche de son pantalon. Par la fenêtre de la chambre montent les notes d'une valse, les rires des invités, le tintement des coupes en cristal qui circulent sur des plateaux en argent. Un doux soleil de printemps entre dans la pièce, entre les rideaux de lin. Et Elio dépose un petit paquet au creux de ma paume. Je l'ouvre en retenant mon souffle. Et je découvre…

L'épingle à cravate.

– Oh mon Dieu !

C'est l'épingle qu'il avait utilisée pour attacher ma robe déchirée le soir de notre rencontre. Elle est montée sur un discret fermoir afin que je la porte comme une broche. Mon cœur s'arrête de battre, mes yeux s'emplissent de larmes. Je ne sais pas quoi dire. C'est avec cette toute petite chose que notre histoire a commencé.

– Et nous avons eu la même idée… murmure-t-il en la retournant.

Il a fait graver la date de notre rencontre : 05-05-15.

– Elio… je t'aime, je t'aime tellement !

Je suis en pleurs. Sans doute mes hormones de femme enceinte qui s'expriment ! Je me jette à son cou, y enfouissant ma tête en serrant la petite épingle entre mes doigts.

– Je t'aime plus que tout, Elena. À jamais.

Ce n'est qu'une épingle.

Une attache.

Une simple attache… qui nous a liés à vie.

Fin

Extrait

DARK FEVER

SUBLIME… MAIS DANGEREUX

Lisa Swann

1

MA FAMILLE, MON HISTOIRE

Si le serveur vient me demander encore une fois si je suis certaine de ne pas vouloir commander, je crois que je vais lui livrer le fond de ma pensée…

Je reprends une gorgée du cocktail de fruits que je sirote depuis un bon quart d'heure, voire une demi-heure. Ça m'apprendra à toujours être en avance à mes rendez-vous. Je commence à avoir faim. D'un autre côté, je ne peux m'en prendre qu'à moi-même, je sais bien que papa n'arrive JAMAIS à l'heure.

Ah ! le voilà qui déboule enfin !

Je ne peux m'empêcher de sourire en l'observant me chercher du regard dans la salle et se précipiter, affolé, vers ma table. Parvenu près de moi, il se penche pour m'embrasser chaleureusement.

– Je suis en retard, hein ? me lance-t-il avec son sourire contrit qui me fait toujours tout lui pardonner.

Je hausse les épaules.

– Juste ce qu'il faut pour que je sois encore plus heureuse de te voir, lancé-je avec humour.

La vérité, c'est que je vois si peu souvent mon père que je suis toujours heureuse de le retrouver pour ces moments en tête-à-tête. Je le regarde s'installer à table, poser sa veste chiffonnée – tout autant que sa chemisette qu'il doit porter depuis deux jours – sur le dossier de sa chaise.

Taylor Clancy, mon père, avocat des causes perdues et des démunis se fiche complètement de sa mise et de ce que les gens peuvent en penser. Après tout, ce qui importe, c'est ce qu'il fait pour les autres et j'avoue que je dois bien avoir hérité ça de lui.

Il se frotte énergiquement le visage, souffle un bon coup et frappe dans ses mains.

– J'ai faim, dit-il avec le ton enjoué d'un gosse qui revient d'une grande aventure.

Mais c'est un peu toujours le cas avec mon père, il revient toujours d'une aventure quelconque.

– Tu veux boire un apéritif ? demandé-je en constatant que j'ai bu jusqu'à la dernière goutte de mon cocktail.

– Non, non, dit-il en secouant la tête. Passons tout de suite aux choses sérieuses.

Il prend la carte posée sur la table, hèle le serveur qui nous épiait depuis un moment et passe notre commande.

– Pff, soupire-t-il. Je sors d'une réunion de quartier. On essaie de chasser des pauvres gens des masures qu'ils habitent depuis toujours.

– Des expropriations ? demandé-je.

– Plus vicieux que ça, des promoteurs qui proposent de racheter au rabais des parcelles. Le souci, c'est que certains habitants ont accepté. On les comprend, ils ont besoin d'argent. Mais ce qui est problématique, c'est que ceux qui résistent subissent des manœuvres d'intimidation.

Comme je m'apprête à intervenir, il lève la main pour m'interrompre.

– Je sais ce que tu vas me dire, Alba, pourquoi ne pas prévenir les autorités, c'est ça ?

Je ne peux m'empêcher de sourire. Il me connaît bien. Même si nous sommes tous les deux de la même trempe, à désirer œuvrer pour la justice avec un réel désir de droiture, nos opinions sur les recours divergent toujours.

– Je crois en la mobilisation de la population pour déjouer certaines injustices, poursuit-il alors que le serveur dépose nos assiettes devant nous. Je crois que les gens doivent se responsabiliser, qu'ils ont des droits et que c'est à eux, en premier lieu, de les faire valoir avec les moyens qui leur sont propres.

– Je suis d'accord, papa, dis-je en couvrant sa main de la mienne dans un souci d'apaisement.

– Je sais que tu es d'accord, Alba, réplique-t-il. Et pourtant tu as opté pour une autre voie.

Aïe, ça y est, on est dans le vif du sujet.

Je hoche la tête en lui adressant un sourire tendre.

– Papa, je respecte, tu le sais, ton engagement. C'est même pour cette raison que j'ai choisi cette carrière que tu désapprouves. Pour ma part, je pense que c'est à la police de protéger les citoyens, à la police de montrer l'exemple.

Il ferme les yeux. Nous avons déjà eu cette discussion des dizaines de fois, mais je sais qu'aujourd'hui encore, je n'y couperai pas.

– Quand tu m'as annoncé, en quittant le lycée, que tu voulais étudier le droit Alba, dit-il avec l'émotion du souvenir qui lui revient, tu ne peux savoir à quel point j'ai été heureux de me rendre compte que tu n'avais pas été insensible aux valeurs que nous vous avions inculquées, à ta sœur et à toi.

J'entends à sa voix que sa gorge se serre à l'évocation de ma mère et de ma sœur, Celia. Ma main presse la sienne.

– Et puis j'ai choisi une autre forme de justice, papa, décidé-je de poursuivre à sa place. J'ai choisi de travailler dans la police. Est-ce grave ? Mes motivations sont les mêmes que les tiennes.

– Je sais, Alba, je sais, dit-il en tapotant ma main. Je sais que tu souhaites faire le bien.

Papa n'est pas fort dans les démonstrations d'affection. Ça n'a pas toujours été le cas, mais j'ai parfois l'impression qu'il a désappris à être tendre, à montrer qu'il aime, depuis la mort de ma mère, il y a six ans.

Il a désappris d'ailleurs pas mal de choses, comme prendre soin de lui, de sa personne et de sa santé. Il se concentre uniquement sur les autres et leur bien-être en oubliant le sien. Il nous a même parfois un peu oubliées, ma sœur et moi, tant il était rongé par le chagrin.

Dans ces secondes où flottent l'émotion et le souvenir, je redoute soudain de lui annoncer la nouvelle dont je souhaitais lui faire part. Malgré tout, il faut bien que je me lance.

– Papa, justement, je voulais qu'on dîne ensemble ce soir pour te parler de quelque chose d'important pour moi, dis-je d'une voix que je sens fragile.

J'ai tellement peur de le blesser. Pourtant je sais combien il m'aime et qu'il respecte tous mes choix.

– Ma demande d'affectation a été acceptée, je commence demain, ajouté-je sans être capable de dissimuler ma joie.

– Et ? demande mon père, attentif. Quel service ?

– Le département des stupéfiants.

Voilà, c'est dit ! Plus possible de reculer !

Je vois à sa mine figée qu'il accuse le coup sans vouloir rien en laisser paraître. Je me redresse, je suis sûre de mon choix, j'en suis fière même et il y a de quoi, sans aucun doute. Après être sortie de l'école de police avec les honneurs de ma promotion, deux années de patrouille mobile exemplaires, j'ai passé le concours d'enquêteur et l'ai réussi du premier coup !

– J'aurais pu émettre le souhait pour n'importe quel service, ma demande aurait été acceptée, ajouté-je. Je veux travailler aux Stups.

Je suis plutôt quelqu'un de modeste, mais les faits sont là et on m'a avertie : je serai la plus jeune enquêtrice des Stups. Je n'ai pas choisi la facilité, mais j'aime la difficulté.

– Je suis motivée, dis-je comme si je concluais mon monologue intérieur.

Mon père affiche un sourire sincère devant mon assurance.

– Je n'en doute pas, Alba, dit-il. Et, malgré nos opinions qui diffèrent un peu, je suis fier de toi, de ce que tu as décidé d'entreprendre. Que je ne sois pas convaincu par les actions et l'image de la police ne veut pas dire que je ne crois pas en ce que tu es capable d'y faire en tant qu'enquêtrice. Tu as déjà été au plus proche des gens pendant tes années de patrouille. Je suis persuadé que tu as le potentiel de faire bouger les choses.

Je ne peux qu'être touchée. J'ai conscience de la rancœur et du chagrin qu'il doit mettre de côté pour exprimer cette fierté.

– Papa, je te remercie, ton soutien est vraiment important pour moi, tu sais. Je mesure aussi combien c'est difficile pour toi de me dire tout ça, dis-je en espérant qu'il sente tout l'amour que j'ai pour lui.

Il baisse les yeux vers son assiette.

– Je ne peux pas oublier que ta mère est morte à cause d'une bavure policière, Alba, murmure-t-il.

– Moi non plus, papa, dis-je en me penchant vers lui par-dessus la table.

– Je ne peux pas oublier non plus que malgré tous les éléments que nous avons apportés aux policiers après la disparition de ta sœur, ils n'ont rien fait pour suivre les pistes que nous leur avions soumises.

Je ne veux pas rentrer maintenant, avec mon père, dans les détails des drames qui jalonnent notre histoire familiale. Je sais que, ce soir, je vais retrouver mon « chez-moi », cette maison qui est remplie de souvenirs de ma mère et de ma sœur. Je vis avec eux chaque jour.

– Je ne veux pas que tu embrasses cette carrière uniquement

pour guérir les blessures du passé, poursuit-il d'une voix concernée, une fois l'émotion refoulée. Tu n'es pas coupable de ce qui s'est produit. Cela m'ennuierait que cela soit ta seule motivation.

– Je sais tout ça, papa, rassure-toi, ajouté-je avec affection. C'est parce que je le sais que j'ai pris toutes ces décisions, que je suis dans la police. C'est ma manière à moi d'œuvrer pour une société plus juste. Toi, tu le fais à ta façon. Je ne sais pas si je pourrai changer les choses, mais je vais faire de mon mieux pour être fidèle à ce désir de justice que nous partageons tous les deux.

Je marque une pause le temps de laisser passer le serveur venu observer où nous en étions. Nos assiettes sont quasiment pleines, il devra encore attendre.

– Et je garde toujours en tête l'idée de retrouver Celia, tu sais, je garde espoir, ajouté-je avant de me saisir de mes couverts. Mais là, pour le moment, je crois que je vais faire un sort à ce qui est devant moi.

Mon père hoche la tête en me fixant droit dans les yeux. Je lis dans ce regard beaucoup plus qu'il ne saura jamais me dire ou me montrer et ça me suffit amplement.

Il m'imite et commence à dévaster avec entrain la jolie présentation de légumes et de poisson de son assiette. Le plaisir de manger aidant, la discussion se fait plus légère. Pas question de se couper davantage l'appétit.

– Et comment va ton ami Juan ? me demande papa.

Je secoue la tête le temps d'avaler la monstrueuse bouchée que je viens d'engloutir.

– Bien, bien, dis-je. Toujours en patrouille. C'est ce qui lui plaît.

– Tu t'es toujours bien entendue avec Juan, n'est-ce pas ? lâche-t-il d'une voix de comploteur, sans affronter mon regard.

Du coup, il ne me voit pas sourire d'amusement à cette énième tentative de mariage.

– Tu as dû oublier quelques épisodes, papa, dis-je, moqueuse. Juan est marié et il est papa depuis trois mois…

Mon père lève les yeux au ciel.

– Je devrais parfois noter tout ce que tu me racontes, soupire-t-il.

– Je sais que c'est parce que tu as beaucoup de choses en tête, papa. Pas parce que tu es en train de devenir un vieux croulant.

Il émet un petit rire enfantin.

– N'empêche qu'à 27 ans, Alba, tu… commence-t-il avant que je l'interrompe, le doigt levé comme une maîtresse donnant une leçon.

– Oui, à 27 ans, je devrais avoir un fiancé, dis-je. À cet âge, maman et toi étiez déjà parents, vous aviez formé une famille, etc.

Bien sûr, j'ai eu des amoureux, des amants. Des hommes sont passés dans ma vie. Qu'ils n'aient pas eu envie de rester ou que je n'aie pas eu envie de les retenir, c'est un point sur lequel je ne tiens pas à m'attarder. Ce qui est certain, c'est qu'être femme flic ne facilite pas la vie sentimentale…

– Dis, papa, je crois qu'aujourd'hui j'ai plutôt envie de parler d'un homme de 52 ans qui oublie de repasser ses chemises, de se couper les cheveux alors qu'il y a une dame, deux tables derrière lui, qui n'arrête pas de l'observer depuis qu'il est arrivé…

Il secoue la tête en m'offrant un sourire éclatant.

– Tu es mon rayon de soleil, Alba ! lâche-t-il avant de s'essuyer la bouche. J'ai toujours aimé ton humour et ta joie de vivre. Mais qui voudrait d'un vieux bonhomme comme moi, tout chiffonné et le nez constamment plongé dans des piles de documents ?

Je fais mine de repousser ma chaise pour me lever.

– Attends, tu veux que j'aille demander à cette dame ? dis-je, l'air déterminé.

Papa éclate d'un rire franc qui me réchauffe le cœur et efface, le temps de quelques heures, mon angoisse à l'idée de la première journée aux Stups qui m'attend le lendemain.

Nous passons le reste du repas à discuter comme deux adultes qui ont laissé leurs ennuis au vestiaire et partagent un bon repas et des fous rires.

***

De retour chez moi, je mets un bémol à mon humeur joyeuse.

J'habite l'ancienne maison de ma grand-mère Rosita, la mère de ma mère. Cela fait six ans qu'elle est maintenant en maison médicalisée. Depuis la mort accidentelle de maman.

Dans la pièce principale de la maisonnette, j'ai conservé la décoration colorée de ma grand-mère et, à ses photos, j'ai ajouté les miennes. Dans un cadre, sur le buffet un peu kitsch, j'en ai glissé une de ma mère et de ma sœur posant pour un cliché joyeux à l'occasion d'une réunion de famille. Je prends le cadre et les dévisage toutes deux. Leur sourire radieux, les yeux plissés par la joie, leur expression de bonheur.

Oui, je vis avec elles deux chaque jour. Il m'arrive même de leur parler… pour ne pas les oublier. C'est une habitude que j'ai prise depuis que je vis seule.

Si mes collègues me voyaient, ils me prendraient pour une folle...

Il y a six ans, maman a été victime d'une balle perdue au cours d'une fusillade entre des policiers et les membres d'un gang, à Little Haïti. À sa mort, j'avais 21 ans et Celia, ma sœur cadette, 18 ans.

J'étais à l'université, je me suis réfugiée dans mes études. Mon père s'est enterré sous ses tonnes de dossiers de juriste. Et Celia ? Celia, j'ai bien peur qu'on l'ait un peu oubliée dans l'histoire. Non pas qu'on ne se soit pas préoccupé d'elle, mais elle rejetait la moindre de nos attentions.

– J'aurais dû insister, murmuré-je à la photo. J'aurais dû te parler, ne pas te laisser dériver, m'intéresser davantage à toi.

Mais cela avait été difficile de suivre Celia. Tout juste sortie du lycée, elle n'avait pas su quelle direction prendre dans ses études et elle avait commencé à sortir beaucoup. Elle vivait en complet décalage, fréquentait des jeunes d'un autre milieu, beaucoup trop aisés, trop insouciants. Puis elle a fini par disparaître de la circulation, du jour au lendemain. « Elle est majeure », nous avait dit la police. « Il faut attendre. » Cela fait deux ans qu'on attend...

– J'aurais dû voir que tu sombrais, Celia.

Je me doutais bien qu'elle se droguait, mais je crois que j'ai évité d'aborder le sujet. Ça me faisait peur et pourtant, ce qu'elle vivait, c'est bel et bien ce que j'allais côtoyer dans le métier que j'avais choisi.

– Non, je ne perds pas espoir, chuchoté-je. On va se retrouver, Celia.

Je lève les yeux pour affronter mon reflet dans le miroir au-dessus du buffet. J'y apparais, cernée par les colifichets, breloques et autres rosaires que ma grand-mère a accrochés autour de la glace.

– Eh bien, Alba, demain, c'est le grand jour ! me dis-je à haute voix.

Je me redresse, rejette mes épaules en arrière pour me tenir bien droite et m'adresse un franc sourire d'encouragement tout en bravant mon image dans le miroir.

Alba Clancy, 27 ans, célibataire, inspectrice aux Stups.

Je hausse les épaules, secoue la tête. Je me moque gentiment de moi… Je ferais mieux d'aller me coucher – *si j'arrive à dormir…* –, la journée risque d'être forte en émotions, demain.

***

Le lendemain matin, je ramasse mes affaires quand j'entends klaxonner devant la maison. Je sors, ferme ma porte à clé et me dirige au petit trot discipliné vers la voiture de patrouille qui m'attend, garée le long du trottoir.

– Bon, c'est bien parce que c'est ta rentrée, miss ! me lance Juan, en uniforme de patrouille, au volant. Mais il ne faudrait pas que tu prennes l'habitude de te faire accompagner !

– Hé ho, arrête, lui rétorqué-je en claquant la portière après m'être laissé tomber sur le siège passager. Ça n'est pas une escorte en limousine, faut pas pousser, et je te rappelle que c'est toi qui as insisté pour me conduire au poste pour mon premier jour !

Juan, beau gosse ténébreux d'origine cubaine, qui a la cote dans tous les quartiers chez les femmes de 7 à 77 ans, fronce les sourcils en prenant un air songeur.

– Ouais, parfois je me demande si tu ne mériterais pas qu'on te conduise au poste, mais alors vraiment, tu vois, du mauvais côté des barreaux, pour que tu prennes le temps de réfléchir à ta mauvaise foi féminine…

– N'importe quoi, dis-je en faisant la moue et en levant les yeux au ciel. Allez, t'endors pas, Juan, je ne veux pas arriver en retard le premier jour !

Juan démarre et me désigne de la main les deux cafés posés sur un plateau entre nos sièges.

– J'ai pensé que tu aurais besoin d'un *latte* avant d'affronter tes nouveaux collègues, me dit-il avec un petit sourire.

Je comprends que mon père refuse de croire que Juan en a trouvé une autre que moi ! Moi-même, parfois je me pose des questions…

Et pourtant, dès notre rencontre à l'université, ça a été une évidence que nous avions beaucoup plus à partager qu'une histoire d'amour…

Mais après tout, je ne sais pas ce que je manque, hein…

Juan est comme mon jumeau. Nous sommes nés le même jour. Quand nous l'avons découvert, il n'a plus été question d'envisager autre chose qu'une profonde relation de frère et sœur. Je suis plus âgée que lui de quelques heures. Je suis donc son aînée, et j'aime bien en jouer quand je trouve qu'il dépasse un peu les bornes.

Mais en général, nous nous pardonnons tout. Lui excuse mon caractère parfois emporté et versatile, ma tendance à trop réfléchir dans certaines situations, et je passe sur ses traits d'humour parfois trop caustiques à mon goût – c'est bien que je dois être un peu susceptible aussi… – et sa tendance forcenée au romantisme, surtout depuis qu'il a rencontré l'élue de son cœur, qu'il l'a épousée en quelques mois et qu'ils ont eu un enfant. Je tolère son bonheur amoureux et son insolence et lui fais mine de ne pas être agacé par mon côté trop sage et mes changements d'humeur. Je trouve que nous nous complétons bien.

– Tu as la trouille ? me demande-t-il tout en conduisant.

– J'aurais préféré que tu me demandes tout simplement si ça allait. Parce que là, j'ai bien compris que ça se voit que j'ai la trouille.

Il rit.

– Ça va bien se passer, Alba, me dit-il.

– Dis, ce n'est pas parce que tu es un nouveau papa qu'il faut me parler comme à ta fille... dis-je, ironique.

Il ne relève pas.

– En tout cas, tu as mis toutes les chances de ton côté pour séduire tes nouveaux collègues, frangine, continue-t-il sur un ton enjoué.

Je me tourne vers lui, sans comprendre.

– Oui, continue-t-il. Le petit jean moulant...

– Il n'est pas moulant, je le remplis, c'est tout ! rétorqué-je.

– La coiffure savamment sauvage...

– Merde, ça ne ressemble à rien, c'est ça ? demandé-je en baissant le pare-soleil pour inspecter mes cheveux.

– Le petit tee-shirt déboutonné que tu as mis à l'envers, conclut-il en éclatant de rire.

Je tire sur l'arrière du col de mon tee-shirt. En effet, l'étiquette est à l'extérieur.

– Merde, ralentis, dis-je en me pliant en deux sur le siège pour enlever mon tee-shirt et le remettre à l'endroit.

– Attention, Alba, je t'embarque pour attentat à la pudeur, dit-il.

Quand je me redresse, le sang m'est monté au visage, ma coiffure est VRAIMENT sauvage et on arrive devant le Miami Police Department sur la 62e.

– Laisse-moi là, dis-je en ramassant mon sac.

Juan engage la voiture dans l'allée qui mène au parking, puis s'arrête.

– Hé, tu permets, je travaille là aussi ! répond-il en faisant mine d'être offusqué.

J'ouvre la portière et descends sur le trottoir.

– Tu veux que je t'attende avec ton goûter à la sortie ce soir ? me demande-t-il, toujours goguenard.

– Tu m'énerves, Juan, dis-je avec un sourire pincé.

– Sois honnête, Alba, dit-il. Si je n'avais pas arrêté de te complimenter et de t'encourager pendant tout le trajet, tu m'aurais envoyé balader, dit-il avec un sourire taquin.

J'éclate de rire. Juan me connaît si bien !

Je lui envoie un baiser et me dirige à grands pas vers l'entrée du bâtiment. C'est le premier jour de ma nouvelle vie !

Déjà parus aux Éditions A Addictives

Eva M. Bennett
Sex Friends, Chloé et Alistair
Sex Friends, Lucy et Arthur

Phoebe P. Campbell
Tes ordres sont mes désirs – volumes 1 à 3
Promets-moi ! Au mariage du milliardaire
Oui, je le veux ! Au mariage du milliardaire

Anna Chastel
Toute à toi

Olivia Dean
À lui, corps et âme – volumes 1 et 2
Tous ses désirs – volume 1

Emma M. Green
Cent facettes de Mr Diamonds – volumes 1 et 2
Toi + Moi – volumes 1 à 3
Coffret *Toi + Moi*

Emma M. Green et Felicity Stuart
Love me if you can
Kiss me if you can

Megan Harold
Tout pour lui – volumes 1 et 2
Juste toi et moi – volumes 1 et 2
Sublime-moi

Kate B. Jacobson
Aime-moi. Corps et âme
Révèle-moi – volumes 1 et 2

Amber James
Contrôle-moi
Emprise

Lucy K. Jones
Mr Fire et moi – volumes 1 et 2
Envoûte-moi !

Nina Marx
Soumets-moi ! – volumes 1 à 3
Diamonds Private Club
Prétentieux, insolent, mais irrésistible – volume 1

June Moore
Déshabillez-moi ! – volumes 1 et 2
Étreinte – volumes 1 à 3

Heather L. Powell
Je te veux – volumes 1 et 2
Le Jeu du milliardaire

Mina Shepard
Mon milliardaire, mon mariage et moi

Lisa Swann
Possédée
Adore-moi ! – volumes 1 et 2
Dark Fever. Sublime... mais dangereux

Hannah Taylor
Désire-moi ! – volumes 1 et 2
Je suis à toi

Chloe Wilkox
Ordonne-moi ! – volumes 1 à 3

Déjà parus dans la collection « Comédie »

Rose M. Becker
Le Bébé, mon milliardaire et moi
Désirs & Désastres

Emma M. Green
Call me Baby – volumes 1 et 2
Call me Bitch
Bliss. Le faux journal d'une vraie romantique – volumes 1 et 2

Mina Shepard
Je t'aime... toi non plus

Déjà parus dans la collection « Midnight »

Amber James
Moonlight. Bloody Lily – volume 1

Alice H. Kinney
Dark Light. Vampire Brothers

Sienna Lloyd
Mords-moi !
Mords-moi ! – édition augmentée avec textes inédits

Chloe Wilkox
Soul Lights – volumes 1 et 2

À paraître dans la collection « Adult Romance »

Olivia Dean
Tous ses désirs – volume 2 (mars 2016)

Emma M. Green
Jeux interdits (mars 2016)

Kim Grey
Ma vie, mes rêves et lui (mars 2016)

À paraître dans la collection « Comédie »

Lola Dumas
Lui, moi et le bébé (mars 2016)

À paraître dans la collection « Midnight »

Amber James
Moonlight. Bloody Lily – volume 2 (mars 2016)

Auteure : Rose M. Becker

Edisource
100, rue Petit, 75019 Paris
Imprimé par FINIDR – Lipova cp. 1965 – 73701 Cesky Tesin, République tchèque
Réf. contrats : ZELE_001, ZELE_002, ZELE_003, ZELE_004, ZELE_005, ZELE_006
Dépôt légal : février 2016 – Achevé d'imprimer : janvier 2016
ISBN : 978-2-37126-089-4